deleatur et igni tradatur

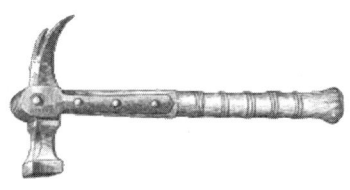

Erfüllt mit Indignation über die schändliche Verstümme-
lung der deutschen Sprache, welche, durch die Hände
mehrerer Tausende schlechter Schriftsteller und urtheils-
loser Menschen, seit einer Reihe von Jahren, mit eben so
viel Eifer wie Unverstand, methodisch und *con amore*,
betrieben wird, sehe ich mich zu folgender Erklärung
genöthigt:
Mein Fluch über Jeden, der, bei künftigen Drucken
meiner Werke, irgend etwas daran wesentlich ändert,
sei es eine Periode, oder auch nur ein Wort, eine Silbe,
ein Buchstabe, ein Interpunktionszeichen.
Arthur Schopenhauer

DER BÜCHERMÖRDER

Detlef Opitz

Ein Criminal

Eichborn  BERLIN

1 2 3 4   06 05

© Eichborn AG, Frankfurt am Main, 2005
Umschlaggestaltung: Diana Lukas-Nülle
unter Verwendung eines Gemäldes von John Frederick Miller,
© Historical Picture Archive/Corbis
Lektorat: Wolfgang Hörner
Layout: Cosima Schneider
Satz: Fotosatz Amann, Aichstetten
Druck und Bindung: Pustet, Regensburg
(Eichborn Berlin)

ISBN 3-8218-5763-3

Verlagsverzeichnis schickt gern:
Eichborn Verlag, Kaiserstraße 66, 60329 Frankfurt am Main
www.eichborn.de

Für Kathrin, wie gehabt.

...und Ansgar Seydich.

(...und die üblichen Verdächtigen.)

»Solche Familienfreuden sind große Tröstungen in allerlei Anfechtungen, die meine Tage seit dem Anfange trübe gemacht haben. Rache und Neid sind als unversöhnliche Verfolger gegen mich aufgetreten. Daß es von Lebendigen keine Geschichte giebt, ist genug zu meiner Entschuldigung, wenn ich weder die Personen, noch die Beweggründe und nähern Verhältnisse zur Zeit berühre. Die Nachwelt nach meinem Tode soll die Gemälde sehen, die ich jetzt male, aber noch nicht aufstelle. Die Farben werden gewiß lebhaft bleiben, und die Zeichnungen richtig seyn. An mir werden jetzt schon vieler Menschen Gedanken offenbar und fällen über sie selbst das Urtheil durch Wort und That. Und wie lange wird es noch seyn, so werden wir vor einem höhern Richter stehen, der alles, was im Finstern verborgen ist, wird ans Licht bringen und den Rath der Herzen offenbaren. Unterdessen harre ich geduldig meiner Rechtfertigung entgegen und bin durch die fortwährende Gewöhnung an Verleumdungen und Neckereien fast ganz gefühllos dagegen geworden, wann ich besonders wahrnehme, daß meine Ehre durch den Druck immer fester, und die Schande der Bösen immer größer wird. Um Wohlthat willen leiden, erweckt in der That Gnade bei Gott und Menschen. Ich werde die Wahrheit Jesu Christi, die ich erkannt habe, als ein Streiter für meinen Herrn, vertheidigen bis an meinen Tod.«

Johann Georg Tinius

Prolog 1:
Leußitzer Accolade, als zwey junge Caninichen sind, die man aneinander brät und, als umhälseten sie sich, zur Tafel bringt

...zum Beispiel die Lausitz, die südöstlich von Berlin liegt. Es gibt die Niederlausitz, als auch die Oberlausitz. Folglich muß es heißen: ...zum Beispiel die Lausitzen, die südöstlich von Berlin liegen. – Als auch im Südosten von heute ganz Deutschland. Slawischen Ursprungs, leitet sich der Name von Lusici, resp. Lusatîa ab. Auf der Landkarte befindet sich oben die Niederlausitz, die Oberlausitz kommt schräg darunter. Zweisprachige Ortsschilder verkünden sorbisches Siedlungsgebiet. Aber seit man sich erinnern kann, zählt die flache Niederlausitz, die sich π mal Daumen zwischen Fläming und Spreewald nach Chosebuz runter schiebt, zur preußischen Provinz Brandenburg. Wogegen sich unten, wo etwa das Gelbe Elend von Budysin zum frohen Verweilen lädt, die Oberlausitz lieber zur sächsische Krone rechnet. Ebenso das Lausitzer Bergland, das südlich der oberen Lausitz bis ganz runter nach Chytawa reicht. (Und schier an die Schlesische Frage grenzt, die hier aber ebenso außenvor bleiben muß, wie etwa das freie Städtchen Schirgiswalde, wo Räuberhauptmann Karasek Asyl fand in der Not.) — Es spricht

11

summa summarum also einiges dafür, daß es in der Oberlausitz schon ein wenig höher hinaus geht im Allgemeinen.

Darum muß es den Reisenden in Sachen Kultur auch gar nicht wundern, daß ihm am liebsten die sächsischen Lokalitäten durch den Sinn scherwenzeln, wenn er eine anstehende Lausitztour im Kopf noch einmal durchgeht. Vielleicht von Kamjenc an der Schwarzen Elster ein kleiner Fußmarsch runter zu den Rietschelskaffer Quellen? Ganz entzückende Landschaft, also wirklich! Manierliche Hügel schon. Auen, wie hingedichtet. Es braucht, wenn man über Steina geht, gute zwei Stunden, der Genießer gönnt sich mindestens drei. Er könnte die Prärie aber auch per pedales vermessen, warum nicht? Erst nimmt er den Zug bis Altlessingshaussen, dann steigt er auf den Drahtesel um und macht querbeet bis Połčnica rüber, wo die Pulsnitz entspringt. Auch sehr zu empfehlen! Bewaldete Hügel. Wiesen mit Bächen durch. Landschaft wie aus dem Katalog. Und Pfefferkuchen. Pfefferkuchen übers ganze Jahr. – Der Angebote also sind es viele, man muß sie nur nützen, man muß nur früh aufstehen, sofern einem an bildungsgutbürgerlicher Vermeinung liegt.

Aber selbstverständlich haben beide Lausitzen einigermaßen berühmte Männer hervorgebracht, nicht nur die obere unten. Und doch beschleicht einen immer wieder so ein gewisses Gefühl, als hätten die südlicheren Berühmtheiten ihren berühmten Landsbrüdern aus dem Norden gerne mal den Schneid abgelaufen – was es ff. exemplarisch zu bezeugen gilt:

Im Frühjahr des Jahres 1762 erblickte in der von einem Schlößchen dominierten Ortschaft Rammenau, im Quellgebiet der Röder, ein Knäblein das Licht der Oberlausitz, das seine Eltern auf den Namen Johann Gottlieb tauften. Dieser war ihr erster Sohn. – Im Herbst 1764 kam bei der Mühle von Staako, dem heutigen Staakmühle, ein Knäblein auf die Niederlausitzer Welt, das seine Eltern auf den Namen Johann Georg tauften. Dieser war ihr zweiter Sohn.

Bald nach seiner Geburt machte Johann Gottlieb durch so heftige Schimpftiraden der präverbalen Art auf sich aufmerksam, daß seine Mutter sich häufig nicht zu helfen wußte. Manchmal ging sie dann in die Küche und saß das Schlimmste aus. Es ist gut für die Stimme, tröstete sie sich selbst. – Wenn Johann Georg nicht gerade Hungers schrie, so gab er oft ein ziemlich mißmutiges Gebrabbel zum besten, daß es seiner Mutter häufig die Laune verdarb. Was immer sie auch aufbot, das Kind auf andere Gedanken zu bringen, nichts verfing. Später behalf sie sich und brachte ihm das Lesen bei.

Beides Kinder unvermögender Eltern – schuftete sich Johann Gottliebs Vater als Bandweber ab, der Vater von Johann Georg war Schäfer. Als kleinen Jungen sah man Johann Gottlieb mitunter am Anger des Dörfchens bei den Gänsen hocken, über die er die Aufsicht hatte. Nicht selten überkam ihn dabei eine kleine Tobsucht, wenn die Tiere partout nichts auf gegründete Argumente gaben und sich seinen nur vernünftigen Instruktionen prompt widersetzten. – Manchmal kam es vor, daß der kleine Johann Georg seinem Vater zur Seite lief, wenn der die Herde über die Krausnicker Hügel gen Wasserburg trieb. Und meistens hatte er sein Schiefertäfelchen dabei, auf das er unentwegt kleine kritzelige Zeichen malte, für jedes Ding ein eigenes. Ein Zeichen für Schaf, eins für Wolken, eins wenn ihm kalt war, eins für Großvater Gnädig, an den er oft dachte. Sein Vater beobachtete das törichte Treiben nicht ohne Unmut. Um den Sinn des Sohnes abzulenken, lehrte er ihn, die Kräuter zu erkennen und die guten von den bösen zu scheiden. Aber auch für diese erfand der Knabe gleich neue geheime Zeichen; eine Zeit lang war es eine richtige Plage damit.

Insgesamt kann man sagen: von Hause aus und dem äußeren Anschein nach besaßen beide Knaben für ihre Zukunft die gleichguten Chancen. Bzw. gleichschlechte. Keiner tat sich vor dem anderen hervor. In nichtem.

Als aber Johann Gottlieb im 13<u>ten</u> Jahr seines Lebens stand, da begab es sich zu Rammenau, daß Hr. Haubold von Miltitz den Gottesdienst versäumte. Man flüsterte: der Branntwein. Das dauerte den Jüngling sehr und er blieb nach dem letzten Gebet noch etwas sitzen. Doch wie es sich fügte, trat nun der dicke Pastor Wagner an seine Bank, sprach ein paar tröstende Worte und zwickte lustig in seine Wangen. Nur zum Spaß hieß er ihn dann auch, rüber aufs Gut zu laufen und dem Unpäßlichen Bericht von der Predigt zu erteilen. Der Herr würde es ihm wohl danken. – Gehört, getan! Johann Gottlieb überlegte nicht viel und kannte alle Schliche und sich gut im Schloß aus, schon stand er breitbeinig vor dem hohen Bette des darniederen Gutsherrn, stützte die Arme in die Hüften und hob ohne langes Verschnaufen an, die Wagnersche Predigt vorzutragen, Wort für Wort. Kein Bild, keine Schleife, nicht eine Verzierung ging verloren. Das rührte Hrn. von Miltitz sehr. Er wollte es sich in seinem Zustand auch gar nicht mehr nehmen lassen, fortan für die Ausbildung dieses Jungen Sorge zu tragen! Er schickte ihn auf die Schule nach Meißen, dann sogar durch den Flüsterbogen von Pforta. Und wahrlich: es gab weit und breit wenige Schulen, die es mit Schulpforta hätten aufnehmen können! – Ergo hielt Johann Gottlieb nun mehrere Jahre lang der Uta von Naumburg die Treue. Einmal, bereits gegen Ende der Schulzeit, stritt er mit einem Kameraden über die Entität der Universalien und den heiligen Anselm, und sie konnten sich gar nicht wieder vertragen. So rief er die anderen Schüler herbei, erklärte ihnen die Angelegenheit mit deutlichen Worten und forderte Partei. Wer hatte Recht? Er fragte: Ich!? – Oder etwa nicht ich?! (Jahre später, als er bereits ein gestandener Mann war und nebst Deutschland vor den Franzosen seinen gelehrten Namen zu verteidigen hatte, gab er die Geschichte gern in Gesellschaft zum besten. Sie erfüllte seines Erachtens alle Kriterien, amüsant zu sein. Und er war von der besonderen Witzigkeit ihrer Pointe überzeugt. Manche freilich sagen, er hätte sie extra erfunden, Geschichte plus Pointe. Extra bloß zum nur Plaudern.)

Als hingegen Johann Georg im 13ten Jahr seines Lebens stand, da begab es sich, daß seine Mutter einmal ganz entschieden sich in der Zeit vertat. Ihren Sohn an der Hand war sie am frühen Morgen den Weg bis hoch nach Oderin gelaufen, wo Magister Starke den Konfirmationsunterricht hielt. Doch weil der Pastor mit den anderen Kindern schon etliche Wochen fortgeschritten war, so trug er Bedenken. Er wollte es nicht für möglich halten, daß der Knabe imstande sein könnte, die fehlenden Lektionen aufzuholen. In einem unbemerkten Augenblick nun faßte sich Johann Georg ein Herz, riß Hrn. Starke den Berliner Katechismus aus der Hand, nach dem dieser lehrte, und sprang mit seiner Beute davon. Es gingen dann drei oder vier besorgte Stunden in den Tag, bis der Junge sich wieder blicken ließ. Ohne eine Erklärung für sein Verhalten abzugeben, legte er das Buch aufs Katheder, nahm daneben ordentlich Stellung an und sagte dann Wort für Wort, Spalte um Spalte dem verdutzen Magister so viele der Kapitel frei aus dem Kopf heraus auf, daß die anderen Konfirmanden nun klar hinter ihm lagen. Keine Ermahnung, keine Sündengefahr, kein einziger Teufel ging seiner Rede verloren. Aufs Höchste beeindruckt, hatte der Prediger von Stund an keinen Zweifel, daß man für diesen Jungen sorgen muß! Er selbst könnte zwar nur einen Teil dazu leisten, aber vielleicht ließe sich in Luckau etwas machen. Luckau ist die einzige Stadt in der Nähe, die auch ein Gymnasium hat. – Ergo besaß Johann Georg nun für mehrere Jahre in Luckau ein Quartier, und zwar bei der Witwe Bötticher. Und bei Johanna Sophia, deren hochgewachsener Tochter, die eine lange lange Geschichte hat. (Hr. K., ein Pensionär aus Bochum, hat sich ausführlich mit dem Fräulein beschäftigt und reiste darum extra in die DDR! Nicht nur einmal! Nicht nur zweimal! Des öfteren. – Klaube, so heißt der Mann mit Klarnamen, Walter Klaube. Man wird ihn sich doch wohl vermerkt haben, die Genossen?!)

Nun, den sattelfesten Bibelleser erfüllen solche Geschichten immer mit großer Zuversicht! Manchem gribbelt es auch ganz aufgeregt im Bauch, denn er ist sich's gewiß: zweimal mehr hatte Jesus Christus ein feines Händchen im Lausitzer Spiel! Jedenfalls gab er zweimal mehr ein gutes Vorbild ab. Jedenfalls wenn man auf Dr. Lucas was gibt, wo der Heiland auch eben zwölf ungebildete Lenze zählt, als er sich in fremder Stadt Jerusalem erst unerlaubt vom Ziehvater entfernt, dann durch den Tempel irrt und hie und da ganz unvermutete Klugheit durchblicken läßt. (Klugheit? Göttliche Weisheit! Ein plötzlicher Ausfluß der göttlichen Weisheit, sagen die Theologen. Was sollen sie auch sagen?)

Man sieht, wie gehörig sich die beidlausitzer Biographien gewöhnlich aus der christlichen Tradition erläutern. Man soll es gar nicht genug loben! – Doch gesetzt einmal den Fall, es hätte in Rammenau nicht die von Miltitzens gehabt und die Förderung Johann Gottliebs würde allein dem opulenten Wagner zugefallen sein? Gute Nacht! Oder auch zu Oderin hätte es einen verantwortlichen Dorfreichen gegeben, egal ob mit oder ohne Schloß und von, in dessen betuchte Hände der alte Pastor Starke getrost die Zukunft Johann Georgs gelegt haben dürfte? Guten Morgen!

Aber hätte, wäre, würde dürfen – das Leben ist hart und ungerecht und hat die Konjunktive nur zum Wohlklang erfunden, nur zum Vergnügen. Von allen Luckauer Pontiussen zu jedem Luckauer Pilatus war der brave Starke gelaufen und hatte für seinen Schützling um Freitische geworben! Manchen sauer eingetriebenen Taler hatte Haubold von Miltitz in den seinen Schützling gesteckt und sich bestens der Nachwelt empfohlen! In Luckau ein kleines Gymnasium, von dem noch nie einer hörte. Die Eliteschule von Klosterpforta bei Naumburg. So der Stand der Dinge bis hier. Schnell ist der Rest erzählt.

Beide studierten sie Theologie, selbstverständlich. Johann Gottlieb in Jena und Leipzig, Johann Georg zu Wittenberg. Die Heilige Gottesgelahrtheit war immer gut, wenn man noch nicht recht wissen konnte, wohin die Begabung dieser Bauernbälger strebte. Zum Pfaffen reichen sollte es allemal. Beide schlugen sie sich mehr schlecht als recht durch, gaben Unterricht für kleine Zubrote, kehrten an Freitischen ein, beantragten Stipendien und erhielten sie und erhielten sie nicht. Der eine wurde Philosoph, der andere Pastor und Orientalist. Beide starben um das Jahr 1814. Das heißt, der eine wirklich, der andere im Prinzip. Johann Gottlieb pflegte seine Gemahlin gesund, die sich bei der Pflege typhuskranker Soldaten angesteckt hatte, steckte sich dabei aber selber an und fand einen, so gesehen: schier chevalaresken Tod. Einige seiner ehemaligen Studenten stellten zu Fuße eines der Dornberger Schlösser einen Gedenkstein für den kleinen großen Mann auf. Sie hatten ein holpriges Distichon aus ihren Studententagen eingravieren lassen. Es lautete:

»Ficht eyn Ich wider eyn Nicht-Ich,
giebt's deyn nicht-iches Ich, Ficht'«

(Weil er nicht wußte, was die Gravur bedeuten soll, ließ der Schloßherr den Stein nach zwei Wochen entfernen. Noch heute kursieren über seinen Verbleib zwei sehr unterschiedliche Gerüchte.) — Zwar verheiratete sich Johann Georg auch, er sogar zweimal, aber manchen Fehler beging er wiederum nicht. Er wählte einen anderen Weg, dem Jammertal zu fleuchen; welchen, verklickert diese Schmä—

Prolog 2:
Vorangemerktes Exempel zur Vergäblichkeit nebst linde dosierter Publicirung vermeintlicher Helden

...zum Beispiel Altendambach, Thüringen, wo es mindestens zweimal die Wagners hatte, Wagner Paul und Wagner Martin, womöglich sogar dreimal, denn wir hatten auf Jakob Joseph Wagner noch gesetzt – und verlorn — aber nix für ungut, das Spiel läuft noch.

Es beginnt ja erst. Und Altendambach ist ein verstecktes, längs hingezogenes Dörfchen, in dessen Mitte eine dicke, aus ihren Fundamenten heraus noch in früher Vorzeit ruhende Kirche gluckt, wie ein zufriedenes Mutterthier. Altes Henneberger Land berghoch und -runter, St. Kilians Revier, abseits der Schleusingener Straße nach Suhl. Tief ins Tal des Dambachs gekauert, war der Ort seit Menschengedenken von aller Geschichte unbemerkt geblieben, also nie etwa, daß ein Großer Herr in seiner Nähe einmal nur gefrühstückt hätte, oder in nennungswerther Anzahl Soldatenblut den Bach hinabgeflossen wär; selbst marodierende Unbill war immer nur achtlos vorübergezogen, bloß einmal nicht, ein Malheur, eine Bagatelle weit zurück in der wilden Croatenzeit. — Weiß Gott, wenns nur darauf ankäm', was wüßten wir nicht alles über Altendambach zu vermelden, wo eine Zählung in anno 1812 nebst stattlicher Quantitäten an kleinem und großem Vieh auch 281 menschliche Seelen erfaßte. – Leider ohne dieselben zugleich auch confessionell zu sortieren. Oder wenigstens der Namen nach.

Von Paul Wagner erfuhren wir erst aus jener kleinen Chronik, derethalben wir schon einmal angereist warn vor zwo Sommern, oder drein. Nur zufällig waren wir seinerzeit im Pfarramt von Heinrichs überhaupt auf ihre Schliche gekommen, nur ein Zufall wiederum hatte uns alsdann erneut in die Spur geschickt – aber was heißt schon Zufall? Und was halten wir noch drauf, nach allem? Heute in privatem Besitz der Familie G. (die eigener Einlassung nach ohne jedwelche Wagners unter den Vorfahrn ist!), hatte das gute Stück bislang nur selten sein commodes Behältnis zu verlassen. Vielleicht ist Chronik zu viel gesagt – für einen pergamentenen Haufen, einen trockenen Ziegel gilben Papiers, der in einem alten, gleichermaßen verbräunten Hutkarton seiner Staubwerdung harrte. Ein Unbekannter, ein selig Berufener, ein Anonymus schier, über dessen Identität nicht einmal die heutigen Inhaber der Hutschachtel Kenntnis besitzen, der hatte sich gut zwanzig Jahre lang wohl manch launigen Abend versüßt bei der einen oder nächsten Kanne Bier, indem er, vielleicht auf letztere gestützt nach den Mühen des Tages, grober Hand nur immer aufnotierte, was sich so zugetragen im Dorfe und auf der weiten Welt, worüber gesprochen worden war und worüber nicht im Guten und Bösen, und, jedem voraus natürlich, was es von Amts wegen gab. Paul Wagner steht am Ende einer Liste verzeichnet, die im Mai 1814 auf obriges Geheiß hin der Schultheiß erstellen ließ, um die Bedürftigen des Dorfes zu berechnen. Bis hin zur Erntezeit sollte ihnen auf alle sieben Tage nicht nur das Achtel

Kartoffeln zu geben sein, sondern obendrein noch ein gantzer Laib Brot. Allso auch Paulen und seinen sechs verfressenen Bälgern. (Nicht zu erfahren allerdings aus dem Eintrag, ob auch deren Mutter noch dazugehörte, irgendwie.) — Ganzganz anders Martin! Ein paar sperrige Blätter schon nach Paulchens Hungerwochen wußte der geheime Chronist von Altendambach auch honorableren Dingen das Wort zu verleihen und von gewissen Feierlichkeiten zu berichten. Durch Verordnung des Erfurther Konsistoriums war die Wahl der Schul- und Kirchenvorstände anfällig geworden, Sommer 1818, und alsdann sowohl auf den für unsere Bezwecke rechtziemlich sinnlosen Gottlieb Gladitz gefallen, als auch auf Martin Wagner, der wiederum ungezählt viele Mäuler zu füttern hatte oder, wer weiß, überhaupt gar keine, aber darauf kam es uns nie an.

Auch die Frage, ob – der Hr. Vorstand hier, dort ein verheckter Stützefasser –, ob Martinus und Armpaulchen miteinander versippt warn, just wie der kleine und der große Klaus, stieg, je tiefer wir in die Chronik krochen, uns desto weiter aus dem Sinn, bis alsdaß wir sie schließlich mitsamt aller Hoffnung verloren, auch noch den Dritten der vermeintlichen Mischpoke aufs Tapet zu kriegen – den Einen. Denn was nützte uns Paul, was nützte uns Martin, was alle Wagners dieser Welt, so lange wir doch diesen Einen nicht fanden, kein kleinstes Zeichen, nirgendwo, von Jakob Joseph, der uns den Anstoß gab zu einer zweiten Reise ans idyllene Ende der Welt. — Ergo: wir werden auf JayJay Wagner verzichten müssen in unserem Leipziger Zeugenstand! Folglich auch auf seine falschen Brüder! Wie schade. Und sofern uns darob nun eine kleine Verzagtheit zu Gemühte gestiegen, um dortselbst mit all ihren Swestern zu tantzen in hackigen Schuhn – wer wöllt' sie uns verdenken.

Im Grunde war es ja auch eine verfickte Idee, eine exaltierte Laune, erneut nach Altendambach zu reisen, zu gucken, was, weil sie uns schon einmal so schief entzückte, womöglich die Chronik noch zu bieten hat. Zuvor die postalische Abfrage der Kirchenbücher hatte zwar keinen Eintrag auf Jakob Joseph Wagner ergeben, uns dafür aber nun erst recht die gelbstichigen Fackeln des Mißtrauns aufs Haupt gebockt, denn seit Cambridge/Mass. besaßen wir schließlich einen amtsreifen Beleg auf den Herrn; amtsreif, jawohl! — Vertuschung! Vertuschung! hatten wir sogleich im Brustton der Gerechten die Selbigen angerufen und uns getürckte Kirchbuchregister in den Notizen vermerkt – noch im Zugabteil nach Thüringen turnten uns chönste Meuschlmorde durch die Sinne, drangen Verschwörungen von hochsublimer Art auf Niederschrift, malten wir uns flagrante Kabalen aus, perfide Intrigen, Conspirationes über Conspirationes..., bis der Zug schließlich in Erfurt angelangt war – von wo es weiter Richtung Suhl geht, dann mit dem Bus über die Dörfer. (Und pardon, wir meinten es ernst – im Eisenbahnkupee gen Süd: flotte Cabalen waren also nicht mit an Bord.)

Wer und was auch immer ihr zuvor dran glauben muß, bekanntlich stirbt die Hoffnung zuletzt. Nur die Hoffnung auf eine harmlos versteckte Erwähnung hatte uns geschickt, auf einen flüchtigen Hinweis vielleicht, ähnlich dem auf Martin, oder lieber noch auf Paule sein durchgebranntes Weib; ein Silblein bloß über einen dritten Wagner im dörflichen Verbunde hätte uns sicher sehr sehr glücklich gemacht.

Aber Pustekuchen, es hat nit sein gesollt! – Was nun den amtsreifen Beleg betrifft, den wir von Boston, wo das Meer nach Tee schmeckt, bis hoch in die Thüringer Berge vor uns her getragen hatten, grad wie einen Gottesbeweis, so mußten wir uns eingestehen, daß mitunter die Wahrheit wider die Wahrheit steht, Aussage gegen Aussage, Beweis vs. Beweis. Und genau besehen ist unser Beleg ja auch nur ein hastig hingeworfener Wisch, ein Zettelchen ohne Form. Das Zettelchen freilich erzeigt sich als ein schnöder Schuldschein, der alle Angaben hat, die's braucht. Ein Schuldschein ist wie eine kleine Urkunde, quasi eine Urkunde zweiten oder dritten Grads; man könnte auch bloß Quittung sagen. Die Quittung ist eine von ca. 60 Stückern dieser Art, die alle in den abgründigen Kellern der Houghton Library ihrer Erweckung entgegen geschlummert hatten, in feiste Convolute gebettet, bedeckt von Acten verschiedener Priorität – bis wir sie endlich erküßten aus, wir sagten schon: eher Zufall.

Und mit dem Kuß war uns, süßem Gifte gleich, dieser Name auf die Lippen geraten: Jakob Joseph Wagner, Schuldenmacher seines Zeichens, ein Menschlein in Noth? Ein Negoziant, so durchtrieben, wie vom Krämer die Vettel? Es ermangelt uns jeder Ahnung. Schwarz auf gelbbraun steht aber nicht bloß der Name geschrieben, sondern auch Altendambach darunter als Heimstatt des Subjects. – Ausgerechnet A'dambach, wie wir vertraut sagen dürfen, wo man zwar, wir wissen, auf Hahnrei Paul treffen kann, wie auf einen guten alten Bekannten, wo man auch, wir wissen, Hrn. Martin aufsuchen darf, sofern die Angelegenheit es hergibt, wo sich aber partout kein Jakob Joseph des Wegs blicken läßt – als hätte man ihn erst übern Jordan gejagt, oder wenigstens über den Rennsteig verschickt auf alle Zeit, und dann auch noch aus den Büchern radiert, wie ein böses Zeichen, das Unheil bringt; genau weiß mans ja nie.

Wie aber nun hier und jetzt nicht Zeit und Ort ist, und es überhaupt unserm recht reduzierten Naturell in

Gänze abgeht, den näsigen Detektiven zu geben und schon einmal mit verknäulten Irrwegen der Recherchen aufzuwarten, so wollen wir auch Zurückhaltung wahren in Hinsicht auf den genauen Betrag der Verschreibung, er tut im Moment nichts zur Sache und böte nur Anlaß zu ungemäßer Spekulation. Der Mittheilung werth dagegen deucht uns Ort und Zeit der Quittung zu sein: Leipzig, 1811, Michaelis; wir konstatieren: Messezeit. Und auch ihr Gläubiger gehört anständigerweise aufgerufen. Nicht ein beliebiger Pfeffersack, an den man glauben mechte, ein gelahrter Magister aus der Gegend um Leipzig ist's, ein Hochwürden, ein begnadeter Prediger vor dem Herrn, der vielleicht mehr noch als seine Herden die Bücher liebte und darum seit Jahren in der Stadt nie zu Michaelis die Messe verpaßte, auch vor 1811 nicht, obwohl er dazumal noch weit weit von Leipzig entfernt der Pastor zu Heinrichs war, einem Flecken kurz vor den Thoren der Stadt Suhl, nur ein paar Steinwürfe von Altendambach entfernt. Sein Name: Johann Georg Tinius. (Oder George, wie die Acta manchmal schreibt.)

Seit Jahren das eigentliche Object schlimmer Begierden, galt diesem schon unsere erste Reise an die Ufer des Dambachs – den, was noch nichts besagen will, ausladende Weiden beschatten. (Von wegen Dannen! Dannenbäume, daß wir nicht lachten!) Wir erinnern uns noch gut: ein Spätsommertag, wie er im Buche steht: staubig, heiß, bunt, Gartenzaunhunde, Vogelgeschreÿ. Dünn zwischen die Berge gepinkelt war die Welt überschaubar und für einen Tag lang in Ordnung. Es brauchte hier nicht einmal Straßennamen zur Orientierung, Durchzählung genügte, um ein paar hundert Schritte hinter der Kirche die Nummer 19 zu finden, das Haus der Familie G. Seine vordere Fassade mit ihrem fränkischen Fachwerk mochte den Liebhaber betören, doch nach hinten hatte man einstöckig angebaut, roter und weißer Wein kletterte den Putz hinauf und machte den Stilbruch nothdürftig wett. Über einen Seiteneingang gelangte man ins Innere des zwittrigen Gebäudes, dessen Wohnzimmer sich aber im Wesentlichen nicht von den Gutenstuben jenseits der Semer Wälder unterschied, soll heißen, keinerlei Trophäen aufbot, wie man sie erwartet hätte, nix Hirschgeweih, nix Bärenfell, keine Wolfsklauen an den Wänden, nix Jägerflinten unter Glas. In einer Ecke des Zimmers befand sich, aus rötlichem Leder, die Sitzgarnitur, auf der wir artig Platz nahmen, sobald man uns dazu lud, davor ein flacher Beistelltisch mit weißen runden Deckchen drauf, geklöppelt, gehäkelt? – Weiß es der Teufel! Zwischen den beiden Fenstern die Anbauwand, hinter mattierten Scheiben hofften ein paar leere Vasen auf glückliche Verwendung, auch für Sonntags das bessere Geschirr ließ grüßen; daneben ein dünnes Bücherregal im gleichen Stil. Diesem gegenüber endlich die auf Hochglanz gewienerte Bauerntruhe, in der die Familie offenbar ihre wichtigen Papiere aufbewahrte, ebenso den welk geblümten Hutkarton, von dessen Inhalt wir ganz unbestimmte Kunde besaßen, und den der Hausherr nun in sorgfältiger Würde zum Tisch rüber trug (oder mit würdiger Sorgfalt, was immer den Unterschied macht), wo er uns sogar erlaubte, ihn selber zu öffnen.

Geheimnüßvoll, gleich unentdeckter Eilande an den abentheuerlichen Horizonten gewisser Romane, so bot sich unseren jungfräulichen Blicken das peppichte Häuflein Blätter dar, in das wir uns sodann vertiefen durften bei einer Tasse Tee, und noch einer Tasse Tee. Und dann einer grünen Limonade Marke Waldmeistergeschmack, bis wir am späten Nachmittag schließlich, als uns bereits wie ein böser Schalk der Busfahrplan im Nacken saß, auf einen Eintrag stießen, der es, allerdings, ganz schön in sich hat, oié:

»№ 116.)
Anno 1815. d. 24. Marz. hat es sich in publicum erklert, was es mit dem Tinius hat, wie ich bereits in № 41 von ihm aufgezeichnet habe. Dieser Tinius hat also zwei Jahr im Gefängniß zu gebracht, aber nichts ein gestanden. So haben Obrigkeit Zwangsachen gesucht und ihn in ein unter ördisches Gefängnis geworfen. Darauf hat er gesagt sie solten ihn herraus thun, er wolte seine Thaten die er begangen, gestehen. Darauf er gestanden, er hätte 8 Mortthaten begangen. Darüber die Obrigkeit für den Tinius in ihrem Urtheil auf das Rad erkannte, und zwar von unten an ihn zu beinigen. Da er dieses vernommen, hat er sich noch selbern ums Leben gebracht, er war die 9ᵗᵉ. ermordung die er begangen. Wie er sich ums Leben gebracht, so hat er vom Fenster Glaß genomen, und damit von seinen Haaren abgeschnieten und Glaß & Haar verschluckt, und einen Tag zuvor, da die Execution an ihm sollte volzogen werden, hat man ihn tot in seinem Gäfengniß gefunden.«

—Starker Tobak, immerhin, wir hatten auch schon feineren Priem zu kaun. Und fanden keine Zeit mehr, den Findling erst lange zu hätscheln und zu päppeln und uns mit zarten Zweifeln an der improvisierten Transliteration herumzuplagen, denn so oft wir nun auch die Hutschachtel stülpten, so gründlich wir den Stapel durchwühlten, ausgerechnet das zitierte Blatt 41 fehlte, jemand hatte es entfernt, keine Frage. Warum? – Auch Hr. G. konnte sichs nicht erklären und war ganz baff zunächst und mußte husten. (Er fing sich aber bald und leitete das verlegene Gespräch abrupt auf einen anderen Gegenstand: Otannenbach, Otannenbach, wie schattig deine Ufer; als ob die Etymologie des Dambachs nicht

das Allerletzte war, das uns im Moment interessierte!)
Vielleicht hätte uns Numero 41 ja endlich einen Blick
vergönnt auf jenes der Geheimnisse des Magisters, an
das wir bislang die meisten unserer nutzlosen Jahre
ver=schenkten, einen kleinen nur, aber authentischen
Blick in die Henneberger Zeit, als die Schwarze Hand
von Heinrichs regierte, als der Fluch der Dorothea Triebel wie Mehltau über Suhl und allem lag, als das Unglück seinen duncklen duncklen Anfang nahm. — Was
dagegen am 24sten März 1815 unserm Gewährsmann
spitzes zu Ohren gekommen, nichts davon trifft zu.
Punctaus! Es war kein unterördisches Kerkerlochdark-
roomverließ, es war zunächst ein nachgerade hellichter
Verwahrraum des Leipziger Kreisamts, in dem sich der
Inculpat wechselnd guter Gesundheit erfreute und nicht
entfernt daran dachte, auch nur das Geringste einzuge-
stehen, geschweige denn einen Mord, oder beide. Oder
acht. Nehmen wir also das Opusculum als eine beliebige
Probe aus der guten sächsisch-thüringer Gerüchteküche
jener Jahre, in der es so heiß brodelte, daß es schlicht die
Hölle war, wenn nur der unheimliche Magister das
Brennholz geschnitten.

Aber obwohl wir dem Gerüchte als solchem durchaus nicht abgeneigt gegenüber stehen und seinen
Unterhaltungswert zu schätzen wissen – nebst dem gut
erzählten Witz im Wirtshaus und im Kirschbaume
manch adrett gekleideter Vogelscheuche erachten wir es
als eine dritte Säule der Volkskunst hiesiger Breiten –, so
wollen wir uns damit freilich auch nicht gänzlich abspei-
sen lassen, schließlich weiß man ja, wenn der Knochen so
bar jeden Fleisches ist, da wird es schnell einmal eng für
die Freundschaft. Ohne besagtes Blatt 41 im Gepäck
nach der ersten Reise, und ohne Jakob Joseph an der
Hand nach der zweiten, sehen wir einfach keinen Grund

mehr, die Fühler fürderhin nach Altendambach zu strecken und uns das Kaff im Geiste warm zu halten für zukünftige Konstellationen dieses Berichts. Wohin wir so gerne einen Hauch der Geschichte getragen hätten: vergessen wir Altendambach! Vergessen wir die lückenhafte Chronik mit ihren Lächerlichkeiten! Vergessen wir insbesondere auch Hrn. J.J. Wagner, für den wir uns, mal ganz im Vertrauen, ohnehin nur eine kleine Statistenrolle erhofft hatten, keine fünf Zeilen Text wert einen spacken Auftritt unter den Fittichen des Advoka-

Neuer Nekrolog der Deutschen, 24ter Jg.

ten Friedrich August Andritzschky, der zu Leipzig des Magisters Defensor war. So wollen wir uns auch gar nicht weiter verdrießen und dem Dörfchen das definitive Adieu zurufen, ebenso seinem Bächlein unter Trauerweiden, an das wir uns auch darum so gerne erinnern, weil Hr. G. uns bei ungünstiger Gelegenheit hatte weismachen wollen, daß sich sein Name (und damit der Name des Dörfchens) aus der Tanne erklärte; Altentannenbach am Tannenbach also, das wäre ja noch schöner! Wir dagegen wissen uns eins mit Jacob Grimm und den Seinen und fragen: der Damhirsch zum Beispiel, wie er mit seinen gewaltigen Schaufeln unter Teutschen Eichen, Polackischen Buchen und Lettländer Birken seinen Dingen nachgeht, was hat der Nämliche mit den grünen Blättern des Tannenbaums am Huth? Oder nehmen wir aus Tadshikien die Damantilopenku—

Die Seelen der verstorbenen Gottlosen schwebten nach
Meynung der Juden, wie Josephos (vom jüd. Krieg, 7,6)
sagt, zwischen dem Mond und der Erde, wo es bekanntlich ungeheuer kalt ist. Sich zu erwärmen, schlichen sie
sich wieder in lebender Menschen Körper ein, und quäl-
ten sie, und machten sie auf mancherley Art krank, weil
zwey Seelen, die zugleich einen Menschen regieren wollen, ihn so wenig in Ordnung halten können, wie zwey
Götter eine Welt.

Jak. Andr. Brennecke
*Biblischer Beweis : das Jesus nach seiner Auferstehung noch sieben und
zwanzig Jahr leibhaftig auf Erden gelebt...*
1819

Kluges Alibi im Narrenkleid

Wie schon der vorige, so hatte es auch dieser Winter wieder in sich; er war früh gekommen, hatte das Land über
Wochen und Monde unter seine frostigen Fittiche ge-
zwungen und lag nun schmutzig und lichtscheu in den
Winckeln der Stadt; es ist das Jahr 1813, ein Kriegsjahr,
wie die anderen auch.

reg.marg.act.uts.
Langbein
actyus & scriptor

Der 8te Februar, ein verhangener unfreundlicher
Montag, begann für Frl. Schmidt durchaus nicht unge-
wöhnlich. Sobald es nur acht Uhr geschlagen hatte, war
das noch keine neunzehn Lenze zählende Ding von seiner Dienstherrin ins Gewölbe des nahen Fürstenhauses
geschickt worden nach einer Flasche Wein, womöglich
auch nach zweien – in den späteren Ermittlungen blieb
diese Frage unberührt. Zwar soll man nichts beschwören, zumal wenn die geringsten Indizien entscheiden
und das Blatt immer wieder wenden könnten, aber als
das neue Mädchen der Kuhnhardtin sich auf den kurzen
Weg machte, ahnte es vielleicht wirklich noch nichts von
den Turbulenzen, in die sein Leben bald gerathen sollte;
jedenfalls war die Bescherung groß bei seiner Wieder-
kehr, kaum eine Viertelstunde später — und Mme.
Kuhnhardt fast tot, niedergestreckt mit bloszer Gewalt.

31

Über die Vermögensverhältnisse der Christiane Sophia Kuhnhardt liegen allerdings keine Erkenntnisse vor! Niemand schien sich je dafür interessirt zu haben. Als Wittwe eines Briefträgers der königlichen Post theilte sie sich mit ihrer Magd eine enge Zweizimmerwohnung in der obersten Etage des Cunitzischen Hauses. 76 Jahre alt und schon nicht mehr allzu tüchtig auf den Augen, gab die alte, als resolut beschriebene Dame dennoch eine stattliche Erscheinung ab, wenn sie etwa in der Küche stand und das lauthalse Gulyas=Regiment führte, oder in Abwesenheit des Mädchens höchstselber einen unverhofften Besucher bereits an der Thür abfertigte. Keiner kam an ihr vorbei! Noch die späteren Sectionsprotocolle vermerkten am Rande ihre außergewöhnliche Corpulenz.

die Häuserzählung geht noch quer durch durch die Stadt; das Cunitzische, № 631, befindet sich Höhe Preussergäßchen an der Ostseite des Neuen Neumarktes, heute nur Neumarkt

»Jetten! So mär dich doch...!« – bereits im Treppenhaus hatte die Dienstmagd ihre Patronin rufen hören und, das sagte sie später aus: sogleich geahnt, daß etwas ganz schreckliches paßirt war. Oben angelangt, fand sie ihre Ahnung bestätigt: die Kuhnhardtin bot einen erbärmlichen Anblick. An die Stubenthür gelehnt, saß sie mit heruntergerissener Haube auf dem Boden des Vorsaals, aus ihrem Kopf sickerte Blut, viel Blut. Ihre Hände, ihre Schürze, das Halstuch, die Dielen, Thüren, noch hinten zur Küche hin eine kleine Kreuzigung in Öl, alles war von Blut befleckt, blutverklebt auch das dünne grauschwarze Haar der alten Frau, auch die Wände bespritzt und verschmiert, gut sichtbar einige Handabdrücke neben der Thür; vielleicht hatte sie sich hier aufrichten wollen und war wieder gefallen. Sie rang nach Luft und stieß einige Sätze von sich, aus denen die Magd sich nur allmählich ein Bild zu malen verstand. »Ein Kerl war hier. Vom seligen Kuhnhardt um tausend Thaler. Der Brief. Der Alte weiß bestimmt nichts. Hat

mir auf die Hände gehaun. ¡Meine Kette...!«, sie griff
sich an den Hals: »Ein Glück, meine Kette ist da. Auf die
Finger geschlagen. Das Aas. Meine Kette hat er nicht!
Wenn der Selige wüßte. Tausend Ducaten. Ja schau,
Kind, der Brief muß noch dort sein...« – Thatsächlich
war dieser Henrietten schon beim Eintreten aufgefallen,
wie eigens deponirt lag er in der Mitte des Vorsaals.
Über und über von Blut befleckt auch er, ließ sich kaum
seine Anschrift entziffern, achtlos legte sie ihn beiseite –
ihre Dienstfrau verlangte zu trinken, bat um Labung,
um ein Schlückchen vom Rothen, der die Lebensgeister
weckt.

Indessen waren das Wehgeschrei der Wittwe und
die Hilferufe der Magd im Haus nicht unbemerkt geblieben und mehrere Bewohner herbei gelaufen, namentlich die Fr. Doctor Cunitz aus der dritten und Hr.
und Fr. Knobloch aus der 2<u>ten</u> Etage, denen es mit
vereinten Kräften gelang, die alte Frau in ihre kleine
Wohnstube zu spediren und auf einem commoden
Großvaterstuhl niederzulassen. Die Verletzte klagte
über Taubheit in den Händen und schmerzende Augen, zudem über ein Knarren im Kopf, als würden
darin Bretter gehackt. Auf die entsprechenden Fragen
hin beteuerte sie zwar noch mehrfach, den Kerl, den
Wüstling gar nicht zu kennen, ihn auch nie zuvor gesehen zu haben, aber darüber hinaus pries sie unter
schieren Lachanfällen immer wieder das Glück, noch
im Besitz ihrer Halskette zu sein, die sie, wie zum Beweise, jedermann vorzeigen wollte. Doch gerade als
man ihr eine weitere Tasse mit Wein an die Lippen
führte, verlor sie das Bewußtsein, um es bis zu ihrem Ableben in der Nacht zum 10<u>ten</u> nicht wieder zu erlangen.

Während nun in der Stube die anwesenden Haus-
bewohner vor der Hand schon einmal die generale Hab-

ein Curator wollte
nur Executor seyn

schaft der Wittib auf Verlust controllirten, sich anbei
auch gern in allerlei Muthmaßung ergingen und auf die
schlimmen Zeiten von heutzutage schimpften, resp. auf
den Herrgott, wenn der noch nicht einmal eine alte
krancke Frau beschützen konnte, gelang es Henrietten,
ihre verpurzelten Gedancken ein wenig wieder auf Leine
zu klammern, und es fiel ihr eine kleine Begebenheit im
Hausflur wieder ein, die sie vor lauter Aufregung ganz
im Kopf vergeßen hatte:

Ich muß zum Höpffner rüber, sann sie leer vor sich
hin und war gantz einwenig vergeistert, um alsdann
umso beherzter zu beteuern: »Zum Höpffner! Ei, du
schönes Jerusalem, nur der Höpffner kanns wissen, wer
von seinen Magistern das war.« Schon warf sie sich die
zu dünne Enveloppe über die Schultern und hüpfte –
hurtig davon.

Denn sie hatte den vermuthlichen, oder wie sie au-
genblicks überzeugt war und später zu Protocoll gab:
den thatsächlichen Schweinehund heute früh ja noch gesehen, eigenhändig gesehen, sozusagen, unten, als er an
ihr vorbei zum Hausthor geschlichen war, gleich wie
einer, der was auf dem Kerbholz hat! — So ein Suspec-
ter, so einer mit dem bößen Blick zur Unschuldsmiene,
zu dem sie schon seinerzeit bei Höpffnern lieber Abstand gehalten hatte; bloß sein Name fiel ihr nicht wieder ein! Er lag ihr, er zerging ihr schier auf der Zunge,
über die Lippen wollte er nicht – sie hätte ihn ausspeien
mögen. Aber der Höpffner, bei dem dieses Lump ein-
und ausging, wie ein Gretchenlamm vom Lande, der
Höpffner wußte bestimmt besser als sonstwer in der
Stadt, wie sich wol das Scheußal hieß; sie jedenfalls hatte
es sofort erkannt! Zwei Augenblicke lang erst nur allgemein so vom Sehen her, aber dann war es ihr wie Schup-
pen von den Augen gefallen: daß das dieser Seltsamste

34

war von all diesen seltsamen Pinkeln, kein Zweifel, die beim Höpffner immer verkehrten, als sie noch selber dort in Diensten stand. (¡Wenn der Schurke nicht sogar schon am Samstag durchs Haus gestänkert war, als eben der Döbler das Brodt geliefert hatte! Man müßte die Zarre von unten parterre fragen...)

Ein Königreich für einen Namen! Den Namen von einem Wahnsinnigen, von dem man sich nie etwas gutes erwartet hätte! Unter Tausenden, unter thausend mal Tausenden und stockdusterblind: sie würde ihn jederzeit wiedererkennen, so wahr der Leibhaftige ein gerechter Herr ist! Denn dem sie nimmer im Dunckeln hätte begegnen mögen : als sie von ihrem Gang ins Gewölbe zurück kam, da hatte er unten im Hausflur plötzlich vor ihr gestanden, wie aus dem Nichts, und sie flüchtig gegrüßt, wie eine entfernte Bekannte, war dann aber schneller als ein Pfiff davongesprungen und zum Thore hinaus, ohne sich umzudrehen, ohne zu gucken nochmal – ergo: wie auf der Flucht! Da hätte sie sich gleich denken können, daß hier was nicht stimmt! — So flinck Johanna Henriette Schmidt nun ihre Füßlein tüpfeln ließ: die Treppen runter, dann schräg über die Straße ins Preussergäßchen rein, so behende zwirnten ihr die Gedancken ein Tuch in den Kopf, das flaggte, das flatterte, das wedelte rum, daß es einem ganz schwindelig werden konnte... – ...die Ruhe selbst war Otto Höpffner, fast schon phlegmatisch; aber auf jeden hatte er ein offenes Ohr.

Jette traf ihn schon unten im Gastraum an, er saß vorm Einschreibebuch zu Biere und studirte die Zahlen. Und war höchst überrascht ob des unverhofften Besuchs: Du hier!? Schau einer her: die Jungfer Johanna! Tritt Sie eyn, Schöne mein! – Genau weiß mans natürlich nicht, was er sagte vor lauter Verblüffung, aber es steht zu vermuthen, daß es, insgesamt, etwas freundliches war. Sie ließ einen folgsamen Knicks erkennen, stütze dann die Rechte in die Hüfte vor Empörung, schob die klagende Linke vors Gesicht und weinte – und hob nach drei Schluchzern des Verschnaufens zu einem gerafften Bericht über das Unglück an, das ihr widerfahren war. Und ihrer Dienstfrau vorhin. Hernach ließ sie laut im Geiste den nämlichen Quidam noch einmal durch den Hausflur posiren, ohne dabei zu vergessen, versteht sich, wie scheinheilig dieser ihr nach vollbrachter That noch einen dreisten Gutenmorgen gewünscht hatte, und schloß endlich ihre Rede mit der Bemerckung: »...und müssen nur noch wissen, wer zu heute übernachtet hat, damit es von die einer war!«

Otto Ernst Christian Höpffner, 47 Jahre alt, betreibt eine Schankwirthschaft im Preussergäßchen 47, direkt neben der Hohen Lilie am Ausgang zum Neuen Neumarkt, wo der Klavierlehrer Wieck wohnt, bald aber Theo Althoff, und lange Zeit später das HO-Kaufhaus *Centrum* seinen Ort bekam, will heißen: Karstadt wie-

Stand 25 XI '04: Bauloch; zwei Wände stehen noch

der. Das Local wird vornehmlich von Gelehrten aufgesucht (so jedenfalls Jettchens verbindliches Urthel), jedenfalls von lauter Herren Magistern aus der Umgebung der Stadt, von denen manche hier auch mal das Lager nehmen, wenn die Geschäfte Übernachtung erfordern. Derer also hatte es fünf Stücker gegeben, derer zu heute, fünf Logis, Otto Höpffner zählte sie mehrfach

u.a. Binsch Frege Götze Pinkert...

der Reihe nach durch. Die Schmidtin ihrestheils hörte aufmerksam zu, dann wünschte sie, ringend, von dem Einen das Eine, vom Nächsten noch das Andere zu erfahren; ob jener etwa der war, der immer so galant daher kam mit den schönen Schleifen immer am Revers. Oder mit dem lauten Organ der, wo man jedesmal zusammenfuhr, wenn der den Guschen aufthat. Neinnein, das Lan-

36

geleiden gleich gar nicht, das vergeilte Elend, nur Knochen und Haut, das auf keinen Fall. Auch dieser Quaser nicht, dieses Ferkelschwein, mit Verlaub mal, mit seinen fetten nassen Lippen und nie genug auf dem Teller – aber Türckenfraß: einer – mußte es doch sein!

Weil sie sich nach gründlichster Verprüfung partout nicht auf einen der Logisten verbürgen mochte, ließ sie sich eigens aus der Schankbrüderzunft noch weitere Candidaten benennen, gab auch selbst zufällige Hinweise auf das fragliche Object zum beßten, wie sie ihr noch aus der Dienstzeit im Gedächtniß warn, und es dauerte jetzt nicht mehr lange, da hatte sie unter verständiger Führung des Zapfwirths den Richtigen ermittelt, eindeutig! »Der Kluge!« rief sie. »Ei, der Närrische! Ich habs ja sowieso gleich gewußt – aber bloß diesen verluchsten Namen nicht von der Zunge gekriegt. Der Kluge, herrjé...«, und es war auf einen Schlag ihr alle Last von der Seele benommen, und von der Brust darüber. Tausend alte dicke fasttote Frauen hätten ein solches Gewicht nicht aufbringen können, wenn sie etwa den Mordsgesellen nicht herausgefunden hätte; Hümmel! – wie lufft ihr für den Moment auch gleich zumuthe war.

Bergmann Meinert Selle Stimmel

»Der Kluge«, wiederholte sie, von Seligkeit berührt, und strich Otto Ernst Christian zärtlich übers Gesicht – einem verfloßnen Geliebten, möchte man fast denken; wer weiß! Aber schon hatte sie es wieder eilig, brandeilig auf einmal. Denn Meister Höpffner hatte nach dem Brief gefragt. Welcher Brief? Ach der Brief, ja, für die Kuhnhardtin der, Gott, wo hatte sie den bloß wieder abgelegt? Im Spiegelfach!? Sie überlegte, fand keine Antwort – und mußte also sofort los! Und wollte bis auf Mittag gerne noch einmal herüber schauen und das Neuste berichten. Aber jetzt würde sie bei der Verwundeten gebraucht! Und von der Polizey bestimmt, die schon alles von ihr wissen will! Ojé, bestimmt ist die Polizey schon vor Ort —

...mit welcher Vermuthung sie freilich richtig lag! – Wer auch immer nach ihnen gerufen hatte: der Polizeydiener Teutler und Hr. Acktuar Wagner waren bei Rückkehr des Mädchens längst zur Stelle und übten sich naturgemäß im Erstenermitteln. Und im gründlichen Aufnotiren sowohl verdächtiger Umstände, sowohl auch dienlicher Hinweise der anwesenden Damen Zeugen und des Herrn. – Etwa wollte es dem Teutler soeben deuchen, es wäre im Vorsaal an einer zwischen Wohnungs- und Stubenthür befindlichen Stelle ein wenig von der chamoisfarbenen Bordüre abgerieben worden, was zuverläßig auf uneinige Gerangel der Vorfallsbeteiligten zu folgern erlaubte; etwa gab unter gehöriger Urgirung die Cunitzin dem Wagner sogleich zu Protocoll, wie sie doch keine fünf Minuten, bevor sie von oben das Zeter und Mordio vernommen, ganz ohne besonderes Kalcül zum Fenster hinaus geschaut und dabei nicht nur von mittlerer Statur eine männliche Person zum Hause heraustreten bemerct, sondern obendrein wahrgenommen habe, daß dieser furchtbare Kerl sich ohne Unterlaß den Staub von einem, nun, wenn es denn so genau sein soll: eher – dunckel gehaltenen Matin abgeschlagen habe, ganz so, wie einer, der sich an der Lambris das Kleid weiß gemacht. Hierauf sei der Mörder gemächlich, aber mit geducktem Kopfe nach dem Gewandgäßchen hin abgezogen...

Wagner vernotirte sich die Aussage, daneben stirnrunzelnd auch auf einem Extrablatt den hochverspäteten Dienstantritt des jungen Adjunctus Hannes Hegel in diesem Moment, des Adjunctus auf Probe, seines Zeichens, einer amtswidrigen Frohnatur, die er ohnehin nicht leiden konnte.

Und zuweilen, so ließ sich Zeugin Cunitz vom Hegel nicht beirren, und zuweilen seien rechtordentliche
Wolcken aus diesem Kerl heraus gestäubert, genauso
hell in der Farbe, mindestens, wie dort dem Hauptmann
Teutler sein Schamoa.

Indem allso einmal mehr das Eine das Andre ergab
und offenbaarte, wie das criminalogische Einmaleins gewöhnlich gerechnet wird, fanden sich am Veranstal-
tungsort durchaus noch weitere ernstzunehmende Herrschaften von Amts wegen ein, allen voran in vicibus des
Creisamtrichters Weidlich dessen Hr. Acktuar Langbein,
Ferdinand Benjamin Fürchtegott mit vollständigem Namen, und, Arm in Arm mit diesem, der Landrichter
Müller, Johanngeorgwilhelm. Den beiden folgten ste-
hender Füße die Amtslandschoppen Tissager und Kretschmar, den Henriette bereits flüchtig kannte, als auch
der Registrator Zitzmann.

Des letztgenannten Zitzmann Verweil erwies sich
indeß nur von kurzer Dauer, denn mit geheimem Ordre
machte er sich schon gleich wieder auf die Strecke, um
freilich gelegentlich seines Abgangs dem sehnsüchtig er-
warteten Stadt=Wundarzt Gehler die Klinke in die Hand
zu reichen.

Weil dieser Dr. Gehler es nun, da der Tag schon
starck bis ziemlich gen Mittag peilte und er unbedingt
seinem Vater noch entfleuchen wollte, für geboten,
wenn nicht für dringend geboten erachtete, eine sofor-
tige Trepanation vorzunehmen an der Denata (wie auf
ihre späteren Tage die dicke Kuhnhardtin ab sofort wol
heißen sollte), veranlaßte er ihre Verlegung auf das Bett
im anderen Zimmer, woselbst es unter thatkräftiger Zu-
hülfe des inzwischen ebenfalls eingetroffenen Chirurgen
Ehrlichers zum Eingriff kam.

Wegen Terminen zu spät angelangt, wußte sich auch Dr. Ludwig als der zuständige Amts=Physikus noch nützlich zu machen, er extemporirte ein wenig vor den übrigen Ausgesperrten über die fabelhafte Welt der Chirurgie und ihren Kampf um Gleichheit, im Besonderen aber über Nutz & Guth der Durchbohrung einer Schädelplatte mittels Trepan=Besteck genannter Specialgeräteschaft, indem die solchige einerseits zur allgemeinen Druckablassung aus dem Innern des Schädels, und einerseits zur Entfernung der etwa ins Weichtheil gerathenen Spänchen und Schieferlein dienlich sein konnte. Insgesamt konnte nebenan die stolze Anzahl von neun Knochensplittern, theils zur inneren Tafel gehörig und kleinfingerlang, aus dem Kopf der Wehrlosen geborgen und Stück um Stück dem Teutler in die kleine Stube gereicht werden, wozu der gemischte Chor dortselbst ein erstauntes a cappella gab – qua Zeugenschaft qua Hohebehörde.

Vorsichtig und nicht unpiëtet verband Teutler das traurige Grüppchen mit Papir, das ihm der Wagner extra reichte, und drückte dem Ganzen mit amtlichen Kraft sein Petschaft auf, wie ein Pflaster und für jedermann sichtbar. Ohne weitere Diskussion folgte er schließlich mitsamt der gebündelten Beweise dem Schicksal des Amtsnachbarn Zitzmann – er freilich bloß zwecks Sicherstellung. Und nicht recht eigentlich geheim.

Und man soll nicht Dr. Gehler, Senior, unterschlagen im honettablen Reigen! Schon vor der Operation hatte der Filius die Visitation seines alten Herrn angekündigt und viele wußten sofort Bescheid, kurz nachher war er eilends verschwunden. Hr. Hofrath Gehler erschien am frühen Nachmittag, und zwar in seiner Eigenschaft als Polizeydeputirter, der alte Schlawiner. Von einem namentlich unbekannt gebliebenen Begleiter ließ

er sich nun alle Anwesenden einzeln vorstellen und no-
tirte sich persönlich ihre Daten, mitunter auch die seiner
Amtscollegios (worüber dieselben sich nicht besonders
echauffirten, Hauptsache, er war fürs Erste beschäftigt).

Curzum und Allesinallem ergab sich ein ziemliches
Kommen und Drängeln in Hause N° 631, vier Treppen,
Kuhnhardtisches Quartier, kleines Stübchen, ein Fenster
nach vorne, Pißwetter draußen, kaum, daß noch ein
Plätzchen zu kriegen war; auch die Zeugen hielten Stellung. Kein Ausfall bis hier! Nur Fr. Knobloch mußte
schon dreimal verschwinden. Fr. Dr. Cunitz hatte sich
ein Riechtuch geholt. »Will nicht mal einer lüften! Af-
fendunst hier!« befahl Rath Gehler blind in den Raum,
ein irgendwoher aufgetauchter Bengel gehorchte, Henrietten verglühten die Wangen. Allerdings! Sie konnte
sehr wol auch etwas Luft vertragen, stimmte sie beeindruckt zu und erquickte sich an der Prise, die kurzerhand die Stube durchsuchte. Dann aber: entwich ihrer
Kehle ein ziemlich handfestes »O!« – und schrie nach
Erklärung! Scandâle! Scandâle! Was hatte nur das arme
Kind? Versank es ins Dunckel vor Betrübniß? Ertranck es
in Trauer? In Leid? — Weit gefehlt. ¡Ein Gottesbeweis!
Nicht weniger. War schuldig!

Von den bisherigen Protocollen und anderweitigen
Papieren, die der Wagner auf seinem offenen Kladdenla-
den vor sich hertrug, waren einige, von dem Lüftchen
erfaßt, davongeflogen, ein besonders präzises der
Schmidtin schnurstracks vor die christlichen Schuh.
»O«, wiederholte sie, schon kleinlauter als zu Beginn des
Satzes: der Brief! Durch ihr Köpfchen marrschirten Co-
lonnen: sie hatte ja durchaus den Vorsaal kurz ins Visier
genommen, als sie vom Höpffner retour kam vor, herjé:
schon sechs Stunden, hatte das Spiegelfach inspizirt,
Schuhschrank, Anbrett, alles, nur für hinten bei den

Cartonagen war keine Zeit mehr, weil – ¡sollte vielleicht deswegenbloß die Untersuchung extra warten!? —

»Der Brief...«, gestand sie nun beinah alles ein und deckte, um Fassung bemüht, die ganze Bredouille auf: »der lag unten am Boden im Vorsaal. Nur damit keiner drauf tritt. Hab ich ihn ins Spiegelfach gethan. – Oder...? Zu den Hüthen hinter...? – Wo denn sonst hin!?« fragte sie Wagner und mit versagender Stimme hinein in den Raum. Wagner hüllte sich in Schweigen, sammelte tonlos die entfleuchten Blätter vom Boden wieder auf, wer von den Übrigen Kenntniß von dem Vorfall nahm ist, bis auf einen, unbekannt.

»Gottsbedankt! Daß Ihr den Brief nur habt, der Hr. Rathsperson. Das wär ja noch stürmischer was geworden, damit der fort wär«, mühte sie sich tapfer, den Wagner zu Rede und Glauben zu bewegen, und war schon nah bei den Tränen, das Kitzeln im Näschen war schon da, doch Glück für sie: mit dem alten Gehler hatte wol gar keiner mehr gerechnet. – Dieser und sein namenloser Sekretär hatten ihre Ermittlungen ohne Aufsehen, aber nicht inconsequent vorangetrieben und waren schon weit durch den Pulk gereist, jetzt standen sie dem Mädel bereits dicht im Nacken, kein Wunder, daß sogar ihnen noch etwas Wind von der Angelegenheit unter die Nasen geriet.

»Der Brief?« fragte Polizeydeputirter Gehler in scharfem Ton und schnippte herrlich mit dem Daumen, was einen Klang ergab, den Wagner gut kannte, der noch immer schweigsamverträumt der Dirne zu Füßen hockte, sofort aber auf- und dem alten Herrn entgegen sprang, den Brief in der Hand und diese weit vorgestreckt. Mürrisch riß der Hofrath das Papier an sich und suchte es von beiden Seiten auf Wasserzeichen ab, erkannte aber an derenstatt auf Blut. »Blu-ti-ger Brief«,

dictirte er sich in die Feder und betrachtete das Fund-
stück erneut von vorne und von hinten, bis er es schließlich mit spitzen Fingern aufbrach, immerzu darauf bedacht, sich nicht an den Spuren zu beschmutzen. Dann
überflog er die Zeilen mit studirtem Blick.

Inmittelst er alsdann aufschaute und des Fräuleins
verzweifelt büßende Augen, so weiß..., soschwarz, so
tieftraurig auf sich gerichtet sah, kämpfte der alte Mann
einen Glockenschlag lang gegen die Tränen, gegen eine
Rührung, die nur ein Blick in das reine Gefäß einer eyn-
fältigen Creatur bewirckt haben konnte, einer Jugend,
einer Schönheit, einer Unschuld, die sich ohne Bedingung ihren natürlichen Autoritäten ergab, der des Alters, der des Mannes, der der Behörde. Er sah in die Augen dieser Maid, die fragten, die badeten in Verlangen
und fragten, die schwammen in Neugier, er sah zwei
schwarze Schafe schwimmen, Schwäne vielmehr, die
fragten, sah Schürze, sah Röcke, sah unter weißen
Strümpfen zwei Knöchel, zart, klein, verletzlich und
schon wieder bedeckt, er konnte gar nicht anders, ein
verglücktes Schmunzeln zog über sein Gesicht, vor das
er noch einmal den Brief erhob – und seine Lectüre re-
petirte, etwas lauter als gehabt:

»An die Hochedelgebohrne Frau Madame Cunathin in
Leipzig
Hochgeehrteste Madame!
Wenn Sie sich wohl befinden, soll es mich erfreuen. Da
ich die Ehre gehabt habe, Ihren sel. Herrn Gemahl kennen zu lernen, so nehme ich mir die Freiheit anzufragen,
ob Sie mir nicht ein Capital von Tausend Thalern auf die
erste Hypothek aufs Gut erhalten könnte, bitte mir gü-
tige Antwort aus und verbleibe mit größter Hochach-
tung
der Ihrige→ ergebenster   Joh. Gotthelf Bröse.
Hohendorf, 24ten Januar 1813«

Uibereinstimm-
ung dieser Copia
mit der Urschrift
wird bezeugt von
F.B.F. Langbein
Ackt. & Not.

43

»Niemals!« rief Henriette, die ihren Erfolg verspürte und damit gleich wieder an Eiffer gewann.

»Bröse? Hohendorf? – Hab ich ja noch nie gehört. Und ich muß das wol am beßten wissen, wo mir Madamen doch abends immer alles erzählt hat von sich, die Arme : erst kinderlos ihr ganzes trauriges Leben lang und am Ende noch sowas : unerhört : der Kluge war das, nicht irgendein dahergelaufenes Bröse, das noch nichtmal einer irgendwo gesehen hat, oder sogar im Hausflur unten!« empörte sich Henriette Schmidt ob des üblen Adressanten; immerhin nicht ganz zu Recht, stand sie doch erst die siebte Woche bei Mme. Kuhnhardt im Dienst, seit Johannis, genau genommen, weil es beim Höpffner nicht mehr ging, wo sie zuvor das Jahr war.

Der Hofrath verzieh ihr die vorlaute Unterbrechung und zog aber nun aus Gründen von Autorität und Respekt wieder die Amtsseiten auf.

»Sofort zu den Acten!« wies er seinen Gehülfen streng an und unterstrich den Befehl noch durch ein schallendes: »Extraéminent!« Dann faltete er das Papir umständlich zusammen und wedelte sich damit etwas Luft zu – jemand hatte das Fenster wieder geschlossen.

»Nun zu Ihr! Sie will das Beweisstück entdeckt haben, giebt Sie also zu. Verdächtig, wenn man dasselbe beiseite bringen wollte, das kann Sie sich vielleicht denken....«, raffinirte er seinen Kenntnißstand und baute sich mit verschränkten Armen vor der Dienstmagd auf, die selber schon schwitzte und so unschuldig war, wie an der Schließung des Fensters.

»Wer ist Sie eigentlich und wie fügt Sie sich hier in den Nexus?« setzte er hinzu, durchaus gewillt, sich etwas eingehender um das Fräulein zu bekümmern.

»Die Mam-sell«, sagte Henriette leise und knickste gleich noch tiefer ein, als heute morgen beim Höpffner, dann erzählte sie ihre Geschichte von vorn und von hinten und gab in mäandernden Schleifen zur Kundschaft, wie der ihr wohlbekannte Magister Kluge aus Volkmarsdorf (: von wegen Hohendorf! Zum Tollkühnwerden!), wie also aus Volkmarsdorf dieser närrische Kerl in einem, nun, wenn es denn so genau sein soll: eher – dunckel gehaltenen Matin gekleidet ihr unten begegnet war, wie er sie hinterrücks gegrüßt und einen falschen Gutenmorgen geheuchelt hat, wie er verräterisch habe wissen wollen, ob sie eben ankomme oder ob sie eben ausgehen will, wie sie geantwortet, daß sie eben angekommen wäre und oben ihre herzenssanfte Frau gewiß schon ganz unschuldig ist und abwartet, wie der Mordsgeselle sie daraufhin ganz tödlich angestarrt habe und wie sie aber gleich auf dem Quivive war und den Satansbraten gerochen hat und schneller, als der überhaupt gucken konnte, die Treppen rauf gemacht ist, so flugs, daß das Schwein sie nie im Leben eingekriegt hätte – nichts ließ sie aus, nichts fügte sie hinzu und Hofrath Gehler wars wol zufrieden. Er übergab endlich den Wedel an seinen Amanuensis, der gab ihn an Wagner zurück, Wagner reichte ihn sehr extraéminent weiter an den Adjuctus auf Probe und warf demselben einen pädagogischen Blick zu, Hannes Hegel war sein weiteres Fatum augenblicklich klar: er verabschiedete sich übertrieben zackig – und schlich, dem Teutler auf den Fersen, gen Creisamt davon.

Dortselbst hatte auch Henriette in den nachfolgenden Tagen zu tun. Hingetrieben von continuierlich ansteigender Wuth auf die Bestie von Volkmarsdorf, entzückt ob des fleißigen Treibens und Wuselns der behördlichen Personen aller Ränke und Stände, noch stärcker beeindruckt von augenfälligster Reinlichkeit im Amtshaus und allgegenwärtigen Manieren, wie sie, bis

als heute früh Herr Amts-Physikus Dr. Ludwig zum Creisamt melden ließ, daß die geschlagene Kuhnhardtin in der verflossenen Nacht gestorben sei, wurde in Abrede genommen, daß die Section heute Vormittag erfolgen solle

auf den Weidlich, ein Jeglicher zur Schau trug, solchermaßen von einem Entzücken also ins andre getrieben, ließ sich Mademoisellen auch nie lange bitten und gerne noch von jenem über diesen und von diesem über jenes noch vernehmen, im Wesentlichen aber stimmten ihre Aussagen in sich überein. Lediglich kleinste Bagatellen fügten sich nicht gleich ins Glied, fielen untern Tisch oder veränderten sich im Gewicht.

Jette war die wichtigste Zeugin in der Untersuchung, das stand fest! Jette war die Last zu tragen bereit! Das auch! Niemand sonst hatte den Verbrecher im Hausflur gefunden! Niemand sonst den kalten Schweiß auf seiner Stirn entdeckt! Wer wurde durchbohrt und geschändet und von den messerscharfen Blicken des Schlächters um Haaresbreite selber noch tödtlich verletzt? Zeugin Schmidt, keine andre, mochte sie parterre oder sonstwo wohnen. Hat je eine Vetterlein etwa entschlossener als Zeugin Schmidt den offenen Blick in die offene Mörderfratze des Mörders gewagt, in die fahle Fissage des Todes, die so blaß war, wie mit Kreide bestrichen, wie getarnt für den Krieg? Hat je eine andere Comparentin den Henker im hellsten Lichte gesehen, wie er gerade frisch vom Aufhängen kam und noch am ganzen Leibe gezittert und gebibbert hat? Wäre etwa eine gewöhnliche Zarre von parterren dem ehrlosen Gesellen so aufs Natürlichste entgegengetreten und hätte ihn frei von der Leber gefragt, ob er am Ende das Fieber in sich trägt, so wie er zittert und bibbert!? Kaum zu glauben! Daraus schließt sich einwandfrei: ohne Freulein Schmidt, ohne die vertrauteste Fräundin der kinderlos Verblichenen, würde die ganze amtliche Untersuchung nur muntere Purzelbäume schlagen, wie ein läufiger Mummenschanz. Ergo sollte auch Garkeine erst versuchen, Erster Zeugin Schmidt in die unbefugte Quere zu kommen – auch nicht Lohnplätterin Maria Vetterlein, die Kuh! Wichtigtuerin von ganz unten parterre. Vom Kutscher Tschordschi die Zarre —

...die ja persönlich auch erst reichlich spät zum Verbrechen erschienen war! Erst am Abend, als Letzte von allen! Und die gleich rotzwie gethan hat, als wenn ausgerechnet ihr die beßte Freundin hopsgegangen wäre – zum Lachen! Heuchlerin! Sichaufspielerin! Schauspielerin! Würde je eine Zeugin von Format so dumm sein und sofort ihr ganzes Pulver in den Wind verschießen? ¡Kaum! Jedenfalls nicht eine vom ausgekochten Schlage einer Henriette Schmidt, die den besagten Sonnabend vor dem Überfall schließlich mit ganzer Absicht im Hinterstübchen zurückgehalten hatte, weil sie ein taktisches Gespür besaß, wie es ihr erst der Höpffner wieder versichert hat, daß man als Zeugin immer ein taktisches Gespür an den Tag legen soll. Und wenn auch hundert Mörder schon am Sonnabend treppauf treppab durchs Cunitzische Haus gewandert wären und hätten mancherlei Schwätzchen gehalten, gemordet hat nur einer, und das am Montag, das stand fest. Folgt: zunächst einmal stand nur der Montag zur Rede, der Tag des Verbrechens. Wiefern auch der Sonnabend noch zur Klärung nützlich sein möchte, das würde sich noch zeitig genug erweisen. Bis dahin konnte es nur einer Ersten Zeugin gemäß sein, ein wenig hauszuhalten mit ihrer Wissenschaft, anstatt es der ferneren Zeugin Vetterlein gleichzutun, die immer alles sofort ausposaunirt, was sie weiß. Kaum hatte sie in den Ohren etwas davon spitzgekriegt, wie der Mörder sich nennt (und wer bereits persönliche Bekanntschaft mit ihm hat), schon mußte sie unaufgefordert aufs Amt rüber laufen und überall herum erzählen, sie hätte ihn ja als Erste aufgespürt, nämlich schon hu-

erschien auch erneut die Schmidtin an Amtsstelle, wiederholte ihre gethane Aussage und bemerkte, daß die Mannsperson von Höpffner, wenn sie dort eingekehrt, mit dem Titel Hr. Magister belegt und daher auch von ihr so genannt worden sei

jus den 6⁼ᵗᵉⁿ, am zuvorigen Sonnabend im Hof, diese
Zarre. Wer glaubt schon einer solchen?!

Daß der Kluge etwa schon am Sonnabend in den
Hof hinein spazirt und ganz dicht an Maria Vetterlein
herangetreten wäre und sie nach dem Quartier der Fr.
Kuhnhardt ausgefragt hätte? — ¡Als ob es etwas beweisen soll : ganzdichtheran!

Daß der Kluge etwa schon am Sonnabend einen
Mantel von feinem dunckelblauen Tuch getragen hätte,
und auf dem Kopf eine schwarze Mütze mit Schirm oder
ohne? — ¡Als ob es nicht längst die Spatzen von den Dächern pfiffen, was er trug!

Daß der Kluge etwa schon am Sonnabend die
Treppe hochgestiegen und die Kutscherin ihm gleich
hinterher gestiegen wäre? — ¡Als ob nicht jeder ›parterre‹ wüßte, wo die Kutscherin wohnt! Also hatte sie
oben überhaupt nichts zu suchen!

Daß der Kluge etwa ganz blaß geworden wäre im
Gesicht, als gegen dreiviertel gerade der Brodtmann
oben zur Thür herausgetreten kam? — ¡Als ob nicht Frl.
Schmidt am beßten sagen könnte, wann der Döbler gewöhnlich kam und ging u.s.w!

Andererseits: daß freilich der Kluge es sich plötzlich
anders überlegt hatte und (als hätte er nur die Namen
verwechselt) statt Fr. Kuhnhardt nun die Fr. Dr. Cunitz
zu sprechen wünschte, die eine Etage tiefer wohnt, und
daß er zwar postwendend die Treppe wieder hinabge-
stiegen war, aber in der Cunitzischen Etage keinen Moment lang verharrte oder gar angeklopft hätte, das alles
würde die Zeugin Schmidt ja selber noch ins Protocoll
gegeben haben, wäre die Allerletzte am Verbrechen
nicht Dienstagmorgen die Erste auf dem Amt gewesen
und ihr damit zuvorgekommen – Maria Vetterlein, der
jeder Sinn für das Benehmen fremd ist und jedes takti-

sche Geschick, möge sie sich nur nicht allzuweit nach
vorne wagen und einer Zeugin von Rang ins Gehege
laufen, sonst wird sie sich dereinst noch in ihren Lügen-
stricken erdrosseln, wie die Katze im Garn, und vielleicht vom Erdichten für immer geheilt seyn! – Was hat
eine Solche sich überhaupt in criminalische Angelegenheiten vorzutrauen?! Und im Creisamt herumzutreiben,
unter sonst lauter guten Manieren!? —

...von denen, wie gesagt, die einzige Ausnahme
Benjamin Weidlich hieß, bei dem liefen alle Fäden zusammen. Weidlich war so gar nicht nach Jettens Geschmack gestrickt. Vom Charakter her nicht. Knöcherig.
Kantig. Ungeschliffen. Schroff. Kein Cavalier. Nicht mit
anderen Beamten zu vergleichen, die sie kennt. In ihren
Augen trieb er von Beginn an ein falsches Spiel. Als sie
ihm jedoch am Donnerstag schon zum zweiten Male
binnen Tagen persönlich gegenüber saß und in Gedanken noch einer Freundin nachhing, der sie unterwegs
begegnet war, da fühlte sie sich unsicher, wie getrieben.
Sie trug sich mit dem Bedenken, als würde der Fall
Kluge immer mehr aus dem Ruder und immer prekärer
gerathen. In vier Tagen geht viel Wasser die Rietschke
runter und den Rietschke rauf, das Vorderste kann sich
zuunterst wenden, von oben nach hinten sich das Gerechte verkehren, dessen Sieg und Heil all Jettens Trach-
ten doch war, sowohl als auch außerhalb vom Amtshaus.
Es wäre ja auch gar nicht ihrer putzigen Art nach gewesen, wie man sie kennt und liebt, etwa die Zeit ungе-
nutzt verstreichen zu lassen und wie ein Karnickel
lammfromm im Gatter zu hocken und im Stübgen zu
verharren, Bravesmädlseyn, die Händchen im müßigen
Schoß, niemals! Contra! Nicht Jette! Nicht Johanna
Henriette Schmidt, gezeugt außer der Ehe, geboren in
einer vaterlosen Stadt im Süden, aufgewachsen zu St.

Georgen, im Waisenhaus am hinteren Brühl – so eine wußte, daß für die Gerechtigkeit gestritten und geblutet werden will! Von hüh nach hott und bis zum Bondiusbiladius hatte sie sich die Füße ab- und blutig gerannt, mit allen Fraglichen sich besprochen, mit der Cunitzin, den Knoblochs, sogar mit Döblerchristian, sogar mit der Vetterlein hatte sie sich extra wieder vertragen und mit Tschordschi mal wieder ganz unverfänglich geschwatzt, der beim Kaufmann Hänel vom zweiten Stock den Kutscher macht – sogar beim Hänel selbst und seiner jungen Frau Iduna, überall war sie persuadiren, wie der uncandidelte Weidlich sich ausdrückt, und hatte für die Wahrheit geworben, für Nichtsalsdiewahrheit! Hiero Trost und Gewißheit, wenn etwas nicht gewiß war, dorten Versicherung, wofern es noch Zweideutiges zu regeln gab – wie das fleißige Bienchen war Jettchen durchs Haus und um das Haus herum geflirrt und hatte sich Nektar und Pollen gesogen, wie der Weisel war man ihr entgegengetreten, mit Achtung, mit Anstand. Mit Respect! (Außer Weidlich.) Und Bedauern. Auch beim Höpffner war sie einmal in seiner Kammer drüben gesessen, was hat der auf sie eingeredet und sie in den Arm genommen und gekoselt und gehätscht und wieder geredet, wie ein Vati, der, sofern man hat, einen beschützt und viel stärcker als deiner ist, wie ein Mann so starck, nicht wie hier dieses sterbensbleiche Weidlich dagegen, das immer in der übelsten Laune brät und immer seinen rußschwarzen Qualster zur Seite ausgespuckt und Stinkekraut raucht, wie wenn es ein Magister in Otto Höpffners Bierschank wäre, mit einer Haut, als hätte jemand Wachs über ein Gerippe gegossen und die Kerzen dafür wären zwei Jahre in der Rumpelkammer gelungert, wo es Spinnen hat und Unrath und alte Säcke und immer im Herbst noch das Brennzeug vom letzten Winter liegt, so

¡Iduna war keine Feministin! Und später nicht Wittwe Prof. Albert Hänels, der einen Stein an den Kopf kriegte und jung starb. Ergo war Iduna auch nicht die Gattin Harry Greens, welcher Heinrich Laube und anbei Erfinder des Jungen Deutschlands ist. – War?

lange haben sie schon in der Kammer gelegen. – Wie missgetraut der sie auch immer so angeguckt, gar nicht als ein richtiger Mann, wo sie solche kennt, viel lieber wie einer, der ihr partout nicht übern Weg trauen will, solches spürt man als Fräulein sofort, ausgerechnet ihr nicht, die keiner Fliege was vorschwindeln kann, dafür hat man als Fräulein ein Gefühl, wenn einer nur Argwohn und Mißtrauen in seinem Krähenkopf hat und fortzu den Dolus überspannt, statt Anstand und charmantes Benehmen vorzuzeigen, als es zum Beispiel Otto Ernst Christian aufweist, dem noch ein richtiges Kreuz unterm Hembde wohnt mit Schultern, da kann man dran lehnen – von solcher Figur konnte das Weidlich nur treumen, vom Drannlehnen, diese dürre Statur, die es öfterermalen schon wagte, sie ganz impertinentisch anzufahren, wenn ihr bloß mal nicht sofort das Richtige eingefallen, oder sie nicht gleich mit dem Sonnabend rausgerückt war, mit so einer Grimasse dabei, wie die vom Teufel mit seinen engen Augen, mit zwei kleinen milchkalten Murmeln aus Glas, die so tief in seinem Kopf drinnen stecken, als hätte sie jemand persönlich hineingedrückt.

Von Anfang an stand sie dem Weidlich persönlich im Wege, das hat ein Fräulein gleich so im Urin, welches nicht schwer von Capee ist und eyn gutes Gespür besitzt: der Weidlich war einem anderen Plan hinterher, hielt sein eigenes Süppchen am Kochen und kannte sich unter den Magistern vom Höpffner gut aus. Nur mit halbem Herzen hatte er sie auf die Adekleistischen geschickt, zum Director Gruner. Ein Hr. Langbein dagegen, ein Hr. Zitzmann, ein Hr. Wagner, ein Hr. Teutler, sie und alle anderen hätten ihr bestimmt eine Chaise spendirt oder noch lieber persönliches Geleit erboten, nichtso natürlich ein knorriges Weidlich, wie mans auch gar nicht anders erwartet hätte. (Obwohl es ja auch nicht gerade eine Reise war, zwei Steinwürfe querbeet zum Grimmaischen Thore hinaus, in einer Linie bei den Pionieren vorbei, bis der Kohlweg nach Schönefeld beginnt.) — Alles lief hinaus auf Confrontation!

In der That: am frühen Morgen bis nach Volkmarsdorf benöthigte ein hochgewachsenes Fräulein keine Halbestunde, wenn es gesund zu Fuß war. Wie jeder andere Kuhhaufen in Sachsen unterlag auch das Gütchen Volkmarsdorf einer eigenen Gerichtsbarkeit, freilich nur einer unteren, so hatte es ihr der junge Hegel versichert. Herr der hiesigen war Rittmeister Wilhelm Bogislaw von Kleist, welcher sich aber, wußte wiederum Tissager zu trösten, unter der Woche meistens in Sachen Befreiungskriege herum trieb. – Karl Gustav Gruner dagegen (nicht zu verwechseln mit einem Leipziger Handelskonsulenten gleichen Namens) verdiente seine Thaler eigentlich als Notar. Gerichtsdirector war er nur im Nothfall und nach Bedarf. Und um der Ehre halben. Und einiger lausiger Sporteln wegen. Aber wie man es von den Ehrenbeamtlichen gewöhnlich gewohnt ist, neigen sie zu gesteigertem Eiffer, insbesondere, wenn eine Angelegenheit ins Haus steht, wie man sie als randstädtischer Advocatus nur einmal im Leben kriegt.

Noch am 8ten hatte ihm der Landrichter Müller über die näheren Umstände der That Mittheilung erstattet und Bitte getroffen, das Nöthige zu veranstalten. Am 9ten erließ Gruner Capturbefehl, vollstreckte diesen im sofortigen Anschluß und nahm den Magister quäst. über den restlichen Tag ordentlich in die Mangel. Am 10ten schickte er lieber nur seinen Gehilfen Reiche ins Creisamt und ließ ihn bestellen, daß es Inculpat schlechterdings leugne, die Damnificantin überfallen, oder das Cunitzische Haus betreten zu haben. — Alles lief hinaus auf Confrontation!

Adeliges Kleistisches Patrimonialgericht, curz: die Adekleistischen

52

Auch weitere Untersuchungen erbrachten keine Gewißheit. So war sich zwar Karl Gottlieb Stuckhardt, 54, Aufpasser am Grimmaischen Thor, sicher, daß der ihm beßtens bekannte Kluge am 8$^{\underline{ten}}$ Februar, wie jeden anderen Tag auch, zwischen acht und neun Uhr in die Stadt hineinspaziret war, die genau Viertelstunde konnte er aber nicht ansagen, ebensowenig, wann und durch welches Thor der Magister Leipzig wieder verließ. Ähnlich Johanna Christiane, Ehefrau des Wundarztes Heintzmann. Auch sie wußte die Minuten nicht zu nennen, war sich aber sicher, daß es zwischen acht und neun war, als der Magister die Barbierstube ihres Gatten betrat und sich nach einigen belanglosen Worten über den Krieg von einem Gesellen rasiren ließ. Blut oder von der Wand abgeriebene Kalkstellen habe sie nicht bemerkt, übrigens auch kein auffälliges Betragen. — Alles lief hinaus auf Confrontation!

Schon früh um sieben war dazu am Freitag der Termin angesetzt, seit drei, mindestens, konnte Henriette nicht mehr schlafen. Wenn sie in dieser Nacht überhaupt je ein Auge zutat. Frugal fiel ihr Frühstück aus, auch ihre Kleidung schlicht und bescheiden. Hundewetter draußen, naßkalt, nichts gutes verheißend. Kurz nach sechs langte sie in Volkmarsdorf an und vertrat sich auf das Stündchen noch etwas die Beine. Man kann sichs ja denken, wie es einem Fräulein zumuthe war und es ihm unter der Brust heftig pochte und durch den Bauch rumorte und Messer gewetzt wurden in seinem Kopf – doch man soll sich am Elend nicht weiden. Und Jetten das Intime gewähren an so einem Tag; Mäßigung ist angefragt, Sachlichkeit. Es sei darum der Kunst das Feld überlassen. Soll die Literatur als Verputzerin pariren, man ertheilt Mme. Acta das Wort: Acta!

Eustreß

»Volkmarsdorf, am 12ten Februar 1813.

Im Beiseÿn des Richters Carl Immanuel Sachers, des Directors Karl Gustav Gruners, und der Gerichtsschöppen Johann David Müllers und Johann Gottfried Jungens, wurde der inhaftirte **M**. Friedrich Paul Gottlob Kluge ex custodia an Gerichtsstelle vorgelassen und ihm zuförderst seine Fol. eodem sqq. befindliche Aussage nochmals ihrem wesentlichen Inhalte nach vorgehalten, beÿ welcher er durchgehends unverändert verblieb.

Nachdem derselbe hierauf mit den in gerichtliches Gewahrsam gekommenen Kleidungsstücken, dem Kalmucken=Matin und der Mütze, bekleidet worden, wurde auch die allhier erschienene Johanne Henriette Schmidtin, Dienstmagd der verstorbenen Kuhnhardtin, vorgelassen, und obgenannter **M**. Kluge ihr vorgestellt, wobeÿ aber dieselbe augenblicklich erklärte, daß dieser es nicht seÿ, den sie für **M**. Klugen halte, und auf welchen ihr Verdacht falle. Hierbeÿ verblieb sie auch, nachdem sie zu einer wahrhaften Aussage, unter der Bedeutung, daß sie solche eÿdlich zu bestärcken haben werde, ermahnet worden.

Sie erklärte daher ausdrücklich und bestimmt, daß der ihr vorgestellte Inhaftat nicht diejenige Mannsperson seÿ, die ihr am verwichenen Montage, als sie von dem gemachten Gange nach Wein zurück gekommen, in der Hausflur im Cunitzischen Hause begegnet seÿ und die Worte: ›*Schönen guten Morgen, Köchin!*‹, ingleichen, nachdem sie ihm wieder einen guten Morgen geboten: ›*Ei, das ist ja die Köchin, welche beÿ Herrn Höpffner gedienet hat*‹, zu ihr gesagt habe.

Gab an, die ihr verdächtige Mannsperson seÿ etwas kleinerer Statur und zwar ebenfalls blaßer Gesichtsfarbe, jedoch vollkommener im Gesichte gewesen, der Matin, den selbiger angehabt, seÿ dunkler von Farbe, und dessen Kleidung überhaupt galanter gewesen.

Versichert ferner, es seÿ gegenwärtiger Inhaftat auch keineswegs die Person, welche am verwichenen Sonnabend, als den 6ten, ihr Vormittags beÿm Heraustreten aus ihrer Dienstfrau Wohnung entgegengekommen seÿ und sie gefragt habe, wo die Mme. Kuhnhardtin wohne.

Bemerkte, sie erinnere sich gar nicht, den ihr vorgestellten Inhaftaten je in ihrem Leben gesehen zu haben, und es seÿ selbiger keineswegs der nämliche, der zuweilen zu ihrem vormaligen Dienstherrn Höpffner gekommen und daselbst über Nacht geblieben seÿ.

Bemerkte ferner, sie habe die von ihr gemeÿnte Person vorher eigentlich gar nicht dem Namen nach gekannt, sondern sich erst nach geschehener That nach deren Namen beÿm Höpffner erkundiget, welcher ihr gesagt habe, es seÿ **M.** Kluge; – es habe selbiger ihr dabeÿ auch den Wohnort das **M.** Kluge genannt, sie erinnere sich jedoch nicht ganz genau mehr, ob er Volkmarsdorf als solchen angegeben, oder Hohendorf oder ein anderes Dorf; ein Dorf aber wäre es gewesen.

Auf Befragen, ob sie beÿ der an Höpffner gethanen Frage demselben die Person, die sie gemeÿnt, so genau bezeichnet habe, daß selbiger sich hierunter nicht geirrt haben könne, versicherte die Schmidtin, daß solches allerdings geschehen seÿ.

Inhaftat **M.** Kluge hingegen versichert beharrlich, daß die ihm vorgestellte Schmidtin ihm durchaus nicht bekannt seÿ, ingleichen, daß er niemals beÿm Höpffner im Preussergäßchen in Leipzig über Nacht geblieben seÿ, und es ist übrigens von Gerichtswegen hierbeÿ zu bemerken, daß genannter **M.** Kluge, als ihm die Schmidtin vorgestellt worden, obwohl solches absichtlich so geschehen, daß selbige ihm unvermuthet unter die Augen getreten, nicht im geringsten frappirt gewesen oder in Verlegenheit gerathen ist.

Beÿde, sowohl Kluge, als die Schmidtin, verbleiben auf Vorlesen beÿ diesen ihren Aussagen unverändert, und zwar die Schmidtin mit dem Erbieten zu deren eÿdlicher Bestärckung.

Geschehen in Beÿsein der oben genannten hier unterschriebenen Gerichtspersonen.«

erklärte die Vetterlein, daß der Inhaftat nicht die verdächtige Person sey, ihr aber vom Ansehen her auch keineswegs unbekannt wäre, indem sie denselben zum öftern in der Kirche gesehen zu haben sich erinnere. Der Verdächtige habe dagegen ein ganz düsteres Gesicht gehabt und wenn sie nicht irre, so wären an dem blauen Tuch-Matin hinten heraus kleine Knöpfe gewesen. Den Name Kluge habe sie nur unbedacht der Magd nachgesprochen

Clairobscur. Wie man einen Roman anfänge

Hattu Fuzzn zur Hand, solltu Fuzzn zeign. Weißet
doch jed bledes Kind: dat Fuzzn förs Gewerk gut sind.
Rollig Topitz-Tiensttagstichter

Karla. Karla-lá-lá!

K. L.

Krl. Lgrfld.

Karl Lagerfeld. – O!

Alles begann mit Karl Lagerfeld!

Alles Unheil begann mit Karl Lagerfeld!

Alles Unheil begann einmal mehr mit Karl Lagerfeld!

Alles Unheil begann einmal mehr mit diesem Lagerfeld wieder, allerweltsberühmtem Sneidermeister, Bibliophilen, Fotografierer und Faxenmacher im Fernsehn! Mit keinem Geringeren! — Und das kam so:

Unter dem, zugegeben: etwas mutwillig, aber doch auch nicht unpräzise erteilten Namen Paule Schuppnacker hatten wir besagten Herrn einmal in einer betrunkenen Geschichte auftreten lassen, die, nur ganz anbei vermerkt, im 16. Jahrhundert spielte und von den bedrohlichen Moden der Braguetten berichtete, diesen Hosenlätzen, Sackhaltern, Gemächtelappen jener Zeit, wie sie immer mehr an Volumen gewannen.

Daran, an das Spiel mit Schuppnacker, mochte sich Drahti Seglerd aus Göttingen erinnert haben, Drucker und Verleger der kleinen Narretei. Denn zu Beginn des Jahres 1997 erhielten wir Post von ihm, ein extradickes Couvert prallvoll mit Bildern, großformatigen Fotografien, 94 Stück ungefähr, aufgenommen im Goethehaus zu Weimar. Alle schwarzweiß. Goethes aufgeräumtes Bett, Goethes frisch bestaubter Tisch, einige Skulpturen, verschiedene kalte Gegenstände, weite Räume, die in weitere Räume reichten; oft auch das gleiche Motiv: die selbe Kommode, der selbe Kandelaber bei verschiedenem Licht. Mehr nicht; auch Bücher lagen im Haushalt des Dichters keine herum, nicht einmal Menschen durften possieren. – Obwohl Kalle L. der Fotograf war.

In der Absicht, die Fotos zu drucken, suchte Drahti Seglerd noch nach einem Text dazu. 30 Seiten höchstens, schrieb er, etwas flapsiges sollte es sein, etwas despektierliches zu Goethe, wenns ginge ein bißchen unterhaltsam, weniger sperrig als gehabt. – Nicht weil die Bilder einer Erklärung, eines Ausgleichs bedurften, nicht weil wir viel von der fotografischen Kunst verstünden, nicht weil uns eine besondere Nähe zu Goethe nachgesagt würde und wir über denselben nur das Geringste mitzuteilen wüßten – nein, Seglerd machte gar keinen Hehl daraus: wir sollten auch einmal Geld verdienen, nachdem unser letztes Buch samt und trotz Hrn. Schuppnackers Aufmarsch einen ebenso unbezahlten Tod gefunden hatte, wie schon das zuvorige ohne denselben. Sehr kulant! – Es hieß, daß mit ihren Regenschirmen sich die gebildeten Hausfrauen bei den städtischen Sortimentern gern einmal ganz unfürnehm auf die Hüte schlügen, wenn ein neuer Lagerfeld erscheint und schon wieder auszugehen droht.

Darüber dachten wir nach.

Dachten wir.

Und treumten uns nur ganz blau und krumm und temulent in unseren bleiernen Gemächern:

Weiber, die sich um unsere Werke kloppen! Ha! Auflagen, die wie Semmeln gehn! Hott! – Und flott in der Kammer noch das Weindepot aufgefüllt: für lächerliche 30 Seiten über Meister Göte veranschlagten wir zwei Kisten : macht sieben Tage : Tolleranzen: $2\frac{1}{2}$ –

Doch auch trocken, und dann schon ganze zwei Wochen lang trocken – ermangelte es uns noch immer an zündelnder Intuition. Höchst zutiefst unzufrieden mit dieser Entwicklung blätterten wir in der Sophienausgabe um Rat. Dort, wo noch jeder Waschzettel des Fürsten in abweichenden Lesarten seinen Ort erhielt, da sollte sich wohl ein Krümelchen finden lassen, das sich zu 30 vermotzten Seiten aufblasen ließe, ein pinkes Strumpfband zu viel, ein unerlaubter Seufzer, der aus verschachtelten Kammern dringt, in hermetischen Abbreviaturen hockt, etwas, kurzum, das noch keiner je zuvor entdeckt hat – und gehört und gelesen...

Vier Wochen später ließ Drahti Seglerd den Stand der Dinge erfragen.

Noch einmal einen Monat drauf fragte er selber nach. Die Bilder seien schon gedruckt, es fehlte nur noch das bißchen Getexte. – Doch uns fehlte dazu unverändert die kleinste Idee. Wir saßen nur immer so da und saßen nur fleißig herum und blätterten in den Tagebüchern und Briefen des Meisters.

Doch verzagten nicht.

Noch ein halbes Jahr später, längst hatte Seglerd den Kontakt abgebrochen, ereilte uns endlich die Gunst des Geduldigen. Und zwar auf Seite 210 des 128. Bandes der guten alten Sophie; Zeilen 22ff. Ein Brief an den Leipziger Bücherauktionator Weigel, datiert im Dezember 1821. Zu Leipzig wurde schon seit Wochen die Bibliothek eines Magisters Tinius versteigert, zwangsversteigert, wie es hieß, Hofrat Goethe fragte nach den Preisen.

Zwangsversteigert!? fragten wir prompt retour und saßen einem solidarischen Déjà-vu auf: – wer war dieser Kerl, Kumpel und Kumpane? Magister Tinius!? Nicht Tinnitus, wie die Sekretärinnen gleich schnaufen : nur Tinius, nur Magister! – Hat man je schon einmal irgendwo diesen Namen lesengehört?

Ein nächstliegendes Lexikon half weiter: »Räuber und Mörder aus Büchersammelwuth«, sächsischer Pfarrer, 1764 bis 1846. — *Sammelwuth!*

Büchersammelwuth!

Kurzum: es war Liebe auf das erste Wort! Und fortan ging alles schnell, sehr, sehr schnell für unsere Verhältnisse. Pfaffe, Killer, Bibliomane! Welcher Zutaten noch sollte es für einen glücklichen Roman bedürfen, einen mit mehr oder mit weniger Göte zur Garnitur?

Also: wer ist Joh. Georg Tinius? Oder war? Oder was?

:

Als wir unserem Verleger nach weniger als sieben treuen Leidensjahren pflichtgemäß, andauernd verliebt und zuverlässig einen Zwischenstand vermeldeten und den nächstbaldigen Abschluß der Ermittlungen in Aussicht stellten, in einem weiteren Schreiben zwei Jahre später auch ihren Druck empfahlen (freilich unter der Prämisse, daß es ein paar mehr als 30 Seiten werden dürften und diese auch nicht direkt von Goethe handeln), da zeigte sich Drahti Seglerd beleidigt und schmollte gar bitterlich. Jedenfalls antwortete er nicht auf unsere so offenherzigen wie euphorischen Briefe. Kein Ton, kein Mucks, nicht die Silbe. – Hm!

¿Verstehe, ach, einer diese Westdeutschen wieder—

Dumm wie Hajü Buntrock, der Seeblickkoch...

Norddt. Sprichwort

Man hat, leider! oft genug wahrgenommen, daß Männer von großen Fähigkeiten und ausgebreiteten Kenntnissen, Männer, die sich täglich mit Wissenschaften beschäftigten, mehr Unheil in der Welt angerichtet, und mehr Böses gestiftet haben, als Menschen von eingeschränkten Kenntnissen.

Joh. Georg Rosenmüller
Superintendent Leipzig
Degradationsrede;1814

:

Je gelehrter, je verkehrter.

Dt. Sprichwort

Es ging um die Sache vom 11<u>ten</u> Januar – Benjamin Weidlich saß in der Amtsstube und schrieb nach Suhl einen Brief an seinen Lieben Christoph Anton, um dessen Gesundheit er besorgt war. Er wußte erfreuliche Neuigkeiten und bot im Spaß sogar eine kleine Wette auf das frivole Magisterlein an. – Ob es helfen konnte? Schaden wol nicht.

Dann blätterte er sich durch die Akten der letzte Tage und vertheilte seine Vidi.

Was den Verdacht Frl. Schmidts auf den verwirrten Magister betraf, so zeigte er sich mit dem Stand der Entwicklung durchaus zufrieden. Erfahren genug, hatte er das Geschwätz dieses Hühnchens immer mit gehöriger Skepsis bedacht und seinen Gang nach Volkmarsdorf gleichsam nur nebenher verfolgt, derweil aber längst auf Abhörung des Gastwirths gedrungen und auf denselben ein Dossier angelegt. Es sollte ihn doch der Besen wundreiten, wenn er nicht auf die richtige Spur tippte. Man mußte sich zunächst ja nur unter der Höpffnerischen Kundschaft ein wenig umtun, unter den Nachtgästen zum 8<u>ten</u> zunächstens – soweit hatte sich sogar die Schnepfe noch zu behelfen gewußt —

deinde ist M. Kluge gegen Handgelöbniß aus dem Arrest entlassen worden

...von der es, jedenfalls aus amtlicher Sicht, nicht viel neues zu vermelden giebt. Gleich am Montag nach der glücklosen Confrontation war sie aufs Creisamt gesprungen und hatte sich mit den dasigen Herrschaften berathen, wie es jetzt wol weiter gehen soll – ohne Kluge. Im Übrigen nahm sie keine ihrer Aussagen zurück, d.h. vom Namen her wohl, doch nach der Sache mitnichten. Im Gegentheil, sie bestärckte noch diesen und diesen Verhalt. Sogar der Sonnabend vor dem Uiberfall lag mittlerweile vor ihr, wie ein aufgeschlagenes Buch ohne Siegel; keine Taktik, kein Gespür, keine Politik konnte sie nach dem Volkmarsdorfer Debakel noch hindern, franc daraus vorzutragen und frey ins Protocoll zu lesen, was wirklich am Samstag geschah, als der Mann, der nicht Fritzpaul Kluge hieß, oben vor der Saalthür gestanden, just als St. Thomas dreiviertel schlug und Henriette gerade um Wasser zur Gosse wollte (als diese sich eine halbe Treppe tiefer befindet). Und als der falsche Magister nach Fr. Doctor Kuhnhardtin fragte wegen dem Brief, den er persönlich zu überbringen wünschte. Und als er auch immer seine Hand unterm Mantel verborgen hielt, als wollte er ihn augenblicklich ans Licht befördern. (Oder den Dolch, wenn man es im Nachhinein bedenct!?) Und als dieses Mensch, als es also nicht der Kluge war, im Gesicht ganz bleich und blaß geworden ist, weil Vettel Vetterlein sich wieder einmal sonstwie aufgebärden mußte mit lauter Schniefen und Schnaufen und Ohrenaufsperren und Rumtun. Und als sie dem Fremden erklärte, damit ihre Frau gar keine Fr. Doctor ist, damit aber die Fr. Doctor Cunitzin eine Treppe drunten wohnt, falls er die damit meint. Und als der Kerl, als ob er die Zeugin Schmidt erst jetzt vom Angesicht her erkannte: »ei, das ist ja die Köchin, die bei Herrn Höpffner gedienet hat« gesaget hat. Gesaget hätte? Schon Sonnabend gesaget hat! So wars!

Kann ja sein, daß auch der Brodtdöbler irgendwie noch mit von der Partie war, wenn die Vetterleinin unbedingt drauf besteht – wie soll man sich auch alles und jeden gleich immer merken!

die Farbe des Matins und die sonst noch angehabte Kleidung des Fremden vermöge sie jedoch nicht anzuzeigen

Nicht ohne Affection schlug Commissions=Rath Weidlich die Acta zu und langte nach dem Höpffner= Dossier. Ihm gefiel die Schmidtin und ihre Art. Ihm gefiel auch ihr rundes, gut lesbares Gesicht. Er war überzeugt, daß dem Fräulein kein Falsch innewohnte, daß nur die schönste Einfalt sie führte, es eyn anständiger Eiffer war, der sie trieb; insgesamt schätzte Hr. Weidlich im Leben die Droiture, die man hat oder nicht hat – dem Mädchen traute er sie im Grunde zu.

Schwieriger verhielt sich die Sache mit Höpffner. Sie hatte einen Haken, verlangte den Umweg.

Denn Otto Höpffner war von Hause her selber ein Magister! Hatte lange, aber heillos die Theologie studirt, wie in Eisleben vom alten Pastor Höpffner gewünscht und vom Cantor Höpffner noch immer befohlen, als derselbe zu Ammendorf bereits auf dem Sterbebett saß, war dann aber von der väterlichen Vorsehung auf eine schiefere Bahn abgewichen und hatte Kameralwissenschaften angehängt; mehrfache Visiten im Karzer inclusive. Nach dem Studium schlug er, wie jeder andere Abgänger auch, seine Zeit als privatisirender Gelehrter tot, will speciell heißen, er handelte, wie sein Bruder drüben in Halle, mit Musicalien, auch mit Pottasche, wenn Vrau Musica schlecht ging. Und weil der nichts wirth Wirth wirth, schlug auch er in diese Presche und übernahm unter obskuren Umständen das Schankhaus neben der Hohen Lilie, das ihm eigenthümlich wol schon länger gehörte, die Umstände dazu kennt man nicht. Wie immer dieselben waren: Vater Höpffner in den Wolcken – drehte sich im Grabe um!

die Bekanntschaft d. Inquisiten (sic!) mit Höpffner war eine Fortsetzung derjenigen, welche Ersterer mit dem Pachter des Letzteren in dieser Speisewirthschaft gemacht hatte

Weidlich unterstrich das Wort Hehlerei im Dossier, auch die obscuren Umstände remarquirte er sich im Kopf als verdächtig, im Weiteren arbeitete er an einer besonderen Strategie. Denn als Magister unterstand Höpffner nicht der Gerichtsbarkeit des Creisamtes, sein Forum war das Concil an der Universität – das bedeutete, man mußte um Rechtshilfe ersuchen. Requisition aber bedeutet nach aller Erfahrung vor allem Gerangel. Gern auch Gifft unter den inquirirenden Behörden, ein mürbe machendes Hinundher. Statt nach eigenem Gusto schalten, walten und zulangen zu können, mußte man immer erst communiziren und demüthig gründen und bitten und zuvorkommste Anträge schreiben – nicht erfreulich, insgesamt; einen Copisten mehr brauchte es auch.

Bereits am 12$\underline{^{ten}}$ Februar, dem Tag, als ohne jedes Geleit und ohne einen Beistand Frl. Schmidt frühmorgens nach Volkmarsdorf marschirt und am verzagten Nachmittag leicht derangirt zurückgewichen war, hatte Amthauptmann Weidlich eine Relation an das löbl. Concilium perpetuum aufsetzen lassen und post allumständlicher Darlegung des Falls die schleunige Vernehmung des academischen Zapfwirths erbeten. Schon am nächsten Tag, ein Samstag immerhin (an dem das Frl. Schmidt erneut vor die Adekleistischen zog, dieses mal, um der bibbernden Maria Vetterlein bei der ihrigen Confrontation beizustehen), am 13$\underline{^{ten}}$ Februar also fand sich Magister Höpffner in loco concilii zu einer ersten Vernehmung ein.

in Gegenwart des Hrn. Rectoris Magnif. Hofrath Wieland P.P.O., des Hrn. Dr. Tittmann P.P.O. Acad. ex Rectoris, des Hrn. Dr. Haase-Concilii perpetui Der Zeuge bestätigte sehr wohl den Besuch der Schmidtin in der 9$\underline{^{ten}}$ Stunde des schlimmen Tages, bestritt aber, ihr als den Fraglichen sogleich (wenn überhaupt!) Hrn. Magister Kluge genannt zu haben, welcher auch, ganz obiter anbemerct, in letzter Zeit nur selten,

seit einem halben Jahr gar nicht mehr bei ihm eingekehrt war. Es seien vielleicht fünfe gewesen, oder zehn
Magister, die er aufgezählt habe, unter ihnen ganz am
Ende vielleicht auch der Kluge, Gifft würde er allerdings
keines drauf nehmen. Doch kaum, daß der Name im
Raume gestanden, habe das Mädchen sich gar nicht wieder fassen wollen und in einem fort: »Das ist der Närrische! Das ist der Kluge!« gesungen: »Der Kluge wars!
Der Narr!«

Assessoris, ingleichen
Herrn Dr. Bahrdt,
Acad. Synd. bestätigte
der Zeuge sehr wohl

Mehr in der Sache wußte Magister Höpffner im
Wesentlichen nicht beizutragen. Man nahm noch die
Namen der zur Rede stehenden Magister zu den Akten,
auch gab der Zeuge sein academisches Ehrenwort, über
die Sache vor Gott und der Welt zu schweigen, und nach
weniger denn zwei Stunden, in der 4$\underline{\text{ten}}$ des Nachmittags,
war er wieder ein freier Mann. Doch längst nicht aus der
Angelegenheit entlassen.

Folgt: der Confrontationes sind es nimmer genug!

Plus ein aufgeregtes Wochenend für jede Parthey!

Am Dienstag darauf, es ist der 16$\underline{\text{te}}$ Februar, im
Hümmel die Wittwe Kuhnhardt ist noch keine Woche
wieder mit ihrem Seligen copulirt, da sistirte sich auf
vom Creisamt beschehene Andeutung die Dienstmagd
Schmidt und wurde mit dem auf Erfordern anderweit
erschienenen Academico Höpffner confrontirt, nachdem zuvörderst beide ermahnet worden, ihre Aussagen
der Wahrheit gemäß zu erstatten, so wie sie solche eidlich erhärten könnten.

Sistirte sich auf Andeutung – auf Erfordern erschienen, der Geübte hört gleich den Unterschied heraus.
Prompt auch fiel Frl. Schmidt die erste Aufmerksamkeit
zu. Aufgefordert zu schildern, mit welchen Merkmalen
sie Höpffnern den Menschen im Hausflur beschrieben,
betonte sie dessen fahles Aussehen, seinen dunklen Ma-

tin und eine ebenfalls dunkle Mütze, wie es ja auch die Mme. Cunitzin bestätigen kann. Sie schränkte jedoch auf Nachfrage ein, das äußere Wesen und die Statur des Mörders im Ganzen nicht weiter berührt zu haben, schon weil die Zeit dazu gar nicht langte.

Darauf entgegnete Magister Höpffner, das Mädchen habe ihm weder über die Statur und den Habitus des Betreffenden, noch über dessen Gesichtsfarbe oder Kleidung die geringste Auskunft erteilt, vielmehr ihn immerzu nach dem Namen eines Tollen, eines Idioten gefragt, eines Menschen, der nicht ganz bei Troste sei. Erst an einem späteren Abend, als Frl. Schmidt einmal bei ihm zu Besuch weilte, habe sie ihm die fragliche Person eingehender nach ihrem äußeren Erscheinen geschildert.

»Das stimmt!«, räumte Henriette ein. »Zuvor die Nacht war Madame mit Tod abgegangen.« Da habe sie nicht allein im Kuhnhardtischen Quartier bleiben wollen. Es war das erste Mal nach all der Aufregung, daß sie, Frl. Schmidt, ihre Sinne wieder einigermaßen beisammen hatte und etwas Ruhe fand. Möchte schon sein, daß ihr die Schilderung etwas großzügiger geriet und auch die Zunge fleißiger zu Wercke ging; dagegen sofort nach dem Überfall!? Als der Mord noch ganz frisch war und es gleich pressant ans Ermitteln ging? Wer würde schon den Schwur drauf leisten, ob er ›blaß‹ gesagt hätte oder bloß ›sonderlich‹? ›Dunckle Mütze‹ oder ›nicht ganz richtig im Kopf‹? Eins von beiden wird es schon gewesen sein. Woran sie sich allerdings noch ganz zuverlässig erinnerte, weil sie besser als Namen oder ein genaues Wort sich die Zahlen zu merken verstand: erst waren es fünf Magister, die Hr. Höpffner ihr aufgezählt, dann, weil ihr die nicht genügten, noch einmal viere der Herren. Macht zusammen Stücker neun, keines mehr, keins zu wenig.

Magister Höpffner wurde nun gebeten, die betreffenden Namen noch einmal vorzutragen, und zwar möglichst in der Abfolge vom 8$^{\underline{ten}}$, während Zeugin Schmidt zugleich angehalten war, auf Unstimmigkeiten zu achten und den Magister ganz ungeniert zu unterbrechen, wenn ihr zu einem Genannten eine Bemerkung beifiele.

Otto Höpffner begann mit den Auswärtigen; zuerst nannte er den Prediger Frege aus Zwochau bei Landsberg, doch Henriette hob nur rathlos die Schultern. Es folgte der Magister Götze aus Zörbig, Henriette rührte sich nicht. Dann Hr. Binsch aus Wittenberg, Jette schüttelte den Kopf. Pfarrer Tinius aus Poserna, auch der sagte ihr nichts. Zum Schluß noch aus Lützen der Magister Pinkert, Henriette war schier verzweifelt. Brennend gern hätte sie einmal ein ›Halt!‹ gerufen, aber sie fand weder Muth, noch den geringsten Anlaß dazu. Zu dicht saß ihr auch der Kluge noch im Nacken, da hielt sie sich lieber ein wenig zurück.

Auch mit den Leipziger Magistern Bergmann, Stimmel, Meinert und Selle wußte sie nichts anzufangen, höchstens vom Stimmel hatte sie vielleicht schon einmal gehört, doch sicher war sie sich keinesfalls. Sie dachte nach, zählte auch noch einmal durch, dann erst erkannte sie den Betrug. Und war darob sehr empört, es wurde ihr regelrecht schlecht. Ganz mulmig. Ganz flau im Magen. Denn die Neun war jetzt schon – ohne ihren Favoriten complett! Was sollte das denn schon wieder heißen? Daß sie von sich aus den Namen Kluge erfunden, daß sie den Nämlichen selber erst ins Spiel gebracht hätte? – Hat sie aber nicht! Hat sie so wenig, wie der Herr ihr Zeuge ist! Falls es darauf abzielen soll...

Der Einwurf Otto Höpffners, womöglich als Letzten noch Magister Klugen genannt zu haben, half Frl.

Schmidt nun auch nicht weiter. Denn der Wahrheit verschrieben, mußte sie auf neun Stück bestehen. Und daß der Kluge dabei war, darauf erst recht! Was einmal gesagt ist, muß gelten! Auch, daß dieser ein wunderlicher Mensch ist, nahm sie nicht zurück. Weil es auch gar nicht auf ihrem eigenen Mist gewachsen war, sondern sich schon seit geraumer Zeit im Haus erzählt worden ist. Sogar daß er manchmal ins Haus betteln käme, hatte sie schon einmal sagengehört. Aber ihr selbst war er, der wirkliche Kluge, im Leben noch nie begegnet, es sei denn letzten Freitag beim Director Gruner.

Daran änderte auch der Umstand nichts, daß, wie Otto Höpffner zu bedenken gab, der Magister Kluge doch des öfteren die Wirthschaft besuchte, als sie, Frl. Schmidt, noch bei ihm diente. Henriette blieb bei ihrer Aussage. Ihr lagen Steine im Bauch, ihr glühte die Stirn.

Abschließend gefragt, ob ihr noch das Geringste über den Menschen im Hausflur zu sagen einfiele, antwortete sie, sie habe damals von Fr. Höpffnerin gehört, daß derjenige, welchen sie jetzt für den Täter halte, manchmal predige, und zwar sehr schön predigen soll. Und daß die Menschen ihm aus den Dörfern zuliefen,
– T.! –
wdlch
wenn er predigt. – Otto Höpffner wußte hierzu nichts zu sagen und hatte auch seine Frau niemals dergleichen reden gehört.

Bereits weit nach Mittag wurde Zeugin Schmidt aus der Confrontation entlassen, was ihr dringend gelegen kam, sie fühlte sich mißerabel, mußte erbrechen und was sonst noch, Höpffner mußte noch etwas bleiben. Zu den Angaben Frl. Schmidts über den Fremden erklärte er, sie träfen auf keinen und auf jeden der bei ihm verkehrenden Magister zu, im Übrigen könnte er von keinem derer sagen, welche Mäntel sie trugen. Auch trügen manche Mützen, manche Hüte, Obacht habe er nie dar-

70

auf gehabt. Und es verkehrten noch weitaus mehr Magister bei ihm, die er noch alle bei den Akten namentlich anzeigen wolle, wenn sie ihm wieder einfielen. Jeden einzeln, wenn es sein muß! – Die Angelegenheit begann ihn ernstlich zu verdrießen. Er wußte mit seiner Zeit besseres zu tun, als sie dusslich auf der Behörde abzusitzen.

Assessor Haase hatte den gleichen Heimweg und begleitete den versäuerten Wirth noch ein Stückchen.

Trübe Wasser. Zwei Quellen, pas claires

Die Hosen des Herrn von Bredow – was haben dieselben mit den unsrigen Angelegenheiten zu tun? Gute Frage, schnelle Antwort: nichts.

Im Grunde gar nichts. Der Liebhaber schweigt.

Die Literatur über die Affäre Tinius ist so zahlreich wie armselig und hilflos. Wollte man eine Bibliographie erstellen, müßte man ca. 300 Einträge veranschlagen, vielleicht auch mehr. Darunter zwei oder drei höchst lächerliche Romane und einer von Walter Gerullis, eine hübsche und elfeinhalb weitere Erzählungen, ein Theaterstück, das seine Aufführung auch besser nicht erlebt hätte, mehrere senile Wortmeldungen aus dem weiteren Umfeld der Bibliophilie – der Rest sind Zeitungsartikel, der üppliche Dreck.

Helene Homeyer: ¿Homeyer?: o.T., zur 18. Versamml. d. Maximilian-Gesellsch. 4. 12. 1932

Ausnahmslos alles, was in den letzten 150 Jahren dazu geschrieben wurde, beruht auf zwei erbärmlichen Texten, und zwar der fragmentarischen Autobiographie des Magisters selber und, mehr noch, einer Abhandlung im Neuen (sprich: Leipzischer) Pitaval von 1843.

Dessen Herausgeber waren der Berliner Jurist und Beamte Eduard Hitzig und, ebenfalls aus Berlin, Dr. W.

Häring, besser bekannt (und geliebt) unter seinem Pseudonym Willibald Alexis – Verfasser historischer Romane. Offenbar bestand zwischen den beiden Herren ein Art Arbeitsteilung, Hitzig lieferte die Materialien zu den Beiträgen, Alexis/Häring schrieb sie nieder, und zwar so, daß notfalls auch der Laie sie lesen konnte und verstand.

Insofern ist es vielleicht gerechtfertigt zu sagen: der Autor der bekanntesten Darstellung des Falles Tinius heißt Willibald Alexis. Das schmerzt. — Anderseits räumen wir zu dessen Entschuldigung sogleich ein: es war die reine Brotarbeit, pure Maloche, geistlose Knufferei. Von den schönen und schönsten Romanen allein läßt sich nun einmal nicht leben. Jedenfalls nicht gut.

Kann man erwarten, daß der freie Künstler ausgerechnet als Knecht, beim artfremden Broterwerb, seine ganze hohe Kunst einbringt, ausläßt, vergeudet? Natürlich nicht. – Wir fordern Absolution! – Und reden nun Klartext: eigentlich ist der Aufsatz im Pitaval schlichtweg nicht lesbar. Eine furztrockene, mechanische Darstellung des Kriminalprozesses, der jeder kritische Geist abgeht, geschweige denn der mißtrauische Geist eines Dichters. Mit kühner Redundanz trägt Dr. Häring wieder und wieder die lächerlichsten Indizien vor und ersäuft schier in ihren Anhäufungen: ein blauer Matin, ein grauer Matin, ein blauer Matin, wieder ein blauer Matin, ein hellblauer Matin, ein grauer Matin mit Knöpfen, mit ohne Knöpfen, eine Schirmmütze, eine Schirmmütze ohne Schirm usf. Und noch wenn der Dümmste begriffen hat, daß es um einen Mantel und den dazu passenden Hut gar nicht mehr gehen kann, spult Häring stur und mit engem Blick die Anzeichen ab, die Indizien, Signale. Und leistet sich nicht auch nur einmal eine Hinterfragung! An derenstatt bietet er alle Tendenziösen auf, die solche Arbeiten nun einmal haben, wenn sie nur aus der Sicht eines bereits gefällten Urteils ihre Geschütze ausrichten und apologetische Feuerwerke zünden. Ganz zu schweigen von den Schlampigkeiten, wie sie dem noch nicht eingelullten Leser auffallen, wenn hier schon wieder das Datum nicht paßt, dort die Uhrzeit falsch ist und am dritten Ort plötzlich ein langer Bart auftaucht, obwohl er dort gar nicht hingehört.

Selbst wenn man all diese Unzulänglichkeiten hinnimmt und sich sagt, daß sie der Zeit geschuldet sind und ihren Abhängigkeiten, auch daß es nicht Härings Aufgabe war, einen bald 30 Jahre zurückliegenden Prozeß neu aufzurollen – eines kann unsereiner, mal von Kollege zu Kollege, nicht verstehen: warum er nicht ein Wort, nicht eine halbe Zeile über die Person des Angeklagten verlor, über das Mensch T. Es mußte ihn doch interessiert haben, was das für ein verrückter Kerl war, der am Sonntag predigte wie Gott persönlich und der Gemeinde den Segen erteilte und Montagmorgen aus Jux und Tollerei alte Ladies erschlug. Nichts davon; immer nur: blauer Matin, nix blauer Matin, schwarze Mütze, nix schwarze Mütze, dreiviertel neun, zehn nach halb acht...

Als Häring nach den Maßgaben Hitzigs den betreffenden Aufsatz des Pitavals niederschrieb, war Tinius ein zwar schon alter, aber freier Mann, ungebrochen und noch bei bester Gesundheit. Er lebte bei entfernten Verwandten in Gräbendorf, nahe Königs Wusterhausen, also unweit Berlins, und ging nie einer Plauderei mit den örtlichen Honoratioren aus dem Wege, die später noch ihren Enkeln davon berichteten. Eine nachmittägliche Kutschfahrt ins Grüne hätte Häring genügt, um einmal nur einen Blick zu werfen auf den Mann, den er gerade bis in alle Ewigkeiten schuldig schrieb. – Schande! Schade! Wirklich schade...

(Gute 50 Jahre nach Erscheinen des Pitavals, in den Wendejahren zum 20. Jahrhundert, wurde dem Autor posthum noch eine Ehre zuteil, wie sie Autoren nur in den allerallerseltensten Fällen zuteil wird. Ein Dresdener Jurist und königlich-sächsischer Archivrat namens Distel, Theodor Distel, veröffentlichte in der *Deutschen Zeitung für Kirchenrecht* mehrere Miszellen zur Affäre Tinius, darunter eine über die Aktenlage. Er hatte zuvor beim zuständigen preußischen Justizministerium angefragt und die Auskunft erhalten, die Akten seien längst und fristgemäß, nämlich schon 1855 makuliert worden.

»Der angezogene Artikel im Neuen Pitaval ist daher fortan als Q u e l l e zu betrachten«, lautete das Fazit des Archivaren. Man kann sich bloß wundern. Nichts gegen Willibald Alexis... – ¡Aber Katastrophe!)

Wohl mit größerem Befug als Quelle zu bezeichnen ist die Autobiographie des Magisters. Sie erschien im Spätsommer 1813 in Halle unter dem viel zu lang geratenen Titel »*Merkwürdiges und lehrreiches Leben des M. Johann Georg Tinius, Pfarrers zu Poserna in der Inspektion Weißenfels. Von ihm selbst entworfen.*« — Sie hat einen kleinen Makel: ihr Titel ist wirklich zu lang; um sechs Worte, um genau zu sein.

Manche der eingangs gemeinten Autoren betrachten den Zeitpunkt ihrer Veröffentlichung als ein weiteres Manöver des Magisters, einer Verurteilung zu entgehen. So als habe dieser seine Biographie nur geschrieben und verlegen lassen, und zwar zur höchst passenden Zeit verlegen lassen, um seinen gesellschaftlichen Status aufzupolieren und sich dadurch unangreifbar zu machen.

Das ist Grütze. Macht nicht Sinn. Der Magister hatte mit dem Erscheinen der kleinen Schrift nichts zu schaffen; er war eh seit Anfang März terminlich verhindert. Sie ist ein Raubdruck und schadete ihrem Autor wahrscheinlich mehr, als daß sie ihm nutzte. Man muß sich viel eher fragen, ob es jemanden gab, der just zu diesem Zeitpunkt ein Interesse an der Herausgabe der Lebensbeschreibung hatte. Und sei es nur, daß er sich wegen des großen öffentlichen Aufsehens, das der Fall erregte, ein gutes Geschäft, den schnellen Taler versprach. Wer? – das ließ sich nicht ermitteln, selbst Goedeke mußte hier passen.

Tatsächlich hat die Autobiographie mit Poserna und der Inspektion Weißenfels nichts am Hut. Sie reicht nur knapp bis ins Jahr 1802. Da lebte der Magister noch in Thüringen, in dem Dorf Heinrichs bei Suhl, und hatte, sofern er kein Leser des jüngeren Seume war, von einem Ort namens Poserna vermutlich noch nie etwas gehört. Und er dachte auch gar nicht darüber nach, von Thüringen weg zu gehen, ganz im Gegenteil, er strebte das Predigeramt an der Kreuzkirche in Suhl an, einen Quantensprung in seiner Laufbahn – was sollte er in Sachsen? In Poserna?

Außerdem war der Text bereits einmal erschienen, weit vor 1813 – in einem Buch des aus Thüringen herstammenden Theologen Johann Georg Eck. Eck (man muß sich den Namen nicht merken: alle Thüringer Theologen heißen Joh. Georg Eck, und derer sind es eine Unzahl), Eck hatte eine Sammlung mit den Biographien sämtlicher Prediger der Grafschaft Henneberg seit der Reformation angelegt und dieselbe im Herbst 1802 bei August L. Reinicke in Leipzig in Druck gegeben. Unser Magister fungiert darin als einer unter Aberhunderten und wird auf Seite 299 eingeführt unter: »Inspection Suhl, Land=Parochien, 6. Heinrichs, No 16: Der jetzige ist Herr M. Tinius, dessen merkwürdiges und lehrreiches Leben ich mit seinen eigenen Worten mitteile.«

Auffällig an der Sammlung sind lediglich 2 Dinge, 1.) daß Tinius seine Biographie selber schrieb, während alle anderen Beiträge vom Herausgeber verfaßt wurden, und 2.) daß sie den mit Abstand größten Umfang aufweist. Die meisten der versammelten Pfaffenleben dauern drei Zeilen, fünf Zeilen, bestenfalls mal eine halbe Seite, Tinius, ein junger Mann noch und überhaupt erst weniger als drei Jahre in einem Pfarramt, erhielt satte 20 Seiten!

Was wollte Johann Georg Eck, Professor der Dichtkunst in Leipzig und Inhaber weiterer bedeutender Titel, der Nachwelt damit verklickern...?

Durch das flötend sanfte Pastorale von dem treuen Hirtenknaben, den das gottgewollte Schicksal zum Menschenhirten berief, dröhnen unterirdisch dumpfe Schicksalsstimmen. Man hört im Nebensatz und Andeutungen schon Erynnienchor und Trauermarsch. Ganz nach dem Stil des Menschen der klassisch theologischen Erziehung, dem die Romantik fremd blieb, bricht sich fast klassisch deutlich schon in diesem *Lehrreichen Lebenslauf* der Geständniszwang Bahn. Am deutlichsten wird dies Bekenntnis mit seinem nichtssagenden Nichtsagenwollen...

Alexander Bessmertny
Die Kunstauktion Jg.4; 1930

Flozzes Intermetto

~~Man macht sich so seine Gedanken, doch genau kann es wol keiner wissen, von wem Jungfer Schmidtin sich alles ficken lie~~

—tschuldigung! Pardon! Noch einmal von vorn:

Flottes Intermezzo

Man macht sich so seine Gedanken, doch genau kann es wol keiner wissen, was Jungfern Schmidtin dermaßen zugesetzt hatte bei der Confrontation mit Magister Höpffner, daß sie sich im Anschluß daran so entsetzlich fühlte, hundselend und wie ausgespieen. Als hätte sie ein Gifft getruncken, so plötzlich war es über sie gekommen, wie ein Stich in die Brust, als Otto Höpffner unter Neunen nicht den Kluge mit nannte. Zum Glück im Unglück hatte sie es nicht weit, mußte nur vom Paulinum das Gewandgäßchen durch, dann ein paar Häuser nach links. Und es noch die vier Treppen hoch schaffen.

Oben angelangt, legte sie sich sofort ins Bett, und zwar (schon seit vorgestern) in das bequemere der Verflossnen. Um dieses eine gestochene Woche lang nur für das Nöthigste wieder zu verlassen. Es hieß, sie sei in die Kranckheit gefallen, in welche, hieß es nicht. Sie hatte vil durchmachen müssen in den letzten Tagen und Stunden, vil Schicksal erlitten, ihre Seele brauchte Verschnaufung. (¡Und mit dem Schuft Höpffner würde sie vorerst keinen Blick mehr tauschen!) (Wechseln!) Eine Woche lang ruhten im Creisamt die Akten, kein Eintrag, kein Sterbenswörtchen, nix.

Ohne nun gleich den Rang Frl. Schmidts antasten oder Maria Vetterlein etwa geringachten zu wollen, sei die Pause einmal auch auf die peripheren Zeugen verwendet und densolchen noch rasch das Ihre zuzutragen erlaubt.

Christiane Cunitz hatte bereits am Tatort tüchtig auf sich aufmerksam gemacht und zur Untersuchung ihren Beitrag geleistet. Ihr Vater war der Professor Karl Christian Krause, ein stadtweitberühmter Gelehrtenzopf und überaus fleißiger Schriftenverfasser aller Gebiete und Untergebiete.[1] Von ihm hatte sie am Neumarkt das Haus N⁰ 631 ererbt und vor 19 Jahren per Ehevertrag gleichmit seinen anhänglichsten Studenten übernommen, den nachmaligen Doctor der Medizin Christian Friedrich Cunitz. Heute zählt sie 38 Jahre und schaut glatt auf ein halbes Leben Fr. Cunitzin zurück. Nicht eigentlich bitter. In Volkmarsdorf hatte man sie noch verschmäht und sich mit dem Gesinde begnügt, am 17ten Februar stand sie in schönster Montur vor dem Concilium academicum zu Leipzig und fügte ihren bereits am Unglückstag dem Acktuar Wagner dictirten Aussagen hinzu, der Mensch, welcher sich den Staub vom Mantel abgeschlagen, sei nach seiner etwas unterstämmigen Statur geurtheilt ein starcker 40er gewesen und habe eine kurze, nach ihrem Bedünken ganz schwarze Mütze und einen dunckelblauen Matin getra-

Weiz: Gelehrtes Sachsen; Meusel: Lex. d. verstorb. teutsch. Schriftst.

Otto: Oberlausitzsche Schriftsteller; Leipz. gel. Tageb. 1792 p.67

---

1 lies sie u.a.a. Karl Chr. Krause: Von der Wirkung und dem Einflusse der Einbildungskraft der Mutter auf die Frucht, aus Gründen und häufiger Erfahrung erwiesen. Leipzig 1787; lies er: Eine Vorrede zu des Hrn. von Doeveren lateinischen Abhandlung von den Würmern in den Gedärmen des menschlichen Körpers. Leipzig 1777

gen. Sie selbst habe diesen Mann nie für den Kluge gehalten und auch gleich dem allgemeinen Verdacht wider-
sprochen, allein es wollte wieder keiner auf sie hören.
Ihrer dagegen, ihr Hr. Mörder, hatte breitere Schultern
als Kluge, war vom Wuchse her vielleicht etwas weniger –
aber insgesamt reinlicher, viel, viel galanter gekleidet.
Sein Gesicht habe sie von oben herab zwar nicht so gut
ausmachen können, trotzdem wollte sie es sich selbst aus
dem dritten Stock noch zutrauen, ihn allein von Statur
und Gang her zu recognosziren, wenn er ihr dereinst einmal ein paar Schritte vorgeführt würde. Anders, tss, als
die Mägde. Tss.

Carl Friedrich Jung hatte ebenfalls vor dem Concilium, und zwar gleich nach der Confrontation Höpff-
ner/Schmidtin seinen Termin. Er ist auch 38 Jahre alt,
aus Potsdam gebürtig, wo seine Eltern noch leben, und
wohnt dem Cunitzischen Haus schräg gegenüber. Den

2te Etage links, Haus Nº 22, Neuer Neu- markt, Ecke Preusser

Kluge kennt er nur dem Vernehmen nach und als einen
sonderbaren Menschen, der drüben im Haus gelegentlich betteln soll. Am 8ten habe er morgens einen Mann
das Haus verlassen gesehen, der sich das Weiße vom Är-
mel abschlug und Richtung Grimmaische Gasse spa-
zirte. Eine Viertelstunde später, so gegen halb neun, sei
er Selbigem noch einmal vorne am Fürstenhaus begegnet und habe beobachtet, wie er erst zum Grimmaischen
Thor hinaus wollte, vielleicht auch in die Ritterstraße
rein, dann aber umgekehrt und ganz dicht an ihm vorbei
auf den Markt zu gelaufen war und sich im Vorbeigehen
erneut die Kleider abgestäubt hatte. Sein Matin war von
himmelblauer Farbe, so wie es die Jacken der französi-

lichtblau, wie die Trainknechtejacken

schen Trainknechte sind. Der Betreffende war von mittlerer Größe und schon gut über die 30. Auf sein Angesicht
habe er aber nicht weiter geachtet, auch kaum Aufmerksamkeit darauf gegeben, ob die Person Mütze oder Hut

getragen. Und überhaupt bezweifle er sehr, den Herrn gegebenenfalls wiederzuerkennen. – Sodann wurde Zeuge Jung imposito silentio entlassen. Doch hielt er sich nicht daran. Am Abend saß er in Höpffners Stube, bei ihm saß Hr. Magister Stimmel.

Auch Johann Georg Vetterlein, genannt Tschordschi, ist bereits am Rande bekannt. 55 Jahre alt, verdient er als Kutscher sein Brodt, nur ließ sich nicht einig werden, wo. Mal ist vom Hänel im zweiten Stock die Rede, mal vorn am Barfußpförtchen vom Kaufmann Falk. Ein Kutscher zweier Herren. Über seinen Antheil an den sporadischen Zerwürfnissen seiner Gattin und des hübschen Fräuleins von oben kann man nur speculiren, er seinestheils stand sich mit jeder von ihnen allezeit gut. An Gerichtsstelle sagte er aus, er habe vom Hof her gesehen, wie am 8ten ein Mensch mit einer schwarzen Mütze auf dem Kopfe ins Haus getreten sei, doch diesen nicht richtig erkannt, weil gleich die Thür wieder ins Schloß gefallen und es im Haus wieder dunckel war. So vermöge er auch gar nicht zu sagen, ob der Matin braun von der Farbe war, oder blau oder grün oder sonstwas. Von sich aus sei er, Kutscher Vetterlein, aber nie auf die Idee gekommen, es könnte sich in der Person um den verwirrten Kluge handeln. Als die Schmidtin solches geäußert, da habe er sich mit ihr nicht schlecht stellen wollen und ihr den Verdächtigen achtlos nachgeschwatzt. Im Übrigen auch seiner Gattin, die darauf geradezu wie besessen war. Soviel er wisse, kommt Magister Kluge seit Gedenken jeden Monat einmal ins Haus und holt sich eyn Almosen ab, das Dr. Cunitz ihm ausgesetzt hat.

Keinesfalls mit dem Antiquar Rau aus der Petersstraße verwandt ist Johanna Christiane Rau, die 22jährige Köchin bei Hänels. Sie eröffnete eine neue Variante. Ihr war am 5ten Februar, d.h. schon am Freitag, auf der Trep-

pe eine verdächtige Mannsperson begegnet (äußere Anzeichen: mittelgroß, mittellanges schwarzes Haar, kalk-
bleich im Gesicht, gut in den 50ern, dunckelblauer Matin, runder Filzhut ohne Überzug, vollbärtig) und hatte
sich nach Mme. Kuhnhardtin erkundigt. Doch weil sie
erst wenige Tage bei Hänels im Dienst steht und die übrigen Hausgenossen noch nicht kennt, hatte sie den Fremden abschlägig beschieden. Allerdings würde sie sich auch
jederzeit zu einer Confrontation anerbieten.

(Die N⁰ 630, das Juniusische Haus, gränzt stadt-
einwärts an das von Fr. Dr. Cunitz. Einer kurzen, un-
scheinbaren Notiz zufolge soll sich auch dort schon am
Freitag ein Kerl herumgetrieben haben. Es heißt, beim
Hausmann Stephan hätte er sogar um ein Quartier angefragt, das er bräuchte für seine Bücher, weil doch der
Krieg immer näher rückt. Auch hätte dieser Hausmann
den Kerl wiedererkannt, als der am Montagmorgen das
Cunitzische Haus verließ. — Ob Hauptmann Weidlich
sich fragte, warum es nicht längst zur Abhörung des Stephan gekommen war? – Man weiß es nicht. Jedenfalls
pfiff er ein vergnügtes Lied vor sich hin und hinterließ
einen höchst ärgerlichen Vermerk.)

(Viel hatte Henriette sich auch mit Marie Meyer berathen, die sie noch aus früher Kindheit, heißt: vom Waisenhaus her gut kannte. Sie war die neue Köchin bei
Höpffners bis just dieser Tage, bis Magister Höpffner sie
letzten Samstag entließ, am 13ᵗᵉⁿ, um genau zu sein,
gleich nach seiner ersten Vernehmung. Wie im Fall Hen-
riettens hatte angeblich die Höpffnerin darauf gedrungen. [¡Was diese im Übrigen bestritt!] In der Mordsache
aber hatte Marie Meyer bislang nichts konkretes beitra-
gen können. Zumindest ist nichts davon bekannt.)

Ob er sich an den Launen eines schnäbligen Fräuleins verschliß? Aus Kränkung auf Rache sann? Dem

– T.! –
wdlch

»auf die der Schmidtin
mit Grund, auf die der
Meyerin mitnichten«

85

bwv 212:

mer hahn en neue
Oberkeet

sing: mihr hamm ne
neie Oubrischkeht

heißt: wir gehen nun
wo der Tudelsack in
unsrer Schenke
brummt

Wanckelmuth verfiel? Letzten Sommer zu laut gesungen hat? Man macht sich so seine Gedanken; ein besonderer Fall zum Abschluß ist Christian Döbler, stolze 23 Jahre alt, ein blonder, hochaufgeschossener Junge aus dem Dörfchen Kleinzschocher, welches allerdings auch ein ziemlich besonderer Fall ist. (Es liegt südwestlich vor der Stadt, man läuft gute drei Viertelstunden, bei Hochwasser fast anderthalb, da muß man oben durchs Ranstädter Thor. Der Leipziger sagt ›kleines Ausland‹, weil das Gut zum Herzogtum Merseburg gehört. – Noch bis auf den heutigen Tag laufen in jedem Sommer zu Kleinzschocher sämtliche Bewohner zwischen sechs und neunzig Jahre alt im Dorfsaal zusammen und singen aus tiefen und hohen Kehlen und bis der letzte vom Stuhl fällt die Bauerngandade, es hat halt Tradition.) Für den dortigen Bäcker Buschendorf trägt Christian Döbler das Brodt aus, bis hoch nach Leipzig immerhin; ob sich das rechnet? Wegegeld, Thorgroschen und billiger sein als die ansässige Konkurrenz? Bäckermeister Buschendorf wird gewußt haben, was geht und was nicht! Dienstags, donnerstags und samstags führt seine Tour den Burschen ins Cunitzische Haus zu Fr. Kuhnhardt und ihrer Magd, für die er sich gern etwas mehr Zeit nimmt, als für die übrige Kundschaft; er macht gar keinen Hehl daraus, ein jeder darf es wissen.

Wann immer es ihren Aussagen Gewicht geben konnte, hatte Jette Schmidt ihn als Gewährsmann citirt, von einem unbestimmten Tag an verschwieg sie ihn lieber. Als etwa der Sonnabend vor dem Überfall ins Spiel kam, wußte sie noch in höchsten Tönen zu vermelden, der Brodtmann hätte ihr versichert und geschworen, den Schurken, welcher im Hause herumgestänkert, unfehlbar und ohne allen Zweifel wiederzuerkennen, wenn er ihn noch einmal vor die Augen bekäme. (Maria Vetterlein wußte ähnliches über den jungen Mann zu berichten, bei ihr heißt es jedoch: wenn er ihn einmal zwischen die Finger kriegte.)

Noch bevor aber die Behörde die Qualität des Zeugen Döbler, Christian Carl, erkannte, kam dieser der Behörde zuvor und fand sich, womöglich vom Brandtwein ermuthigt, ganz von selber im Creisamt ein, wo er unter zorniger Erregung auf seine eigene Abhörung in der Mordsache pochte. Was er dann freilich auszusagen wußte, konnte keinen Ermittler begeistern. Es hätte ja durchaus seine Richtigkeit, daß er an diesem Tag, als er zur Hausthür hereingetreten, einem Herrn begegnet war, auch, daß dieser ihn nach den Verhältnissen im Hause befragte, indem er ein Quartier für seine Bücher suchte, aber weil es im Cunitzischen Haus ziemlich dunckel ist und er es vor lauter Blindheit so eilig zur Schmidtin hoch hatte, habe er den Fremden gar nicht weiter ins Auge gefaßt. Darum sei er auch nicht im Stande, dessen Merkmale anzugeben oder zu sagen, ob er einen Matin und eine schwarze Sammtmütze trug. In keinem Fall aber würde er sich zutrauen, den Mann, sofern er ihm vorgestellt werden sollte, wiederzuerkennen. Und nein, er erinnere sich auch partout nicht, von der Kuhnhardtischen Vorsaalthür aus gesehen zu haben, wie die Ehefrau des Falkischen Kutschers mit einer Mannsperson die 4ᵗᵉ Treppe raufgekommen wäre. Das haben sich doch die Weiber nur erfunden, um ihn in die Sache mit hineinzuziehen! Kurzum, er wisse in der Sache eigentlich nicht das Geringste auszusagen, ebensowenig sich zu erklären, wie die Schmidtin solches daherreden konnte. Aber bei der muß man eh vorsichtig sein, da kann man es nie genau wissen, woran man mit ihr ist. Und will man ihm in der Noth beiseite stehen, treibt es sich rum, Luder!

Nach Vorlesen seiner Aussage verblieb Christian Döbler bei dieser und versicherte, wie er sie jederzeit noch eidlich erhärten wollte.

Man macht sich so seine Gedanken, doch genau kann es wol keiner wissen, wie es um den Jungen bestellt war. Was war passirt zwischen ›unfehlbar-wiedererkennen‹ und ›eigentlich-gar-nichts‹? Welche Verletzung geschehen? Woher der Sinneswandel binnen Tagen? Welches Abkommen hatte Henriette mit ihm getroffen und nicht gehalten? Welche Verschwörung? Auf welche Zukunft? Was treibt den jungen Mann als solchen vor lauter Rage zum Brandtwein? Und dann noch truncken vor Wuth aufs Churfürstliche Creisamt, wenn er kein zufälliger Kohlhas des Weges ist? – Man muß sich seinen eigenen Reim darauf schmieden. Die Akten haben für das Fleisch und die Farben keine Zuständigkeit, sie zeichnen nur grobe Conturen, nur die Knochengerüste. Zum Beispiel wäre darin eines Bäckerjungen Liebeskummer fehl am Platze. – Zum Beispiel aber ein schief hängender Haussegen bei Höpffners auch —

...denn es mochte für die Dame des Hauses Höpffner die verschiedensten Gründe gegeben haben, am 10ten Februar Hals über Kopf zu verreisen – Ziel unbekannt. Gleich nach dem Mittagsbrodt hatte sie anspannen lassen und war davon! Zwei Tage nach dem Überfall auf Fr. Kuhnhardt, dreie vor Entlassung der neuen Köchin. Acktuar Langbein, der alte Glückspilz, war wie zufällig zugegen und fertigte eine kleine Notiz; Benjamin Weidlich hatte ihn mit Auftrag losgeschickt, sich schon einmal ganz unauffällig in der Höpffnerischen Nachbarschaft umzutun.

In der Nacht zuvor war die Wittwe Kuhnhardt verstorben und Jettchen gruselte es schon gar ser, allein in der Wohnung schlafen zu sollen. Doch Rettung nahte.

Wie auch immer die Nachricht vom Ableben der Wittib so schnell bis nach Kleinzschocher dringen konnte, schon am Vormittag war Krischa Döbler zur Stelle und erbot sich zur Nachtwache in der Kuhnhardtischen Stube an; dann könnte man gleich einmal alles besprechen. Jetten behagte schon geraume Zeit das Werben des Brodtmanns, das ihr natürlich nicht verborgen geblieben war. Ein Froilein kennt sich aus. Und im Prinzip fand sie ja den Döbler auch gar nicht so übel, ein bißchen spack noch, noch nicht ganz ein Mann; gern nahm sie also die Offerte an. Als der arme Kerl aber am frühen Abend im Cunitzischen Haus anlangte, wer weiß, vielleicht mit einem Blümchen in der Hand, einem weißen, versteht sich mit Rücksicht auf die Gegangne, da fand er von einer verängstigten Henriette Schmidt keine Spur. Wie ihm die Vetterleinin gerade noch zurief, war sie schon gegen fünfe zum Höpffner rüber gesaust. (¡Ausgerechnet zum Höpffner! Den Döbler haßte nach allem, was Jettchen ihm schon berichtet hatte.) Doch auch in der Wirthschaft traf er sie nicht an, weder Jetten, noch den Schwerenöther selber.

Kein Wunder. Die Gesuchten wöllten sich wol kaum dem Klatsch des Gesindes ausgesetzt haben und dem der Magister. Sie saßen oben in Ottos Stube und sprachen sich aus. Sie wußten sich viel zu erzählen. Seit Jette nicht mehr hier im Haus diente, war es das erste Mal, daß sie wieder so vertraut und gemüthlich beisammen saßen; allerdings wurde Fr. Höpffner schon für morgen zurück erwartet.

Endlich, außerhalb der Unglückswände, fand Henriette einmal Ruhe und Muße, die Ereignisse der letzten Tage auszuwerten und sich mit Otto auf die richtige Beschreibung des Täters zu besprechen, wie sie für eine gewissenhafte Aussage nöthig ist. Henriette mochte zwar den Döbler, aber sie mochte ihn nur mit dem Herzen, nur dem Gefühl nach, zärtlich nannte sie ihn für sich ihren Jüngling. Bei Otto Ernst waren es die Schultern. Auch die Jahre, das Alter paßte ihr besser. Man macht sich so seine Gedanken, doch genau kann es wol keiner wissen, wie seinerseits Christian Döbler die Nacht verbrachte, ganz zu schweigen, wie es mit ihm und Jetten weiter ging. Es scheint: nicht besonders glücklich. Vielleicht auch gar nicht.

(Aber es gebietet geringster Anstand, sich nicht allzu weit auf schlüpfriges Gelände vor zu wagen. Auch wenn die Actenlage dazu verführt. Vielleicht war der Brodtmann gar nicht freiwillig aufs Amt gelaufen, vielleicht hatte Bäcker Buschendorf ihn hingeprügelt, der um seine Geschäfte besorgt war und es gar nicht gut fand, wenn sein Austräger sich in ausländische Amtssachen mischte und nur unnöthig auf sich aufmerksam machte. Er wußte, daß die Stadt genug eigene Bäcker besaß. Oft genug hatte auch er frey von der Seele gesungen: Dorfdemuth wiegt im Trauern/ der Städte viel zu schwer.)

Wie dem auch war: es ruhten die Acten, die Untersuchung swieg schtüll. Wieder einmal sah man: ohne Zeugin Schmidt gings nimmer. Auch Commissions=Rath Weidlich war auf das Fräulein angewiesen, was nicht heißen soll, daß er eine Woche lang untätig herum gesessen hätte. Er pfiff erneut ein heiteres Lied vor sich hin, die Confrontation mit Höpffnern ließ sich brauchen. Und ganz wundervoll die Schmidtin – sie hatte sich promptens an seine Instruktionen gehalten. Und ihre Rede auf die Reden der Höpffnerin gebracht.

Der Baum. (Die Töchter. Das Sauerkraut)

1

Walter Klaube, Jahrgang vier, sammelte Briefmarken. Auch Schallplatten mit klassischer Musik. Er überließ die Dinge ungern dem Zufall und wußte schon frühzeitig eine Aufgabe, über der er einmal seinen Lebensabend verbringen wollte. Als das Alter dann kam, verlor er dramatisch an Augenlicht und wurde sogar operiert. Er brauchte jetzt eine viel stärkere Brille als zuvor. Ihretwegen wirken seine Augen auf den Bildern von der Goldenen Hochzeit so groß, auch so unterschiedlich groß. Etwas mehr als fünf Monate nach dieser Feier starb er im Alter von 80 Jahren. Es war der 31. Januar 1985, ein unauffälliger Tag in der Stadt Bochum. Ein Donnerstag. Herr Klaube hinterließ zwei Kinder, vier Enkelkinder und eine damals noch geringe Schar an Urenkeln. Und Hildegard Klaube, geborene Müller, eine kleine zerbrechliche, vermutlich nicht unresolute Person mit schlohweißem, nach hinten gestecktem Haar. Halb erschöpft, halb dem Glück des Hochzeitstages ergeben, sitzt sie neben dem Gatten. Ihre Stirn ist hoch, der Blick freundlich, doch verliert sich in ihrem Lächeln eine bestimmte Skepsis nicht. Die beobachtete

Beobachterin. Im Hintergrund des Fotos die Fenster-
wand, ordentlich drapiert die Vorhänge, ein paar Blumen. Beide Ehepartner stammen aus kleinen Ortschaften in Thüringen, aus Oberheldrungen der eine, der
andre aus Eckartsberga. 1949 war das Paar von Sanger-
hausen nach Bochum rüber gemacht, wo Walter
Klaube bei der Bergbau-AG Lothringen/Eschweiler
das Geld verdiente, zuletzt in der Zentralbuchhaltung
als Abteilungsleiter. Pensioniert wurde er 1969. Nach
Auskunft des jungen Pfarrers Christoph S., einem seiner Enkelsöhne, war er ein stiller, zurückhaltender
Mensch, der die Gartenarbeit liebte, bis ins hohe Alter
hinein durch die Wälder streifte, aber ganz ungehalten
werden konnte, wenn in seiner Gegenwart sinnlose
Verschwendung betrieben wurde. Öfter noch als vom
Krieg sprach er von den Jahren der Wirtschaftskrisen,
die er als junger Mann noch miterlebt hatte. Seine
Sparsamkeit war von einer Art, die mit seiner Genera-
tion ausstarb und nicht mit Geiz gleichzusetzen ist.
Gern genehmigte er sich einen guten Tropfen und andere Annehmlichkeit, doch die Nägel im Haushalt
wurden wieder gerade geklopft, das Schokoladenstan-
niolpapier gebügelt und bis zur Wiederverwendung
bei den Geschenkbändern aufbewahrt.

Es gab etwas im Leben des Ehepaares, das an ausge-
lassenen Familientafeln immer wieder für Späße und gewisse Andeutungen gut war: Hildegard Klaube, die Gattin, die Mutter, die Großmutter: die geborene Müllerin.
– Schon oft sprach Walter Klaube davon, nach seiner
Pensionierung einmal den Gerüchten nachzugehen,
mehr als Gerüchte waren es ja kaum. Der Buchhalter tat
gewöhnlich, was er sagte. Und was er tat, das tat er gewöhnlich gründlich.

Diese Seiten sind Walter Klaube gewidmet!
(¡Selbstredend auch Hildegard!)
(Vor allem auch Hildegard!)
(Für Hildegard.)

2

Rings von Bergen umgeben, liegt die Stadt Suhl südlich des Rennsteigs. Flintensuhl, sagen die Versierten. Ein wenig außerhalb der eigentlichen Stadt befindet sich Heinrichs, einst ein eigenes Dorf, heute eingemeindet und Suhl-Heinrichs genannt. In der Kirche von Heinrichs, links vom Altar, gibt es einen kleinen Schrein, den man leicht öffnen kann. – Du kannst es ja tun, wenn du dich traust und einmal allein in der Kirche bist. Nur eine schmucklose Blechtür schützt seinen Inhalt. Eine mumifizierte Hand, so schwarz, als hätte sie lange im Ruß gelegen, kurz hinterm Gelenk wurde sie abgeschnitten. Oder kurz davor. Man darf nicht, aber Du könntest sie heraus nehmen aus ihrer kleinen Buchte und nach Hause tragen oder sonstwas mit ihr tun, sie an einen Fetischisten verhökern; ihr Alter schätzen die Schriften auf 500 plusminus. Du sollst es nicht tun, aber du könntest sie heraus nehmen und in deine eigene Hand drücken, einen guten Tag ihr sagen und dir etwas Böses dabei wünschen; ihr Besitzer ist ganz unbekannt. Nach der Sage ist es ein Lügner, der schwor falschen Eid. Und als er starb, wuchs sie zur Strafe aus seinem Grab heraus, da hat man sie in der Nacht schnell abgeschnitten. Doch die Sage irrt, es ist nicht die Hand eines Unholds, nicht unbedingt ein Zeichen des Meineids, es ist die Hand einer Frau. Das weiß man indessen. Aber wer diese Frau war, weiß man damit noch immer nicht. Walter Klaube hat es nicht mehr geschafft, das herauszufinden. Er war schon den Böttichers auf den Fersen, die Zeit wurde knapp.

Während der großen Kriege, so ist es verbürgt, da zogen die kroatischen Landsknechte Isolanis durchs Dorf, man schrieb 1634. Die katholischen Soldaten trauten ihren Augen nicht und verneigten sich vor der Reliquie und küßten sie und beteten zu ihr und ließen Kirche und Pfarrhaus ganz unversehrt. Bloß das gottlose Dorf zündeten sie an, bevor es weiter ging.

3

Als Walter Klaube aus Bochum/BRD sich den für seinen Lebensabend aufgesparten Aufgaben hingab, war die Stadt Suhl eine Bezirkshauptstadt der DDR – völlig zu unrecht, wie jeder wußte, nur wegen ein paar proletarischer Anekdoten in ihrer jüngren Geschichte. (Natürlicherweise hätte Meiningen es werden müssen! Aber die Verhältnisse waren nicht so. – Natürlich nicht!)

Hildegard Klaube war es oft nicht geheuer, daß ihr Mann dorthin fuhr. Schon allein, wenn seine Rede manchmal auf die Grenzübertritte zu sprechen kam, wurde ihr ganz komisch im Bauch. Aber sie verkniff sich ihr Unbehagen und ließ ihn nichts spüren, sie verstand, daß er trotzdem wieder fahren würde. Und war bei seinen Rückkünften auch immer schon auf die neusten Resultate gespannt.

4

In der Kirche zu Heinrichs ging der ruhlose Geist eines Pfaffen umher und erschien in gar nicht liebholder Gestalt und wollte jedermann nur immerfort küssen. Er hütete einen bösen Schatz und konnte davon erst erlöst werden, wenn er dreimal küßte. – Doch keiner in Heinrichs wollte sich von ihm küssen und erkennen lassen.

Einen Kantor verfolgte das häßliche Gespenst besonders oft und versuchte ihn zu umarmen und zu herzen. Es versprach ihm mehr Dukaten, als der reichste Mann von Heinrichs besitzt. Doch der gottesfürchtige Mann ließ sich auf den Handel nicht ein. – Da lief der verliebte Geist raschen Schrittes hinter den Altar zurück und versank für immer dort mit einem Seufzen.

5

»Gut geschlafen und viel besser. Nahes Ende meiner Frau. Sie verschied gegen Mittag. Abends brillante Illumination in der Stadt. Ich den ganzen Tag im Bett.

Nicht besonders geschlafen. Zahlreiche Condolenzen.«
J. W. Goethe, Tagebücher

Hildegard Klaube zählte gerade mal 20 Jahre, als 1929 ihr Vater Ernst starb; mit 50 schon – im besten Mannesalter. Ihre Mutter Gertrud, eine geborene Zapff, folgte ihm erst 1943, mitten im Krieg. Aber sie spielt keine Rolle.

Der Vater von Ernst Müller, Heinrich Müller, spielt auch keine Rolle. Er verschied 1912, kurz nach Hildegards viertem Geburtstag. Ihre Großmutter dagegen, Lisbeth Emilie mit Namen, hatte das Mädchen gar nicht mehr angetroffen, die war auch nur 50 geworden und schon 1901 gegangen.

Lisbeth Emilie war eine geborene Freund. Johannes Freund, ihr Vater, lebte von 1806 bis 1873 und ist auch unwichtig. Seine um 20 Jahre jüngere Ehefrau hieß Emma Agnese, geborene Schneider. Am 23. Dezember 1826, im dritten Ehejahr ihrer Eltern zur Welt gekommen, erlosch ihr Licht 1899; wie gesagt: schon zwei Jahre später erlosch ihre Tochter.

Als Emma Agneses Erzeuger wird Ernst Christian Schneider aus Zella geführt, heute Zella-Mehlis, er weilte von 1792 bis 1854 auf der Welt und war von Beruf ein Büchsenschäftermeister. Unwichtig kann man in seinem Fall nicht sagen. Seine Frau, Christiane Augusta

Henrietta, wurde am 22. Juli 1800 gegen acht Uhr morgens in Heinrichs geboren. Sie starb 1851, fünf Jahre nach ihrem Vater (von dem sie sich jedoch schon frühzeitig losgesagt hatte; sonst hätte Ernst Christian Schneider sie zur Frau auch gar nicht erst genommen. Die Hochzeit war 1823).

Vier Wochen nach der Geburt dieses Mädchens, am 19. August 1800, erlag seine Mutter den Folgen der Entbindung. (Es hatte Probleme bei der Geburt gegeben; vielleicht nicht zum ersten Mal.)

Johanna Sophia Tinius, verwitwete Lehmann, Tochter des wohlhabenden Luckauer Ratsherrn Johann David Böttichers, starb im 40. Lebensjahr. Dieses vermerkte der Pfarrer von Heinrichs pflichtgemäß im Kirchenbuch.

»Heute starb meine erste Frau«, schrieb er – und täte gut daran, seinem armen, dem halbverwaisten Kinde bald eine neue Mutti zu schenken.

6

»Sieh, wie sein Arme sind erspreit't -
Seine Minne gehrt zu halsen dich...«
Die Klausnerin Engelbirn

Das Kruzifix von Heinrichs ist anders als andere Kruzifixe. Es macht dich weinen, es macht dein Gemüt ganz blöd. Wie kann sich bloß der Heiland noch halten? Er stürzt ja schon vornüber. Er stürzt schon? Nein, er stürzt ja gar nicht! Er schwebt ja nur. Er schwebt schon in der Luft, bald geht es zum Himmel rauf. Man hält ihn nur noch an den Füßen gefangen, die Hände sind schon frei, die Arme hat er vor der Brust verschränkt, als wollte er einen Angriff wehren, als wollte er etwas schützen, das, unsichtbar, in seinen Armen ruht. Den heiligen Bernhard? Zu groß! Auch der heilige Franz ist zu schwer und kommt nicht in Frage. Der Heiland ist schon ein alter Mann, er lächelt herunter. Sein Blick ist so traurig, wie der Blick des Erhabenen auf anderen Bildern. Aber dort lächelt er nicht, dort ist er noch ein junger Mann. Ein Kind mag es sein, das er in seinen Armen wiegt, unter seiner Brust hält er es fern von den Teufeln. Ein alter Mann trägt das Leiden der Welt im Gesicht, alle Aussichtslosigkeit und alle Vergebung, denn wie er alle Gestern kennt, so kennt er schon das Morgen. Vielleicht ist das Kind übermorgen tot, sagen seine Augen aus müdem Holz, vielleicht findet es seinen Vater. Wessen ist das todgeweihte Kind, das der Heiland von Heinrichs in seinen Armen trägt und an sich drückt und schützt und am liebsten mit auf die Fahrt nehmen wollte? Ist es das Kind von Maria, die vorüber läuft und nicht hinschaut? Ist es dem Heiland zur Obhut gegeben? Zur Aufsicht? Ein Mündel? Das heilige Kind? Der Sterbende hält es in seinen alten Armen fest. Ist es bald tot? Wer soll es retten, wenn er erst fortgeflogen ist? Nur an den Füßen ist er noch angenagelt. Aber wenn er seine Ketten verliert, wer beschützt dann das Kind? Wer trägt es zur Ruh? Wer nimmt's mit nach oben?

7

Johanna Sophia und Johann Georg kannten sich schon viele Jahre und waren einander verschworn. Sie stand zwei Tage vor ihrem 20. Geburtstag, er war noch nicht ganz 16, als sie sich am 21. September 1779 das erste Mal trafen. Am nächsten Tag schrieb er sich am Gymnasium zu Luckau ein. Die letzten beiden Jahre hatte er bei Pfarrer Starke in Oderin eine harte Ausbildung erhalten, nicht oft, daß Zeit geblieben war, rüber nach Staakow zu marschieren und die Eltern zu besuchen. Jetzt stand er allein in einer, wie ihm scheinen mußte, Stadt Babylon –

mit fast 4000 Seelen. Adolf Starke, selber aus Luckau gebürtig und von Kindheit an mit dem schon verstorbenen Stadtkämmerer Bötticher befreundet, Alfred Starke hatte dessen Witwe um ein Quartier für seinen Zögling gebeten und es nach wenigem Zureden auch erhalten; Johanna Sophia, die Tochter dieser Dame, war sein Patenkind – wie hätte ihre Mutter ihm den Wunsch also abschlagen können?

Bald zehn Jahre wohnte Johann Georg nun im Haus der beiden Frauen; man möchte meinen, es gefiel ihm gut hier und er dehnte die Zeit absichtlich aus; später fürs Studium in Wittenberg brauchte er an Jahren nur ganze zwei.

Auch während des Studiums rissen die Kontakte nicht ab, auch nicht in der Zeit danach, als er in Kasel, keine zwei Stunden nördlich von Luckau, eine Erzieherstelle hatte. Vermutlich wurde Johanna Sophia in dieser Zeit schwanger. Vermutlich schwanger, nicht vermutlich in dieser Zeit. Es ist eine Frage des Wortes ›in Hoffnung‹. *In Hoffnung* auf Hochzeit? *In Hoffnung* auf Schande? Sie war in Hoffnung, schrieb später der Magister. Doch wer immer das war, Kindesvater, Schurke und Bräutigam, schnöde ließ er die Holde sitzen, schnöde und in den Umständen ungewiß, weil sie angeblich keine standesgemäße Partie abgab, genau ist es nicht zu erfahren. Oder doch!? : Weiß einer was? : ¡Und schweigt!? – Sei's drum, Johann Georg wußte Rat in der Not: Johanna Sophia wurde mit einem 26 Jahre älteren Landpastor kopuliert, wie man es nannte, einem zweifachen Witwer, der kurz vor der Emeritierung stand und seit einem Unglücksfall seine altgediente Haushälterin vermißte.

Ob die Ehe glücklich und für alle Beteiligten befriedigend war, ob sie überhaupt nur vollzogen werden

Sie war in Hoffnung eine Braut von einem jungen Doctor, der sie aber, weil sein Vater ihm keine arme erlaubte, verließ, und sie heirathete, durch meine Vermittelung, den 24. Apr. 1792 einen würdigen Geistlichen, M. Ernst Friedrich Lehmann zu Waldo, eine halbe Stunde von Casel, wo ich in Condition stand

98

konnte, steht hier nicht zur Frage! Auch über den Verbleib des Bankerts gibt es keine Auskunft. Weder in Johann Georgs Lebensbeschreibung, noch in den Kirchenbüchern von Waldow. Er kommt nie wieder vor. Unsichtbar, ruht er im Schutz eines Heilands, ein Hölzlein auf der See. Er könnte folglich schon in Luckau abgeblieben sein. In die Welt hinein und aus der Welt raus, es ist der Gang der Dinge. – Was hingegen die Armut von Johanna Sophia betraf, hatte Herr Magister vielleicht ein wenig übertrieben. Wenn es nur um diese Frage gegangen wäre... – das Fräulein Bötticher war allem Anschein nach nicht die schlechteste Partie. Schon etwas über 30 jetzt : freilich auch kein Backfisch mehr, nicht gerade ein Hüpfer.

Johann Georg verschlug es alsdann nach Thüringen. Er erstieg die Höhen des Hennebergischen Parnassus, wie er anfangs noch ganz euphorisch schrieb. Das bedeutete konkret: er hatte am Gymnasium in Schleusingen das Tertiat erhalten, die Stelle des dritten Lehrers. Anders als Luckau, genoß diese Schule wenigstens einen Ruf in der Welt, in Leipzig zum Beispiel gab es den Schleusing'er Stammtisch, eigens von studentischen Saufswestern frequentiert, die durstig von dort abgegangen waren.

Haud fumos vendit Schleusinga! Haud fumos vendit Schleusinga! Haud fumos vendit Schleusinga! Haud fumos vendit Schleusinga-a-a-a!

Drei Jahre später starb Basilius David Schlegel!

Basilius David Schlegel starb eines natürlichen Todes!

Du mußt Basilius David Schlegel folglich nicht unbedingt kennen. Im Hennebergischen Pastorenverzeichnis, Ordner *Thüringen/III./Eck*, trägt er die Nummer *H^e15*.

Mit Schlegels Tod wurde oben in *H^e*Heinrichs das Pfarramt vakant. Johann Georg hielt darum an, das Leben war jung, für das Glück noch empfänglich – es klappte. Tertius Tinius stieg eine Treppe hinauf. Große Freude. – An und zu Weihnachten '97 besuchte er noch einmal seine Eltern in Staakow und die Freunde der Umgebung, auch Johanna Sophia und ihren Gatten (dem es für sein hohes Alter noch erstaunlich gut ging) – und bedachte sodann in aller Ruhe und Einfalt die nötigen Konsequenzen seiner Entscheidung:

»Da ich vorher beschlossen hatte, im ledigen Stande zu bleiben, so legte mir jetzt mein geistliches Amt, aus Gründen, die dem Erfahrnen bekannt sind, die Verbindlichkeit des ehelichen Lebens auf.«

Da fügte es sich, daß Basilius David Schlegel nicht der einzige abberufene Prediger blieb dieser Tage. Auch die Verbindung der Eheleute Lehmann zu Waldow endigte pünktlich und überraschend. Am 19. Januar 1798. Um halb elf vormittags. Nach einer achttägigen Krankheit am Hals. (Des Pastors, versteht sich.) Im Kirchenbuch steht: *an* einer achttägigen Krankheit. Es wird wohl aufs Gleiche hinaus laufen. M. Starke, selber schon weit in den Jahren, hielt die Predigt am Grab.

lt. Kirchenchronik Schleusingen fand diese Trauung schon am 19. Sept. 1798 in dasiger Pfarrkirche St. Johannis statt. Ohne den M. Starke.

Folgt: es ist wie im richtigen Leben: die einen sagen so, die andern sagen so.

M. Starke war es auch, der schon nach acht Monden der Trauer die neue Trauung vollzog. An einem profanen Mittwoch! Am 26. September in Oderin; es eilte. Er hatte diese Verbindung ja auch – zwar ganz unbeabsichtigt, aber dennoch: gestiftet. Nun stand er im WORT. Vor ihm knieten zur linken Hand sein Zögling, zur Rechten das Patenkind, es schloß sich ein Kreis.

Ob er darum den Segen mit besonderer Freude erteilte, ist trotzdem ungewiß.

Drei Wochen später der Amtsantritt zu Heinrichs! 20. Oktober. Samstag. Am Montag darauf hat der neue Pfarrer Geburtstag. Den 34.

Auf Johanna Sophias Tod im Wochenbett wußte der hinterlassene Ehegemahl in seiner Lebensbeschrei-

100

bung dann doch noch ein paar treffliche Worte zu setzen:

»Ihre Trennung war zu schön und zu herrlich, als
daß sie von mir jemals vergessen werden könnte. Unschuldig war ihr Tod, sie hatte ihn nicht verschuldet – sie
starb in ihrem erhabensten Berufe – als Mutter.«

Herr Klaube glaubte an den guten Einfluß, den die
Verstorbene auf das Temperament des Magisters hatte.
Mehr hierzu ist erst einmal nicht bekannt.

8

Wenn heute jemand Tinius heißt, kann er getrost seinen Arsch darauf wetten, daß er nicht vom Magister ab-
stammt!

Er braucht sich auch erst gar keine Hoffnung zu
machen, er täte es doch. Die Probabilität dafür liegt bei
Nullkommaprozent. Jeder Krause, Schulze, Meier hat
gleichgute Karten. Magister Tinius gab seinen Namen
nicht weiter und hatte, aus tragischen Gründen, überhaupt nur diese eine Tochter in die Welt geschickt.
Heutzutage herumlaufende Tiniusse könnten bestenfalls von einem der Brüder des Magisters herzuleiten
sein. Es gab zwei oder drei, die überlebten; einer davon
gründete nachweislich in Hermsdorf eine Familie.

(Nullkommaprozent bedeutet denn auch: ein weib-
licher Nachfahr der Tochter des Magisters wäre ausgerechnet einem männlichen Nachfahren eines seiner
Brüder über den verliebten Weg getändelt. Ein solcher
Un-Fall ist freilich nicht bekannt.)

Anders als die Familie Bötticher, die Walter Klaube
ein paar Jahre nach seiner Pensionierung bereits über etliche Generationen zurück verfolgen konnte, erscheint
die Familie Tinius wie aus dem Nichts auf dem Plan. In
seiner Biographie hält Johann Georg Tinius über seine

Herkunft und die seines Namens in Deutschland folgendes fest:

»Mein Vater stammt her aus dem Dorfe Kimmeritz bei Luckau, in der Niederlausitz, wo schon sein Vater Schäfer gewesen ist und unsern Namen zuerst nach Deutschland gebracht hat. Er ist nämlich im spanischen Successionskriege, als ein siebenjähriger Knabe, an der großen Heerstraße bei Baruth, wo beständige Durchmärsche geschahen, an einem Morgen, seitwärts im Kornfelde, herumirrend und weinend gefunden worden im militärischen Habit, und hat ausgesagt, es wäre in der Nacht ein großer Tumult entstanden, und durch einen feindlichen Ueberfall Alles auseinander gesprengt worden. Er hätte sich ins Korn versteckt, und bei Tages Anbruch Niemanden mehr gesehen. Alles sey fortgewesen. Er hat eigen seinen Namen gewußt, und von seinem Vater ausgesagt, daß derselbe auf einem Schimmel sitzend mit einem großen Säbel ein Regiment kommandirt habe. Bestimmtere Nachrichten fehlen.

Jetzt giebt es, seit meines Großvaters Zeiten, viele gleiche Namen in jenen Gegenden bei Berlin und im Kurkreise, alle von diesem ersten Stammvater.«

Hierzu relativiert Walter Klaube dieses:

1.) In Kümmeritz hat es zu keiner Zeit einen Schäfer Namens Tinius gegeben. In den Kirchenbüchern ist dieser oder auch ein ähnlich klingender Name nicht eingetragen.

2. Der Spanische Successionskrieg hat die Niederlausitz nicht berührt.

(Wohl aber der Nordische Krieg, in dessen Verlauf es während des Rückzugs der sächsischen Armee vor den aus Polen anrückenden Schweden zu Gefechten in der

Umgebung von Luckau kam, namentlich im September 1706. Bei einem solchen Scharmützel könnte der Junge notfalls abhanden gekommen sein.)

3.) Bereits im Jahre 1572 wurde in Fehrbellin (Mark) ein Johann Tinius geboren, der von 1600 bis 1624 als Pfarrer in Meyenburg (Mark) amtierte. Z. B.

8<u>a</u>

Im Winter 1984, zwei Monate vor seinem Tod, schloß Walter Klaube seine Forschungen ab und stellte 12 prallgefüllte Ordner ins Regal. Im strengeren Sinne befassen sich nur drei Stück davon mit den Angelegenheiten des Magisters, der Rest betrifft die Genealogie der Johanna Sophia Bötticher. Die letzten Jahre hatte der pensionierte Buchhalter nur noch darauf verwendet und im wesentlichen drei Linien verfolgt:

1.) die Linie der *von Wechsungen*, einem Nordhäuser Patriziergeschlecht, das wiederum aus den *de Wessungen*s hervorging.

2.) die Linie der *von Schlotheims*, die er zuverlässig bis zu Kerstan von Schlotheim zu Beginn des 15. Jahrhundert nachweisen konnte, unzuverlässig noch bis Berthold de Slatheim († 1277).

3.) die Linie der *von Werthers*, sie reicht absolut sicher zurück bis zu Heinrich von Werther († 1318), nicht ganz so sicher bis zum mittleren Joducus von Werther († 983), noch ungesicherter bis Berthar, dem König des noch jungen Thüringerreichs, der, wie's nicht jedermann wissen wird, um 518 von seinem Bruder erschlagen wurde.

(PS: Du sollst nicht immer so streng sein! Bei so weit reichender Ahnenschaft der Gattin – welcher herkunftslose Herr Ehegemahl wäre da nicht geneigt, sich wenigstens

einen mondänen Regimentskommandeur ins Familien-
album zu malen, wie er auf dem weißen Gaul sitzt und
den lustigen Säbel schwingt?)

8<u>b</u>

Was noch einmal den Namen Tinius angeht, so nennt
Walter Klaube als dessen bekannteste Träger nach dem
Magister selber noch dreie:
    1.) Fritz Tinius, am 7. Mai 1886 in Tasdorf (Krs.
Niederbarnim) geborener Sohn des Volksschullehrers
Louis Tinius und der Marie Tinius, geb. Winkel. Er pro-
movierte über *Le Mystère de Saint Clement* und machte
damit in der Fachwelt Furore.
    2.) Friedrich Tinius († 1953), ein Berliner Kommu-
nalpolitiker und, wie das Lexikon lehrt, Mitglied der
freiwilligen Feuerwehr von Heinersdorf. Wegen guter
Verdienste wurde nach ihm in Pankow sogar eine Straße
benannt, die vormalige Maxstraße. Er war Inhaber einer
Sauerkohlfabrik.
    3.) Peter Tinius, geboren am 13. Oktober 1944 in
Neustadt/Holst. Dieser wurde 1969 in Hamburg zu
zwei Jahren Gefängnis verurteilt. Der Vorwurf: »in fort-
gesetzter Handlung begangene Diebstähle in Buch-
handlungen und öffentlichen Bibliotheken.« – Es war
nicht in Erfahrung zu bringen, ob der junge Mann be-
zwecks mildernder Umstände es wenigstens einmal versuchte, sich als Nachfahr des verruchten Bibliomanen
auszugeben, als einen also, der für seine Neigungen und
Anlagen nicht recht verantwortlich zu machen war.

(Bleibt nachzutragen 4.) ein Trickbetrüger bei Karl May,
5.) eine Tinius genannte Sitzgarnitur von Ikea, 6.) überhaupt eine auffällige Zunahme des Namens gen Skandina-
vien hin. Das spricht vielleicht für den Nordischen Krieg.)

(Und die britische Tinius-Olsen Ltd., häufigster Treffer im Internet.)

(Und nicht zu vergessen : die flotte Rosi von der SPD in Lahstedt!)

(Ganz zu schweigen von der amerikanischen Linie, die in Gräbendorf ihren Ausgang nahm. In Gräbendorf!)

9

Erstmals lasen wir den Namen Walter Klaube in einem maschinengeschriebenen, an ihn gerichteten Brief. Im Durchschlag eines Briefes, um genau zu sein. Er lag in einer dünnen blauen, zum Tiniusarchiv von Heinrichs gehörenden Mappe. Das Wort Tiniusarchiv ist freilich ein Irreführung, ein Notbegriff. Herr P., der amtierende Pastor des Ortes, hatte uns schon am Telefon gewarnt, ja bloß nicht zu viel zu erwarten. Es bestand im wesentlichen aus ein paar Büchern und losen Schriften zu Tinius, zur Suhler Stadt- und Landgeschichte, den Sagen des Kreises und mehr dergleichen. Darunter auch ein Hefter mit Kopien aus den Kirchenbüchern der betreffenden Jahre und eine hauptsächlich im Raum Thüringen zusammengetragene Artikelsammlung (aus der wir, nebenher, von Altendambach und der privaten Chronik der Familie G. erfuhren). Das besagte blaue Mäppchen enthielt das Bestandsverzeichnis der Sammlung, ein paar handschriftliche Notizen, lose Zettel alles, und vier oder fünf Briefe. So auch den an Walter Klaube, datiert unter dem 29. November 1983.

Der Absender, Helmuth K., war der Gründer des bescheidenen Archivs und seinerzeit der hiesige Pfarrer. Er bedankte sich für die Übersendung eines offenbar längeren Aufsatzes über Tinius und dessen Ahnenschaft. – Und erweckte den Jäger in uns, hechelnde Instinkte:

ein Aufsatz über den Magister, den wir nicht kannten! Unveröffentlichte Ahnentafeln?! Oi—!

Doch er war verschwunden. Verlegt. Nicht aufzufinden. Zwar im Bestand des Archivs als Nummer 17 verzeichnet, aber unter den übrigen Sammelsurien nicht zu entdecken. Vielleicht hatte ihn bloß jemand ausgeliehen.

Was tun?

Pastor a.D. Helmuth K. fragen, was sonst!

Leider konnte Herr P. nicht sagen, wo sich sein unmittelbarer Amtsvorgänger derzeit aufhielt und ob er überhaupt noch lebte. Denn dieser war vor einigen Jahren von Suhl fortgezogen und Pastor P. hatte ihn ganz aus den Augen verloren, aus den Augen aus dem Sinn. Er erinnerte sich aber an einen Sohn des verehrten Kollegen, der noch hier in der Stadt leben könnte. Veterinär? Aufsichtsbeamter? Sowas.

Nach solch präzisen Angaben war der Sohn von Helmuth K. einfach zu ermitteln: Michael K., Tierparkdirektor von Suhl.

Insofern der gewöhnliche Mensch nicht alle Tage einen Tierparkdirektor an der Leitung hat, nahm das verdutzte Telefongespräch mit demselben mancherlei launische Umwege, die etwa auch das Fütterungsverbot an den Wildgehegen streiften und nicht einmal den Gestank vor den Fuchsbauen scheuten, schließlich aber zu Tage brachten, daß der Vater des Direktors in Berlin lebte, und zwar in liederlichen Verhältnissen – bei Frau B., einer verwitweten Jugendfreundin. Doch damit nicht genug: Vater K. und Frau B. wohnten im Bötzow-Viertel, Hans-Otto-Straße, die liegt nur sechs Querstraßen von unserm Daheim entfernt. Wenn man in Berlin nur sechs Straßen voneinander entfernt wohnt, ist es angebracht, von enger, von intimer Nachbarschaft zu sprechen. Es kann gar nicht ausbleiben, daß man sich früher oder später einmal über den kleinstädtischen Weg läuft.

Bereits 14 Tage nach den wunderbaren Erkenntnissen aus dem Suhler Zoo war es denn auch schon so weit und unser enger Nachbar Helmuth K. entpuppte sich als ein vergnügter und redseliger alter Herr. Trinkfest. Tiniuskenner. Als Ex-Pope von Heinrichs vor allem auch in den lokalkolorierten Fragen bewandert. Was brauchte es mehr für einen erquicklichsten Nachmittag!?

Dieser dauerte dreieinhalb Flaschen Rotwein, einige Liköre plus sämtliches Knabberzeug, das die Gefährtin Helmuth K.'s, eine nette, zum Schluß auch schon ein wenig heitere Dame, aus aberwitzigen Dosen und Schatullen und sonstigen Unterkünften hervorzuzaubern wußte.

Den Tagebuchaufzeichnungen des alten Pfarrers nach weilte Herr Klaube insgesamt dreimal in Heinrichs, zuletzt im Frühjahr 82. Und das Beste daran war: man konnte sich mit ihm ganz normal unterhalten, über Tinius, über Politik, über die Verhältnisse, egal worüber, man hat überhaupt nicht gemerkt, daß er aus Bochum war. Nie Fisimatentchen. Keine Allüren. Von Walter Klaube rührte auch die Anregung für das Archiv, dessen Gedeihen sich Helmuth K. dann eine Herzenssache sein ließ, indem er jedes einzelne Stück daraus persönlich aufkaufte, will meinen: von seinem ganz privaten Geld, weil seine Behörde dafür keins hergab. Der Aufsatz über die Stammtafeln war das einzige Geschenk, die einzige Stiftung. Wo er abgeblieben sein könnte? Auch Helmuth K. wußte es nicht und war im Moment heftig erzürnt ob der Nachlässigkeit seines Amtsnachfolgers. Wir hatten die Zunge voll zu tun, ihn zu trösten und seinen Zorn zu mildern, indem wir u.a. darauf verwiesen, daß Herr P. doch mit den Kopien der Kirchenbücher auch schon einen kleinen Teil beigetragen hatte. Helmuth K. räumte letzteres fair ein und wußte nun seinerseits einen trockenen Trost für uns: das Manuskript, ganze 40 Seiten dick, umfaßte ohnehin nur einen Bruchteil der Arbeiten Klaubes.

Das Gesamtwerk muß her! entschied er kurzerhand – hatte aber, wie er sogleich eingestand, seit Herbst 83 vom Autor nichts mehr gehört. Und 83 war das schon ein ziemlichsehr alter Mann...

Was nun?

Fährte aufnehmen, was sonst! Papier stirbt nicht! ermahnte uns Helmuth(!) und war ganz aufgeregt. Ein Junge, der den Kapitän macht.

Fährte aufnehmen, aye, aye, Sir! gelobten und gehorchten wir – und schwankten nach Hause. Zum Glück war es nicht weit.

Die Adresse, die Helmuth K. von Walter Klaube noch besaß, brachte uns erwartungsgemäß nicht weiter. Doch mit Hilfe der Telefonauskunft erstellten wir eine Liste mehrerer Dutzend Klaubes in Bochum und anderswo in Deutschland. Zwei Tage später glühten bereits alle Drähte und uns die Ohren, da war Hartmuth Klaube am Apparat – ein Großneffe des Gesuchten, ein Enkel von Kurt Klaube, Walters Bruder.

Etwas überrascht von dem Überfall, fielen Hartmuth Klaube aus dem Stehgreif lediglich die beiden Großcousinen ein, die man fragen könnte, Eva, soweit er sich richtig erinnerte, und Doris. Großcousinen heißt: die Töchter des großväterlichen Bruders. Ihre Ehenamen hatte er auf die Schnelle freilich nicht parat – man hielt nicht so engen Kontakt zueinander.

Pech. Der Erfahrene kennt diesen Ärger mit den Töchtern immer! Nichts gegen die Mädels im allgemeinen, aber es ist ein Kreuz mit dieselben! Wenn sie per

Eheschlag ihre Namen ablegen, wie die Schlangen ihre Häute – wie soll man ihnen auf den Spuren bleiben in den genealogischen Gestrüppen! – Aber Hartmuth Klaube ließ sich überreden, in der Familie noch einmal nachzufragen, ob jemand was weiß. Nach zwei Tagen rief er zurück. Eva H. und Doris S. – mehr konnte er nun aber wirklich nicht sagen, auch nicht, ob die Damen noch in Bochum wohnten. Aber immerhin! Wir dankten ganz herzlich.

Eva H. wohnte in Stuttgart, doch sie hatte ihre Telefonnummer sperren lassen. (Aus Gründen, die mit Magister Tinius partout nicht in Zusammenhang stehen!) Doris S., ihre jüngere Schwester, hatte es nach Werdohl, ein Kaff im Sauerland, verschlagen. Sie war mit einem Lehrer verheiratet, was aber nichts zu sagen hat. Ihr gefiel es, daß sich jemand für das Alterswerk ihres Vaters interessierte. Sie versprach, mit Sohn Christoph und Schwester Eva Familienrat zu halten und ihr Wort einzulegen.

Nach zwei Wochen kam ein Brief von Christoph S., der sich in diesen Tagen gerade auf den Antritt seines ersten Pfarramts vorbereitete. In einem Ort weit im Münsterland, der Arme. Er war im Besitz zweier Kisten, in denen nach dem Tod seines Großvaters dessen sämtlichen Papiere verstaut worden waren. Der Zufall wollte es, daß Christophs Freundin in Berlin studierte, Hilke; einmal fuhr sie hin zu ihm, einmal kam er her aufs Wochenende. Seine nächste Reise nach Berlin stand schon in wenigen Tagen an, und nein, es war gar kein Problem, die Kisten des Großvaters ins Auto zu packen und uns leihweise zu überlassen. – Alles erwies sich als ganz furchtbar unkompliziert und machte uns vor lauter Mißtrauen und Unglauben noch ganz wuschig.

Nach dem Besuch Christophs und Hilkes verließen wir für mehrere Wochen nicht mehr unsere Behausung.

Wir mußten erst wieder Ruhe finden und ordneten derweil die Papiere neu, trennten das Brauchbare vom Unbrauchbaren, eine Beschäftigung, mit der wir erfahrungsgemäß immer überfordert sind.

Zwei oder drei Jahre später, an einem 29. April, bekamen Hilke und Christoph ihr erstes Kind und nannten es Ansgar. Ansgar S. ist ein sechsfacher Urenkel des Magisters. (Oder wie soll man es schreiben: sechsmaliger? Ur-ur-ur-ur-ur-Ur—?)

Ganz zu schweigen von König Berthar(ius) an der Wiege Thüringens. Ansgars Ur^{x}-Großvater.

So soll er eine Anzahl Beraubungen mit Hilfe eines be-
täubenden Schnupftabaks ausgeführt haben, in dem er
in der Postkutsche Reisenden aus der Schnupftabaksdo-
se eine Priese anbot, die ohnmachterzeugende Wirkung
hatte. Alleinreisenden Damen mit Grandezza vergiftete
Blumensträuße zu überreichen, an denen sie nur zu rie-
chen brauchten, um in einen tiefen und sanften Schlum-
mer zu verfallen, soll ein besonderer Trick des Magisters
gewesen sein.

Günther Hildebrandt
Die Bücherstube; 1923

›...*von Fr. Höpffnerin gehört, daß derjenige, welchen sie jetzt für den Täter halte, manchmal predige, und zwar sehr schön predigen soll.*‹ – Das fügte sich trefflich. Benjamin Weidlich machte sich einen Vermerk und war wiederum zufrieden. Er hatte im Herzen immer an die Schmidtin geglaubt und daran, daß ihr einmal eine wirklich nützliche Aussage gelingen möchte. Und er wußte von einem der durch Höpffner benannten Magister, daß dieser einen Ruf als Prediger besaß. Es hieß, manche würden lange Wege auf sich nehmen, ihn von der Kanzel reden zu hören. – Und weil es außerdem hieß, nämlicher Magister besäße im ganzen Lande die größte Bibliothek, so hatte der Amtsrichter zuvor bereits auch die kurze Notiz über den bislang noch nicht abgehörten Hausmann Stephan mit seinem Zeichen versehen, insbesondere daß der Fremde nach einem Quartier für seine Bücher suchte, ließ sich brauchen.

In aller Frühe, wie man es von ihr erwarten durfte, meldete sich Frl. Schmidt auf dem Amt zurück. Es ist Mittwoch, acht fiebrige Tage liegt die Confrontation mit Otto Höpffner schon zurück. Richter Weidlich begrüßte das Mädchen mit einer Politesse, wie dieses ihm eine solche nie zugetraut hätte, dann rief er sogleich den Acktuar ins Zimmer und wies ihn an, einer schon vorgefertigten Aktennotiz noch das heutige Datum einzufügen:

>>Creisamt Leipzig   den 24sten Febr. 1813
Nach Durchsicht der vorstehend in beglaubter Abschrift befindlichen Aussagen haben es der Herr Commissions=Rath und Creisamtmann Weidlich für nöthig gehalten, die Schmidtin in Begleitung eines erfahrenen und vorsichtigen Mannes nach Poserna abzusenden, damit sie daselbst Herrn Pfarrer **M.** Tinius, welcher nicht nur sonst schon, sondern auch am Morgen des 8ten Februars, bei **M.** Höpffnern verkehrt ist, und deßen Statur der von den abgehörten Personen gemachten Beschreibung nicht unähnlich seyn soll, in Augenschein nehmen könne.

Nachdem nun die Schmidtin von einer Unpäßlichkeit, die ihr zugestoßen, hergestellt ist, so hat der Amtslandschöppe Kretzschmar den Auftrag erhalten, sich mit derselben morgen zu dem angegebenen Behufe nach Poserna zu gefügen. Beide hat man ihre Benehmens halber instruiret und ihnen Verschwiegenheit, sowie die äuserste Vorsicht empfohlen.

Dieß bemerkt
Ferdinand Benjamin Fürchtegott Langbein Cr.A.Ackt. <<

Vorsicht, Verschwiegenheit – gut möglich, daß Henrietten die plötzliche Zurückhaltung auffiel und sie bei sich dachte: hätte man sich schon früher solcher bedient, so wäre ihr ein sehr peinlicher Auftritt vor den Adekleistischen vielleicht erspart geblieben. Magister Kluge, Magister Tinius, was machte den Unterschied aus, daß es so verschieden zugehen sollte? Ihr fehlte jede Ahnung; aber sei's drum!

Unter dem Versprechen, sich am nächsten Morgen in der 9ten Stunde bereit zu halten, verließ sie gegen Mittag das Amtshaus und hatte es gleich ganz eilig. Es stand ihr ein kleiner Fußmarsch bevor. Und ein kräftiges Schneegestöber zügelte dem Winter nach, was den Weg nicht eben angenehm verkürzte. Noch einmal aber sollte ihr eine Blamage wie zu Volkmarsdorf erspart bleiben, dafür würde sie jede Bürde auf sich nehmen. Pastor Tinius aus Paserno! – um ihn am Ende bloß nicht noch zu vergessen, dachte sie den Namen immer wieder vor sich hin, während sie die Burgstraße hinunter lief, die Stadt durchs Petersthor verließ und endlich die ›Sandgrube‹ erreichte, wo Freundin Marie Meyer wohnte. Mit ihr hielt sie bis weit in den Abend Rathschlag ab. Wieder und wieder ließ sie sich beschreiben, welcher wol dieser Tinius war, seine Kleidung, sein Aussehen, seine Art und Gewohnheit. Schließlich hatte sie keine Zweifel mehr, auf wen sie bei der morgigen Expedition treffen würde. Der Finstere, der mit den schlechten Augen, der immer so blinzelt, wenn er etwas erkennen will; wie hatte sie den bloß für den Närrischen halten können?! Am liebsten wollte Sie sich für so viel Dummheit selber ohrfeigen, so klar und deutlich nahm Tinius in ihrer Vorstellung jetzt Gestalt an.

später Johannistal (›des Lochs, der Grube wegen:-tal‹)

Als das Mädchen am Donnerstagmorgen just vor das Haus trat, – begann gerade der Frühling. Lag in der Luft, wie es vielleicht besser heißt. Vom gestrigen Schnee waren nur ein paar feuchte Schatten geblieben, das erste Mal in diesem Jahr, so schien ihr, daß die Sonne die Kraft besaß, das Trist und Grau des Winters gantz aus der Stadt zu verbannen. Ein freier Wind tat das seine dazu, Henriette konnte gar nicht genug davon kriegen. Hingegen vor kaum zwei Wochen noch das Wetter auf Volkmarsdorf zu, sie mochte überhaupt nicht mehr daran denken!

Eine Halbestunde später, auf den Schlag neun, traf auch der Amtslandschoppe ein. Johann David Kretschmar ist ein gedrungener, kräftig gebauter Mann mit vollem, angegrautem Haar, der die Fünfzig schon hinter sich hat und auf das Fräulein vom Benehmen her mitunter etwas knarrig wirkte. Unter den Beamten des Creisamts zählte er nicht zu ihren Favoriten, doch geradezu unlieb war er ihr auch wieder nicht. Schon weil sie ihn bereits vor dem Uiberfall flüchtig kannte, und zwar von Georg Vetterlein her, vom Tschordschi, mit dem er zuweilen die Kanne Bier tranck. »Alter Soldat«, begrüßte sie ihn in gewisser Vertrautheit und ohne großen Verzug ging es per Kutsche zum Ranstädter Thor hinaus – und die alte via regia gen Weissenfels davon. Im Nu war der Flecken Lindenau passirt, auch das Gut Schönau ließen sie rechterhand liegen und erreichten nach geraumer Fahrt die Post zu Markranstädt; Gelegenheit für menschliche Bedürfnisse und die Versorgung der Pferde. Kretschmar tranck zwei Krüge Bier leer, Jettchen, eine richtige Dame heute, Thé. – Das Städtchen Lützen, das nach Quesitz kommt, erkennt man schon von weitem an seinen beiden Thürmen, dem neuen St. Viti, dem pummeligen Schloßturm daneben. Hier in Lützen wohnt der Magister Pinkert, den Höpffner auch genannt hatte. Aber diesen auf einen Streich gleich mit in Besichtigung zu nehmen, gab es, so schien ihr, überhaupt keinen Grund mehr. Nach Kretschmars Vernehmen auch keine Order.

Es folgten die Orte Röcken und Rippach, wo die Reisenden am frühen Nachmittag schließlich die gut befestigte Straße verließen und schroff nach Süden abstachen, einen rumpeligen Feldweg lang dem Dörfchen Poserna entgegen, das in einer Mulde liegt. Schon nach wenigen Minuten des kurvigen Wegs ließ sich am Horizont die Spitze des Kirchturms erkennen, die wie ein Schwert in den blauen Himmel stach. »In den aller Zeiten blauesten, den es je gab«, jauchzte Henriette – ein wenig überhitzt vom vielen Licht heute und der Mission, die ein gefährliches Stadium erreichte; ihr Geleit lächelte nur milde, dann spuckte es sich auf den Handrücken und strich damit seinen gewaltigen Schnauzbart dunckel.

Wäre es allein nach Jetten gegangen, sie wären prompt auch gleich bis auf den Pfarrhof vorgefahren mit allem Hallo und Getöse, zum Glück aber hatte Johann Kretschmar auch noch ein kleinstes Wörtchen mitzureden: zu Fuß und, wie ihnen geheißen: mit aller gebotenen Umsicht und Obacht näherten sie sich von Norden her der auf einem kleinen Hügel errichteten Wehrkirche am Rande des Dorfes.

Bereits im Schatten des feldsteinernen Gotteshauses, nur zwei Steinwürfe noch vom Pfarrhaus entfernt, machte Kretschmar das Mädchen auf eine Gestalt aufmerksam, die soeben das Pfarrhaus verließ. Henriette erkannte dieselbe sofort. »Mörder! Genau wie ich es mir dachte! Man merkt es schon gleich am Gang: daß das das Tinius ist« flüsterte sie aufgeregt und stieß immer wieder dem Kretschmar in die Seite, bis dieser wiederum sich dagegen schützte, indem er das Mädchen fest an sich drückte (und gar nicht wieder loslassen wollte) und es hieß, nur guten Muths zu seyn und seines mannhaften Beistands gewiß. Dann betraten sie das Anwesen und trafen auch gleich auf den Magister, wie der, ein paar Bücher unterm Arm, die Scheune verließ.

Hauptmann Weidlich hatte Jettchen vorzüglich präparirt. Und sie ihre Lection unterwegs mit Kretschmar immer wieder geübt: damit ihr Vetter, der Soldat Carl August Gritschler, in Pohlen gestorben ist und damit sie zur Erhebung seiner Erbschaft eines Taufzeugnisses aus seinem Geburtsort Poserne bedurfte, wollte sie den Hrn. Pfarrer um dessen gefälligste Ertheilung damit freundlich gebeten haben. Sicherheitshalber hatte sie noch einen Zettel dabei, auf dem alles geschrieben stand, diesen übergab sie nach Aufsagung ihres Textes dem Hrn. Pfarrer, ganz wie es Weidlichs Plan vorsah.

Indeß der Magister das Papir kurz überflog, fragte er die Magd nach ihrer Herkunft und antwortete sich, womöglich etwas zerstreut, gleich selber: »Ach, aus Weissenfels!« – Zeugin Schmidt biß sich auf die Lippe. Und hütete sich schwer, zu widersprechen. Sie warf nur heimlich dem Amtslandschoppen einen Blick zu; ihre Augen freilich sprachen Bände, sagten: ›ach, aus Weissenfels‹, sagten: ›der Fall ist gelöst‹!

Es ist nicht bekannt, wie lange sich das merkwürdige Paar in Poserna noch aufhielt. Und ob Hochwürden sich sofort an die vergeblichen Kirchbücher machte oder der jungen Dame Zusendung versprach (und sie später vielleicht wieder vergaß). Auch für den Verbleib der beiden falschen Erbschleicher in der Nacht und am Freitag giebt es keinen Beleg, erst am Samstag wurde im Creisamt das entsprechende Protocoll aufgesetzt. Versteht sich von selbst, daß Zeugin Schmidtin es sich nicht nehmen ließ, mit sauberem Gewissen zu beschwören, daß der Magister Tinius aus Persona derjenige war, dem sie am 6$^{\underline{ten}}$ und am 8$^{\underline{ten}}$ des Monats usf...

Ob der eintägigen Verzögerung noch etwas mißmuthig, unternahm Amtsrath Weidlich dennoch am selbigen Samstag den entscheidenden Vorstoß. Unerhörtes lag in der Luft. Nie dagewesenes. Er ließ einen sehr umfangreichen Bericht über den Fall aufsetzen, der vom ersten bis zum letzten Tag den Gang aller Ermittlungen darstellte, einschließlich derer zu Volkmarsdorf und vor dem academischen Concil. Angefangen mit der falschen Fährte auf Magister Kluge, bis hin zur zweifelsfreien

Identifizirung Tinius' durch Zeugin Schmidt (und dessen verdächtiges Benehmen dabei), fast jede Fügung und Wendung in der Sache fand Erwähnung, jede Betonung ihren Ort, jede Nuance Gewicht, bis das Ganze schließlich in die Bitte mündete, die erforderlichen Maßregeln gegen den Pfarrer Tinius zu ergreifen, das bedeutete: seine Verhaftung zu erlauben, resp. sie zu veranlassen. Adressirt wurde das Schriftstück an das Hochlöbl. Consistorium, die kirchliche Aufsichtsbehörde der Stadt. An ihr führte kein Weg vorbei, wenn es einem verirrten Geistlichen an den Kragen gehen sollte. Solches kam ja auch nicht alle Tage vor und war im Grunde von der Natur nicht vorgesehen. Schon gar nicht wegen Mords. Allein das Consistorium konnte per Hoher Verordnung entscheiden, wie gegen einen Prediger zu verfahren sei, welche Mittel angebracht waren, welche zu unterbleiben hatten. — Der Erfolg war gewaltig. Er traf am 3$\underline{\text{ten}}$ März um Viertel vier des Nachmittags ein.

Schwer bekümmert und verzagt über den Vorfall resolvierten Director und Assessoris des Königl. Sächs. Consistoriums in ihrem Antwortschreiben, daß gegen Pfarrer Tinius mit Verhaftung und Untersuchung zu verfahren sei. Creisamtsmann Weidlich, dem, wie es hieß: Ehrenvesten Wohlgelahrten günstigen guten Freunde, wurde der Auftrag ertheilt, sowohl die Inhaftnahme zu betreiben, als auch die nachfolgende Untersuchung gegen den Inculpaten zu führen. Benjamin Weidlich erkannte in dieser weitgehenden Vollmacht den Lohn für die fleißigsten und geschicktesten drei Wochen seines Lebens, er lobte diesen Mittwoch.

Über den Ablauf der Verhaftung am Donnerstag gehen die Meinungen auseinander. Am stärcksten verbreitet ist die Annahme, sie hätte der Heimlichkeit hal-

unter Vermeidung alles Aufsehens, auch möglichster Schonung der Person und des Standes des M. Tinius, selbigen in sichere, jedoch leidliche und anständige Verwahrung anhero zu bringen

ben im Schutze der Nacht stattgefunden. Eine Nacht-und-Nebel-Aktion also, sie geht zurück auf einen sich ›Cobra‹ nennenden Author aus Leipzig im Anfang des letzten Jahrhunderts – und ist falsch.

Richtig dagegen ist, daß ausgerechnet an diesem Donnerstag in Poserna eine Trauung stattfand. Laut Kirchenbuch sind es Christoph Penndorf, ehel. Sohn Carl Penndorfs aus Unleserlich, und Christiane Haltin aus Kreischau, Christian Gottfried Halts Tochter, die am Morgen in höchster Noth vor den Altar treten und danach vergebliche Wünsche empfangen: ein knappes Vierteljahr später kommt ihr einziges Kind zur Welt, Anton Gustav, und stirbt. Acht Wochen danach ist Christoph Penndorf Wittwer. Es stand kein guter Stern über diesem Versprechen, vielleicht war der Tag nicht glükklich gewählt.

»Bei dieser Trauung ist P. Tinius arretirt worden.« Das berichtet ein Fremder unter dem Eintrag, eine fremde Schrift, die sonst im ganzen Kirchenbuch nicht wieder vorkommt und dem Anschein nach jüngeren Ursprungs ist. Man kennt ja diese fleißigen Recherchisten und Historier, die so gerne ihre Häufchen setzen und in ihrer Verklärung noch glauben, es den ägyptischen Pharaonen gleichzutun. Die Schrift von Hans Kasten aus Bremen ist es jedenfalls nicht. Das beruhigt sehr. Nein, ein solcher Irrtum wäre Hans Kasten auch nicht unterlaufen, niemals! Die zum Vollzug ernannten Beamten waren ja erst am Morgen in Leipzig abgereist und hatten noch einen ziemlichen Umweg zu nehmen, sie konnten erst am Nachmittag in Poserna eingetroffen sein; als sie freilich des Abends, wieder in Leipzig, das Protocoll verfaßten, waren sie müde und abgekämpft und wußten, bei Gott, nicht durch Reichtum am Detail zu erfreuen:

»Creisamt Leipzig →   den 4ᵗᵉⁿ März 1813
In vom Herrn Commissions=Rath Weidlich übertragenen
vicibus und mit Instrucktion versehen, ist unterzeichneter
Acktuar heute nebst Herrn Vice Acktuar und Landrichter
Müller und dem Amtslandschöppen Oelschlegel nach
Weissenfels gereiset, hat daselbst Herrn Superintendenten
Schmidt von dem, dem Creisamte ertheilten Auftrage un-
ter Vorzeigung der hohen Verordnung benachrichtiget,
und sich sodann nach Poserna verfüget, daselbst Herrn
Pastor **M.** Tinius ebenfalls das Nöthige eröffnet, und ihn
mit Vermeidung alles Aufsehens in dem mitgenommenen
Wagen anher in das hiesige Amtshaus, wo der Herr Creis-
beamte ein Zimmer zu seiner Aufnahme bereit halten lassen, gebracht. Dieß hat nach erfolgter Zurückkunft bemerkt,
Ferdinand Benjamin Fürchtegott Langbein. Cr.A.Ackt«

(Und der gute Hans Kasten hätte ja auch nicht mehr
›*arretirt*‹ geschrieben!)

Paul Gurk. Erich Carlsohn. Hans Kasten

Die Kreise der Literatur waren und sind mir unbekannt. Ich habe
nie einer Konjunktur, sondern nur immer der Sprache gedient.
In meinem Ringen mit der Sprache um die Sprache kenne ich
keine Vorlieben und keinen »Zweig«.

P.G.

Ein freundlicher junger Herr aus Bremen wollte so
gerne ein umfangreiches Buch über den Magister Tinius
schreiben und in einem angesehenen Verlag veröffentlichen. Also wandte er sich an mehrere große Häuser seiner Gunst und unterbreitete ihnen ein Angebot. Es
könnte, so schrieb er, es könnte ein wissenschaftliches
Werk werden oder bloß ein Roman, wie es jeweils am besten paßt.

(Das ist, natürlich, sehr zum Verlieben.)

Dann verlief sich die Sache.

Dann kam der Krieg.

Dann war der Krieg vorbei.

Unter allen Tiniusforschern, –jägern und –sammlern
der Umtriebigste hieß mit Namen Hans Kasten. Er
wurde im Mai 1895 als Sohn eines Prokuristen geboren, lernte Bankkaufmann und war zweimal verheiratet. Beide Ehen blieben kinderlos. Seine letzte Adresse
lautete Borgfeld/Bremen, Warfer Landstraße 16. Die
Einwohnermeldekartei führt ihn als Steuerberater, Re-
visor, Häusermakler, Vermögensverwalter – und vermerkt unkommentiert die Abmeldung all dieser Ge-

werbe unter dem 28. August 1939. — In einer kurzen Notiz des Borgfelder Zeitzeugen H. Faltus heißt es nur: *wegen seiner politischen Haltung verlor H. Kasten sämtliche Konzessionen.*

Johann Carl Leopold Kasten, so der eigentliche und vollständige Name, war Mitinitiator, Gründungsmitglied und 2. Vorsitzender der 1927 ins Leben gerufenen *Bremer Gesellschaft für Bibliophile e.V.* (Als deren 1. Vorsitzender trat Rudolf Alexander Schröder an, eine Art Guru unter den deutschen Bibliophilen und, vor 1933, gefragter Festredner verschiedener Anlässe.) Im Umfeld dieser Gesellschaft erschien eine Reihe sogenannter *Liebhaberdrucke*, über deren Auswahl, Gestaltung usf. Hans Kasten die Hoheit hatte. Mit diesen Kompetenzen ausgestattet ließ er 1936 unter dem Titel *Heut und immer* einen 32 Seiten schmalen Band mit politischen Gedichten Hoffmanns von Fallersleben drukken. Man will's nicht glauben aber : es könnte sein, daß dieses Bändchen durchaus ein wenig frech geriet und somit den Grund gab für etwaige Kalamitäten des Herausgebers, inklusive des Entzugs seiner Konzessionen. Jedenfalls deutete Hans Kasten zehn Jahre später in einer kleinen Schrift solches an. *Die Sammlung hatte,* so schrieb er, *den Zorn der Halbgötter in Berlin erregt.*

Aber das sind Nebenschauplätze. Wir kehren zum Thema zurück:

Im Jahre 1932 landete Hans Kasten seinen größten Coup. Unter der Überschrift *Prolegomena zur Lebensgeschichte eines Bibliomanen* berichtete er in einem Bibliophilenblatt von der Auffindung der verschollen, bzw. makuliert geglaubten Tinius-Akten und veröffentlichte einige Faksimiles daraus. Für Kenner der Materie eine Sensation. Seither galt Hans Kasten als *die* Koryphäe in

Sachen Tinius; er führte umfangreiche Korresponden-
zen, publizierte noch hier und da einen kleinen Beitrag
und kündigte wiederholt die Herausgabe eines bedeu-
tenden Werkes über den Magister an. — Seit wann er
sich bereits auf dessen Fährten bewegte, ließ sich freilich
nicht zuverlässig ermitteln.

Doch es finden sich Indizien:

Am 1. Januar 1927 eröffnete in Leipzig der Antiquar Otto Erich Carlsohn, Sohn des Buchhändlers Ernst
Otto Carlsohn, sein erstes eigenes Geschäft; Bayrische
Straße 99. Er war gerade 26 Jahre alt und galt als hoch-
begabt in seinem Fach, als einer, der noch des Teufels
Diarien aufgetrieben hätte, hätte der zuverlässig welche
hinterlassen. Sein Spezialgebiet waren allerdings Bücher
zur Geschichte der Turnkunst.

(Auch Hochschuldrucke der letzen Jahrhunderte.)

In seinen Erinnerungen berichtete Carlsohn davon,
wie wenige Tage nach Eröffnung seines Ladens ein kräftig gebauter dunkelhaariger Herr zur Tür herein trat,
sich als Hans Kasten, Bremen, vorstellte, eigens angereist, um mit ihm, Carlsohn jr., sein neues Sammelgebiet
zu besprechen. (Aus gegebenen Gründen kam für Kasten nur ein Antiquar aus Leipzig in Frage.) Das war der
Beginn einer kurzen, darum fruchtbaren Freundschaft.
Im Lauf der nächsten Jahre besorgte der Antiquar ziemlich alle Literatur von und über Tinius, die bis dahin erschienen war, und versandte sie gen Bremen. Zunächst
beide Ausgaben der Autobiographie; Leipzig 1802 und
Halle 1813. Dann den Pitaval und Rosenmüllers Degradationsrede. Auch das mehr als 800 Seiten starke Auk-
tionsverzeichnis zur Versteigerung der Bibliothek des
Pfarrers. Dazu dessen eigene Schriften. Sogar noch ein
paar Drucke von Predigten, die Tinius an der Kreuzkirche Suhl gehalten hatte; die Liste, kurzum, ist lang. —

G.A.E. Bogeng, der
Schriftsteller und Ar-
chivar, sagen wir: der
Papst unter den Bib-
liophilen, veröffent-
lichte 1924 eine
dritte Ausgabe der
Lebensbeschreibung
des Magisters. (In:
*Pandaemonium.
Untersuchungen
und Urkunden zur*

Bereits Anfang 1930 aber lieferte Erich Carlsohn sein Meisterstück ab: für stolze 1500 Mark, ein kleines Vermögen immerhin, das Objekt aller Begierden: die *Acta N° 735 in Untersuchungs Sachen die Ermordung Christianen Sophien, des Briefträgers Kuhnhardt hinterlaßenen Wittbe, betr.* – ein 450 beidseitig beschriebene Blätter zählendes Konvolut. — Woher er es hatte? Aus welchen Abgründen und verklebten Winkeln hervor gefördert? Über welche geheimen Verbindungen ans Licht gebracht? Nie verlor Erich Carlsohn ein Sterbenswörtchen darüber. Diskretion heißt das Gesetz der Innung. Wie sich später noch zeigte, besaß er gute Verbindungen. Etwa zur Bibliothek des Reichgerichts, wer weiß...

Um das gute Stück persönlich in Empfang zu nehmen, eilte Hans Kasten stehenden Fußes erneut nach Leipzig und blieb dort gleich übers Wochenende; studienhalber, wie Carlsohn schrieb: »Wir fuhren beide mit Photoapparaten ausgerüstet nach Poserna, um alle die Stellen zu knipsen, wo der Unhold gewirkt hatte. Auch der Ortsausgang wurde mit bedacht, da sich der Büchermarder dort eingeschlichen hatte, wenn er von seinen Streifzügen heimkam. Als wir den neuen Pfarrer nach der Predigt auf seinen fatalen Vorgänger ansprachen, war er sehr zurückhaltend, wurde aber zugänglicher, nachdem wir uns als harmlose Bücherfreunde vorgestellt hatten. Wir sahen dann in den Kirchenbüchern die seitenlangen Eintragungen von Tinius in seiner schönen Handschrift. Alle Stätten waren noch die gleichen wie zu seiner Zeit.«

In den späten 30ern verloren sich die beiden Männer aus den Augen, Hans Kasten war leidlich satt, Erich Carlsohn am Ende seines Lateins, auch anderweitig in Anspruch genommen.

Über sein weiteres Wirken stritten später die Gelehrten. Dem ersten großen Fliegerangriff auf die Stadt

126

fiel das Gros seiner Magazine zum Opfer. Was die Überbleibsel betraf, die Restanten, wie man bittererweise sagen möchte, so erfolgte 1946 die Enteignung. Carlsohn ging nun zunächst nach Göttingen, war später u.a. in Frankfurt/M Dozent an den Buchhandelsschulen. Seinen Alterswohnsitz nahm er in Trefriw, Nordwales. – In einem kleinen süddeutschen Verlag erschien 1987 ihm zu Ehren ein so gut gemeintes, wie schlecht gemachtes Büchlein mit seinen Erinnerungen an Leipziger Buchhändler. Ein biographisches Nachwort würdigt die Meriten des Autors, u.a. zur Rettung der Bestände mehrerer Leipziger Bibliotheken. (Kraft welchen Amtes auch immer hatte er vor den Bombenangriffen abertausende Bücher in die Katakomben des Völkerschlachtdenkmals auslagern lassen. Er hätte bequem auch seine eigenen Bestände dazu packen können, heißt es, aber er dachte ja, heißt es weiter, nur an die Geschicke der Stadt.)

Universitätsbibliothek, Bibliothek d. Reichsgerichts

Wie es sich gehört, erschien ein paar Jahre später ein Aufsatz dagegen, der, so gesehen, ja auch wiederum Recht hatte. Er handelte von einem Parteigenossen und SS-Obersturmführer und nebenamtlichen Leiter des Rußland-Lektorats des Sicherheitsdienstes der SS – man bricht sich schier die Zunge bei so viel Wesfall. Das Rußland-Lektorat, zuständig für die Kontrolle der offiziellen sowjetischen Druckimporte und Erfassung ihrer deutschen Abonnenten – war im Grunde so überflüssig wie ein Kropf, ohne die geringste Bedeutung für die deutsch-russischen Geschicke. Mit dem Einmarsch in die Sowjetunion im Sommer 41 erledigte sich die Aufgabe. Ob sie lukrativ war, wissen wir nicht, nach dem Krieg folgte, wie gesagt, die Enteignung des PG Carlsohn. – Hm. Wie hält man es mit einem SS-Mann, der Bibliotheken rettet?

NSDAP Kartei Nr. 4302590; SS-Nr. 290281

Международная книа / Москва Кузнецкий Мост 18

Hans Kasten dagegen erwarb eine Lizenz der amerikanischen Militärregierung zur Gründung eines eigenen Buchverlages. Der Eintrag im Handelsregister erfolgte bereits unter dem 15. Dezember 1945, er lautet: *Bremer Schlüssel Verlag Hans Kasten.* Das Programm: Bremensien bibliophiles.

Zwar dachte der frischgebackene Verleger jetzt noch immer an das umfangreiche Buch, das er in jüngeren Jahren hatte veröffentlichen wollen, doch ihm fehlte die Kraft, die Zeit, es zu schreiben. Er hielt noch etliche Vorträge über Leben und Taten des Magisters, vervollständigte auch mitunter noch seine Sammlung, doch veröffentlichte er statt des Buches nur eine Bibliographie dazu. Bibliographien zu schreiben und sie als Jahresgaben vorzulegen gehört(e) zum guten Ton in den bibliophilen Gesellschaften. Hans Kasten war Spezialist darin, er verfaßte deren gleich mehrere. Darunter auch eine zu den eigenen Werken, eine Autobibliographie. Die Sache des Magisters ist darin naturgemäß öfter vertreten. Zuletzt unter Punkt D in einer Rubrik für die bislang noch nicht verfaßten Werke: *Magister Johann George Tinius. Der Bibliomane. Sein Leben dargestellt auf Grund neuer Quellen und der wiedergefundenen Gerichtsakten.* Ob es Roman oder Sachbuch werden sollte, war nicht vermerkt.

Obwohl sein eigener Verlag also auf Liebhaberdrucke im Umfeld der Bremer Stadtgeschichte ausgerichtet war, brachte Hans Kasten einmal ein in der Manier der Insel-Bücherei aufgemachtes Büchlein ohne nahen Bremer Bezug heraus, in zweifarbiger Schrift ein Theaterstück des Berliner Schriftstellers Paul Gurk. *Magister Tinius, ein Drama des Gewissens.* Paule Jurk – der vorletzte verzweifelte Dichter Deutschlands; wir schätzen den Kollegen sehr. Und halten uns darum zurück in der Bewertung ausgerechnet dieses seiner viel zu vielen Werke. Das Stück wurde bereits am 31. Jan. 1937 in einer Matinee am Deutschen Theater uraufgeführt, Regie Heinrich Koch. Es war die erste Studiovorstellung am Hause. Die Hauptrolle spielte Boris Alekin, der es später noch in einige Filme mit Zarah Leander schaffte. Uns liegen 31 Besprechungen in den Zeitungen vor – so eitel und nichtssagend, wie derartige Texte nun einmal sind und sein sollen.

La Habanera.
Zu neuen Ufern

Damit ist dieser Pfad an sein scheinbares Ende gelangt, wir resümieren wie folgt:

1.) Hans Kasten starb am 7. Juni 1959. – (Seine Witwe Ilse hielt den Laden noch bis 61 am Laufen.)

2.) Hans Kasten besaß die Acta.

3.) Wir bedauern sehr das eingangs erwähnte Malheur.

4.) Hans Kasten starb am 7. Juni 1959.

Indem ich im Neuen Pittaval die Gräuel vom Magister lese, drängt sich mir eine Betrachtung auf. Wie viel hängt bei solchen Processen von Zeugen=Aussagen ab, und bei den Zeugen=Aussagen wie viel von genauer Ermittlung solcher Dinge, über die vielleicht kein Mensch in Wahrheit etwas Bestimmtes anzugeben vermag. Wenn ich z.B. über eine einzige der vielen Personen, mit denen ich auf meiner letzten Reise zusammen kam, ja über einen meiner intimsten Freunde angeben sollte, zu welcher Zeit an einem gewissen Tage ich ihn gesehen habe, wie er gekleidet gewesen sey u.s.w., ich würde unfähig seyn, es zu thun — Ein *angesehener* Mann! Wie sinnlich ist dieß Wort gebildet. Ein Mann, der viel angesehen wird.

Friedrich Hebbel,
Tagebuch; 21. Aug. 1847

Ein Verhör, viereinhalb Confrontationen & zwo Gläser Rothen

Allem Anschein nach war der Amtsrath Benjamin Weidlich in Leipzig ein Auswärtiger, ein Zugezogener. Als
ranghöchster Beamter seiner Behörde bewohnte er eine
Art Dienstwohnung im oberen, heißt: dritten Stockwerk
des Creisamtes. Dem Leipziger Adreßbuch zufolge ist es
seine einzige Wohnung in der Stadt. Weil aber der Inhaftat auf ausdrückliches Geheiß des Hohen Consistoriums
nicht wie üblich in das Stadtgefängniß gesperrt werden,
sondern mit Rücksicht auf seinen Stand vorerst im
Creisamt selbst in Verwahrung kommen sollte, hatte
Benjamin Weidlich ein kleines Problem: es fand sich dort
in der Kürze schlichtweg kein in Frage kommendes
Quartier.

Gemeinhin geschätzt und gefürchtet für die Akribie
und Umsicht, mit der er seiner Profession nachging,
hatte der Hauptmann bislang alles richtig gemacht;
dann dieses! Nach einigem Hin und Her fügte er sich
schließlich ins launige Schicksal, ins lausige, und ließ für
den Delinquenten ein zu seinen Privaträumen gehören-
des, aber doch wenigstens einigermaßen separat gelege-
nes und bislang nur zum Abstellen genutztes Zimmer
räumen, das ein Fenster nach vorn und eigenen Zugang

besaß; ausgerechnet er, ausgerechnet ihm. Und er hoffte, den Zustand alsbaldigst zu beenden. Etwa durch ein schnell erwirktes Geständniß des schmierigen Magisters...

Naturgemäß war auch dem Consistorium daran gelegen, diesen unerhörten und für die gesamte Innung so beschämenden Fall möglichst rasch zu den Akten zu bringen und damit ins Vergessen. Es entsandte einen eigenen Mann, an der Untersuchung mitzuwirken und ihr den nöthigen Nachdruck zu verleihen, und zwar den schärfsten, den es hatte, Christoph Friedrich Enke, Pastor an St.Nicolai, 61 Jahre alt, ein würdiger Vertreter des Leipziger Theologenklüngels. (Plus Schönling vor dem Herrn, dessen *glückliche Gesichtsbildung und empfehlendes Aeußere* noch in seinem Nekrolog ehrende Erwähnung fanden; wohl mangels günstigerer Attribute.) Als Student war er aus dem Weissenfelser Land in die Stadt gekommen und hatte dieselbe seither nicht wieder verlassen. Er kannte seit frühauf die Gesetze von Oben und Unten und wußte schon als junger Mann, wohin man blicken soll und wohin treten, aber auch, wer zu Leipzig die Kollaturen hielt und welche. Und was die günstigsten Auspizien waren, unter die es sich zu stellen lohnte. Zunächst Frühprediger an der Universitätskirche, dann Subdiakon an der Neukirche und zu St. Thomas – hatte er in dem dortigen Pastor (und mächtigen Superintendenten) Rosenmüller einen potenten Förderer gefunden, der ihn bald an die Nicolaikirche empfahl, wo in kurzer Zeit das Diakonat, das Archidiakonat und schließlich das Pastorat vakant wurden und neu zu besetzen waren – welch glügglige Fügungen ein swei dreÿ.

Frohgemuth, gottgelenkt und allzeit zu gerechtem Wercke bereit, wie es eben seiner Natur entsprach, fand sich Pastor Enke am Morgen des 5ten März im Creisamt

vom Hd., der kein Hd. sein wollte; auch kein Cosake

ein, in dem es alsdann gehörig zur Sache ging und allen Betheiligten ein langer langer Tag bevor stand. Nach kleiner Besprechung mit Hrn. Weidlich, begann bereits um neun Uhr die Abhörung des inhaftirten Magisters. Wie es sich leicht denken läßt, hatte dieser, so jäh seiner dörflichen Studierstubenstille entsetzt, wol keine gute Nacht hinter sich. Er klagte über Kopfschmerz und Fläuen im Bauch und wußte sich, lauthals, sein Hiersein nicht zu erklären. Ein Irrtum. Ein Mißverständniß. Intrige.

Ganz wie es das Gesetz vorschrieb, begann man mit der Vernehmung zur Person. Johann George Heinrich Tinius mit vollständigem Namen und gegenwärtig 48 Jahre alt, so führte der Magister aus, wurde er bey Staako in der Niederlausitz geboren, wo sein verstorbener Vater, Johann Christian Tinius, Schäferei-Pachter war. Seine Mutter, Christine, eine geborene Gnädig, lebte noch und wohnte bei ihm in Poserna. Nach dem Studium Tertius am Gymnasium in Schleusingen, drei Jahre später die Pfarre zu Heinrichs, Thüringen. – Seit wenigen Jahren Innehaber des geistlichen Amts zu Poserna, habe die Nähe Leipzigs es ihm nunmehr erlaubt, des öfteren in die Stadt zu kommen, wo er gewöhnlich bei Magister Höpffnern abstieg. Als Grund dieser Besuche nannte er die ausgebreiteten Verbindungen, in denen er seiner starcken Bibliothek und wissenschaftlicher Studien halber stehe, sowie den ständigen Bedarf, neue Bücher zu kaufen oder alte umzutauschen. Nicht zuletzt war es aber auch die Sorge, daß der Feind sich der hiesigen Gegend nahen und seine Bibliothek vertilgen möge, welche ihn regelrecht getrieben habe, in der Stadt gewisse Nachrichten einzuholen.

gewisse?
gewisse!

Gefragt, ob er sich am 5ten und 6ten des vorigen Monats, als auch am darauffolgenden Montag in Leipzig aufgehalten habe, räumte der Inculpat dieses ganz unumwunden ein und fügte noch hinzu, er sei zwar am Vormittag des Samstags wieder nach Poserna hin abgereist, wo er zum Sonnabend ab vier immer die Beichte hat, aber, indem sich ihm dort eine Gelegenheit geboten, bereits am Sonntag nach Predigt und Vesper wieder zurück nach Leipzig gekommen. Aufgefordert, den besonderen Zweck der erneuten Fahrt zu erklären, erwähnte er vor allem die allerletzten Nachrichten über die Annäherung der feindlichen Armeen, die ihn aufs Höchste besorgten, so daß er auf weitere Neuigkeiten über die Kriegsgeschehen aus war, wie er auch schon länger auf ein sicheres Quartier für seine Bücher sann. Etwa zur Mittagsstunde des fraglichen Montags habe er sich dann endgültig wieder nach Poserna verfügt und sei dortselbst bis gestern verblieben. Welche Kleidung er die beiden Male getragen, könne er sich im Einzelnen zwar nicht mehr erinnern, aber es sollte wohl meistens sein dunckelblauer Matin gewesen sein und seine Schirmmütze aus schwarzem Sammt.

Am Morgen des 8ten Februars habe er das Höpffnerische Haus gegen acht, oder richtiger: nach acht Uhr verlassen in der Absicht, dem Hrn. Oberhofrichter, Freiherrn von Werthern, aufzuwarten. Unterwegs habe er sich zunächst auf eine gute Viertelstunde im Gewölbe des Buchhändlers Liebeskind umgethan, das sich in der Grimmaischen Gasse befindet, und sei von dort aus in die Petersstraße zum Antiquar Rau gelaufen, wo er wiederum etwa eine Viertelstunde sich aufgehalten. Doch weil er sich in Raus Bücherstube besonnen habe, daß es womöglich noch zu früh sein möchte, den Hrn. Oberhofrichter aufzusuchen, der gleich ein Stockwerk über der Quetsche des Antiquars seine Wohnung hat, so sei er stattdessen auf Beygangs Museum rüber, also nur schräg über die Straße gegangen, wo er die stän-

134

dige Subscription besitzt, und habe dort die neuen Zeitungen gelesen. Wie er schließlich nach ungefähr einer Stunde zum Magister Höpffner zurückgekehrt, war er von diesem gleich mit der Nachricht empfangen worden, daß soeben eine frühere Magd bei ihm gewesen und vom Überfall auf Ihre Dienstherrin berichtet habe, auch, daß ihm diese Magd im Versprechen stünde, vor der Mittagsstunde noch einmal mit frischer Wissenschaft vorbeizuschauen. Aber nachdem sie nun bis weit nach ein Uhr mittags auf das Mädchen gewartet hätten, ohne daß dieses sich noch einmal habe blicken lassen, so sei er, wie bereits erwähnt, wieder abgereist. Es hätte wohl das Mädchen zu Höpffnern gesagt, daß es einer der bei ihm verkehrenden Magister war, der ihre Frau erschlagen, nur darum habe ihn die Neugier noch so lange bei Höpffners gehalten; als aber des Wartens keine weitere Zeit mehr übrig war, so sei er eben ohne umständliche Mittheilung über den Vorfall abgegangen, der ihm übrigens späterhin, über seinen Studien, auch gantz und gar aus dem Sinn geriet.

So weit, so commod und versöhnlich. Weil indeß im Creisamt längst die Brodtzeit eingekehrt, ja fast schon wieder verstrichen war, vertagte man sich auf die zweite Stunde des Nachmittags. Dann allerdings sollte es mit der Schonung vorbei seyn, es wurde verabredet, härter gegen den lästerlichen Magister vorzugehen — der sich seinestheils aber sehr wohl zu wehren verstand und Gründe fand, fortan ebenfalls seine Strategie zu verlegen:

Nein, er habe die verstorbene Fr. Kuhnhardtin nicht gekannt! Partout nicht! Nein, sich auch nie nach deren Vermögensverhältnissen erkundigt. Nein, die Magd dieser Frau sei ihm so unbekannt, wie die Frau selber. Nein, er wisse auch nicht zu sagen, ob sie vormals eine Köchin bei Magister Höpffner war oder Schmidtin heiße. (Und

ler im Jahr, konnte die Mitgliedschaft auch vierteljährlich oder monatl. erworben werden. (Kostenlos war der Zugang für Fremde, etwa Messegäste, wenn diese von einem Subskribenten begleitet wurden)

135

ja, sollte diese Person allerdings diejenige sein, welche ihn in der letzten Woche in Poserna besuchte und ein Taufzeugniß ihres Vetters erbat, so könne er mit ganz besonders unverletztem Gewissen sagen, dieselbe nie zuvor gesehen zu haben. – Nein, ebenso wenig zu wissen, ob sie, diese Person, aus Weissenfels dahero gekommen war? Viele kommen aus Weissenfels zu ihm, es liegt nahe.) Nein, es liege allerdings nicht in seiner Kenntniß, welches auf dem Neuen Neumarkt das Cunitzische Haus ist, in dem der Überfall statt hatte. Ergo könne er vernünftigerweise auch nicht einräumen, nämliches am 6$^{\underline{ten}}$ ausgespäht, ja, auch nur betreten zu haben. Nein, auch nicht am 8$^{\underline{ten}}$ oder zu einer anderen Zeit. Nein, an besagtem Samstag habe er im Hofe auch keine Kutschersfrau Wetterleinin oder Vetterlaunin oder wie sonst angetroffen und diese schon gar nicht nach der Wohnung der Mme. Kuhnhardt gefragt. Nein, wie könnte er ferner eingestehen, mit derselben Frau die Treppen hoch gestiegen zu seyn? Niemals! Nein, er bestreite ganz entschieden, am 8$^{\underline{ten}}$ Februar, als dem Montag, die Wittbe Kuhnhardtin besucht und sie, Herrgott nein: nur im mindesten verletzt zu haben! Oder nur berührt. Es beruhe ferner nicht in der Wahrheit, daß er derselben habe einen Brief überbringen wollen. Weder am Samstag, schon gar nicht den Montag. Nein, er habe noch nie im Leben einen Brief an diese Dame geschrieben, noch unter seinem eigenen, noch unter einem erdichteten Namen. Nein, auch der ihm vorgelegte Brief könne also von seiner Hand nicht seyn. Er habe auch überhaupt nicht um eine Darleihung zu schreiben nöthig gehabt. Auch nie den königlichen Kuhnhardt kennen gelernt. Nein, er war an jenem Tag auch nicht erst auf das Grimmaische Thor zu und dann kehrtum zum Markt vor gelaufen. Sein Weg ging ganz klar zum Liebeskind und von dort aus zum Rau um die Ecke, dafür stehen Zeugen! Der Student Adami zum Beispiel! Und Cantor Hübel vom Paulinum, der in der Ritterstraße wohnt. Nein, wo hätte er sich unterwegs denn beschmutzt haben und warum den Matin abstäuben sollen? Weder auf dem Neuen Neumarkt, noch in der Grimmaischen Gasse oder wo. Zumal er ja an diesem Morgen überhaupt nicht in seinem Matin ausgegangen war, sondern, weil er gemeynt hatte, es würde sich ein solcher Aufzug nicht recht schicken, wenn man den Hrn. Oberhofrichter aufsucht, in seinem dunckelgrauen Frack und einer schwarzen Weste. Er erinnere sich dessen so genau, weil der Hr. Magister Höpffner ihm noch nachgerufen habe, warum er denn seinen Matin nicht mitnehme.

Erfahren genug, war der Commissions=Rath Weidlich darauf vorbereitet, daß die Abhörung früher oder später ins Stocken gerathen könnte. In kluger Voraussicht hatte er für den späteren Nachmittag die ersten Zeugen zur Confrontation einbestellt. Aber er hatte sich ein geschicktes Arrangement einfallen lassen und dieses noch am Morgen mit Enke abgesprochen: zunächst stand nur die Zeugin Meyer auf seiner Liste, die ja bislang noch nicht abgehört worden war. Das bedeutete – und darin lag der besondere Witz: man konnte so lange auf Tinius verzichten! Prompt wurde dieser auch abgeführt, doch nicht, wie er geglaubt haben mochte, hoch in seine Kammer oder gar ans Licht der Freyheit, sondern nur in ein benachbartes, lediglich mit Stuhl und Tisch ausgestattetes Zimmer, wo man ihn warten hieß, nur warten, nichts weiter. Benjamin Weidlich wußte von der Wirkung auf den gewöhnlichen Delinquenten, wenn derselbe so unverhofft aus dem schönsten Gefechte herausgerissen und mit sich und seinen Plagegeistern allein gelassen wird. Er weiß nicht warum und schwebt schon in Hoffnung und Verblendung, er weiß nicht was folgen wird, welche neuen Attacken, vielleicht die Vernichtung. Es ist ein Verschnaufen zur falschen Zeit, von dem man sich zuweilen nicht mehr erholt.

Darüber hinaus war Weidlich auch einigermaßen gespannt auf den Auftritt der Marie Christiane Meyerin, Tochter Carl Gottlob Meyers, eines Musketiers des in Leipzig garnisonirenden Bataillons. Vom Januar an bis noch vor drei Wochen stand sie bei Magister Höpffner im Tagelohn. Warum danach nicht mehr, wurde sie nicht gefragt. Die verstorbene Kuhnhardtin kannte sie gar nicht, den Hrn. Pfarrer allein vom Dienst her, das Frl. Schmidt dagegen schon seit dem Waisenhaus, wohin sie nach dem frühen Tod der Mutter gegeben worden war. Des weiteren gab sie zu den im Allgemeinen Generale festgelegten Fragen an, mit keiner der genannten Personen verwandt oder durch Blutsfreundschaft verbunden zu sein, aus ihrem Zeugniß weder Schaden zu befürchten, noch Nutzen zu erhoffen, keinen Rathschlag zu ihrer Aussage empfangen, als auch der Schmidtin oder dem Hrn. Pfarrer während der angestellten Untersuchung keinerlei Rath ertheilt zu haben u.s.f.

Der Magister war, wie sich Marie Meyer erinnerte, am Freitag in seinem blauen Reitermantel, der hinten diese vielen Knöpfe hat, und der sammtenen Schirmmütze angereist und hatte sich am Samstag gegen zwei wieder davon gemacht. (Von der Zeugin unbemerkt tauschten Weidlich und Enke einen kurzen, freundlichen Blick; Beichtstunde Poserna!) Was den fraglichen Montag betraf, fuhr Marie fort, war Hr. Tinius gegen acht Uhr aufgestanden, hatte gefrühstückt und es möch-te halb oder schon dreiviertel neun gewesen sein, daß er das

Haus verließ. Um acht hatte sie die Uhr schlagen gehört und als sie schon ziemlich lange danach an Höpffners Stube vorbei lief, saß er noch immer am Tisch. (¡Unmöglich! Wieder warfen sich die beiden Herren Blicke zu, wieder von der Zeugin unbemerkt; zum Glück!) In welcher Kleidung er dann ausgegangen war, ob es der blaue, ihr zwischenzeitlich vorgeführte Matin war, den sie auch gleich als den Tiniussischen erkannt hatte, das konnte sie nicht wissen, weil sie oben in den Zimmern beschäftigt war. So viel sie aber wußte, hatte er einen großen Mann besuchen wollen, bloß wie dessen Name wieder ging oder die Charge war, das hatte sie vergessen. Auch wann der Magister von seinen Gängen zurück gekehrt war, konnte sie nicht wissen, doch beim Mittagsbrodt war er noch da und saß mit am Tisch; das ist gegen eins, daß bei Höpffners gewöhnlich gespeist wird. Und obwohl beim Essen schon jeder wußte, was passirt war, hatte sich der Pfarrer ganz unbefangen gegeben und sogar zu scherzen versucht. Wo doch sonst niemandem der Sinn nach Scherzen stand! Da war es ihr auf einmal verdächtig vorgekommen und sie hatte für sich gemeint: wenn der es nur mal nicht gewesen ist! Und als sie ihren Verdacht der Freundin mittheilen wollte, das war am Donnerstag nach dem Überfall und Jette war gerade aufs Amt unterwegs, da hatte diese ja nur für ihren Kluge ein Ohr und war von diesem Kerl gar nicht abzubringen, man konnte reden, wie man wollte, nur Kluge galt. Erst später, weil es mit Kluge nicht paßte, hatte sie einsehen wollen, daß es der Tinius war und sich endlich alles erklären lassen.

An dieser Stelle wurde Marie Meyerin unterbrochen, das genügte so weit. Die Zeit war knapp bemessen, draußen warteten die nächsten Zeugen. Marie wurde entlassen, der Inhaftat wieder zugeführt. Dem war es wie eine Erlösung, daß es nur endlich weiter ging.

Den Anfang unter den Confrontationen machte einmal mehr die Lohnplätterin Maria Vetterlein, zu Zörbigk geborene Drescher, 43 Jahre alt. Unglücklicherweise mußte diese nach gründlicher Begutachtung der ihr vorgestellten Portion Elend jedoch einräumen, den Mann, mit dem sie am nämlichen Samstag die vier Treppen hoch gestiegen war, nicht gut genug ins Auge gefaßt zu haben, um ihn jetzt mit Sicherheit wiederzuerkennen. Darum konnte sie im Moment auch nicht sagen, ob es der ihr gezeigte Inhaftat war. Sie wußte lediglich zu bestätigen, daß die Person vom Samstag einen ähnlich duncklen Matin getragen hat, wie es der dieses Herrn war. Die Mütze hingegen, da wollte sie dem Hrn. Enke wohl zustimmen, die Mütze war vielleicht eine andere, als die ihr jetzt vorgezeigte, es war vielleicht mehr eine Sackmütze, ja, vielleicht eine ohne Schirm, unter der nicht die Haare hervorschauten. – Der Magister gestand daraufhin ein, an diesem Samstag tatsächlich in seinem Matin unterwegs gewesen zu sein. Aber das schien ihn nicht besonders zu beunruhigen.

Auf Maria Vetterlein folgte Christiane Sophia Cunitz, geb. Krause, Hausbesitzerin, und erwies sich, wie schon ihre Vorgängerin, als Enttäuschung. Sie hatte ja den Verdächtigen nur aus ihrem Fenster heraus und nur von hinten gesehen, schränkte sie gleich zu Beginn ein und fuhr fort, daß jene Mannsperson aber körperlich durchaus ähnlich beschaffen war, wie der ihr vorgestellte Hr. Tinius. Auch dessen blauer Matin und seine schwarze Mütze gemahnte sie an die Kleider des Mörders. Vom Pastor Enke in schroffem Ton noch einmal auf die genauen Kennzeichen der Mütze hin angesprochen, zögerte sie einen Moment und mochte dann besser nicht darauf bestehen, daß die des Fremden auch wirklich einen Schirm gehabt hatte. Dann, womöglich ein wenig schnippisch ob der groben Art des Nicolaiischen Pastors, erklärte sie zum Abschluß, daß es bestimmt genug Mannspersonen von der Statur des Magister Tinius geben kann und wird – und wollte es sich darum keinesfalls zutrauen, den Hrn. Pfarrer zu recognosziren.

Als Nächster in Weidlichs Planung, wartete im Gang vor der Amtsstube Hr. Jung, Wundarzt Jung. Anders als die beiden Frauen stand dieser von vornherein nicht allzu starck auf des Amtmanns Rechnung. So blieb es denn auch. Denn hinsichts der ganz groben Linie, Größe, Gewicht usw., mochte er ja ganz am Ende durchaus noch gewisse Ähnlichkeiten einräumen, doch was den Matin betraf, so war jener entscheidend heller als der des Hrn. Pfarrers, geradezu lichtblau, wie die Trainknechtejacken. – Aber wenn er doch so gar nichts in der Angelegenheit zu sagen wußte, so mochte sich mancher fragen, warum hatte sich C.F. Jung dann überhaupt erst als Zeuge zur Verfügung gestellt? Benjamin Weidlich schüttelte den Kopf; es bleibt in trüben Wassern verborgen.

himmelblau, wie es die Jacken der französischen Trainknechte sind

Verlaß war wieder einmal allein auf Henriette Schmidt, die, man weiß, einen flotteren Schritt zu tanzen pflegte als, zum Beispiel, Maria Vetterlein zu Beginn. Versteht sich von selbst, daß sie den Magister in jeder Hinsicht überführte. Und keine drei Minuten dafür brauchte. Noch bevor sie abgelegt und ordentlich Platz genommen hatte, war der Feind schon vernichtet, war jede Begegnung mit ihm bis in die Einzelheiten noch einmal geschildert, jedes gefallene Wort wiederholt, gab es auch keinen Zweifel mehr am abgründigen Charakter des Überführten, den sie schließlich gut genug noch von früher kannte, von Höpffnern her noch.

Wenn der Magister auch erneut die Bekanntschaft mit ihr bestritt (wie natürlich auch alle diese Anschuldigungen), so besaß er doch schlechte Karten gegen die stürmische Schmidtin, die offenbar über ihre Dienstzeit noch einmal gründlich nachgedacht hatte und sogleich nicht nur jeden dortigen Besuch des Magisters vorzuzählen, sondern sich überdieß noch genau zu erinnern vermochte, wann sie ihm jemals die Stiefel geputzt, oder er ihr mitunter ein Trinkgeld gegeben – hätte.

Georg Tinius seinerseits bestand zwar wiederum darauf, die Jungfer erstmals in der letzten Woche in Poserna gesehen zu haben, aber damit hatte er derselben erst ein neuerliches Stichwort hingeworfen, denn ausführlich ließ sie sich jetzt über das verdächtige Verhalten des Magisters aus und darüber, wie dieser sie habe argwillig teuschen wollen und, ob sie aus Weissenfels her sei, gefragt hat, obwohl er doch genau wußte, woher sie kam. Da hat man es ja gleich verspürt, weß Geistes Bälger diese Lügen sind.

Es wurde Zeit, daß auch Zeugin Schmidt zu den Akten kam, draußen war lange schon Fr. Dunckelheit die Herrscherin, und auch die schönste Confrontation (im Kerzenscheine) muß einmal vorbei seyn. Mit gutgemischten Gefühlen und Knicks verabschiedete sich Frl. Schmidt von den Herren, warf auch dem Enttarnten noch einen mitleidigen Blick zu, und verließ erhobenen Kinns das Zimmer und Amt. Besonders war sie auf ihre kleine List in der Sache ›aus Weissenfels‹ stolz. Wieder einmal war ihr eine entscheidende Wendung zu verdanken, der entscheidende Schritt. Sie wollte sich gar nicht vorstellen, wie die Angelegenheit ohne ihr Zutun hätte je ein glückliches Ende finden können.

Was sie freilich noch nicht wissen konnte an diesem frühen Abend, beim beßten Spürsinn nicht: a) die Angelegenheit war noch lange nicht zu Ende, b) für sie, Zeugin Schmidt, allerdings; adieu, du Schöne. Sie war raus.

Den weiteren Ermittlungen entbehrlich. Es bedurfte ihrer nicht mehr; einen guten Tag noch. — (Dem Mädel durchaus zugeneigt, bleibt zu hoffen, daß es einige Zeit brauchte, bis es begriff. Alles begriff. Genug Zeit jedenfalls, für sanfte Entwöhnung.) Wie dem auch war, es verliert sich Jettchens Spur. Nur soviel noch zu ihr: der Brodtmann Döbler heiratete ein Mädchen aus Kleinzschocher, Anna Elisabeth, die aelteste Tochter eines unleserlichen Pachters. Und zwar noch in diesem Jahr, schon im November.

denn die Sache mit der Magd ist es nicht allein und ist wohl vorbei

Auch der Inculpat wurde zurück in sein provisorisches Gefängniß gebracht, wo man ihm ein bescheidenes Abendbrodt reichte und die Kanne Wein, die er schon am Morgen mitsamt einiger Schreibematerialien beim Aufwärter bestellt hatte. Er erwartete Besuch.

Wie bereits erwähnt, schließt sich an das Cunitzische Haus das Juniusische an, wo Hauswart Stephan noch immer auf seine Abhörung wartet. Diesem gegenüber, im Eckhaus zum Preussergäßchen, wohnt bekanntlich der Wundarzt Jung aus Potsdam, der als Zeuge ein Troddel war. Ein Haus weiter, das ist Neuer Neumarkt N⁰ 21, hat der 47jährige Johann Gottlob Stimmel drei Treppen hoch das Daheim. (Seine Verhaftung steht erst in vier Tagen an. Gleich nach der Höpffners.)

Stand 25XI'04: Bankhaus Reuschel

Ob Magister Tinius und Magister Stimmel Freunde sind, kann man nicht wissen, immerhin sprechen sie sich in Ihren Briefen so an und gebrauchen das Du miteinander. Und haben es zueinander auch gar nicht weit, sofern der eine in der Stadt weilt. Dann braucht der andere bis zum Höpffner rüber keine Minute. Vertraute sind sie allemal, zwar in den Dingen um Bücher und Geld. Als Auctions=Commissionär handelt Johann Gottlob Stimmel mit Grafik, Rara, Kunst, weitgefächert ist seine Clientschaft. Er ist verehelicht, vier Kinder, zu Lindenau besitzt er einen Landsitz, das Hörelsche Guth.

Früh am Morgen, noch bevor er zur Abhörung fortgeführt wurde, hatte Georg Tinius nicht allein Wein geordert, sondern auch den Aufwärter gegen kleines Handgeld zum Magister Stimmel geschickt und denselben für den Abend zu sich bestellt. Als sich Stimmel nun im Creisamt einfand, wurde er gleich vom Acktuar Müller empfangen, den er persönlich kannte; das traf sich gut. Und lag ganz im Kalcül. Sie unterhielten sich über den Gefangnen und die Umstände seiner Gefangennahme, dann führte Müller den Gast ins obere Stockwerk, und unter den Worten:»Ich bring Euch einen guten Freund, Hr. Magister«, öffnete er das provisorische Gefängniß. Nach kurzer Begrüßung und Stimmels Bedauern ob des hereingebrochenen Unglücks, verlief sich das Gespräch der beiden Magister dann um weitwierige Büchergeschäfte, denen Acktuar Müller nicht lange zu folgen verstand. Ob darum, oder weil die Pflicht rief: er verabschiedete sich denn auch bald und ließ die Freunde allein. Natürlich weiß man nicht recht, ob deren Gespräch bei Büchergeschäften verblieb. Und wie viele Gläser der Krug noch hergab.

Wenn ich in meinem Katalog einmal den Besitz eines
Buches dokumentiert habe, kann ich mich davon trennen.
B.H.B.

Wie gesagt besaß Hans Kasten die Acta 735.
Wie gesagt starb er am 7. Juni 1959.
Was passiert eigentlich, wenn ein Sammler, Doku-
mentenbesitzer und bibliophiler Haudegen stirbt, zumal eine Koryphäe vom Formate Hans Kastens? – Er
hinterläßt, wenn schon nicht ein bedeutendes und umfangreiches Buch, so doch zumindest einen Nachlaß; du
kannst dich drauf verlassen.

Und was passiert mit einem solchen Nachlaß, sofern er nicht versehentlich bei irgendwelchen Hempels
unters Sofa gerät? – Er kommt entweder in ein Archiv
oder unter den Hammer. (Oder in umgekehrter Reihenfolge beides.) Und weil die Anzahl in Frage kommender
Archive naturgemäß begrenzt ist, so schlossen wir diese
Möglichkeit bereits nach vier Wochen weitgehend aus.

Blieb der Hammer. – Weil die Anzahl in Frage kommender Auktionen naturgemäß ganz und gar nicht begrenzt ist, so mußt du Claims abstecken, Parameter defi-
nieren. Die unsrigen lauteten im Groben: 1.) Nord-
deutschland. 2.) 1959 bis 1965.

Wie jeder Mensch weiß, gehört das Durchstöbern
angestaubter Antiquariats- und Auktionsverzeichnisse zu

145

den zweitlustvollsten Beschäftigungen dieser Welt. Ganz anders sieht es aus, wenn du dich darein schickst, einen Treffer zu landen, der nur so vage definiert und so ungesichert ist, es macht ganz deine Augen verrückt, du mußt lernen zu lesen, ohne zu lesen. – Doch wir hatten Glück und wurden schon beizeiten fündig. Und zwar in einem Katalog der Firma Hauswedell aus Hamburg. Er betraf die Auktion 104 vom 3. Juni 1961. In der siebten Abteilung, bei Losnummer 625, stiegen uns Tränen in die Augen vor lauter Rührung, der Eintrag lautete: *Bibliomanie: – Tinius: – Sammlung: – H. Kasten: – Bremen.* — Glück auch, daß jemand am Rand noch die erzielten Preise notiert hatte – was, braves Recherchistenblut, verlangst du mehr?! Das Mindestgebot war 300 DM, am Ende hieß es 680 zum Ersten, Zweiten, zum Dritten. 680 in heute umgerechnet? Wir würden schätzen : gute Tausend.

Wie die Firma Erich Carlsohn in Leipzig wurde auch die Firma Ernst Hauswedell im Jahre 1927 begründet. Doch anders als Carlsohn überlebte Hauswedell und erwarb sich noch in den Nachkriegsjahren einen Ruf. Allerdings mußt du heutzutage an *Hauswedell & Nolte* adressieren, wenn du einmal speziell etwas wissen willst. Und weil wir uns schon dachten, daß eine einfache Anfrage nach dem damaligen Käufer unbeantwortet bliebe, verzichteten wir auch gleich darauf und legten statt derer mit Bitte um Weiterleitung einen Brief an den Käufer bei. Vergeblich. Er kam postwendend retour.

»Das Konvolut von Schreiben und Dokumenten des Verlegers Hans Kasten über den Bibliomanen Tinius ist seinerzeit an eine amerikanische Antiquariatsfirma verkauft worden. Diese Firma ist allerdings seit etlichen

Jahren erloschen; eine Nachfolgefirma konnten wir nicht ausfindig machen. Wir bedauern sehr...«

Volltreffer. Wir auch.

Aber so einfach schlägt man uns nicht aus dem Feld! Wenn doch, so schrieben wir erneut nach Hamburg, wenn doch diejenige/welche Firma schon so lange erloschen ist und keinen Nachfolger kennt, welchen Schaden könnte es noch nehmen, wenn wir ihren Namen erführen...?

»Sie haben recht, es entspricht nicht unseren Geschäftsgepflogenheiten, die Namen von Käufern bzw. Verkäufern zu nennen. In diesem besonderen Fall können wir jedoch eine Ausnahme machen. Der damalige Käufer war das Antiquariat Martin Breslauer Inc. in New York, Inhaber Bernd H. Breslauer.«

Und wer sind diese schon wieder? New York? Breslauer? Es will dir so deitsch klingeln im Ohr.

Bernd H. Breslauer ging in Lichterfelde zur Schule. Hier in Berlin gründete Martin Breslauer, sein Vater, kurz vor der Jahrhundertwende das Unternehmen, das fortan prächtig gedieh und in der Französischen Straße schon bald größere Räume bezog. Der Traum eines jeden Antiquars ist es, einmal in verborgenen Grüften und unter höchst abenteuerlichen Verhältnissen und Zentimetern von Staub eine ganze, ganz verwunschene Bibliothek zu entdecken. Martin Breslauer entdeckte in Wien die verschollen geglaubte Bibliothek Napoleons (1929 im Palais des Erzherzogs Rainer). Es hat ihm nichts genutzt. – 37 folgte die Emigration. Nach gehöriger Entrichtung der Reichsfluchtsteuer, 1937 noch bloß 25%, konnte der Antiquar einen gewissen Teil seiner Bestände mit ins Exil nach London retten, wo er nach drei Jahren und einem Bombenangriff der Krauts an einem Herzanfall starb. Der Pennäler aus Lichtenfelde war inzwischen 22 geworden. Er übernahm jetzt die Firma, später ging es weiter nach New York. Die Geschäfte ergaben es so. Geht ein Geschäft gut, geht es nach New York. Die dortige Adresse erfuhren wir aus dem Katalog einer Breslauer-Auktion; Zürich, 21. bis 24. September 1978. Schon nach sieben Tagen, du glaubst am Ende noch an die Post, traf aus New York eine Antwort ein -:

»Ich weiss nicht, ob ich der Käufer des Konvoluts der Hauswedell-Versteigerung vom 3.6.61 war – bitte übersenden Sie mir eine Ablichtung dieser Beschreibung. Ich besass aus der Sammlung Kasten den Versteigerungskatalog der Bibliothek Tinius, 1821, und Kastens Tinius-Bibliographie, 1944, die seine Sammlung verzeichnet.
Kennen Sie übrigens die Abhandlung von Helene Homeyer?«

(Kannten wir. Es ist keine Abhandlung, es ist eine Erzählung, ganz klassisch, ganz konventionell. Die Autorin hieß nicht Helene Homeyer, sie hieß Helene Simon-Eckardt und war eine geborene Eckardt. Erst später wurde sie die zweite Frau des Antiquars und Bibliophilen Fritz Homeyer, der in vielem Breslauers Schicksal teilte; auch die alte Schule, wenn man's einmal salopp sagen darf, ohne gleich die in Lichtenfelde zu meinen. Es wunderte uns nicht, daß Breslauer gerade diesen Text ansprach, er rührte aus der Familie.)
Ich besass aus der Sammlung..., – das war ansonsten vielleicht nicht viel, aber genug. Die Sammlung wurde als Paket verkauft. Kastens Bibliographie und das Bibliotheksverzeichnis waren nach der Beschreibung in Haus-

wedells Katalog die einzigen rein bibliographischen Stücke darin. Wir wußten, daß Bernd Breslauer Bibliographien sammelte, hatten von einer sagenhaften Bibliotheca Bibliographica Breslaueriana gehört, die 7000 Bände umfaßt. Sagen wir 7002. Also trugen wir keine Zweifel mehr, wohin unsere Reise noch ginge, und schickten die Ablichtung der Katalogseite voraus.

Als wir von New York aus mit Bernd Breslauer telefonierten, gab der 80-jährige sich abweisend. Wußte zwar nun, daß er die Sammlung damals in Hamburg gekauft, quasi en passant (mit)gekauft hatte, aber partout nicht mehr, wohin sie weiter gegangen war. Er wünschte uns Erfolg, bat, ihn zu entschuldigen, und legte auf.

Dann standen wir da.
An Punkt null in NY.

Denn das Handeln des Bibliomanen psychopatischer
Prägung ist in forensischer Hinsicht nicht zu entschuldigen, da er weder aus Zwang noch aus Drang, sondern,
wie ich es ausdrücken möchte, aus triebhaftem Hang
zum Buch zu seiner verbrecherischen Handlung kommt.

Prof. Dr. H. Többen
Zeitschr. f. d. gerichtliche Medizin; 1941

Der Zeuge Stephan. Der lange Brief. Die Detentionsfrage

...weil ich dachte, daß die Erklärung des Willens vor dem Ein
tritte des Bedürfnisses als Verdacht gedeutet werden könnte...
J.G.Tinius

Der Magister wälzte sich nach rechts, nach links; immer
wieder. Noch tief in der Nacht – riß ihn schließlich ein
Hustenanfall aus dem Schlaf, da hing bereits dicker,
schwefliger Rauch in der Kammer, kaum, daß man die
eigene Hand vor den Augen noch sah. Wie blind vor
Angst, sprang er in seinen Nachthabitern ins Freie, die
Scheune brannte schon lichterloh, auch das Haus hatte
längst Feuer gefangen, in tausend Richtungen stoben
Funken davon. Er war allein, alle anderen standen oben
am Kirchhof im Schnee und schauten nur, die drei Stiefsöhne in ihren Ausgehkleidern, der stolze Enke im
Gockelornat, Benjamin Weidlich, hager, dürr, mit einer
länglichen Pfeife im Mund, der gute Kuhnhardt winkte
mit pressanten Briefen, Herr Bröse hielt ein paar halbe
Louisd'or bereit, die Schmidtin hatte den blauen Reitermantel über, der war ihr viel zu groß, sie fror dort hinten
bei den Gräbern, er schwitzte so nahe hier am Feuer,
lief hilflos mit leeren Wassereimern umher und konnte
nicht rufen, besaß keine Stimme, es fiel ihm kein Wort
ein für das, was er sah: den Büchern waren Flügel gewachsen, sobald die ersten Fenster zerbarsten, flogen
sie, erst nur eines nach dem anderen, dann in immer grö-

ßeren Schwärmen in die Nacht. Er sprang hierhin, dahin, war wie besessen, wild vor Verzweiflung: keines konnten seine Eimer fangen, die größten Folianten, die winzigsten Miniaturen, unsortirt nach ihren Gebieten flogen sie einfach fort, suchten nach einem trockenen Plätzchen, nach einem warmen Nest zum studiren...; erst allmählich fiel dem solchermaßen Gehetzten der gestrige Besuch seines Freundes Stimmel wieder in den Sinn, die zweite Nacht im Verwahr des Creisamts lag hinter ihm, er atmete tief durch und schöpfte gleichsam erste Zuversicht für den beginnenden Tag; dann beugte er sich über das Wasserbecken und löschte sein brennendes Gesicht. Es lag nichts vor, nichts hatte man gegen ihn in der Hand! Er mußte sich dessen nur immer gewärtig seyn und bleiben! Er sprach sich Muth zu, er sprach schon mit sich selbst – indeß die Halbenstunden verflossen. Schlag sechs schaute der Aufwärter herein und war erstaunt, den Arrestanten schon wach und gekleidet vorzufinden. Gegen acht wurde der Kübel geleert. Halb neun Frühstück. Seit zehn stand er unablässig am Fenster. Sein Blick erfaßte zur Linken einen Theil der Klostergasse, rechterhand reichte er bis in den Sack vor St. Thomas, doch kaum, daß der Magister das Treiben unten wahrnahm, er wartete nur, kannte schon die Reihenfolge, in der die Glocken der Stadt die Stunden anschlugen, das vorlaute Fürstenhaus immer, immer St. Nicolai zuletzt, gegen Mittag wurde er in die Amtsstube geführt. Und läugnete durchaus.

Seit dem frühen Vormittag wurde dort der Juniussische Hausmann abgehört; endlich, möchte mancher rufen. Johann Christian Stephan, ein blonder, gedrungener Mann von 34 Jahren. Vom Caracter her dem Kutscher Vetterlein verwandt, kommt auch er mit jedem gut aus, hält auch er gerne das Schwätzchen, nur wenn er

Tücke vermuthet oder etwas nicht versteht, schließt er schnell das Visier. Geboren in einem Ort bei Eilenburg, der sich auf keiner Karte findet, lebt er seit fünfzehn Jahren in Leipzig, seit fünfen versieht er den Juniussischen Hausmannsdienst und gilt als verläßlich, als einer, der sich kümmert. Das Viertel ist wie seine Westentasche, hier weiß er Bescheid. Und wüßte allerley Geschichten zu erzählen. Er kennt das Frl. Schmidt, er kannte auch die selige Kuhnhardtin gut, er kennt den drolligen Kluge, Hrn. Weidlich vom Sehen, er kennt alle Bewohner von N$^\text{o}$ 631 und die übrigen Zeugen, Höpffners Wirthschaft kennt er von innen und außen, obwohl er selbst lieber nebenan in die Lilie einkehrt, dort geht es ihm weniger bornirt zu; den Pastor Tinius kennt er nicht. Vielleicht hat er schon einmal den Namen gehört, doch hat er bislang kein Gesicht dazu. Oder doch? — So weit die Fragen zum Generale (v. 30$\underline{\text{sten}}$ April 1783); es folgte der Freitag vor dem Überfall. Bis zum Mittag dann trug sich, gerafft, etwa folgendes zu:

Wellnau!
Wallnau?
Wallneu?
Wellneu?
Wellnau?

Ohne einen Gedancken, nur seine unschuldigen Brodte im Sinn, sitzt der Hausmann soeben beim Frühstück, als es klopft und ein Herr im braunen Überrock in die Gesindestube tritt, der sogleich die Nase rümpft und ohnverzugt die Demoiselle Junius zu sprechen wünscht; in der Hand hält er einen runden Huth. Doch der Hausmann mag es nicht, wenn einer so bornirt daher kommt und ihn beim Frühstück stört und nicht einmal grüßt, prompt wehrt er den Eindringer ab, die alte Dame sei verreist bis zum Sonntag, brummt er ihm entgegen.

Offenbar bemerkt der Fremde sein Ungeschick, er verbeugt sich, macht eine entschuldigende Geste und giebt sich nun als der Geistliche eines Dorfes in der Nähe aus, der im Bedenken stehe, auf künftige Ostern nach Leipzig zu ziehen, aber zuvor schon nach einem Absteigequartier für seine Bücher sucht. Wegen der fremden Krieger.

Wegen der fremden Krieger?

Das versteht der Hausmann nicht.

»Welches Dorf?« fragt er den Fremden.

»Eine Viertelstunde von Rippach«, antwortet der.

»An der Straße?« fragt wieder Stephan.

»Ungefähr einen Büchsenschuß weg«, heißt die Antwort.

Der Hausmann will es genauer wissen.

Der Fremde will es genauer nicht sagen.

»Es giebt keine Absteige für die Bücher«, sagt Stephan.

»Und auf Ostern?« fragt wieder der Fremde.

»Alles vermiethet«, heißt die Antwort –

»Ob nebenan etwas geht?« die Frage.

»Versuchen!« rät Stephan.

Im Grunde ist damit das Gespräch beendet, doch der Fremde nimmt es gelassen und verharrt noch das Weilchen, er erzählt verschiedene beiläufige Dinge, z.B., daß er Bücher aus der Juniussischen Buchhandlung besitzt. Der Hausmann nimmt es geduldig zur Kenntniß, einmal fragt er den Herrn, wer ihn eigentlich hergewiesen hat.

»Magister Stimmel von drüben.«

Den kennt Stephan freylich auch.

Drei Tage später nun, am Montag, es ist schlechtes Wetter und vielleicht schon halb neun durch, da steht er wie zufällig auf der Straße, als ein Mann bei Cunitzens raus tritt und nach vorne zum Gewandgäßchen will. Wie dieser Mensch sodann am Hausmann vorbei patrouillirt, denkt der bey sich: ob das nicht der Pfaffe vom Freitag ist? Heute trägt er keinen Huth – eine Sackmütze heute. Dazu einen dunklen Kutschermantel. Seine Stiefel sind voller Koth, noch der Mantel ist hinten, wo die Knöpfe sind, kothbespritzt.

Wenn er ihnen nicht jedes Wort aus den Nasen ziehen muß – solche Zeugen lobt sich der gemeine Vernehmer. Auch der Hausmann war mit seinem Vortrag zufrieden, er hatte alles von Bedeutung erwähnt. Zwar kam es so selten nicht vor, daß jemand bei ihm um ein Quartier anfragte, aber warum war dieser Herr noch so lange in der Stube geblieben? Als schon alles gesagt war, als es nichts zu holen mehr gab und keine Absteige zu miethen? Für Sonderlinge hatte Stephan einen Riecher! Für Ausspionierer und falsches Volk allemal! Doch indem er nunmehr den Matin des Pfarrers begutachten sollte, befielen ihn Zweifel. Im Grunde wollte er sich ja gerne dafür entscheiden und ihn für den des Fremden halten, wie er ihn am Montag getragen, aber etwas stimmte nicht mit dem hiesigen Exemplar – es brauchte seine Zeit, bis ihm beifiel, was: es fehlten hinten die Knöpfe.

Im Moment weniger an imaginären Knöpfen, denn an gebrauchbaren Aussagen interessirt, kam der Commissions=Rath Weidlich noch auf das Abstäuben des Matins zu sprechen, doch hier mußte der Zeuge passen: den Mantel abgestäubt? Davon wußte er nichts. Sein Mann hatte sich nicht abgestäubt, der war einfach nur an ihm vorbei gelaufen, mehr nicht, ohne zu grüßen schnurstracks zur Grimmaischen vor.

Dann ging die Thür. Vom Polizeydiener Teutler in die Stube gestoßen, stand dem Magister für Sekunden das schiere Entsetzen im Gesicht. Der Hausmeister erkannte ihn sofort. Er sprang von seinem Stuhl auf und hätte ihn am liebsten umarmt und geschlagen, bespuckt, geküßt, alles. Hr. Magister Tinius aber ließ sich nicht küssen und schlagen, der fand schnell die Façon zurück und bestritt prompt jegliche Bekanntschaft mit diesem Herrn. Er wußte gar nicht, was der von ihm wollte. Doch davon ließ eyn Christian Stephan sich nicht beirren, geduldig suchte er, den Erinnerungen des armen Manns auf die Sprünge zu verhelfen, sprach das eine an, das andere, vergebens. »Die Viertelstunde von Rippach?«, fragte er, fast schon resignirt, »den Büchsenschuß von der Straße weg, nein?« – sein Conterpart blieb stumm.

Das rief nun den Pastor Enke auf den Plan. Mit der angemessenen Strenge redete er auf den Amtsbruder ein und versuchte es zum, wie er sagte: allerletzten Mal im Guten. Doch Hr. College gaben sich bockig, blieben verstockt, da konnte wol auch Pastor Enke anders! Nicht umsonst hatte er fast ein ganzes Leben von der Kanzel herunter gerufen und gemahnt und seine Stimme gerüstet für das schwerste Gefecht, er verstand sich recht leidlich aufs Brüllen, kannte auch manch starckes Wort, wenn es um der Wahrheit willen fiel, er wurde lauter, will sagen, er schrie nun, er fluchte, er schlug mit Worten auf den Delinquenten ein, daß diesem schon Hörner und Beulen wuchsen, und versprach dem Schuft, dem Lumpen, dem Schänder seines geheiligten Standes noch ganz andere Methoden, falls er nicht endlich das verderbte Lügenmaul aufthun und die Kröten schlüpfen laßen will und den Freitag zugiebt.

Wenn er den aber zugestehe, entgegnete schließlich ziemlich kleinlaut der Magister, so wird man auch gleich glauben, daß er die Frau erschlagen hat.

Pastor Enke atmete auf, ein erster Schritt. Ein Tröpfchen nur, doch als hätte dieses seine Gier, seinen unstillbaren Durst nur erst richtig geweckt, setzte er dem falschen Diener Gottes mit unvermindertem Eiffer nach und arbeitete an der einzigen Wahrheit. Es war darum nur eine Frage der Zeit, daß der Getriebene den freitäglichen Vorfall außer Abrede stellte.

Doch Enke erfreute sich womöglich zu früh am Erfolg, denn auch sein Gegner wußte auf stürmischer See zu navigiren und den Kurs zu bestimmen und fühlte sich fast schon wieder gerettet: er sah die Gelegenheit, ganz unverdächtig einen Freund ins Spiel zu bringen, auf den draußen Verlaß war. Die Bewandniß war, so führte er nun mit verdächtig gelöster Zunge aus, daß der Hr. Magister Stimmel ihm unlängst vorgeschlagen, sich hier in Leipzig zu habilitiren, woraufhin sie auch auf die Frage gerieten, daß für den Fall bald ein Quartier her muß. Weil Hr. Magister Stimmel ihm ein freies im Haus gegenüber gemeldet und er ohnehin eine Absteige für die Bücher suchte, so war er an diesem Morgen zum Spaß einmal hinübergelaufen und in die Gesindestube getreten...

»Und die Knöpfe?« unterbrach Pastor Enke den, den er gerade noch hatte zum Reden bewegen müssen. Er beugte sich zu ihm hinunter, schaute in sein Gesicht und suchte darin eine Regung. Bruder Tinius benöthigte freilich einige Momente, sich neu zu sortiren, dann überkam ihn ein Lächeln. Die Knöpfe. Früher hatten sich in der Tat zwei Reihen mit Knöpfen hinten an seinem Matin befunden, aber es sah so fuhrknechtsmäßig aus, auch waren zwei, drei schon beschlagen, daß es nicht mehr recht schicklich war, damit noch auszugehen, darum mußten sie eines Tages ab.

Wie ein Hund, ein Wolf von seiner Beute, so ließ auch Friedrich Enke nicht so schnell von seinem Bissen, doch wann dieß geschah, daß die Knöpfe abgeschnitten worden sind, das konnte Georg Tinius so genau nicht erinnern, aber es könnte gut sein, daß es an dem fraglichen Wochenende war, also vor drei Wochen. Vielleicht in der Nacht zum Sonntag? Vielleicht erst danach? Irgendwann in dieser Zeit. – Er spielte ein gefährliches Spiel.

Nachdem auch der Punkt angerührt war, erinnerte man sich wieder des Hausmanns, der wie versteinert auf seinem Stuhl saß und dem Zwiegespräch der beiden Theologen gefolgt war. Creisamtmann Weidlich gab Tinius zu erkennen, daß der Zeuge Stephan zwischen ihm und der gewissen Mannsperson vom Montag eine auffällige Ähnlichkeit bemerkt hatte (und Stephan stimmte dem, heftig nickend, zu), doch erachtete der Magister dieß als ganz und gar nicht gegründet. Er hatte seine Gänge gestern ausführlich geschildert. – Damit wurde der Zeuge entlassen. Tinius dagegen ließ sich noch einmal das Protocoll verlesen, dann bat er, eine Erklärung zu Papir zu nehmen. Nämlich hatte der Hausmann ihm empfohlen, es im Nachbarhaus einmal zu versuchen, wo in Kürze eine Etage leer werden soll. Im Hof jenes Hauses war er erst den Holzmachern, dann einem corpulenten Herrn begegnet, von dem er schließlich erfuhr, daß das gemeinte Lauthierische Quartier bereits wieder vermiethet war. Wenn dieses Haus das Cunitzische war, so müsse er freilich eingestehen, doch schon einmal dort gewesen zu sei. Allerdings nur dieses eine Mal.

Nach einem solchem Tag erlaubte sich der Hausmann womöglich den einen oder anderen Krug Bier mehr als gewöhnlich, er wußte viel zu erzählen. Für den Inculpaten begann die dritte Nacht in Gewahrsam. Der Tag war nicht eben glücklich verlaufen, jetzt wieder die Stille, gräßlich, unerträglich ohne Bücher, jeder Gedanke an die verwaisten Schätze riß ihm am Herz, er haßte sich wegen der Fehler, die er heute begangen, dann schrieb er bis weit in den Morgen hinein. U.a. einen Brief an seine Vernehmer:

Lieber Freund, ich habe wegen der Logis-Sache bey der Ju-

158

»Hochzuverehrende Herren Commissarii Causae!

Ew. Hochehrwürden und Wohlgeborne erlauben einem tief gekränkten Manne, über die gestern zuletzt mit ihm angestellte Confrontation seine wahrhafte Erklärung gütigst zu vernehmen und der Registrande einzuverleiben, demüthig bitten zu dürfen.

Es ist gar nicht meine Absicht gewesen, Thatsachen zu läugnen; was von mir in meinem Leben gesagt und gethan worden, hat nie einen falschen Grund und beÿ denen, die mich kannten, auch keinen falschen Schein gehabt; aber Zeit und ungestörtes Nachdenken gehört zur Untersuchung der Wahrheit. Diese Gemüthsstellung fehlte mir gestern. Zuerst hatte schon das lange Harren, da ich die Rückkehr zu meiner Sonntäglichen Berufsarbeit so sehnlich hoffte, bis zu Mittage, ehe ich zum Verhör kam, mich zum hohen Grade von Gemüthsbewegung getrieben. Zweitens machten die plötzlichen Worte des Mannes: »ja, das ist der Mann, mit dem ich geredet habe und der in unserm Hause gewesen ist, das ist er«, mich noch bestürzter, da er mir unbekannt schien und seine Worte mir so ganz unerwartet kamen, daß ich dachte, o Gott, was ist das wieder für ein neues Ungewitter! Drittens, während ich meine Zweifel gegen die Bekanntschaft mit diesem Manne erörtern wollte, ergoß sich schon ein Strom von Vorwürfen über mich, die von der Art waren, daß sie meine ganze Besonnenheit mir raubten, und ich, selbst nach wiederholtem Vorlesen der Aussagen, nicht wußte was gesagt war – ich zittere noch heute über diese Catastrophe und leide unaussprechlich. Die Folgen für mein Leben müssen verderblich seÿn.

Ich bitte Sie, meine theuersten Herren Commissarien in dieser Untersuchungssache, mir nur soviel Glauben zu schenken, daß ich die Absicht, solche Männer zu belügen, nicht habe; ich bitte um die billige Rücksicht, daß ich auch ein Mensch bin, der Vergeßlichkeit und dem Irrthum unterworfen ist, und daß ich, als ein Kurzsichtiger, beÿ Gegenständen, die den Augenschein betreffen, am meisten fehle; daß ich, beÿ meinem ungeheuern Bücherwesen, in der größten Zerstreuung lebe und faßt al-

niussin die Wahrheit ausgesagt, daß ich der sey, der dort das Logis gesucht, und habe auch gesagt, daß ich von Dir hingewiesen & ermuntert worden bin, die Professur hier zu suchen, und auf meine Frage, wo sollte ich da logiren, habest Du gesagt, dort drüben sey ein ganzes Stockwerk leer, wo die Fenstervorhänge wären. M. T.

les Andere darüber vergesse; daß ich besonders Vorfälle vergessen mußte, die gegenwärtige Untersuchung betreffend, die ich seit 4 Wochen gänzlich aus den Gedanken lies, auch, da mich diese Sache nicht betraf, ganz arglos mich auf Nichts vorbereitete, und so unvermuthet mit einer Verhaftung überrascht wurde, daß ich durch alle diese, dem denkenden Manne begreifliche, Umstände, beÿ meinen Aussagen, die ich, auf beschehene präparirte Fragen in dem Augenblick unpräparirt thun muß, allemal auf einmal so antworten zu können, daß Alles erschöpft und verdachtlos erscheine, nicht im Stande bin.

Habe ich also gestern im Augenblick der Bestürzung einen Augenblick den Mann nicht anerkannt, der mit mir im Juniussischen Hause gesprochen haben wollte, so hatte ich dazu Gründe. Der Mann stand iezt von der Lichtseite $1\frac{1}{2}$ Fuß von mir und damals in einer dunklen Stube aufs Nächste dreÿ mal soweit, da ich, selbst beÿ hellem Lichte, Jemanden, wenn er über 4 Fuß entfernt ist, nicht deutlich erkennen kann. Nachdem wir uns aber recht verstanden und ich ihn für ienen Mann hielt, habe ich auch weiter das nicht abgeläugnet, was ich für wahr hielt und ich etwas Gefährliches, als von einem unbekannten Verläumder herrührend, nicht mehr argwohnen konnte. Vor einer deutlichen Ueberzeugung von der Aechtheit der Person wird ieder gerechte Richter das Läugnen für etwas Unerlaubtes nicht ansehen oder vor der Zeit auf einen bösen Vorsatz schließen. War ich also auf den ersten Augenblick aus Gründen bedencklich: so kann man dieses mir in einer so wichtigen Sache für Wohl und Weh billig nicht verdenken. Nicht Drohungen, oder Ermahnungen, sondern innre Ueberzeugungen müssen, so weit die Erkenntniß reicht, auch meine Aussage leiten. Daß und ob ich in dem Haus das unterste Stockwerk habe miethen wollen, oder nur nachsehen, ob es zu vermiethen stehe, waren zweÿerleÿ Sachen. Das Erstere konnte damals, bevor ich die Nothwendigkeit des Gebrauches noch nicht wußte, meine Absicht nicht seÿn, ich beantwortete also auch anfänglich iene Frage verneinend, weil ich dachte, daß die Erklärung des Willens vor dem Eintritte des Bedürfnisses als Verdacht und als Mittel zu einem mit dem gegenwärtigen Facto ähnlichen Zwecke gedeutet werden könnte. Deshalb sagte ich auch, daß eine solche Bejahung mich auch in neue Verknüpfungen mit gegenwärtiger Untersuchung ziehen könnte und welche Folgen ein solcher Verdacht für mich haben würde. Da mir nun versichert wurde, daß beÿdes von einander unabhängig seÿ und nicht zusammen gehöre: so habe ich auch weiteres Bedenken, mich darüber, daß ich ienes Stockwerk miethen wollte, bejahend zu erklären, nicht getragen. Daß ich die Absicht, meine Nachfrage nach diesem Logis abzuleugnen, nicht haben konnte, geht schon daraus hervor, weil ich bereits die Person anerkannt hatte, beÿ welcher ich mich erkundigte; daß ich die Eigenthümerin selbst sprechen wollte, rührte aus zweÿ Gründen her, erstlich weil sie, wie mir Hinweiser, M. Stimmel, sagte, das eine Zimmer einem Manne längere Zeit umsonst gegeben hätte, und zweitens deshalb, weil Domestiken, wenn sie von der Herrschaft etwas behaupten und Jemanden nicht vor sie lassen, oft keinen Fidem verdienen und mit der Eigenthümerin vom Eigenthum zu sprechen der rechte Weg ist. Daß meine Absicht ehrlich war, beweiset der Umstand, daß ich durch eine Unterhaltung mit M. Stimmel über meine Vortheile, wenn ich hier in Leipzig Professor würde, und durch einen noch höheren Rath, mich darum zu bewerben, natürlich darauf geleitet worden bin. Den Vorsatz, wenn Feinde das Land überziehen sollten, mich mit meinen kostbaren Schätzen der Literatur dem unsichern Strohdache zu entziehen und auch der Plünderung der herumstreichenden Marodeurs zu entgehen und in die mehr sichere Stadt zu fliehen wird ieder Vorsichtige auch mir natürlich beÿlegen und nicht für ein leeres Vorgeben halten.

Meinen Namen wollte ich den Domestiken nicht nennen – denn ich mußte fürchten, daß mein Vorhaben durch solche Leute ausgeplaudert und von Andern für eine voreilige Arroganz gehalten werden könnte. Jedoch habe ich mich deutlich genug bezeichnet und wenn ich die Eigenthümerin selbst hätte sprechen können: so würde sie gewiß mehr als ihre Bedienung erfahren haben.

Es ist ein Unglück, daß der auch ohne eigene Schuld in Inquisition Gerathene weniger Glauben findet, iemehr er seine Unschuld betheuert und wird oft um einer, unter gewissen Umständen sehr verzeihlichen Irrung, auch in seinen übrigen Aussagen für verdächtig gehalten, ehrenrührig gescholten, vor der Zeit gerichtet und ein für allemal schon ein nachtheiliges Vorurtheil gegen ihn gefaßt, welches sich in iede Beurtheilung seiner gesamten Aussage ins Gemüht drängt.

Ob ich nun gleich die edle Behandlungsart meiner hochzuverehrenden Herren mit Dank zu rühmen habe, so macht mich nun doch das, was gestern in meiner Bestürzung vorgefallen ist, tief bekümmert und ich flehe dero Menschenliebe und Grosmuth um Gottes und der Wahrheit willen inständigst an, mein gestriges Benehmen so zu beurtheilen, wie ich es vorgestellt habe, auch, wenn ich sonst noch etwas, nach mehrerer Erinnerung, noch anders zu bestimmen hätte, als es aufs erste Mahl mein Bewußtseÿn aussagte, nicht als eine lügenhafte Nachhilfe, sondern als die Folge einer sorgfältigen Nachsinnung geneigtest aufzunehmen; denn Berichtigung ist besser als Unrichtigkeit. Ich habe gestern dadurch, daß ich von des Mannes Unterredung noch mehr, als gefragt wurde, hinzugesetzt und das Ganze, was mir erinnerlich ist, ausgesagt habe, gewiß meine Neigung, nach dem Bewußtseÿn zu sprechen beurkundet und werde es wo sonst die Gelegenheit dazu vorkommt, noch ferner thun.

Mit dieser Versicherung empfehle ich mich der fernern hohen Gewogenheit und Grosmuth als Ew. Hochehrwürden u. Wohlgeboren ganz gehorsamster

M. Johann George Tinius.

Leipzig den 7<u>ten</u> Merz 1813«

Nur wenige Kammern entfernt, so man will: Thür an Thür mit dem Behelfsinternirten, schrieb auch Benjamin Weidlich in dieser Nacht einen Brief – er an das Hohe Consistorium. Die Untersuchung gegen den Tinius würde sich in die Länge ziehen, keinesfalls war mit sofortigem Erfolg zu rechnen, unter diesen Umständen konnte dem Adressanten nicht länger zugemuthet und von ihm schlechterdings nicht weiter verlangt werden, den Angeschuldigten in seiner Wohnung zu halten. Sofern sich keine beßre Lösung fände, würde es sich nicht umgehen lassen, den Gefangenen auf den gemeinen Landhof zu thun, indem es in der Stadt keine Behältnisse für Vornehme giebt.

(Das würde Frohnfeste bedeuten. Nichts anderes meint das euphemistische Wort Landhof.)

Das Consistorium antwortete schwammig. Kein Nein, kein Ja. Man hat Verständniß, drängt auf Schaffung anderer Möglichkeiten zur Aßervation, vertröstet, hält hin.

Sehr unzufrieden mit dieser Antwort, suchte Amtsrath Weidlich eine Entscheidung.

Der Landhof liegt gegenüber der Pleissenburg im Winckel Burgstr., Schulgasse. Alle Fenster gehen n. vorn hinaus und erlauben den Bewohnern vorzüglichste Communication nach draußen. (Zur Verzweiflung schon einiger Stockmeistergenerationen. — Ersterwähnung (noch als ziviles Object): 4ter Nov. 1632; Ratsleichenbuch

Kulturbolschewistische Tarnkappen. Briefmarkenattentate

Ich winde mich unter der schon ganz sachlich und gleichmü-
tig klingenden Antwort meiner Sekretärin, wenn ich nach etwas
frage: – »Das ist verbrannt.«
Katharina K. an R. A. Schröder – Leipzig, 2.Febr.'44

Der Bombenkrieg hatte ungewollt eine Rarität geschaffen, die
heute von Antiquaren und Sammlern als Rarissimum eingeschätzt
wird.
Fritz Matke

April. Nachmittag. Hinteres Zimmer. Das Sofa ist grün
oder blau. Darüber dachten wir nach: grün oder blau.
Wir können oft die beiden Farben nicht unterscheiden.
Es mag sein, daß der eine Klient besser auf einem blauen
Sofa liegt, für einen andern besser das grüne paßt. Darüber dachten wir nach. Und ob in der Literatur rote So-
fas eine Vormacht haben. – Aber wir waren zu müde, es
zu beweisen. Das Wort dösig dürfte auch ziemlich pro-
blematisch sein. Dann träumten wir ein.
   Nein, wir träumten nicht!
   Wir träumen nie!
   Es träumt uns!
   Es träumte uns Herr Leumull. Er saß im gleichen
Flugzeug und kannte schon unsere nächsten Pläne. Er
war ganz au courant, wie er erklärte, und wußte sogar
von Hans Kasten. Es war auch ganz selbstverständlich,
daß Herr Leumull neben uns im Flugzeug saß; eine su-
spekte Person immerhin. Wir kannten ihn aus einem früheren Leben, an das wir uns nur ungern erinnern. Und
wir wußten um seine bibliophilen Gelüste. Kannten
noch das Flackern in seinen Augen, wenn er zu allem
entschlossen war.

Herr Leumull verfolgte uns auf Schritt und Tritt. Von Block zu Block. Längs und quer durch New York und weiter. Have-a-nice-day, rief er schon am frühen Morgen und grinste breit, wie ein deutscher Tourist, dann ließ er uns bis zur Nacht nicht aus den Augen. So ging es Tag für Tag. Saßen wir zum Beispiel im Cafe und lasen nur die Zeitung, so schaute er uns ganz ungeniert über die Schultern und las alles mit. In den Bibliotheken sowieso. Schrieben wir etwas auf, so schaute er uns gleich wieder über die Schultern und las wieder alles mit. Wir verdeckten mit der Hand das Geschriebene, aber es nützte nichts. Seiner Neugier zu entkommen, erwies sich als unmöglich. Desto näher wir unserem Ziel kamen, desto penetranter schnüffelte er uns nach. – ¡Eine Zumutung! schrieen wir nach hinten, aber es kümmerte ihn nicht. Wir jagten die Acta, Herr Leumull uns. Er jagte nach der blauen Mauritius. Er glaubte sie unter Hans Kastens Papieren. Die blaue Mauritius, fünftes Exemplar.

Als wir Hans Kastens Nachlaß samt Acta gefunden hatten, dankte er es uns mit Dolchen und Pulver und Pistolen und traf nach Belieben. Des weiteren fielen wir von Hochhäusern herab und mehrmals unter die Subway und ertranken in einem vergitterten Wasserreservoire...

Wie gesagt, es träumte uns nur – auf dem roten Sofa.

Wie gesagt, verloren sich der Antiquar Erich Carlsohn und aus Bremen Hans Kasten mit Beginn des Krieges aus den Augen. Kasten weilte überhaupt nur noch ein einziges Mal in Leipzig. Er besuchte Verwandte und traf sich angelegentlich mit einem Landsmann, einem Verleger von Ruf, ganz nach Kastens Geschmack; es ging um das Tiniusbuch und womöglich einmal mehr um die Frage: wissenschaftlich oder bloß Romänchen.

Bekanntlich wurde dann zwar nichts aus dem Projekt, weder-noch, doch war Hans Kasten kein nachtragender Mensch und dem Verleger darüber nicht gram. Im Gegenteil, mit Vergnügen und nicht ohne Stolz schickte er ihm bald nach Ende des Kriegs das Tiniusstück von Paul Gurk. Er schickte es nach Marburg in Hessen, nicht mehr nach Sachsen. Es ist das siebte Exemplar einer nur 50er Auflage. Auf der letzten Seite hinterließ er eine Widmung:

»für
Prof. Dr. Anton Kippenberg
im Gedenken an den
4. Dez. 1943, als ich in der
Albertstr. zu Leipzig
unter brennenden Trümmern lag«

Der Beschenkte, in Bremen geboren, nannte Marburg sein Exil – seine Heimat im Herzen blieb Leipzig, Klein-Paris, Pleiß-Athen, die abgefackelte Kapitale der Bücher. Hier hatte der Sammler Anton Kippenberg vor längerer Zeit eine geniale Idee: schmächtige, kartonierte und doldentapezierte Bändchen – die Insel-Bücherei. Und es brauchte wiederum nur wenige Jahre, bis sich die Insel-Bücherei ihrerseits zum Tummelplatz einer ganz eignen Spezies von Sammlern gemausert hatte.

Allerdings ist es mit dem Sammeln von Inselbändchen eine heikle Sache, will sagen: eine Wissenschaft. Du wirst selten einen treffen, der dir zuverlässig sagen kann, wie viele Titel sich die Bücherei bis heute einverleibte – sie zu zählen, verlangt die ganz hohe Kunst. Es wimmelt nur so an Mehrfachvergaben; zwei, oft genug drei Titel, die sich in eine Nummer teilen. Manchmal vier. Des Durcheinanders nicht genug, gibt es selbstverständlich auch einzelne Titel unter verschiedenen Nummern. Kein Mensch hat je den heillosen Grund dafür erfahren, resp. das System zu erforschen vermocht, dem du folglich eine gewisse Genialität nicht absprechen magst: was könnte das einfältige Sammlerherz mehr aufhetzen und in Rage versetzen, als solcherart Finessen!

Du kannst die Teilung des Verlags in Insel/Kippenberg/ost und Insel/Kippenberg/west getrost einmal eine höchst glückliche Fügung nennen, die zur Verwirrung noch das Ihre beitrug. Jetzt rotierten in ost und in west die Maschinen und beschickten fleißig die süchtigen Sammlerhälse dort und dort. (Fleißiger ratterten die Maschinen in ost! Freilich & ganz erheblich.) — Auch der Fall Nebelthau gehört in diesen Kontext. Es ist ein Fall von offener Infiltration. Oder soll man sagen – von unerwünschter Befruchtung? Er hat zwar mit ost/west zu tun, aber im engeren Sinne nicht mit der ostwestlichen Insel. Oder doch? Er geht so:

1946 erschien in der Insel-Bücherei/west als N⁰ 456 ein bedeutendes Werk des, wie sollte es anders sein: aus Bremen stammenden Dichters Otto Nebelthau. »*Mein Gemüsegarten. Eine nützliche Unterweisung.*« Dieser zunächst so harmlos klingende Titel brachte es über die Jahre noch zu mindestens sieben Auflagen und geriet zu einer Angelegenheit von erhöhter Brisanz. Sofern der gemeine Sammler auf sich etwas hält, muß er alle sieben (plus x) Auflagen besitzen, weil: keine von ihnen gleicht der anderen aufs Wort. Wie es sich gehört, hatte Maestro Nebelthau darauf bestanden, sein Opus von Auflage zu Auflage dem neusten Stand der Dinge anzupolieren und es stilistisch zu veredeln.

Eine weitere Auflage des *Gemüsegartens* kursierte Mitte der 50er Jahre in den Hinterstuben der westdeutschen Revolution. Vermutlich wurde sie in Ostdeutschland gedruckt, in der JWDDR, der jungen, der wilden. Vermutlich '53/'54 im Winter, vermutlich aber nicht in Leipzig, nicht für die dortige Insel. (Das gehört historischer Wahrheit halber immer wieder wiederholt!) (Und immer wieder wieder wiederholt¡ Von wegen: oder doch?!)

Auf den ersten äußeren Eindruck hin unterscheidet sich der, wenn man so sagen darf: '53er Nebelthau vom '46er bloß in kleinsten Details, die auch dem erprobten Kenner nicht sofort ins Auge springen. Der gröbste Patzer darunter – die Antiqua des '53ers, während doch der '46er noch in Fraktur gesetzt worden war. Darüber hinaus gleichen sich die Auflagen, wie ein indiziertes Ei dem andern. In beiden folgt gleich auf das Titelblatt der eigentliche Text. *Der eigentliche Text* – das trifft es genau! Indem dieser sich aber im '46er Nebelthau von Seite zu Seite fortspinnt und seine radikalen Ideen vorantreibt, wird er im '53er schon zwei Seiten nach Beginn wieder unterbrochen, es kommen zwei leere Blätter. Erst auf Seite neun geht es dann weiter, bzw. ganz von vorne los – mit einem neuen Titel, auch sehr verheißend:

©

»Der Kampf der Freien Deutschen Jugend für Frieden, Einheit und Freiheit und die Vorbereitung zum 2. Deutschlandtreffen. Referat des Leiters des Zentralbüros der Freien Deutschen Jugend in Westdeutschland ADOLF FAUST auf der Tagung des Zentralbüros vom 23.–25. Oktober 1953 in Düsseldorf.«

¡Was' ein Name: Adolph! – Faust! Faß! Friß! Stirb! Oder geh unter! Und wie vertraut diese Grammatik dir doch gleich das Gehör versäuselt! Es klingt, es schmeckt so süß, so dünn, so gänsehäuten nach Zuhause. Des erste Liebe des Rebellion des eigne Wohnung des Scheißdraufwischdenarschdamit, dieses. — Bleibt zu fragen: warum erst übern Gartenzaun? Wozu brauchte es die, zugegeben: exquisite Konspiration, um den Faustischen Vortrag unters Düsseldorfer Volk zu tragen?

Wie kann man nur so dumm sein?!

So dumm konnte ja wohl nur eine geschichtslose Rübe fragen, wie sie auf unsern ostischen Schultern abhängt: dem seit zwei Jahren herrschenden Verbot der F(reien) D(eutschen) J(ugend) im Freien Westen gilt der zentrale Teil in der geballten Rede Fausts. Sie endigt Seite 103. Ab 104 folgt wieder Genosse Nebelthau. Wacker seinem '46er Original...

...o sorry – wir sind ganz untröstlich; wo soll das noch hinführn, wenn uns immer die Zügel so durchgehn? Zurück nach Leipzig zu Hans Kasten, der sich mit dem Verleger der Insel lange über Tinius unterhielt und – anderntags unter den Trümmern der Albertstraße lag! — Und das war noch nicht einmal das schlimmste:

Der Angriff begann in der Nacht zum Samstag gegen halb vier und dauerte keine Stunde. Nach Zeugenaussagen traf es das Graphische Viertel in der mittleren Ost-Vorstadt besonders heftig. Es ist das buchgewerblichen Herz der Stadt, hier residieren die Verlage, breiten sich die Lager der Großkommissionäre aus, sind die Offizinen und Vertriebsanstalten angesiedelt. Kaum ein Gebäude blieb unversehrt. Große Traditionshäuser brannten bis auf die Grundmauern nieder. Auch die Insel ging unter, Kurze Straße 7, es blieben ein paar Mauern und Schutt. Den Ansiedlungen der Salomonstraße erging es nicht besser. Die Haag-Drugulin: Schutt,

170

Schrott, Asche. Aus den Lagern der uralteingesessenen Großbuchhandlung Carl Friedrich Fleischer stiegen die höchsten Flammen, allein dort brannten Tonnen von Büchern.

...wenn ich das Wort Kultur heute höre, wird mir übel. - Anton. K. an K. Galling

Und barockene Blumenblumen. – Brannten. Am Tage vor dem Desaster waren hier in der Firma Fleischer mehrere große Sendungen eingetroffen, darunter auch die komplette Auflage eines neues Bändchens der Insel, die Auslieferung sollte morgen, am Samstag, beginnen. Es ist die N⁰ 313, die N⁰ 313(2), um genau zu sein: *Gedichte des deutschen Barock*, herausgegeben von Wolfgang Kayser – nichts besonderes, eigentlich.

Nr. 313(1): Deutsche Wanderlieder; Auswahl Adolf Hünich, 1920

Die Auflage fiel vollständig den Flammen zum Opfer. Ausnahmsweise, weil mit gutem Recht darfst du einmal sagen: wurde am Boden zerstört. – Die Bändchen sind nicht mehr aufgestiegen, nicht in die Himmel der Sammler hoch geflogen. Höchstens geraucht.

Nur wenige Exemplare entgingen dem Inferno. Bis heute sind vier Stück bekannt. Die Sammler glauben freilich, es könnte noch zwei, drei weitere in geheimen Bibliotheken geben. Sammler sind, es ist ihre Art, ihr Elixier, von unausrottbarer Zuversicht. Wo, fragen sie seit 60 Jahren, wo sind die Vorausexemplare abgeblieben, die gewöhnlich ein paar Tage zuvor schon an den Verlag kamen? Wohin, fragen sie, sind die Belegexemplare des Herausgebers geraten? Fünf Stück waren Usus. Nur eins davon ist bisher ermittelt. Das von Frau Mutter Kayser. Wo sind die Belege der Druckerei, wo die der Binderei? Und sollte nicht vielleicht der eine oder andere Mitarbeiter ein Bändchen mit nach Hause genommen haben? Und gab es in diesen Tagen vielleicht Besucher in der Kurzen Straße? Oder sogar zu Hause bei Kippenbergs? Denen man beiläufig ein Exemplar als kleines Gastgeschenk zusteckte? Ein Sammlerherz weiß viele

Variationen! – Und doch sind nur vier Stücker aufgetaucht. Bisher. Wenn die Sammler von diesen Angelegenheiten sprechen, dann verklären sich ihre Blicke. Sie wären manchen abenteuerlichen Preis für das läppische Bändchen zu zahlen bereit, manches Landhäuschen gegen das Desideratum einzutauschen willig; sie sagen nicht *Kayser*, nicht *Barockgedichte*, auch nicht *312 zwei*, sie sagen einfach, klar und wunderbar Blaue Mauritius.

Als Anton Kippenberg sich am Nachmittag des 3. Dezembers von Hans Kasten verabschiedete, drückte er diesem – viel Glück in die Hand und wünschte ihm, trotzdem, Erfolg für das Tinius-Projekt.

Es liegt, wie auch Bogeng* hervorhebt, keine Anlaß vor, Tinius einen Bibliomanen zu nennen. Es handelt sich hier nicht einmal um eine Entartung des Büchersammelns, sondern vielmehr um Verbrechen, die sich vermutlich auf psychopathische Haltlosigkeit und Geltungssucht des Täters gründen. Tinius wäre wahrscheinlich auch zum Verbrecher geworden, wenn er keine Bücher gesammelt hätte.

Werner Dube
Psychologisches zur Bibliomanie

Bogeng: Denn er beging seine Verbrechen nicht der Bücher, sondern des Geldes wegen, um sich aus seinen Zahlungsschwierigkeiten zu befreien.

*offene Bücherrechnungen

Ein stüller Moment. Cassiber, erste Sendung. Consequentia

Da die im 22<u>sten</u> Blatte der Leipziger Zeitung vom vorigen Jahre enthaltene Beschreibung der Mannsperson auf den inhaftirten Hrn. M. Tinius zu paßen scheint, so hat sich Commissio die vom Wohllöbl. Criminal = Stadtgerichte sub N° 682 ergangenen Ackten communiziren laßen und es haben Herr Creisamtmann Weidlich und Herr Geheimer Cammerrath Frege die Abrede genommen, daß Hr. M. Tinius den Personen vom Fregeschen Comtoir gezeigt werden solle.

Am 8ten März, einem Montag vier Wochen nach den Vorfällen im Cunitzischen Haus, hatte Benjamin Weidlich schon beim Aufstehen einen entscheidenden Einfall. Und noch vor seinem eigentlichen Dienstantritt wartete er zu einer kurzen Unterredung in der Katharinenstraße 372 auf, einer, wie man so sagt: Adresse in der Stadt.

Zurück im Creisamt standen zunächst zwei weitere Vernehmungen an – und führten kaum zu neuer Erkenntniß. August Gottlob Liebeskind, Begründer einer kleinen Verleger- und Buchhändlerdynastie, hatte vor zwanzig Jahren in der Grimmaischen Gasse sein Kabüffchen eröffnet und dieses mit Geschick, Langmuth und Strenuität zu einer der angesehensten Commissionshandlungen der Stadt befördert; mit 49 Jahren stand er in der Blüthe seiner Schaffenskraft. – Fünf Jahre weniger zählte Johann Joseph Rau, der im Jakobischen Haus in der Quergasse wohnt, aber in der Petersstraße sein Cabinett betreibt, ein dem ungeübten Auge ziemlich heruntergekommen und verwahrlost erscheinendes Gewölbe, über und über vollgeschachtelt mit werthlosen Scharteken, Stapeln ungebundener Exemplare, losen Papieren, aufgeblähten Buchleibern, unter denen freilich

Pfau, K.Fr.: Biogr. Lex. des dt. Buchhandels. 1890

der Kundige schon manchen Schatz gehoben haben wollte.

Georg Tinius war beiden ein gerngesehener Gast, ein Freund, möchte man fast glauben. Sowohl Liebeskind als auch der dicke Rau erinnerten sich zwar, in der fraglichen Zeit einmal zu ungewohnt früher Morgenstunde vom Magister aufgesucht worden zu sein, doch so nachdrücklich Pastor Enke ihnen in die Gewissen redete und sie vor falscher Aussage warnte, mochte keiner von beiden beschwören und den Eyd darauf geben, daß dieß just an obgedachtem 8ten Februar war. Es könnte auch ein paar Tage früher oder später gewesen sein, räumten sie, unabhängig von einander, ein. Nach der Kleidung befragt, die Tinius bei seinen Besuchen trug, wußte der Buchhändler keine Auskunft, der Antiquar glaubte sich an einen duncklen Tagesfrack zu erinnern.

Gut möglich, daß Amtsrath Weidlich mit dem bisherigen Erfolg der Untersuchung unzufrieden und in Wirklichkeit sogar darüber besorgt war, wie wenig er, genau besehen, gegen den lesterlichen Dorfpfaffen vorzubringen hatte. Er konnte schon froh seyn (und mochte sich im Geheimen auch verwundert haben), daß das Consistorium letzten Mittwoch überhaupt dessen Verhaftung zugestimmt hatte. Was konnte er vorweisen? Die vereifferten Aussagen der Schmidtin? Des Pfarrers bloße Anwesenheit in Leipzig? – Nicht eben viel, bedenct man es einmal so herum. — Womöglich geriet auch Pastor Enke, den noch nie im Leben ein Zweifel ergriffen hatte, in Zorn und stürzte tiefste Schluchten hinab, indem er sich ausmalte, wie noch der allervorletzte Winckladvocatus die Aussagen dieser einsamen Zeugin in der Luft zerreißen und die lächerlichen Anzeigen am Boden zertreten und zerstampfen würde, wenn man einen solchen nur ließe. Aber ein Defensor stand dem Angeschuldigten nicht zu, noch nicht. Noch lange nicht. Ein Glück. Ein Unglück. – Ein Unglück? Wie soll man sagen? Nach dem Stand der Dinge gehörte Magister Tinius nach Hause geschickt, keine Frage. Das wußte jeder.

Aber am Nachmittag fand in der Amtsstube eine Erscheinung statt.

Ihr zuvor die profane Abhörung des Inculpaten handelte noch einmal von der Confrontation mit Hausmann Stephan und dem nächtlichen Brief dazu und wollte, insgesamt, nicht recht voran schreiten. Immer wieder gerieten die gelahrten Pastores über Dinge aneinander, die entweder längst abgeklärt, oder für niemanden von Interesse waren, sofern sie grundsätzliche theologische Fragen berührten, auf die insbesondere der Magister gerne lenkte. Inmitten eines dieser fruchtlosen Dispute aber wurden die Hähne unterbrochen, als es dreimal kurz hintereinander klopfte – fast klang es wie ein verabredetes Zeichen. Dann betraten drei Herren mittleren Alters den Raum, stellten sich mit dünnen Worten vor und spazirten alsdann ein wenig in der Stube umher – ohne indeß noch ein weiteres Silbchen zu verlieren; sie guckten nur, sahen sich nur um mit der Aufmerksamkeit von Markören. — Und Georg Tinius, ihr einziger Gast, wußte gar nicht, wohin er noch schauen sollten: überall traf er auf die scharfen Blicke dieser wandelnden Gestalten. Selbst Pastor Enke hatte es die Sprache verschlagen, Amthauptmann Weidlich beobachtete das Ganze interessirt. Dann forderte er den Gefangenen auf, ein paar Worte zu sprechen, etwa zu sagen, daß er Hr. Siegel aus Elsterberg wäre und Leipziger Papire substituiren wollte, was der Magister denn auch ohne weiteren Argwohn tat, wenn er es auch so wenig verstand, als den Auftritt dieser Geister.

Nach zwei oder drei Minuten ihres Pantomimenspiels zogen die Herren ihre Hüthe und so lautlos wieder von dannen, wie sie gekommen waren, Christian Adolph Meyer, Associé im Bankhaus Frege & Co, der dortige Cassirer Georg August Witzendorf und Heinrich Wilhelm Oberländer, Commis. Man sollte sich zumindest den Cassirer Witzendorf merken, ein Sturkopf. Wenn nicht, ist es aber auch nicht so schlimm.

Actus eodem ließ eine Nachbarin des Amtshauses anher melden, daß Hr. M. Tinius einen Brief auf die Straße geworfen und der Knecht vom Gasthaus Stadt Berlin ihn aufgehoben habe. Hrn. Ackt. Müller wurde daher Auftrag zur Abfragung des Hausknechts ertheilt und es referirte darauf derselbe, daß der Brief durch ihn für Handgeld bei M. Stimmel abgegeben worden seý. Hierauf suchte Ackt. Müller obgenannten Hrn. Stimmel auf und ließ sich den Brief aushändigen und ist solcher zu den Acten genommen worden

Gleich nach dem Abgang dieser wunderlichen drei Weisen verließ auch Hr. Weidlich die Stube. Als er kurze Zeit später zurück kehrte, war alle vorige Verdrießlichkeit aus seinem Gesicht verschwunden und fast deutete sich sogar eine kleine Färbung darin an. Mit entschlossenem Schritt trat er zu Pastor Enke ans Fenster, beugte sich zu diesem herab und flüsterte ihm ein paar aufgeregte Dinge ins Ohr. In Händen hielt er einen kleinen Zettel, den er jetzt an Enke reichte, der ihn kurz überflog und dann erfreut aufschaute. Den Inculpaten dagegen überkam umgehend ein Schwindelanfall, einen Moment lang wurde ihm ganz schwarz vor den Augen: sie besaßen das Cassiber an Stimmel, das mit den Absprachen zum Juniussischen Quartier, er hatte es noch vor dem Brief an die Commissarios Causae geschrieben. Wie dumm! Wieder ein Fehler. Catastrophe!

Denn jetzt war Benjamin Weidlich in seinem Element, es hagelte Befehle nach rechts, nach links, Fürchtegott Langbein kam kaum mit dem Schreiben nach. Die eben noch beschauliche Amtsstube glich einem Taubenschlag, Beamte traten ein, empfingen Instrucktion und traten wieder ab, andere kamen. Georg Tinius saß auf seinem Stuhl und schaute dem Treiben zu, es war, als hätte man ihn ganz vergessen im Drunterunddrüber.

Hatte man aber natürlich nicht, alles, was geschah, geschah um seinetwegen. Indem dieser kurze Sturm auch bereits wieder abklang, wurde er nunmehr von Richter Weidlich aufgefordert, die Schlüssel seiner Kammern und Behältnisse in Poserna auszuhändigen, weil es dringend erforderlich sei, gleich am morgigen Vormittag deren Durchsuchung vorzunehmen.

Damit war die Abhörung für heute beendet und Inhaftat wurde abgeführt. Doch es ging nicht die gewohnten Treppen hoch, es ging zum Amtshaus hinaus, an Thomas vorbei, dann die ganze Burgstraße lang zur Schulstraße hinein. Seit vier Tagen einmal wieder freier Himmel. Dämmerung senkte sich in die Stadt und es bestand kein Zweifel mehr, wohin diese Reise führte. — Und überall sammelten sich die Gaffer. Ein Hochwürden in Ketten.

Allem Anschein nach hatte Weidlich den Entschluß, die Wohnung des Pfarrers durchsuchen zu lassen, erst an diesem Nachmittag gefaßt, vielleicht erst nach Erhalt des kleinen Cassibers an Stimmel? Man weiß nicht so genau, warum er plötzlich zu größter Eile gemahnte, schon in aller Frühe sollten die Acktuare Böhn und Müller nach Poserna aufbrechen.

Es kam anders. Kurz nach neun Uhr abends überbrachte Amtsfrohn Johann Samuel Dietze einen (neuen) Brief des Magisters an Stimmel, ein kreuz und quer vollgekritzeltes, noch an seinen Rändern und bis in die Ecken hinein bekrakeltes Zettelchen; vieles darauf ist durchgestrichen, überschrieben und wieder gestrichen, einiges complett unleserlich:

»Lieber Freund.   Leipzig, d. 8. März 1813
Eilen Sie augenblicklich mit schnellsten Pferden nach Poserna. Lassen gleich die Thür aufmachen (...) (...) die alles aufheben wollen. Auch ~~der grüne Matin und~~ die langen Hosen soll meine Frau aus der hinteren Stube nehmen und verbergen und den feinen Hut. Man will sich meiner Papire

bemächtigen. Die Deinen liegen auf dem Fenster der ersten Stube. In der Studierstube stecken an den Repositorien (...) Paquet (...) gestellte Briefe mit Adressen, siehe nach, was du erfinden kannst und laß nichts liegen.   M.T.

So eben komme ich in die Fronfeste – links neben der Thüre, denk ich, ist es. Ein Fenster unten Gegenüber ist die 2te Thüre von unten herauf gerechnet.

Laß die Briefe liegen; siehe sie nur durch, wo solche sind, die von meiner Hand an Personen geschrieben sind, das sind besonders einige, etwa 5 oder 6, die links in der Studierstube in dem Bücherrepositorio zwischen dem Bret und den Büchern eingeklemmt seyn werden, die nimm und verbrenne. Durchsuche ja alles sorgfältig um diese aufzufinden. Einer ist adressirt an Herrn Amtmann Hoffmann in Suhl. Der liegt vielleicht mit unter denen auf dem Tische. Auch die Briefe in dem Couvert, worauf Geld steht von meiner Hand, nimm und verstecke sie in dem Buche.

Auch liegt auf dem Tisch ein Brief von Colmar und noch einer von ihm, ein harter, böser – beide nimm weg, besonders alle Mahnbriefe, auch die Versiegelten und Einer von Ehrhard.

Viele Briefe, die von Fremden sind, laß liegen. Von den Deinen nimm die lamentabeln heraus. Morgen früh fährt D. Enke und Landrichter Müller ab. Also eile noch in der Nacht.

Nimm gleich Extra Post!

Es liegen auch kleine gesponnene Knöpfe vom blauen Matin auf einem Fenster, davon nimm 2 weg, die andern laß da liegen.

Rückwärts reise wie Du willst. Abends um 7 Uhr komme vor mein Fenster und wirf mit etwas. Da sende ich Dir Papir durch...«

In größter Entzückung rief Benjamin Weidlich zum zwoten Male binnen Stunden Alarm aus. Es galt, den Zuvorkommern zuvor zu kommen – um jeden Preis. Man konnte ja nicht wissen, ob es nicht doch ein weiteres Zettelchen des Gefangenen nach draußen geschafft hatte. Umgehend wurden die Acktuare Böhn und Müller aufs Amtshaus gerufen, alsdann mit diesen neuesten Nachrichten versehen und, um den ortskundigen Kretschmar verstärckt, noch in der gleichen Nacht gen Poserna abgeschickt.

Noch aber waren dieselben gar nicht abgereist, die Uhr ging auf die 11te Stunde, da ließ sich erneut der Amtsfrohn Dietze melden und überbrachte zwei weitere von Magister Tinius geschriebene Briefe, einen an Höpffner, einen wiederum an Stimmel:

»Liebster Freund! Stimmelium.
Nochmals bitte ich Dich – mustere alle meine Briefe in der Studierstube durch. Alle Mahnbriefe und was Forderungen an mich Bezug hat nimm weg.

Besonders laß keinen Brief stecken in oder zwischen den Büchern, die von meiner Hand, aber mit anderen Namen sind – kurz nimm alles weg, was nicht ganz fremde Hand ist und unschuldig ist; in der kleinen Studierstube, wo die Röhren sind, kuke hinter alle Bücher, ob nicht Briefe stecken.

Eile aber – denn Morgen zu rechter Zeit sind diese Cosaken auch da. Kommst Du heute Nacht, so poche tüchtig und lerme an der Thüre oder gehe um den Garten herum, wo meine Frau schläft und rufe oder steige bey dem Backofen in den Garten. Das grüne Matin nimm auch mit fort. Es liegt ein Brief in meiner Studierstube an eine Bosin in Leipzig von mir, den suche ja und die dabey liegen.«

An Magister Höpffner:

»Liebster Freund
Die Inquisition geht weit, aber fehl – ich muß unterdessen leiden doch geschieht es mit Geduld und endlich mit Ehren. M. Stimmel soll ja alle Briefe aufsuchen in der Studierstube die 1) nicht an mich adressirt sind und 2) die Schuldmahnungen an mich enthalten. 3) Von dem Pa-

quet, worin die von mir mit Geldposten zum Abgang bezeichnet sind, z.B. 3000 Thlr. an Nöllner in Darmstadt, 950 Thlr. an Rothe in Nürnberg, 200 Thlr. an Gemeiner, also was die größeren Posten sind – soll er wegnehmen und nur die kleinren Posten liegen lassen. Die langen Hosen soll er aus der hintren Stube wegnehmen. Leben Sie wohl bis zum Wiedersehen und geben auch diese Zeilen an M. Stimmel, wenn er noch da ist. Er soll nur sehen, daß er fort kommt, sollte es seyn wie es wolle. Er kann bis Stößwitz von Röcken abfahren und im Stößwitzer Wirthshaus ausspannen lassen, wenn es eine Postkutsche ist, bis er wieder hinkommt. Aber er muß nicht sagen, daß er nach Poserna geht, und sich vor den Amtsgeistern verbergen, wenn sie ihm etwa begegnen. Er wird ja wohl die Auslage machen. Geben Sie ihm diesen Brief auch mit.

Ich darf an Niemand schreiben und muß es so machen – Lassen Sie ja Niemand etwas merken.		T.«

Diese Nacht sollte nicht allein für die Beamten des Creisamts eine kurze werden. Von Weidlich beauftragt, begab sich Fürchtegott Langbein noch zu so später Stunde zunächst in die Wohnung des Universitäts-Acktuars Liebmann, und in dessen Gesellschaft weiter zu Hofrath Wieland, dem derzeitigen Rector der Universität und Vorsitz des acad. Concils, um diesem die unverzügliche Verhaftung der Magister Stimmel und Höpffner dringendlichst anzutragen. Allerdings trug Ernst Karl Wieland Bedenken, er fand, daß aus den ihm vorgezeigten Briefen die Theilnahme der beiden Herren an den von Magister Tinius verübten Verbrechen nicht unbedingt hervor gehe und schon gar nicht dieser nächtliche Überfall zu rechtfertigen sei.

Unverrichteter Dinge kehrte Langbein ins Amtshaus zurück und erstattete Bericht, Hr. Weidlich schüttelte mit dem Kopf. Er haßte Requisition. Und kam sich immer wie ein Supplicant, wie ein blöder Bittsteller vor.

– Lange lag die Mitternacht schon hinter ihnen, als es den Herren Creisbeamten (abzügl. Böhn, Müller und Kretschmar) dann endlich vergönnt war, sich zur Ruhe zu begeben.

Noch vor der 8<u>ten</u> Stunde des folgenden Tages erschien im Creisamt die Ehefrau des Amtsfrohn Dietze und übergab einen Speciethaler, einen Kronenthaler, sowie ein weiteres Cassiber, das Tinius ihrem Sohn zur Bestellung gegeben hatte. Wieder an Höpffner:

»Sie erhalten dieses zwischen den beiden Thalern, und auf dem Rückweg des Knabens, wenn er wieder nachfragt, senden Sie auf einem Blättchen Nachricht, ob Sie gestern das besorgt haben und ob die Fahrt geschehen seÿ.

Ist Stimmel wieder nach Hause, so mag er mir schreiben, was er mitgenommen hat, alles und ieden Brief einzeln aufsetzen. Das Verzeichniß wollen wir wieder zwischen die Thaler stecken. Vielleicht trägt mir der Bursche am Ende auch wohl Briefgen.

Es muß aber H. M. Stimmel sogleich hinterher wieder nach Poserna und meine Frau genau fragen, um was alles sie von den Commissariis gefragt worden ist, besonders, ob sie wegen eines Tuches, worin I.S.B. steht, ob dieses meins sey, gefragt worden. Es wäre wohl am beßten lieber Freund, Sie machten sich auf den Weg und gingen selbst zu meiner Frau – käme es ja heraus, so sprächen Sie : um sie zu beruhigen, da wir Bekannte wären. Sie würden wohl tun, wenn Sie an der Hofthüre erst fragten, ob die Cosaken noch drinnen seÿn.

Sie würden sich dann Alles aufschreiben, was die Herren gethan und meine Frau gefragt und was diese gewiß geantwortet habe, damit ich mich in meinen Aussagen darnach richten könne.

Wäre es Ihnen heute sogleich nicht möglich – so müßten Sie dieses mein Schreiben einschließen in ein Couvert und durch einen Mann, der Stimmeln kennt, ihm entgegen schicken, ob er ihn etwa unterwegs träfe.

Da thäte denn H. M. Stimmel am beßten, er stiege aus dem Wagen und ginge gleich wieder zurück nach Poserna, iedoch über Göhren und über Rippach und nicht über Stößwitz, weil man ihm begegnen und leicht erkennen könnte. Er müsse dann ebenfalls am oder im Hofe sehen, ob die Kutsche der Herren noch da stände, da man nicht weiß, wie lange sie sich aufhalten können. Freilich müßte ich recht bald nach ihrem Abgang auch gleich wieder Nachricht bekommen. Ich bitte, mir darüber etwas zu schreiben und zwischen die Thaler ein zu legen und sie wieder zuzusiegeln und dem Jungen zu sagen, er solle nur das Geld wieder mitnehmen und iezt brauchten Sie es noch nicht. Gehen Sie geschwind auf Ihre Stube und schreiben mir ein paar Worte und siegeln sie eben so ein, daß, wenn der Junge wieder von der Zeitungsexpedition zurückkommt, er unten so lange warten kann, bis Sie fertig sind.

Alle Auslagen werde ich ersetzen. Fahren Sie also auf meine Kosten und machen alles wie Sie nur können. Es muß etwas über Briefe und Correspondenz mit dem Feinde angezeigt worden seyn – denn die Sache mit der Magd ist es nicht allein und ist wohl vorbei.

Erinnern Sie sich doch wohl, ob ich den Montag zuletzt eine Schildmütze gehabt habe. Ihre letzte Magd hat zwar ausgesagt, daß neben meiner runden Mütze auch eine Schildmütze gelegen, aber diese kann ja auch die Ihrige oder von anderen Personen gewesen seyn. Doch mag dieses in Ungewisheit bleiben. Sollten Sie nochmals befragt werden, so werde ich schon davon Nachricht geben. Sie unterschreiben nichts. Ich kenne schon Ihre Hand. Und Alles bleibt unter uns beyden.«

Die Reaktionen ließen nicht auf sich warten. Wieder wurde Fürchtegott Langbein losgeschickt, dieses Mal zum Syndikus der Universität, Hrn. Dr. Bahrdt, einem weiteren Mitglied des Conciliums. Wieder trug Langbein dringende Bitte um Verhaftung der beiden Adressaten und die Durchsuchung deren Habseligkeiten vor.

Hr. Dr. Bahrdt sagte ihm zu, daß noch in der nächsten Stunde ein außerordentliches Concilium zusammen kommen und über den Antrag resolviren werde.

Am Nachmittag traf Nachricht von der erfolgten Arretirung der Magister im Amt ein. Auch deren Effecten waren versiegelt worden. – Das hieß nicht, daß nun alle drei Sünder in Dietzens Herberge ein gemeinsames Dach gefunden hätten, Stimmel und Höpffner durften sich mit Karzer begnügen. Und Tinius – er konnte von nichts etwas wissen, schade.

Zum frühen Abend lieferte die Krausin einen braunen Faden und einen Korkenzieher ab, dazu die neue Post aus dem Landhof. Wieder für Höpffner:

»Ich habe gestern gehört, daß heute früh nach P. hin gefahren worden ist, um die Papire in Beschlag zu nehmen? Ich schlug noch eine Reise vor, um zu vor zu kommen. Ist das geschehn? Ich lasse ein Schnürchen herunter und kann auch Briefe, wo sie angebunden werden, heraufziehen. Ich bitte also um Nachricht – was es nur giebt.

Hat der Junge die Zettelchen überbracht und ist darnach gehandelt worden? –

Ich wünschte zu wissen, was sie dort gemacht und gefragt und was für Antwort meine Frau gegeben hat. Dahin sollte Jemand reisen heute Nacht oder früh und am Abend Nachricht bringen.

Alles was es kostet, trage ich.

Ist meine gestrige Bitte nicht erfüllt worden, zu vor zu kommen, so ist es nicht gut.

Wenn nur der Junge für Geld treu wäre – aber ich muß erst sehen, ob meine Billets richtig bestellt oder verrathen worden sind.

Um 10 erwarte ich wieder Nachricht – es wird unten am Schnürchen gebunden und ich ziehe es herauf.

Bleibe man nur so lange stehen bis ich gelesen habe und zunächst weiß was ich antworten soll –

Was ich kriege wird gleich verbrannt.

Das Licht stelle ich hinter dem Papir, dann scheint das Fenster dunckel aber ich habe immer Licht. Der Herr geht von 9-11 Uhr zu Biere; in der Zeit ist noch mehr Stille. Ich wünschte zu erfahren – was ich schreiben soll oder sonst was es giebt. Ich bin von iezt an heut stets bereit. Die Schnur wird heruntergesenkt, sobald mit etwas ans Fenster geworfen oder sonst ein Zeichen gegeben wird. Daß die Schnur schwer hängt, ist etwas – ein Pfropfzieher, den ich bey mir habe, angebunden. Der Brief; den ich heraufziehen soll, wird angeknüpft und gezogen, wenn es fertig ist – wenn ich heute wieder antworten soll, nur gesagt«

Alle Betheiligten waren übernächtigt, alle hofften auf eine geruhsamere Nacht als die letzte. Und warden erhört. (Allerdings hatte Meister Weidlich ein wenig nachgeholfen.) Das nächste Brieflein traf erst am Mittwochmorgen ein. Via Dietze zu christlicher Zeit – nach neun. Es war mit gutem Grund einmal wieder an Hrn. Magister Stimmel gerichtet:

»O welche Freude hast Du mir gemacht! Der Dank soll folgen. Nun wäre das Nöthigste zu erfahren – was sie von der Frau gefragt und erfahren haben. Diese ist vielleicht nicht polit., doch wird sie soviel thun und sagen, daß sie von allen meinen Sachen nichts wisse. Was Du in Sicherheit gebracht hast, könntest Du mir specifiziren – daß ich bestimmt wüßte, was sie nicht haben. Ich sehe nun heute zum erstenmal, daß der Junge treu ist. Ich war in einer rechten Angst, ob er gestern alles gut besorgt hätte. Hast Du denn die Sachen mitgenommen oder hat sie meine Frau versteckt? Wenn du freilich Zeit hättest : so wäre es mir sehr lieb, wenn Du Morgen früh zu meiner Frau reisest. Doch ist es im unmöglichen Fall schon an dem genug, was Du gethan hast. Ich weiß eigentlich noch nicht den Zweck der Briefjagd – aber sey es wie es wolle, etwas gefährliches finden sie darin nicht. Ich werde nun Briefe schreiben von vorher datirt – Du wirst sie besorgen. Es werden wohl unterdeß auch Briefe von der Post ange-kommen seyn. Meine Nacht wird heute ruhiger seyn. Leb wohl! Haben wir erst den Jungen so ist das die beßte Schnur – behalt also wer«

Den Abend zuvor hatte man dem Inhaftirten eine kleine Notiz zukommen lassen über die Erledigung der Auf-träge. Und dieselbe mit M. Stimmel unterschrieben; Acktuar Wagner galt als Specialist im Schriftverstellen. Zu den Acten genommen konnte sie nicht werden, der Magister hatte sie post Lectüre verspeist.

Daß er keine Copia hatte fertigen lassen, verzieh sich der Amtsrath nie. Behauptete er jedenfalls, einen dicken Hund im Nacken – pardon: dikken Schalck.

Betrachtet man also den Mord als eine schöne Kunst und nimmt sie als solche unter die Lupe, beginnt man allmählich einzusehen, was De Quincey schreibt: ›daß zur künstlerischen Vollendung einer Mordtat doch etwas mehr gehört als zwei Dummköpfe, einer, der tötet, und einer, der getötet wird, ein Messer, eine Brieftasche und eine dunkle Gasse‹. Natürlich hätte De Quincey an der plumpen Vorgehensweise des Pfarrers etwas auszusetzen gehabt, die Motive jedoch wären ihm mit Sicherheit eine Würdigung in den Vorlesungen der *Gesellschaft von Mordkennern* wert gewesen, die, wie man weiß, eigentlich eine Gesellschaft zur Förderung des Mordes war.

Hanne Kulessa
Frankf. Allg. Zeitung; Nov. 1996

Lagophthalmus Lästermaul. Eilf Obligationen

Ein guter Mord, ein ächter Mord, ein schöner Mord, so schön als man
ihn nur verlangen tun kann, wir haben schon lange so kein gehabt.
(Woyn Bücherzeck)

Der letzte wirklich große Scandal in der Stadt lag schon
viele Jahre zurück. Er datirt aus 1799, als das Büchlein
›*Leipzig im Taumel*‹ erschien, 22 frivole, jedenfalls
höchst despectirliche Briefe, die so manch bloßgestell-
tem Bürger der Stadt gar nicht conveniren wollten und
sich schon darum gut zum Verkauf anließen. Ihr Author,
Ernestus Gotofredus Lagophthalmus, machte sich drei   dt: Hasenauge
Tage nach Erscheinen des Werkes in höchster Noth aus
dem Staube. Bis dahin konnte bereits die Hälfte der
600er(!) Auflage confiszirt werden, weitere 116 Exemplare wurden bei Johann Wilhelm Cramer gefunden,
ihrem Drucker. (Hinter einem Wäscheschrank!) Und
wie so oft: Cramer ging ins Gefängniß, vom Author, aus
Rettgenstädt gebürtig und in zivil August Maurer geheißen, fehlte über Jahre hin jede Spur; erst im Frühjahr
1817 ließ er wieder grüßen. Da gelang es den städtischen Polizey=Behörden, eine doppelte Wagenladung
mit Büchern abzufangen, die offenbar eben einge-
schmuggelt werden sollten. Und zwar die complete
Auflage eines weiteren Pamphlets Maurers mit dem Ti-
tul: »Ein Wirbel um L.« – L. wie Leipzig. Wiederum waren es einige städtische Notabilitäten und Scandale der

letzten Jahre, über die der Author in insgesamt 27 Briefen an eine unbekannte Dame berichtete. Gedruckt hatte das neuerliche Opusculum Christian Gotthold Wilhelm Webel, Zeitz, der mißrathene Sohn eines sächsischen Landpastors. Obgleich die gesamte Auflage makulirt wurde, blieben durch gewisse, anderswo zu erörternde Umstände einige Fragmente des Manuskriptes erhalten, darunter auch Theile eines Briefes aus dem Jahre 1812:

***

»...nicht allein, *daß* der alte Kaufmann Schmidt angefallen worden war, vorne beim Marktplatz, und ausgeräubert, auch nicht allein die brachiatische Wuth, wie man ihm das Eisen über den Schädel gezogen, nein, erst der Kaltsinn des gottlosen Schurken – mög er sich zum griechischen Pi schern, der Hunt! –, erst der vornehme Anstand seines Benehmens just *nach* der greulichen That war es, der vor allem die Gemüther erhitzte. Noch Wochen nach dem affrösen Uiberfall, als der recht gar zu bedauernde Kaufmann endlich seinen letzten schmerzhaften Atemzug gethan im April, und seinem verschorften Kopfe dieser gräßliche Druck entwichen war, wie die Seele einem strengen Gefängniß, noch dann mochte wohl dieser oder jener fiebrigen Küchenmamsell das Zünglein in bedenckliche Ventilirung gerathen seyn, auch hätte bis in den Sommer hinein, bis die Sache sich wieder abgestillet, manch artiger Mann auf der Straße sich mit Dolchen und Äxten versehen, immer auf der Acht, daß, wenn in der Dunckelheit ihm einer begegnet, mit der langen Nase einer, dem man es sonst nie ansieht...

Auch wir, frags Gott, sind ob der kaltschnäuzigen Art noch heute und wann immer sie uns in den Sinn tritt so aufgeregt und hin- und hochgerissen, als daß es uns schwer fallen will, Euch die Geschichte ihrem natürlichen Habitus nach zu relationiren. So mag vielleicht ein Gläschen fürnher uns das Blut etwas binden und hülfreich sein, die Gedancken zu entzwirrn.

Der Kaufmann Friedrich Wilhelm Schmidt stand im 72sten Jahr seines Alters. Er wohnte drei Treppen hoch in der Grimmaischen Gasse vier, seinem eigenthümlichen Hause, grad gegenüber vom Naschmarkt. Das ist, wir wissen, liebe Fräundin, wie sehr Euch die Litteratur doch so am Herzen beliegt, das ist nur zwey Häuser entfernt von № 6, des erst unlängst mit Tod abgegangenen Dichters Seume letzten Quartiers. So unser Herr aber kaum mehr den Geschäften anhing und dessenstatt als Rentier ein commodes Auskommen besaß, so verließ er auch nur ungern noch sein Logis – mochten es die Tücken und Krimmen des Alters seyn, wer weiß das schon, in diesem 11/12er Winter zumal, an dessen klirrende Kälte denn auch viele sich noch erinnern mögen – bis in den März hinein lag in den Straßen fußhoch der Schnee.

Das Jahr schrieb sich aber erst den 28sten Januarius in die Kalender, Diensttag, die Uhren hatten des Tages 10te Stunde geschlagen, als der Schmidtischen Hausmagd, der Concordie Marie Vetter, doch gleich so sinister zumuthe war, wie sie ihrem langwierigen Dienstherrn einen Besucher vermeldete, einen, der in Geschäften ein Unterreden begehrte und darob extra aus Hamburg herbeigereist kam.

Aus Hammaburg? sann der greise Kaufmann, selbst aus dem Norden gebürtig, und schlug sogleich ein längst erledigtes Bordereau zu, über welchem er in schönster Erinnerung jener guten alten Tage gebeugt saß, als noch die täglichen Geschäfte seinem Leben der Quell warn. — ›Nur zu! Tritt er ein!‹ rief er darauf in

Richtung Vorsaal, durchaus erfreut über den Ruf, den er wohl noch weithin besaß. ›Tritt er ein! Nur zu, der Herr! Was macht der Blanke Hanns?‹

›Nicht viel Gutes, leider‹, erwiderte der Fremde und blickte flüchtig nach der Thür hin, wo, in die Hüften gestützter Arme, die Magd weiterer Unterweisung harrte, ganz und gar vergäblich. – Weil die Capitalien in Hamburg schlecht stünden, so fuhr er bald fort, als nur erst die Vetterin endlich abgetreten war, weil derohalben dorten nichts mehr zu machen wär und dem Tüchtigen nur ein paar läppische Bagatellen noch über blieben, darum wolle er sich hier in Sachsen nach guter Gelegenheit versehen und erbitte sich des Hrn. Kaufmanns wohldeliberirten Rath, ob es etwa besser wäre, ein Landgut zu erwerben, oder ob man klüger tät in sächsischer Obligation.

Dieser Frage entband sich nun ein kleiner Plausch über das Leben im Allgemeinen und die Cameralien im Speciellen, der freilich schon frühzeitig in einen Monolog convertirte, in dessen Verlauf der an der offenen Flancke der Eitelkeit berührte Greis eher dem Ankauf von Werthpapieren das Wort zu reden schien, inweil er zu dessen Untermalung ein städtisches Papier auf hundert Reichsthaler unterm Schreibtisch hervorzog, um es per Exempel dem Fremden vorzuzeigen.

Aber noch inmittelst er das Papir dann wieder einschloß – sank er bewußtlos darnieder.

Es mochte sodann wohl ein geruhsames Viertelchen in die gute Stube gewandert sein, als Friedrich Wilhelm Schmidt es schlüslich darauf absah, das Bewußtsein zurück zu erlangen. ›So helfen Sie mir doch auf, Sie sehen ja wohl…‹, stöhnte er, schier verärgert ob des Fremden Teilnahmslosigkeit – und folglich noch in gläubigstem Glauben — und bemerkte ganz peu à peu erst, daß jener, irgendwie so, gar nicht mehr zugegen war.

Wie es ihm nun mühsam gelang, am Ofen gestützt sich aufzurichten, wie er nun zugleich das Blut verspürte, das an seinem Gesicht herunter auf den Morgenrock tröpfte, ja zu seinen Füßen schon ein rechtes Rinnsal gebildet hatte, so schwante ihm endlich-endlich, er möchte Opfer eines Hinterhalts geworden sein. Und wie wahr : sperrangelweit, wie nach dem Erkenntiß jetzt seine entsetzten Augen, standen überall die Schubfächer offen, und ein paar hastige Blicke nur genügten dem geschlagenen Krösus zu überschauen, in welch heilloses Durcheinander alle darinnen geordneten Papire gebracht warn, noch über die Schwelle zum Vorsaal hin lagen die Documenten verstreut.

Ohne jeden Schmerz, ohne Schwäche mehr zu verspüren, hatte der Kaufmann auf den Schlag all seine Gedancken im hellsten Lichte beieinander, und schon die erste flüchtige Verprüfung erbrachte zur Gewißheit : es fehlten elf städtische Obligationen, mindestens – macht al pari 3000 Rthr. Gold.

Höchst indignirt in seinem Wesen und mit Kräften, die einem erst die Wuth verleibt, schrie er die alte Vetterin herbey und trug ihr auf, ihm dick die Butter auf die Kratzer zu schmieren, und zwar schleunigst! Denn er muß auf die Stadt! Sofort muß er in die Stadt hinein, aufs Schoß muß er, sofort!

Statt aber nun seinen Anweisungen die gehörige Folgsamkeit zu erweisen, flatterte die alte Muhme nur immerzu in der Stube auf und her und um den alten Herrn herum und war nicht davon abzubringen, vielerley Gezether daherzuschnattern und zu gaggern, und manches Stoßgebet darzu.

›Ogott und Liebenhimmel!‹ äffte der Kaufmann endlich in bösem Ton die ins Mark verschreckte Frau nach, die arme. ›Halt sie endlich das Guschenmaul und

hol die Butter, sag ich, nichts als Butter hülft! Und Kleider! Bring sie gefälligst den Ausgehrock bey! Und zwar
noch heute, wenns geht, oder muß man ihn mal wieder
erst schneidern?‹

Als überm Arm den Rock, in Händen die hölzerne
Satte mit Butter, die Vetterin dann wieder herein war
und in ihrer Confusion noch immer nicht recht wußte,
wiewo zu beginnen, da riß er ihr kurz entschlossen das
Gefäß aus der Hand, langte kräftig hinein und strich sich
das Weiche gleich selbst übers Haupt. Ihr verblieb grad
noch, ein grobes Stück Leinen darüber zu binden, schon
verlangte er den Wintermatin und stampfte stracks zur
Stube hinaus. — Die Magd blieb zurück und – weinte,
weinte bitterlich; sie hatte ja auch gleich ganz so ein sini-
stres Gefühl, klagte sie sich selber an, diese Augen, pfui! –
dieser stechende Blick, wie ein gewetztes Messer, so
scharf! Warum war sie bloß nicht geblieben, statt nach
der Wäsche hoch auf die Bodenkammer zu steigen? Was
soll bloß jetzt werden? Ein Unglück! Bei so einer Nase,
so lang, da hatte sie sich ja gleich gedacht : wenn der mal
bloß nicht Arges im Schild bey sich führt...

Indeß – ist freilich in tief verschneiter Stadt Leipzig
ein Rentier nicht eben ein Renthier, so wollte es seine
Zeit brauchen, ehe, heftig um Luft schnaufend, der Mal-
trätirte in der städtischen Schoßstube angelangt war, wo
er den verdutzten Beamten schon im Entré die Nummern der geraubten Obligationen entgegen schrie und
dringendst ein Sperrcirkular verlangte. — Aber wenngleich ein solches auch zur selben Stunde noch hinaus
ging, und zwar an alle Geldhäuser am Ort, es war zu
spät. Zu spät!

Denn das Bankhaus Frege & Co. liegt von der
Grimmaischen Gasse aus besehen quer übern Markt,
dann nur sieben Häuser die Katharinenstraße hinein, lin-

kerhand; Nummer 372. Wie später die Ermittlungen ergaben, war zur etwa selben Stunde, in der der Anschlag auf Schmidt geschah, im Fregeschen Comptoir eine Person erschienen, die sich als Hr. Siegel aus Elsterberg bei Stolpe ausgab, um elf ihrer Stadtobligationen zu verkaufen. Dem Hrn. Obercassirer Witzendorf kam der Mann vom Ansehen her zwar vor, wie ein bestimmter, hier in Leipzig wohnender Hr. Doctor Dorn, doch er dachte hierüber nicht weiter nach. Desfalls, es sollte etwas nicht gut sein, machte ihm sein Gegenüber ein gar zu besonnenes Gesicht, schien auch keineswegs in Eile, oder der hohen Summe wegen in erkennbarer Aufregung befangen. Nach kurzer Rücksprache mit seinem Principalen zahlte er die Summe baar aus, und zwar nominal Gold in preussischen Friedrichsd'or, französischen Louisd'or und braunschweigischen und sächsischen Thalern, einen kleinen Rest aber silbern in Preussisch-Courant. Der Verkäufer zählte genau noch einmal alles durch, schob 10 halbe Louisd'or zurück und erbat sich ganze dafür, verbrachte dann umständlich die vielen Stücke in seine ledernen Beutel und war, anbei, auch einem Schwätzchen nicht abgeneigt über diese und iene Course, und welche derzeit die günstigsten warn. In aller Weltenruhe, als hätte er nur eine schlechte Lotterie eingeholt oder eine harmlose Tratte vertauscht, verließ er schließlich das Bureau unter freundlichem Grüßen.

Genau zur gleichen Minute, als bedachter Hr. Siegel aus Elsterberg, als der Verkäufer elfer Obligationen, nur kurze Zeit nach seinem Weggang noch einmal zurück ins Comptoir spazirt kam und Bitte vortrug um eine Note über das Geschäft, welche er vorhin vergessen, genau im selben Moment sank, nur einige hundert Schritte entfernt, zwischen Schalter und Actenrepositorium des Schoßamts, der Kaufmann Schmidt zum zwei-

Es sind gestern Vormittag einem hiesigen Bürger aus seiner Stube von einem unbekannten Mann, welcher letzterer mit ersterem auf solcher sich ungefähr eine halbe Stunde unterhalten hat, auf eine schändliche Weise für 3000 Thlr. Leipziger Stadtobligationen entwendet, und diese nachher sofort in einem sehr angesehenen Handelshause allhir verkauft worden. Da an Entdeckung des Verbrechens allgemein viel gelegen, so ersuchen wir alle Civil- und Militärbehörden ergebenst auf, denselben möglichst zu inviliren, ihn auf den Betretungsfall sofort zur Haft zu bringen. Signale: Mannsperson, welche einige 40 Jahre alt, von mittlerer Größe, blasser Gesichtsfarbe seyn, eine große Nase, starckes schwarzes, glatt auf der Seite herabhängendes und gar nicht gelocktes Haar gehabt, einen braunen Frack, eine bunte Weste und einen grau und weiß melirten Mantel getragen haben soll, bzw. einer anderen Aussage nach einen bräunlichen oder grünlichen, auf Peten Male binnen halber Stunde in sich selbst hinein. Und mit ihm sank sein Stern immer tiefer vom Hẏmmel bergab. Dem Greis fehlte viel Blut, sein Kopf hatte zwey Löcher. Keine Butter, ganze Fässer davon nicht, hätten sie zu stopfen genügt. Man trug ihn heim, dort starb er, nachts zum 6ten April. Concordie Marie Vetter, als die wichtigste Zeugin in der Schmidtischen Sache, starb sel-bigem nach an Michaelis.«

Nachsatz (& Digression): Der Tunnel

Neben der um die Obligationen des Kaufmanns Schmidt aus der Grimmaischen Gasse vier zu Leipzig verzeichnete das Jahr 1812 im wesentlichen noch zwei andere große Bataillen, die die Welt veränderten. Die eine fiel mitten in den Moskauer Herbst und – de facto – aus; bekanntlich wurde sie durch heimtückische Abwesenheit des Feindes entschieden, unglücklich entschieden, sei ausdrücklich hinzugefügt. Über sie ist schon viel Tinte geflossen. – Die andere, zweifellos bedeutendere, spielte in London. Nach ihr wurde sogar noch im fernen Berlin eine der großen Paradestraßen benannt. Sie fand am 17. Juni im Roxburghe House statt, will heißen: in einem besseren Wohnzimmer am St. James Square – und zog als die *Schlacht von Roxburghe* in die Annalen ein. Gefightet wurde, bereits seit Mitte Mai, um die Bibliothek des John Ker, Duke of Roxburghe. An diesem denkwürdigen 17. Juni ging es konkret um das Schmuckstück der fürstlichen Sammlung, um das einzige unbeschädigt und vollständig erhalten gebliebene Exemplar des Valdarfer Boccaccio von 1471, und es hieß: George Spencer Churchill, Marquis of Blandford, gegen George John, 2nd Earl of Spencer.

Fast alle übrigen Exemplare des Schandwerks waren an die Fackeln der Jünger Savonarolas geraten. Dieses eine Exemplar überlebte in einem schmucklosen Einband und unter dem Titel ›*Concilium Tridenti*‹ in einer verstaubten Klosterbibliothek. Oder nicht verstaubten, man kennt ja nicht so die monastischen Lesegewohnheiten.

Es siegte der Marquis of Blandford. Aber erst nach langen, oft nachgerade verbittert geführten Scharmützeln, die sich über den ganzen Tag hingezogen hatten. Der Marquis siegte um den Preis von sage und rechne 2260 Guineen, in denen man noch handelte. Somit zahlte er den höchsten Betrag, der bis dato jemals für ein einzelnes Buch hingeblättert wurde.

Einen umfangreichen Bericht über das denkwürdige Ereignis verfaßte ein gewisser Reverend Thomas Frognall Dibdin, der Erfinder des Wortes *Bibliomania*, den manche auch den ›Callot‹ der Bibliographen nennen. Nach seinen Angaben entsprach der Preis für dieses eine Buch in etwa dem Wert der gesamten übrigen Bibliothek des Marquis of Blandford. Aber vielleicht übertrieb Dibdin auch, er war immerhin der Bibliothekar zu Althorp und stand als solcher in Sold und Diensten des unterlegenen Earl of Spencer, der auf Althorp ansässig war.

Womögl. stammt d. Begriff Bibliomanie von einem Irrenarzt, Guy Patin (1602-'72), Prof. a. Pariser Collège Royal

Am Abend des denkwürdigen Tages saßen Churchill, Lord Spencer, Dibdin, Walter Scott, Robert H. Evans (der noch junge Auktionator) und weitere Zeugen des Ereignisses in St. Albans Tavern, St. Albans Street, später Waterloo Place, zum Dinner beisammen und köpften manche gute Flasche Portwein. Zu schon fortgeschrittener Stunde kam unter der erlesenen Tischgesellschaft eine, zugegeben: ziemlich englische Idee auf. Es sollte zum Gedenken an diesen Tag ein Club gegründet werden.

Das war die Geburtsstunde des legendären Club of Roxburghe, den jedes Lexikon führt als den ersten Verein für Bibliophile – sehr elitär, sehr verschworen, sehr exklusiv. Very British indeed!

Sieben Jahre später mußte der sieghafte George Spencer Churchill, indessen ein Duke of Malborough,

zur Befriedung von Gläubigern seine Bibliothek verkaufen und es kam, wie es kommen mußte: sein einstiger
Kontrahent für nur knappe 920 £ in den Besitz des Valdarfer Boccaccio. Mit dem Stolz des Geduldigen trug
George John, Earl of Spencer, auch Fürst der Bücher-
sammler geheißen, das gute Stück also doch noch nach
Hause und reihte es in die Bestände seiner *Long Library*.
Althorp liegt an der heutigen A 428 bei Northamp-
ton, ein gutes Stück über London. Kein Reisender in Sachen Bücher, der die Station je ausließ. Bis ins Jahr 1892
pilgerten die Wißbegierigen und Enthusiasten an diesen
Wallfahrtsort für Bibliophile, dann wurde auch die Bibliotheca Spenceriana verkauft. Glücklicherweise aber im
Ganzen. Für eine Viertelmillion Pfund gingen 40.000
Bände und der genannte Valdarfer nach Manchester, wo
sie den Grundstock bildeten der John Rylands Library.

In Althorp zog Ruhe ein.

Aber nur für gute hundert Jahre, dann ging es
schon wieder los. Diesmal angeknallte Hausweiber, die
hoch nach Althorp pilgern, wo eine der ihren liegt. Ver-
unglückt in Paris.

Soviel nur über den Verfall der Werte aus buchkund-
licher Sicht.

»...alles hat gezittert bei dem Namen Poserna! Die Kinder haben geschrien und sich versteckt. Am Galgen hat er dann gebaumelt, das Ungeheuer aus Poserna. In Leipzig konnte man ihn im Guckkasten sehen für einen halben Groschen; der Guckkästner wußte die ganze schaurige Geschicht des Ungeheuers mit allen Einzelheiten auswendig. In Reichels Garten war das. – ›Hier, meine Herrschaften, erblicken Sie Pastor Tinius, das Original-Erzungeheuer, in Eisenketten gelegt, am Tag vor seiner Hinrichtung und Höllenfahrt – für einen Sechser!‹

Na, noch ein Schluck gefällig zum Trost,

Musje Griesgram?«

Doch der Alte schien fest zu schlafen.

Walter Gerullis
Zwischen Kanzel und Kerker
Volksverlag Weimar; 1958

Mitbringsel & Fundstücke. Œuvres disparues. Neue Cassiber

Die Russen kommen schon ziemlich nahe; Gott gebe, daß sie nicht auch Ihnen einen Besuch abstatten, die ungebethenen Gäste, die als Freunde unerträglich sind, was erst als Feinde?
J.Jahn, Vienna, an J.G.Tinius, Poserna

Im Morgengrauen langten die Herren vom Creisamt in Poserna an, weckten und unterwiesen den dortigen Landrichter Meisner und hatten zu viert dann im Pfarrhaus einen ganzen Tag lang ziemlich zu tun. Allein die Bibliothek des Magisters erstreckte sich über fünf Gemächer – über das ganze Obergeschoß. (Und noch in der Scheune lagerten behelfsweise ganze Posten, ganze Stapel an Büchern.)

Anhand der Ihnen mitgegebenen Cassiber machten sie sich zunächst all der präzise darin aufgeführten Kleider, Tücher, Knöpfe und Briefe habhaft; um Zeit zu sparen confiszirten sie dann gleich die gesamte übrige Correspondenz mit – und einen Großtheil der sonst noch auffindbaren Schriftstücke. Jedenfalls soviel davon, wie in den beiden großen, auf der Kutsche befestigten Dachkoffern Platz fand.

Was immer die Visitatoren darüber hinaus noch an geheimen Depots und verblätterten Leichen zu finden hofften, begannen sie alsbald mit der gründlichen Durchsuchung der oberen Stuben und, nachdem darin Verdächtiges weiter nicht zu finden war, der übrigen Behältnisse des Hauses. – Küche, die Schlafkammern, das

201

Mutterzimmer, wo die alte, ohnehin schon verwirrte Fr. Tinius aufrecht in ihrem Bette saß und vor Entsetzen fast zu Tode kam – nicht die kleinste Rumpelkammer blieb den Suchern verborgen, kein Eckchen, kein Schrank, keine Truhe. Auf dem Boden wurde das Getreide gewendet und mancher Mehlsack durchstochen, in den Kellern das große Faß verrückt und hinterm Holz nachgeschaut, draußen im Backhaus noch das Aschenloch nach verdächtigen Spuren abgesucht – ohne Glück; glücklos ging der ganze Tag ins Rippacher Land, es wurde langsam Zeit aufzubrechen.

Noch einmal zurück in den Studierstuben, dachte Acktuar Müller wenigstens noch daran, eine Lage Schreibpapir als Probe und das mit ›T‹ gestochene Petschaft des Pfarrers zu beschlagnahmen, im Vorübergehen steckte Kretschmar auch zwei unschuldig herumliegende Hämmer mit ein, einer davon in Papir eingewickelt. Wie davon angesteckt griff sich auch die Tiniussische Ehegenossin noch ein paar Bagatellen, einige Sägen etwa, zwei Schachteln mit Nägeln, eine mit Zahnpulver, schon wurde das obere Stockwerk verschlossen und versiegelt und dem Ortsrichter Meisner Auftrag zu häufiger Überprüfung des Siegels erteilt. Des Abends reiste das Commando wieder ab und verfertigte post reditum die erste Relation.

Indem sie endlich das Leipziger Amtshaus verließen, schlugen die Thürme halb zwei, als letzter der von St. Nicolai. Zwei Tage und anderthalb Nächte auf den Beinen, hatten sich die Männer ein gutes Ende Schlaf verdient.

Und doch stand ein jeder von ihnen am Mittwochmorgen schon wieder an seinem Platz. Benjamin Weidlich war sehr zufrieden damit und ließ sich die Reise bis ins Genaueste schildern; als ob er selbst mit von der Partie gewesen wäre, kannte er bald jeden Winckel im Hause des Feindes. – Und machte sich nunmehr an die genauere Sichtung der Beute. — Der Kalmuck=Matin war von hellgrüner Farbe und ziemlich abgetragen, sonst ohne Auffälligkeiten. Der Huth ein runder, sogenannter Schifferhut. Die Beinkleider von grau=weiss melirter Markung. Blaue Knöpfe, zehn Stück an der Zahl. Das bestickte Schnupftuch wies braune, womöglich von altem Blut herrührende Flecken auf und hatte eine rothe, an einer Stelle auf $2\frac{1}{2}$ Zoll eingerissene Kante. Seine Bestickung lautete I.S.B. – und Benjamin Weidlich hatte nicht die geringste Ahnung, auf wen die Initialen paßten. Vielleicht war der erste Buchstabe auch ein J – etwa von Joseph oder Julius her, oder von Joachim, oder Jeremias, Jonas, Jacob, Justus, J.S.B. also, wie nebenan von St. Thomas der selige Cantor.

Dann die Briefe. Deren Gros wurde im Nachbarzimmer bereits seit dem frühen Morgen von Registrator Zitzmann und den beiden neuen, eigens dafür abgestellten Accessisten durchgesehen; Zitzmann schätzte den Umfang allein der Correspondenzen auf ein, zwei Tage, den der übrigen Scripturen auf, zu dritt, zwo Wochen Minimum, eher vier. Und dabei waren die vielen in fremden Sprachen und Schriften geschriebenen Manuskripte noch gar nicht eingerechnet.

Auf dem Schreibtisch des Untersuchungsrichters ausgebreitet lagen die verbliebenen, in den Cassibern genauer bezeichneten Briefe, Stücker sechs zunächst, und zwar: 1) von Schulmeister Gottlieb Bach aus Hoheneck über Nossen an Cantor Müller zu Jeßnitz im Altenburgischen; Betreff: Erbschaftssache Friedr. Steinmüller in Philadelphia, 2) von C. F. Müller aus Schönewalde an Cantor Christian Trebernitz zu Collnitz; Betreff: Erbschaftssache Dr. Steinmüller in Philadelphia, 3) von Appelations=Rath Grebel aus Dresden an Amtmann Hoffmann zu Suhl; Betreff: Kauf des Landguthes Theres in Franken, 4) von Johann Gottlieb Beyer aus Stendal an Cantor Gotthelf Müller zu Könitz; Betreff: Erbschaftssache Linke in America, 5) von Friedrich August Stöckel aus Cöthen an Demois. von Bose zu Leipzig; Betreff: Erbschaftssache Aug. Friedr. Bose in Bengalen, und 6) von M. Stimmel an M. Tinius unterm 17ten Februar d. J., das ist eine Woche nach der Tat, zwei vor Captur.

Amtsrath Weidlich wußte gar nicht, mit welchem der Briefe er beginnen sollte, seine Favoriten waren der dritte, von Grebel an Hoffmann, und der letzte, er entschied gegen die Familie. Stimmel an Tinius, das konnte der Durchbruch sein, auf so einen Fund hatte er gehofft: diese Pinkel! Einer als wie der andere – er wird ihnen allen noch den Garaus machen:

»Lpzg. 17. Febr. 1813
Du wirst dich wundern, schon wieder einen Brief von mir zu erhalten, aber Freundschaft gebietet mir, der ich gern gehorche, dir wenigstens einen Wink zu geben; denn obschon ich vollkommen vom Gegentheile überzeugt bin, können doch etwaige Zufälligkeiten Wahrscheinlichkeiten, wenngleich ganz entfernte, bewirken. Kurz, die Aussage der Magd beÿ der ermordeten Fr. Kunath hat auch auf dich einen Verdacht geworfen.

Es wurde also gestern, in einer Extra-Seßion des Consilii acad. perpetui, dein hiesiger Wirth, M.H., vernommen u. befragt, ob auch d. M. T. während des 7ten und 8ten Febr. da gewesen seÿ? Antwort des Wirths: Ja, Hr. M. T. sei des Sonntags Abends zehn Uhr Geschäfte halben von Poserna hereingekommen, d. Tag darauf, den 8ten, habe er ein Buch gekauft, welches sich jetzt in seiner, Magister H's., Verwahrung befände, sodann seÿ er endlich mit dem oberwähnten Buche unter dem Arme in sein

Quartier zurück gekommen. Hier habe Hr. M. Höpffner erzählt, daß in seiner Nähe eine Mordthat vorgefallen, welche eine ehemal. Magd ihm benachrichtiget. Der Herr M. T. habe sich hierüber sehr gewundert und geäußert: wie unmenschl. Menschen gegen ihre Mitmenschen sich benehmen könnten. Unterdessen seÿ das Gespräch auf Zeitungsnachrichten übergegangen und du hättest dich erklärt, weil diese Nachrichten dich beunruhigten, so müßtest du eilen, um nach Hause zu kommen und in Weissenfels Kisten für deine einzupackenden Bücher fertigen zu laßen.

Am Ende der Vernehmung setzte Magister H. noch hinzu, daß, soviel ihm erinnerlich sei, du bey deinem Ausgehen keinen Matin getragen, sondern im blosen Frack bekleidet gewesen seiest und ihm auf seine Anfrage deshalb zur Antwort gegeben hättest, der Matin schicke sich nicht da, wo du hin gehst. Endlich, über den hochschändlichen Verdacht entrüstet, habe dein Wirth noch sich des Ausdrucks bedient: Einen solchen Mann wie d. Hr. M. T., der durchaus moralisch und phÿsisch gut sei, in Verdacht zu bringen, seÿ mälitiös und eine Unmöglichkeit, worauf sogar einer der Assessoren, Hr. Dr. Haase, erklärt habe: es sei wohl so etwas nicht denkbar, indem er, D. Haase, dich kenne.

Weil nun Magister H. von seiner Obrigkeit verpflichtet worden ist, Dir keine Nachricht zukommen zu laßen, so hat er mich darum gebeten, damit, im Falle ja etwas geschehen sollte, du doch nicht ganz unvorbereitet seiest, dem ich noch die Bitte anfüge, nach Durchlesung dieses, das Blatt zu vernichten.

Dein Frd. u. Br. Stl.

Deleatur et igni tradatur«

Gerade schickte sich der Commissions=Rath an, in seinen zweiten Favoriten hineinzulesen, da wurde er unterbrochen. Erneut der Amtsfrohn in seiner verbuckelten Art. Einer, dem Weidlich für das Deut keine Droiture zutraute. Ein Lump, zweifellos, ein falscher Hund vom

Wesen her. Der Stockmeister überbrachte weitere Nachrichten von Merkwürden, wie er sein neues Schäfchen im schlechten Schärze nannte, insgesamt drei Briefe und einen Zettel, nach den Adressaten Höpffner und Stimmel sortirt.

Das ging Benjamin Weidlich nun wohl zu weit. Wie sollte man anständig arbeiten, wenn einem immer dieser Farz in die Quere kam, immer dieser verheuchelte Wichtigtuer von einem Wärter!? Das Faß war voll! Er wies die Acktuare Tissager und Wagner an, eine peinliche Leibes=Visitation des Magisters abzuhalten und denselben im Anschluß gleich zum Verhör vorzuführen, das mit Pastor Enke für den späteren Nachmittag verabredet war, der Amtsfrohn dagegen wurde strengstens und vor aller Mannschaft ermahnt, fortan endlich seine Pflicht zu thun und dafür Sorge zu tragen, daß dem Gefangenen keinerlei Schreibematerialien mehr zur Verfügung stünden, kein Papier, keine Feder, Tinte – nichts dergleichen.

Zu Recht einigermaßen beleidigt, zog Dietze ab. Er hatte Lob erwartet und verdient für seine Wachsamkeit und die seines Burschen, keinen Ranzer. Er verstand auch nicht den Sinn des Befehls. Warum sollte er den desperaten Mann am Schreiben hindern, ihm verwehren, sich offenen Hemdes nur immer weiter dem Hänker auszuliefern, sich um Kopf und Kragen zu kritzeln? Was konnte den Commissarien denn beßres passiren? Ein Mann, der in seinem Wahn noch Dinge preisgab, nach denen noch gar keiner gefragt hatte. Seit dem Montagabend, d. h. seit knapp zwei Tagen saß Merkwürden nun auf der Festung und hatte von dort her indessen sechs, die heutigen mitgerechnet, zehn Cassiber geschrieben, zuvor noch eines aus dem Amtshaus. Mit jedem einzelnen davon hatte sich seine Lage bedencklich verschlechtert. Konnte der Pfaff nicht stille seyn, um Gottes Willen, nur endlich einmal Ruhe geben, Idiot?! Wenn er nur so weiter machte, würde es ihm noch gelingen, auch den letzten Zweifler von seiner Schuld zu überzeugen. Als ob er es nur darauf abgesehen hätte.

Indessen hatte sich der Creisamtmann wieder an die Lectüre gemacht und ihr zuvor noch einmal gegen ›*Grebel an Hoffmann*‹ entschieden, also einem der neuen Cassiber, an Stimmel, den Vorzug gegeben:

»Liebster! E-k- ist mit hinaus – das ist dir ein böser blutgieriger Hd. der ordentl. darauf aus geht zu verdammen.

Es ergiebt sich – wenn anders der Kluge nicht der Thäter ist – aus verschiedenen Aussagen, daß es zwei Kerle sind, die mir ähnlich sind, da die Magd in der Morgenstunde unten im Dunckeln wohl zwei ähnliche Personen verwechseln konnte und, wie die Herren mir selbst sagten, Kluge mit mir viel Aehnliches habe, denn der müßte wirklich dumm sein, der dem Mädel sagte: sie sey die Köchin v. M. Höpffner. Also muß noch ein Bösewicht seyn, der eine frappante Aehnlichkeit mit Kluge oder mir hat und dadurch, daß er von einer Bekanntschaft sprach, den Verdacht auf solche ziehen wollte, die bei M. Höpffner aus und eingehen. Aber ich zweifle noch an der Aufrichtigkeit des Mädels; ist es aber ihr Ernst, dann kann auch der mir ähnlich gesehen haben, der schon früher solche Dinge verübt und sich gar in das Gewand eines Geistlichen gekleidet hat, um sich zu decken – denn wer man ist, so kleidet man sich gewiß dabei nicht.

Sollte etwa die Schmidtische Geschichte aus dem verfloßnen Jahr mit hineingezogen werden – welches man aber ietzt gar nicht äussern darf und mag – und sollte der Herr Magister Höpffner darüber befragt werden, so soll er sagen, wie ich ihm in eingeschlossenem Zettelchen geschrieben habe – denn so war es, wie ich mich erinnere, und so müssen wir conform bleiben.

Wenn man auf dem Markt rechts nach den Bühnen geht ist es, glaub ich, die erste Bude, wo es Mützen giebt.

Da habe ich mir eine neue gekauft und meine alte unterdessen aufgehoben. Es ist ein schwarzer starcker Mann.
Gehe doch hin und frage, ob ein Geistlicher am Montage
vor 4 Wochen, den 8. Febr., an dem Tage, wo die Cunathin gestorben, bey ihm war – Er würde sich vielleicht dieses Tages noch erinnern – mit schwarz=weißen Hosen
und Frack bekleidet, gegen halb neun Uhr hingekom-
men und die neue Mütze gekauft und eine alte sammtene
bis zur Abholung da gelassen! – Er wird sie dir zeigen,
unterdessen zupfe an den Flecken, wo sie schon dünner
ist, und suche sie hie und da ein wenig noch mehr zu beschädigen, ohne daß er es merkt, und lenke seine Augen
auf Mützen hinten hin, als wolltest du kaufen, und hernach gieb sie ihm wieder. – Wenn du ihn nur soweit zum
Geständniß gebracht hast, daß es halb neun gewesen und
daß ich in dieser Sammtmütze zu ihm gekommen und
ohne Überrock und Matin gewesen bin, und daß er sich
gewiß erinnere, daß es denselben Montag gewesen; er
sagte noch, weil es heute Handgeld wäre, so wollte er sie
für einen Thaler und 12gr. lassen. Und er würde sich
wohl auch besinnen, daß es den Montag gewiß gewesen,
wegen der Begebenheit mit der Cunathin an diesem
Tage.

Es wird mir immer einleuchtender, daß ich 1) von
Liebeskind zu diesem Kaufmann nach der Mütze und mit
einer mehr etwas hochstehenden Mütze zu Hrn. Rau gekommen bin, nachdem ich die alte sammtene auf dem
Markt gelassen und also auch nicht wieder zu Höpffner
gebracht habe. Ich bin also auch mit der runden Sammtmütze ausgegangen. Es sey nun wie es wolle, die Schildmütze glaube ich den Sonntag nicht mit nach Leipzig gebracht zu haben. Die vorige Magd hat dieses zwar gesagt,
neben der runden habe auch noch eine Schildmütze den
Mondtag oder Sonntag gelegen. Wenn doch Hr. M.
Hoepf. die vorige Magd noch einmal darüber besprä-
che, daß sie sich darüber vereinigten und sie ihre Aussage nach
mehrerer Überlegung der Wahrheit gemäßer machen
würde, daß sie sich also im Anfang darin geirrt habe und
eine andere Schildmütze für die des Magister Tinius ge-

halten – Übrigens ist die Sache nun einmal verwickelt. Nur soviel kann ich sagen, daß ich mit der Sammtmütze auf den Markt gekommen und sie da aufzuheben gelassen habe, weil ich sie nicht gut einstecken konnte, also muß ich auch mit ihr aus dem Hause gegangen seÿn – denn das Mensch hat gesagt, in der Stunde wäre ich ihr von der Treppe mit einer Schildmütze in der Hand begegnet – für meine Person ist also dieses eine Unmöglichkeit, denn da ich mit der neuen Mütze nach Hause gegangen und nunmehrn doch mit der Schildmütze hier angekommen bin, so muß die Schildmütze unterdessen zu Hause gewesen sein.

Inliegenden Brief laß so lang versiegelt und heimlich verwahrt bey dir liegen, bis ich dir entweder die Formel a) ›*Hr. Schmuhl*‹ schreibe, oder b) die Formel: ›*du sollst Hasen schiessen*‹ sagen lasse, im Fall mir etwa das Schreiben verboten würde. Bekommst du eine von diesen Formeln schriftlich auf einem Blättchen oder mündlich durch den Jungen, da machst du gleich fort nach Poserna und schreibst auf, was darin steht und sagst es Hrn. Schmuhl, daß er dabey bleibe und noch einen Zeugen oder zwei damit einverständige – denn diese werden ihm nicht widersprechen. Heut Abend sieben Uhr will ich wieder schreiben. Zum Schein habe ich noch einen Zettel zugesiegelt und Geld eingelegt, mir ein Buch zu schicken

– (...) praetextui«

Noch war Hauptmann Weidlich gar nicht mit dem Lesen der übrigen Cassiber, geschweige denn der Briefe durch, als Pastor Enke ein Viertelstündchen zu früh das Bureau betrat, um sich noch vor der geplanten Abhörung über die Lage nach der Haussuchung unterrichten zu lassen. — Und kaum war dieses erfolgt, da vermeldete David Kretschmar, den Delinquenten im Gefolge, auch schon Vollzug der angeordneten Leibescontrolle und legte deren Ertrag vor, als da waren: eine Supplic

Schmuhl, Christian Gottlob; Poserna; Rittergutspachter

um Substituirung des Tiniussischen Stiefsohns Hellmerich; mehrere mit Rothstift beschriebene, aber nicht lesbare Zettel; zwei lange, an den Gefangenen gerichtete Briefe, einer von Johann Jahn aus Wien, dat. den 24ten Februar 1813, aus 1811 der andere, geschrieben zu Paris von Silvestre de Sacy.

  – (...!)

  – Aber wer sind diese nun wieder?

  – Silvestre de Sacy! Meine Herren!!

  – Also wer? wiederholte Hr. Enke.

  – Sacy? Hr. Pastor!! — Ein Gott!

(Nach der Abhörung brachte Gefängnißwärter Samuel Dietze ein neues Cassiber, warf es wortlos auf den Tisch und trat wieder ab. In seinem Ärger hatte er noch einmal, nun aber wirklich penibelst und unter vielerley Fluchen und Lärmen, die Tiniussische Celle durchsucht und es hinterm Ofen gefunden. Schade an diesem neuen oder eben nicht so neuen Stück ist, man kann es chronologisch nicht einsortiren. Und somit nicht den Zeitpunkt wissen, daß dem Gefangnen endlich ein Lichtlein aufging. – Endlich? Eigentlich! Eigentlich ein Lichtlein aufging!

  Jedenfalls begann es ganz schön traurig:

> »Ich erhielt zwar letzthin ein Billet – aber die verschiedene Hand und die Unterschrift – lassen mich nunmehr fürchten, daß ich vielleicht verrathen worden bin...«)

Nieuw Amsterdam! : Hilly Island! : Gotham! : Big Äppel! : Ny
wieder NY! : $ geht's nicht! : Greatest! : Greatest! : Crazy! : Tou-
ristengeplärr.

Wenn der teutsche Schriftsteller es bis nach New York und gleichsam zu einer munzingerreifen Biographie geschafft hat, könnte
er sich nun umorientieren, also z.B. Regenwasserversickerungs-
ingenieur lernen. –Im Übrigen sind, wie man weiß, in Manhattan
die Häuser zieml. hoch.

Dann standen wir da.

An Punkt null in NY.

Beziehungsweise in Manhattan am Union-Square
vor einem Musikkaufhaus, aus dem hundert Kirmessen
krakelten, Ecke 14. Straße. Telefonierten nun noch mit
Kathrin und schauten weithoch in die bekümmerte Luft.
— Nach dem Ausfall Breslauers waren Kater satt und
Katzenjammer groß, wie du dir denken kannst, denn
uns fehlte jede Ahnung, wie es nun weiter gehen sollte,
wir hatten nicht den winzigsten Hinweis in petto auf den
Verbleib der Sammlung Kasten. Was nun? Was tun? Ab-
reisen wieder? Oder die Nadel im Heuhaufen suchen?
Die Bibliotheken durchforsten? Vielleicht sogar nach
Washington weiter fahren, in die Library of Congress,
wie es uns vorab für den Notfall empfohlen worden war?
Und was, wenn Hans Kastens Nachlaß, sofern dieser
überhaupt noch als Ganzes existierte, sich von der Ost-
bis zur Westküste in keinem Bibliothekskatalog auffinden ließ, weil etwa ein weiß Gott wie verspleenter Privat-
sammler sein heutiger Besitzer war? Es wurde uns
schwarz vor den Augen und immer schwärzer, je länger
wir uns den Kopf zerbrachen. Im Grunde konnten wir ja

nicht einmal sicher sein, daß sich das Objekt unserer Begierden überhaupt in den USA befand. Vielleicht waren wir, als wir voller Euphorie übers große Wasser starteten, einem Irrtum, einer Täuschung aufgesessen. Die Firma Hauswedell hatte uns als Käufer das Unternehmen Breslauer/NY genannt, woraus wir ohne weiter nachzudenken schlossen, daß die Sammlung in die neue Welt geraten sein mußte. – Aber wir hätten es wissen müssen, ja, wir wußten es auch in abwegigen hinteren Kammern: 1961 residierte Breslauer noch gar nicht am Hudson, der Sitz seines Geschäftes war noch immer London. Weymouth House, Hallam Street.

Aber New York ist New York ist New York! Noch nie kam einer für umsonst hierher. *Mänhättn schaun und stärbn*, notierten wir resigniert in den Kalender, die Not des Recherchisten gebiert den Touristen. So sei's denn! Wir gingen systematisch vor.

Von den weit im Norden (noch hinter der George Washington Bridge) und hoch über dem Fluß angelegten Cloisters, einer mit diversen liturgischen Utensilien, mit Tafel- und Glasmalerein, Fresken, Tapisserien und Skulpturen bestückten Ansammlung von Kreuzgängen und Kapellchen und mittelalterlichen, vornehmlich in Südfrankreich und Spanien abgetragenen Klosterfragmenten, bis ganz in den Süden hinunter führten uns die touristischen Routen, via Brooklyn bis nach Coney Island ans Meer, wo es zwar an ausdrücklichen достопримечательности ein wenig mangelte, wir uns dafür aber gleich ganz heimisch fühlten: wie das kleine ostdeutsche Dörfchen unserer Kindheit war auch Coney Island russisch besetztes Gebiet. Pausbäckige Matronen hinter den Ladentischen, Dörrfisch und Sonnenblumenkerne, schachtelgroße Bonbons. Kaviar in sieben, acht Preiskategorien. Und das beste war: kein anständiger Mensch kam auf die Idee, englisch zu sprechen!

Auch im Museum of Jewish Heritage am Battery Park, wo einst die Manahattas jagten, wurde uns ganz heimatlich und nostalgisch zumute, als wir eine Rede von Theodor Herzl lasen:

We are a people.

We are o n e people.

Mir sin das Volk – du erinnerst dich gleich an deine lieben losgelassenen Sachsen daheime, wie sie durch Leipzigs Straßen marschierten und skandierten und sich dann eines frecheren besannen und den Artikel austauschten und eins sein wollten mit Brüdern und Swestern im Westen, wo bekanntlich die Sonne aufgeht, und riefen:

Mir sin a i n Volk!

(*Wir auch*! – riefen die Swestern und Brüderchen retour und ahnten wohl schon den ganzen Schlamassel, der ihnen blühte.)

Unn dies unn dies unn dies unn dies. – Aber wir sind nicht angetreten und es ist nicht unser Ehrgeiz, den Reiseführer zu geben, dafür sind andere zuständig. Im Grunde ist New York eine Stadt, die der Besucher schon kennt, bevor er sie zum ersten Mal betreten hat. Alles ist bereits gesagt, geschrieben, fotografiert, gefilmt; z.B. das Hauptgebäude der Public Library. Midtown, Fifth Avenue, 42ⁿᵈ Street, sehr imposant inmitten der imposanten Hochhausarchitektur aus Glas und Stahl und Beton. (Hochhausarchitektur und Glas und Stahl und Beton : was du auch sagst : ein Klischee.)

Wie es nun Geschick und Gesundheit verlangten, blieben uns auch die alternativeren Sightseeingtouren nicht vorenthalten. Denn wir sind es gewohnt, vor dem Schlafen ein wenig Haschisch zu rauchen. Besser als Dopamin-Präparate und alle Chemie mildert es die Symptome des Restless-Legs-Syndroms etwas ab, das uns seit Jahren zur Nacht die Beine um die Ohren haut. Doch was immer wir auch unternahmen zwischen Washington Square Park und Tompkins Square Park, es wollte uns in halb Downtown nicht glücken, Haschisch zu besorgen. Bloß Marihuana war zu haben, nämlich von ziemlich lumpiger Qualität und unter dermaßen konspirativen Umständen, daß es einem den Atem raubte und mitunter die Nerven. Einmal mußten wir einem, wie es schon wieder das Klischee will: großen rabenschwarzen Jungen in unauffälligem Abstand vom Washington Square über die Waverly Place, die Perry Street und ein paar weitere Haken durch das ganze Dorf folgen, bis er endlich weit unten in der häßlichen Greenwich Street einen Hauseingang für geeignet erachtete, die kleine, keinen Augenschlag dauernde, Transaktion abzuschließen – das war Rekord, noch weiter um die Häuser ging es – um neuen Stoff – nie.

Später vermittelte uns Kathrin an einen ihrer Freunde, der fortan die Versorgung übernahm. – Kathrin! Ach, Seele! Grell, blondiert, laut, schrill, derb, ohne Alter, klug, herzlich; wunderbar. Es gibt Menschen, die du eine Ewigkeit nicht triffst und gar nicht vermißt, dann triffst du sie doch und es ist gleich wieder wie kürzlich, wie gestern abend, du weißt, als wir um Anagramme stritten. Kathrin, Kathrin P., eine Liebe in Manhattan, von der wir schon einige Jahre lang keine Nachricht besaßen. Als Tochter österreichischer Einwanderer in New York geboren, hatte sie als junge Frau einige sehr erfolgreiche Bücher geschrieben – auf deutsch erschien in den 70-er Jahren u.a. eine Romanbiographie über Sacher-Masoch.

Noch am ersten Abend saßen wir mit Kathrin und ihrem Mann Michael im Cedar, einer alten und, wie Michael erklärte, schon dreimal abgebrannten Kneipe am University Place. Kathrin amüsierte sich köstlich über unsere Geschichte und wollte es zuerst gar nicht glauben, daß wir nur auf einen vagen Verdacht hin nach NY gekommen waren.

30 Minuten später gerieten wir, wie schon das vorige Mal, in einen Wettbewerb, heute nicht um Anagramme, sondern um das schönste und längste Palindrom. Anders als letztens noch hatten wir uns für diese Begegnung gründlich präpariert und die rankesten Rosen des göttlichen Herrn Pfeifferherbert auswendig gelernt:

– »Eint Sie Geist? Ziert Sie Geist? Belebt Sie Geist? Reizt Sie Geist nie?« – eröffneten wir das Rennen.

– »Goddam mad dog gnaws wang! Goddam mad dog!« – zog Kathrin nach.

– »Signa te, signa, temere me tangis et angis!« – wußte Michael beizusteuern.

– »Neben Amor nie adretter die Liebe gärte! Bier! Feten! Gesegnete Freibeträge! Bei Leid Retter da! ...ein Roman eben.«

– »Did I strap red nude, red rump, also slap murdered underparts? I did!«

– »Otto tenet mappam, madidam mappam tenet Otto!«

– »Nette Romane, die beneide hier nie. Tobe geregelt! Röhre nur, und nur unerhört legere Gebote. In Reihe diene bei den Amoretten!«

– »Doc, note: I dissent. A fast never prevents a fatness. I diet on cod!«

– »Vitaler Nebel mit Sinn ist im Leben relativ.« — Gute Vorbereitung zahlt sich halt aus: Kathrin und Michael erklärten uns einmütig zum Sieger und bezahlten die Zeche.

Und wie das Leben eben gewöhnlich so spielt: unseren ersten beiden Besuchen in der Public Library war keinerlei Erfolg beschieden, die Acta und Hans Kasten blieben unauffindbar; doch aller guten Dinge sind es bekanntlich drei. Selbst Kathrin benötigte vier Stunden, was uns ja durchaus ein wenig tröstete. Es war just am 24. Dezember, kurz vor 17 Uhr. Nachdem wir ihr von Abteilung zu Abteilung und von Auskunftsperson zu Auskunftsperson und von Computer zu Computer hinterher gedackelt waren, wie ein treuer Vasall, da spuckte der Drucker endlich die Nachricht aus, die Breslauer uns verweigert hatte. Kaum daß wir sie zu lesen vermochten, so wie uns die Hände zitterten und der Blick ertrank:

Johann Georg Tinius was a pastor in Poserna, Prussia. He was convicted of murdering two people and died in prison.

Summary: Biographical and bibliographical material collected by Kasten for his study of the life and works of Tinius, including original autograph letters of Tinius and manuscripts, as well as photostats and transcripts. There are 4 letters, 1805 – ca. 1841; 2 volumes of criminal proceedings; transcripts of biography and letters; and Kasten's notes, Clippings, offprints, bibliographies, and album, 1932-ca. 1942. Papers are in German. — Access may be restricted. Details at the repository.

Finding aids: Unpublished finding aids available in repository. — Cite as: Tinius Collection. Houghton Library, Harvard University. — Location: Houghton Library, Harvard University, Cambridge, MA 02138. — RGPN: bMS Ger 149

Cambridge! : Massachusetts! : Boston! – Drei Stunden nach Verlassen der Bibliothek lagen wir mit hohem Fie-

ber im Bett, welches wir eine Woche lang nicht verließen.

Dann wurde es eng in der Zeit, noch sieben Tage
bis zum Abflug von New Jersey. Und gute vier Stunden
brauchst du mit dem Greyhound Bus bis nach Bosten
hoch.

* * *

Und edel und erhaben geht es in den Bibliotheken von
Harvard zu, die Houghton Library ist ein kleines Juwel;
keiner im Hause besaß auch nur den blassesten Schim-
mer, was es mit den vier Kasten-Boxes auf sich hatte, die
bis dato unberührt in dunklen Magazinen geschlummert hatten, what's that, who is Mr. Kasten? Who is Mr.
Tinius? A Pope, a murder, a bibliomaniac, really!?

1961 in Hamburg hatte Breslauer 680 Deutsche
Märker hingeblättert, wir zahlten 1500 Doller – für die
Kopien, nur für die Verfilmung. Und zwar nicht per
Scheck, nicht per Karte – in cash. Nur Bargeld wurde ak-
zeptiert.

* * *

Zwei Jahre später wußten wir noch immer nicht sicher,
wie Hans Kastens Nachlaß in die Keller einer Bibliothek
in Boston gelangt war. Also fragten wir an, erbaten Kopien der Dokumente zum Ankauf der Sammlung. Aber
weil wir, wie gesagt, mit unserem grottigen Englisch keinen Blumentopf gewinnen konnten, entwarfen wir unser Schreiben in deutsch und ließen es vom Computer
übersetzen. Um sicher zu gehen, gaben wir dann die
Rückverdolmetschung ein und erhielten folgendes Re-
sultat:

»Geehrte Frau M., geehrte Frau W.
oder zu dem es Mai Sorge.

Mein Name nimmt teil, ich lebe als Autoren in Berlin/Deutschland. Inzwischen ungefähr 4 Jahre, ich arbeite bei einem Roman auf Bibliomanie. Main-Held dieses Romanes nimmt ein sächsischer Priester teil, der Meister Johann Georg Heinrich Tinius. Mit der Untersuchung nach Meister Tinius traf ich Kisten, einen Sammler in Bremen/Deutschland, durch den Namen von Hans. Diese Hans Kisten starben ungefähr 1959/1960. His/its Gut, einschließlich his/its Tinius-Sammlung, wurde um die 3. Juni 1961 in Hamburg durch die örtliche gebrauchte Buchladen-Angelegenheit Hauswedell & Nolte Auktionen. Es nimmt möglich teil, daß der deutsche Neue Yorker Antiquars HERR Bernd Breslauer [Martin Breslauer, AG] bei diesen Zeit-Käufern der Sammlung war, aber nimmt derartig nur eine Mutmaßung teil. Im Grunde kann ich nicht sagen, auf dem Weg und unter dem Umstände, die diese Sammlung in die USA brachte. Tatsache nimmt aber teil, daß die Dokumente jetzt in der Houghton Bibliothek in Cambridge liegen, in der Tat unter dem Namen ›Kasten/Tinius Collection‹ und die Unterschrift: ›RGPN: bMS 149‹ – 4 Boxes.

Im Januar 1999 könnte ich in den Lektüre-Korridor der Houghton Bibliothek ein erster Zeit-Einblick im Kasten-Sammlung aufnehmen. Weil ich Zeit nicht genug hatte, um die Dokumente genug in Cambridge zu studieren, bat ich darum, gegen unmittelbare Zahlung das ganze Material zu geben und nachzuschicken das filmt mich daraufhin Deutschland zu. Nach einigen Verschiebungen sind jene Empfänge in April 1999 mit mir angekommen.

Soweit als zu Vorgeschichte. Jetzt die eigentliche
Gelegenheit dieser Linien:

Weil mein Interesse nicht gerichtet auf der Samm-
lung selbst allein teilnimmt, aber damit ich auch auf den
Umständen fragte, unter denen she/it die Houghton
Bibliothek erreichten, über ihm für die Informationen
zu dieser Zeit zur gleichen Zeit. Sowie Sie, geehrte Frau
M., so auch ein Mitarbeiter im Lektüre-Korridor, ver-
sprach mich zu dieser Zeit der fähig zu sein, führende
Übereinstimmung zum Erwerb vom Kasten/Tinius
Collection zu erkennen.

Vielleicht erinnern Sie sich noch an unsere kurze
Konversation über ihm im Foyer von der schönen Bibliothek. Leider aber war meine Zeit, die sehr kaum in
Boston zugeteilt wird, und es dann so schnell nicht
möglich, die relevanten Aufzeichnungen zu beschaffen.
Deshalb stimmten wir überein, daß Sie, sowie Ihre Mitarbeiter, würde uns Kopien dieser Übereinstimmung
nach Deutschland nachschicken.

Sinn dieser Linien sollte jetzt es sein, von diesem
Termin zu erinnern und deshalb ganz teuer und herzlich
deshalb zu fragen, ich nur, in Kopien, dieser Übereinstimmung und dem womögliche andere Dokumente
bezüglich des Erwerbs der Sammlung bei meiner Berliner Adresse, die im Briefhaupt zu modisch genannt
wird. Ich nehme unterrichtet ganz dringend für meine
Arbeit auf ihm, um zu erfahren teil, als und unter dem
Umstände die Sammlung bei der Houghton Bibliothek
bekam. Ich würde schon gern ganz herzlich für Ihre kor-
respondierenden Anstrengungen in Fortschritt danken.
Zur gleichen Zeit kann ich Sie versichern, daß die
Houghton Bibliothek ich in absolut bestem Gedächtnis
geblieben ist, ja, daß dies viele zu wenige Tage in Cambridge unter dem meisten Begeistern von meiner gan-

zen Untersuchung mehrerer Jahre ist, und daß ich gern diese angenehmen Umstände im entstehenden Roman schätzen würde.

In hochachtungsvoll bleiben Ihres in Erwartung Ihrer hoffentlich positiven Mitteilung

Sie...

HP: Ich kann mich erlauben, diese Linien sowie pro Email, so auch mit regulärer Post bei Ihnen zu modisch.«

Brillant, du sagst es! Voll aus dem Leben! Präzise und korrekt! – Und unkompliziert ist der Amerikaner als solcher: es brauchte noch einmal zwei Wochen, dann landete der gesamte Briefwechsel zum Ankauf der Sammlung auf unserem Tisch, der Briefwechsel zwischen Bernd Breslauer in London und Prof. William A. Jackson, dem damaligen Kurator der Houghton Library, Harvard Universität, Cambridge, Mass.

Dieser heimliche Spürer und Schleicher, dieser eiserne, eisige Zeitgeist, dieser Sünder ohne Laster, allzeit nüchtern und nimmer satt, ohne Liebe wie ohne Haß, Keines Freund und Keines Feind, dieser Menschenverächter, der um Menschenehre buhlt, dieser feige und doch furchtlose Greisenwürger, dieser Bekenner des Heiligen, der kein Heiligthum kennt, der Gift saugt aus den Quellen, die Jahrtausenden Balsam gespendet, dieser Vater ohne Vaterlust und Kindertrost, dieser Sterbende ohne Ewigkeitsbangen, dieser Zwitter der Natur – fassen wir es in ein Wort: ihm gebrach das Herz.

Ein Mensch ohne Herz, wie leicht gesagt und wie unausdenklich der Gedanke! Ein Mensch ohne Herz, weniger als ein Thier und doch ein Geist!

Ludwig Frank
Hausblätter. Dritter Band; (1863)

Fragen & Antworten und Fragen

Denen, die über erzählte Kleinigkeiten vielleicht spotten, und mich der Mikrologie beschuldigen, antworte ich mit dem berühmten Morhof: *Vel exminimis rebus circumstantibus aliqua, quae inusum tuum erunt, capies.*

Joh. Georg Eck

Die alten Knochen, die müden Beine, das schwere Haupt – des öfteren schon baten Hochmerkwürden darum, in einer Sänfte zum Verhör getragen zu werden, und vom Verhöre zurück. Auf eigene Kosten, wenn es denn seyn darf. – Der Stockmeister lachte sich ganz krumm darüber. Sein Bursche sich halb dämlich. Drüben im Creisamt lachten sie auch und griffen sich nur an die Köpfe: In der Portechaise! Hat man solches je gehört!?

»Vielleicht mechte unterwegs noch der Coffee gereichet werden...!« rief Kamerad Weidlich und wieder hielten sich alle verzweifelt ihre Bäuche.

Die Herren Percontatores legten nach den letzten, so glücklichen Ereignissen entschieden an Eiffer zu. Mehr und mehr aber gerieten ihre ursprünglichen Verdachtsgründe in den Hintergrund und verloren sich im Dickicht neuer, anderer Erkenntnisse. Die Verhöre der folgenden Tage und Wochen nährten sich von den Cassibern, den verdächtigen Correspondenzen des Magisters und den weiteren aus Poserna mitgebrachten Beweisstücken. Oder sie zielten auf die Mittäter- zumindest aber Mitwisserschaft der im Carzer einsitzen-

Posthaec wurde von Amtsfrohn Dietze angezeigt, daß M. Tinius gegen ihn Äußerungen, die von Verwirrung des Verstandes zeugten, gethan habe, indem derselbe Soldaten in seinem Gefängnisse sehen wolle, und vom Erzengel Gabriel spreche und von drei Zeugen, die er an den Kaiser Napoleon geschickt habe (Fr. 12ter März)

den Magister Höpffner und Stimmel. Immer wieder einmal kamen die Vernehmer auch darauf zu sprechen:

– Seit wann sind Hr. Stimmel und er schon Complicen, seit dieser erst oder schon in vorigen Sachen?
– Complicen? Hr. Magister Stimmel ist sein Freund!
– Es scheint eine sehr intime Freundschaft zu sein.
– Den einen heißt man von Herzen so, den andern bloß aus der Gewohnheit... – warum?
– Weil er demselben einen Auftrag von solcher Delicatesse ertheilt und ihn, um Dinge beiseite zu bringen, extra nach Poserna abschickt. Man mag in so heikler Angelegenheit wol kaum auf einen Beliebigen vertrauen.
– Freundschaft ist ein hohes Wort. Zuerst einmal ist Hr. Magister Stimmel sein Bücher=Commissionair auf den Auktionen, daher rührt ihre Bekanntschaft und ist über die Jahre auch das vertrauliche Du erwachsen.
– Der Höpffner ist ebenfalls sein vertrauter Commissionär, mit dem er verbandelt ist und sich Du sagt?
– Magister Höpffner ist, wie jeder hier weiß, sein Wirth seit langer Zeit, mehr nicht. Aber ein guter Wirth und treuer Wirth. Und hochversirter – auf den immer gezählt werden kann.
– So wie auf Magister Stimmel, wenn die Kleider fort sollen, der grüne Matin?
– Bei einer vorigen Abhörung hatte er ausgesagt, nur den einen blauen Matin zu besitzen...; und weil er den grünen auch gar nicht mehr trägt.
– Die Beinkleider, der Huth...?
– Die Hosen, indem solche modischen keine Tracht für einen Geistlichen sind und er befürchten mußte, es

würde daraus noch üble Präsumtion gegen ihn gezogen werden. Der Huth? Bisher hatte er doch immer nur von einem aus Wachsleinen gesprochen und den andern ganz vergessen—

– Colmar! Was hat es mit den Briefen an Colmar auf sich und was bedeutet: *ein harter, böser?*

– Es ging um die Bastische Bibliothek.

– Die zum Verkauf stand? Wieder eine Auction?

– Pardon, nicht Bast – Murr: es war die Murrische Bibliothek im gleichen Jahr...

– ...*ein harter, böser?*

– Kurzum: Hr. Colmar hatte besagte Bibliothek zwar erstanden, jedoch zu hoch, viel zu theuer, er war weit über das Verabredete hinaus gegangen.

– Hr. Colmar war der Käufer vor Ort, er dagegen der Committent im Hintergrund?

– Um diesen Preis aber konnte er die Bücher unmöglich abnehmen und den Herrn satisfaziren; 1200 Thaler zu viel: das war schon der ganze Streit.

– Ach – und nun picirte es ihm—

– Picirte? – Die Briefe sollten weg, damit es bloß nicht nach Geldverlegenheit aussieht.

– Und die andern? Warum sollte Stimmel überhaupt die Briefe wegthun, erst nur einige, dann so viele, als zu tragen sind?

– Um nur jeden erdenklichen Verdacht sogleich abzulenken, wie er ihn aus weit entfernter Ursache treffen könnte. Er schreibt und erhält so viele Briefe, zum Theil aus dem Ausland, von woher man ihm Nachrichten mittheilt und wiederum zu wissen verlangt, wie es hier stehe, daß ihm manchmal ganz die Übersicht verloren geht...

– Seine weltläufige Gelahrtheit steht hier nicht zur Rede, darüber mögen andere arbitriren...

– Gewiß! Darum ja : darum ja – schmerzte ihn gleich die Vorstellung, diese Correspondenzen könnten in unberufene Hände gerathen. Als doch sein wissenschaftlicher Verkehr nicht in eine solche Untersuchung hineingezogen gehört!

– Warum sollten die Knöpfe weg? *Nimm zwei, die andern laß liegen.*

– Nur zwei?

– Ja, warum nur zwei?

nach Aussage des Hrn. Dietze muß der M. Tinius sich nach allen Mahlzeiten erbrechen (Mo. 15ter März)

– O – wenn er das bloß selber noch wüßte...– Vielleicht weil noch zwei andere Knöpfe dort lagen? Von den Beinkleidern die...?

– In einer früheren Vernehmung gab er an, daß zweie der Knöpfe vom Matin bestoßen waren, darum habe er sie alle abgeschnitten. Es sind aber keine bestoßenen dabei; vielleicht war das der Grund?

– Der Grund für was?

– Nicht mehr –, nicht gleich alle zehn wegzunehmen.

– Aber hätte er auf Stücker zehn den Auftrag ertheilt, so würde er sich vor diesem Tribunale wol nicht weniger zu rechtfertigen haben. – Es lag ihm so in der Erinnerung, daß zwey beschlagen sind.

– Wer ist Demoiselle von Bose?

– Jene ist gemeint, die gleich hinten am Thomaskirchhof wohnt.

– Er scheint ja ein rechter Vocativus zu seyn! Sprich er nur weiter!

– In einer Gesellschaft war einmal viel von ihr erzählt worden, darum wollte er sie selbst kennenlernen...

– Und das ist ihm geglückt?

– Schon vor ein paar Wochen hatte er ihr in einem Hause vor dem Petersthor aufwarten wollen, aber dort wohnte eine andere Demois. Bose, nicht Amalie, wie die seinige hieß.

– Er?! Das ist Hr. Stöckel aus Cöthen?

– Schon oft, daß er zu Beginn einer Bekanntschaft das
  Incognito vorzog und sich erst später zu erkennen
  gab – darum der erdichtete Name. Es mag in manchen Augen eine Unart seyn, doch davon gleich auf
  Verbrechen zu causaliren—

– Was war denn erzählt worden über die Dame, daß es
  ihn so umtriebig machte?

– Von einem gelehrten Salon, wo Vorträge zur Orientalistik gehalten würden.

– Und darum hat er sich gleich passend eine Erbschaft in
  Bengalen ausgedacht?

– Nicht darum, Bengalen war beliebig, unbedacht – ein
  Zufall.

– Aber warum treibt er diese Konsumtion?

– Man geht nicht einfach zu so einem Menschen hin, als
  ob er ein Schanckwirth wäre, oder Aufwärter bei Beygangs.

– Aber wenn alles so unschuldig ist, wie er vorgiebt, weshalb sollte denn auch dieser Brief fort?

– Weil alles und jedes Verdacht und Schuld erregt, wie
  man wieder sieht. Und böse ausgelegt werden kann.

– In seiner Wohnung wurde hie und da verstreut auch einiges Geld aufgefunden. Zwei Doppel=Louisd'or,
  drei einfache, auch ein paar halbe Carolin und einige
  Laubthaler. Giebt es hierzu etwas zu sagen?

– Vierzehn Tage etwa vor seiner Festnahme, oder schon
  etwas länger zurück, da hatte er bei Hrn. Kaufmann
  Senff in Weissenfels Geld substituirt, fünf Thaler den
  Louisd'or, um es bequem zu versenden.

– Was heißt: *Nimm alles weg was nicht unschuldig ist?*

– Die Kleider, Briefe, wie gesagt.

– *Briefe, die von meiner Hand, aber mit anderen Namen
  sind?*

wurde heute, d. 18ten
März, veranlaßt, den
Inculpaten an die Ket-
te zu legen, damit er
außer Stande gesetzt
werde, zu communizi-
ren, oder gar Selbst-
mord zu begehen

– ...sind Briefe, die von seiner Hand sind. Es gilt das Gesagte.
– Wieder morgenländische Salons und Basare?
– Das Incognito empfiehlt sich zu vieler Gelegenheit. Etwa, indem ein dörflicher Pfaff ein Geschäft betreiben will und fürchten muß, daß es ihm abgeschlagen wird und daß wieder nur vielerley Medisancen in die Welt gelangen, weil der Dorfpfaffe nicht solch profanen Dingen nachzugehen hat.
– Auch Erbschaftsgeschäften in Philadelphia nicht?
– Es ist das gleiche wie Bengalen. Aber es war keine böse Absicht dahinter.
– Das heißt, diese Erbschaften sind auch nur erfunden?
– Wird der Fremde in einem Hause freundlicher empfangen, wenn er sogleich von den Gläubigern grüßt?
– Bei manchen der Briefe möchte man gar nicht glauben, daß sie von ein und derselben Hand sind. Fragt es sich: muß er seine Schrift gleich mitverstellen, wenn er doch nur von Angesichts her incognito bleiben will?
– Es schreibt sich die eine Feder nicht wie die andere. Am frühen Morgen schreibt ein anderer Mann als in der späten Nacht geschrieben hat. Oft liegt es am Papir.
– Und warum die unterschiedlichen Siegel? Nur die Briefe an Demois. Bose und nach Jeßnitz an Cantor Müller sind mit einem *T* geprägt.
– Die anderen Siegel könnten sonstwoher seyn. Mitunter schreibt er auch unterwegs im Gasthof, etwa im Schwan zu Weissenfels, wo er sich dann beliebige Petschaften von Fremden ausborgt.
– Der Brief an Cantor Müller zu Könitz ist mit *OH* gesiegelt, wessen ist dieses?
– *OH?* Es kann bedeuten was es will.
– Er muß es doch wissen...

– *OH?* – Er weiß es aber nicht.

– Vielleicht Oskar?

– Oskar?

– Vielleicht Ottfried?

– Ottfried?

– Vielleicht Otto?

– Otto?

– Vielleicht Otto? – Otto Höpffner vielleicht?

– Otto Höpffner! — So ein Leben wieder: daß man auf das Nahe immer erst als letztes kömmt! Otto Höpff—

– Auch der Brief an die erschlagene Kuhnhardtin ist mit *OH* gesiegelt...

– An diese Dame hat er keinen Brief geschrieben! Folglich auch keinen gesiegelt!

– Aber er wird einräumen, wenn er sie nur einmal richtig in Augenschein nimmt, daß die Siegel von nur einem Petschaft rühren.

– Das am Kuhnhardtischen Brief ist grob gebrochen worden und jetzt kaum noch erkennbar.

– An Cantor Müller das Siegel ist noch wohlbehalten.

– Also wird er diesen Brief in Höpffners Stube geschrieben haben.

– Nur den?

– Denn anderswohin hat er dessen Petschaft ja nie mit sich genommen.

– Wer sind die Cosaken? *Morgen sind die Cosaken da*!?

– Sehr unbedacht, Verzeihung, sehr muthwillig... Es mögen die Herren bitte solchen Muthwillen verzeihen.

– Welche Bewandtniß hat es mit Amtmann Hoffmann?

– Ein alter Bekannter.

– Auch ein guter Freund?

– Das nicht gerade – doch giebt es viele in Suhl, die er noch kennt, und viele, die sich seiner Predigten noch erinnern mögen.

überbrachte Universitäts=Acktuar Liebmann ein am Nachmittag bei gehaltener Nachsuchung in M. Höpffners Wohnung gefundenes Petschaft, von dem ein Abdruck hier ad marginem gebracht, und welches dem Siegel auf dem in der Kuhnhardtin Wohnung gefundenen Briefe, soweit solches noch vorhanden, gleich ist.
Dieß bemerkt
Fürchteg. Langbein
Cr.A.Ackt

Hoffmann,
Christoph Anton,
† 28OCT1814

– Sich an Johann Christoph Grebel erinnern mögen?

– Es ging um Geschäfte: – !

– Man hört...

– Anfang Februar, nein vorher, gleich zu Beginn des Jahres war ihm bei einer Bücher=Aucktion in Erfurth zu Ohren gekommen, daß—

11JAN1813

– Von einer Auktion zur nächsten im Sattel und zwischendrein noch zu Leipzig auf Occasionen aus – wann hatte er denn Zeit noch sein geheiligtes Amt zu versehen?

– Poserna ist ein kleines Dorf, sehr klein; die Seumes, die Raschaus, die Schuhrs – nur wenige Familien dort...

– *...ist ihm zu Ohren gekommen, daß...?*

– ...daß Hr. Hoffmann über Weihnachten vom Schlag getroffen worden ist...

– Erzählt man solche Neuigkeiten auf Erfurther Bücherauctionen??

– ...so war er kurzentschlossen nach Suhl rüber gesprungen, um demselben einen Besuch abzustatten und bei der Gelegenheit mit ihm über ein Guth in Franken zu reden, daß er nach dem Tod seiner Schwiegermutter zu kaufen erwog.

– Er wollte nach Thüringen zurück?

– Wenn es hier mit der Professur nichts würde – vielleicht. Und er steht auch mit Jena in Verbindung, an der Universität mit Professor Eichstädt.

wie der Amtsfrohn Dietze anhero meldete, ruft M. Tinius im Schlaf nach Napoleon. Der möge schon die Bücher nach Paris mitnehmen und einen gewissen Monsieur Sassi oder Sacci grüßen, er werde folgen (Sa. 20ster März)

– Warum als Hr. Grebel, warum wieder incognito, wenn er doch den Hoffmann bereits gut kennt?

– Weil es keiner in Suhl wissen sollte, daß er kommt. Manche wollten es ihm vielleicht verübeln, wenn er sie bei einem Besuch ganz unberücksichtigt ließe... Darum hatte er den Brief unter falschem Namen scribirt. Damit auch Hoffmanns Bediensteter nichts erfährt und nichts herumzuposaunieren hat.

– Wie kam es, daß der Brief nicht in Suhl verblieb? Warum hat er ihn wieder mit zurück genommen?
– Hr. Hoffmann war damit einverstanden.
– *Die Inquisition geht weit aber fehl.* – Heißt?
– Daß man bei der Visitation nichts geeignetes finden wird, das ihn in der Kuhnhardtischen Sache gravire.
– In einer anderen Sache — ?
– Was auch immer er hier vorbringt: es wird ihm am Ende zum Nachtheil gereichen.
– Und wofür sollte Hr. Nöllner aus Darmstadt so viel Geld erhalten, 3000 Thaler?
– Für den Ankauf bestimmter Manuscripte. Melanchthon, Pirckheimer, Zwingli... Es sollte – das Geld sollte gerade dieser Tage aus dem Hennebergischen eintreffen, wo ihm noch beträchtliche Capitalien ausstehen.
– Capitalien? Zum Beispiel?
– Zum Beispiel 2700 Thaler beim Weinhändler Albrecht zu Heinrichs, 400 bei Fleischer Ulrich daselbst, 1000 in Altendambach bei Joseph Wagner, auch 1000 Thaler bei dem Chirurgen Adam in Suhl – in den Studierstuben liegt sein Schuldbuch, da kann man alles bis ins Kleinste überprüfen. – Wenn es die Herren nicht bereits kennen.
– So weit sind die Herren noch nicht vorgedrungen.
– Viele der dort verzeichneten Gelder hatte er bereits vor Jahren verliehen, noch als Pastor zu Heinrichs, und einige davon unlängst erst aufgekündigt.
– Verfügt er noch über andere Capitalien?
– In Kürze wird ein Doublettenverzeichniß seiner Bücher in die öffentlichen Zeitungen eingerückt, das könnten gut einige Tausend Thaler werden.
– Aber wenn alles mit rechten Dingen dabei zuging, warum sollten dann auch diese Briefe verschwinden? An Nöllner, an Rhode, Gemeiner?

eod zeigte Hr. Amtsfrohn Dietze an, daß Tinius über Fieber=Anfälle klage. Es wurde bedeutet, den Hrn. Amts=Physikus Dr. Ludwig zu Besuchung des Patienten zu veranlaßen
(Mi. 24ster März)

– Um alles Aufsehen zu vermeiden und auch den Vorwurf zu schneiden, daß er all sein Geld für Bücher ausgebe, damit Handel treibe oder seine Amtspflichten versäume, wie es ihm ja auch im Verhör schon mehrmals angedeutet worden ist. — Und auch bei Luckau ein Feldgrundstück gehört noch zu seinen Capitalien, Werth 1500 Thaler; es ist aus dem Besitz seiner vorigen Schwiegermutter.

– Noch einmal: wozu die falschen Briefe? Wer soll ihm das glauben: incognito – diese Geschichten? Zu welchem Bezweck?

– Wenn er ein Räuber und Mörder ist, dann sind sie verdächtig und überführen ihn. Wenn er aber keiner ist? – Sind es nur Schrullen..., Lappalien...

– Woher wußte er, daß man seine Papire beschlagnahmen wollte?

– Was gäbe es sonst in seinen Studierstuben zu holen?

– Was hat es mit dem Tuch auf sich? Wer ist I.S.B.?

– Ganz obiter war in einem Verhör einmal von einem Tuche die Rede, das der Kuhnhardtin gehörte. Da war sein erster Gedancke: ob in seinen Stübgen sich wol Tücher befinden, die wieder falschen Verdacht erzeugen.

– Es war nie von einem Tuch die Rede...

– Nein? Nie? – Blind ist der Eiffer des Unschuldigen.

– I.S.B.?

– Johanna Sophia, der verklärte Name seiner ersten Ehegenossin; einer geborenen Bötticherin.

– Woher stammen die Blutflecken?

– Blutflecken?

– Und warum wurde versucht sie rauszuwaschen?

– Zwar blute ihm öfter die Nase, aber Blutflecken sind das wol nicht. Es könnte alles mögliche seyn, Wagenschmiere, Thé, welcher Dreck auch sonst. —

Wenn die Wäsche schmutzig ist, gehört sie gewaschen.

– Warum sollten Höpffner oder Stimmel in Poserna seine Gemahlin abfragen?

– Weil seine Gattin eine ehrliche und gewissenhafte Frau, er dagegen immer so zerstreut ist und sich um vieles im Haus nicht bekümmert. Indem sie sich gewöhnlich besser der Vorgänge entsinne, hatte er ihre Aussagen zum Maßstab der seinigen nehmen wollen.

– Was bringt ihn dazu, zu sagen: *die Sache mit der Magd ist es nicht und ist wohl vorbei?*

– Es war seine Einschätzung. Auch vertraute er auf seine Rechtfertigung durch die Zeugen.

– Die Zeugen?

– Die alle schon genannt worden sind, Hübel, Liebeskind, Adami, Rau, alle, denen er an besagtem Morgen begegnet war. – Aber ist denn schon einer von ihnen abgehört worden? Adami? Hübel? Hofrath Schreiber? – Nein? Keiner?

– Wer ist Hofrath Schreiber?

– Nein, nicht Schreiber, pardon, ein Versehen...

– Was bedeutet der Satz: *Ist meine gestrige Bitte nicht erfüllt worden, zuvor zu kommen, so ist es nicht gut?*

– Die Befürchtung, die Genossin zu Hause werde in Ohnmacht fallen und noch melancholisch werden, wenn man sie nicht vorbereitet.

– Warum schrieb er davon, Briefe zurück zu datiren?

– Briefe, die er seinen ausländischen Correspondenten schuldig ist. Um ihnen nicht aus dem Gefängniß antworten zu müssen, so wollte er auf einen Tag vor seiner Haft datiren.

– Worauf zielt die Anspielung: *der sich gar in das Gewand eines Geistlichen gekleidet hat?*

– In den Zeitungen stand, auch sonst wurde erzählt, daß
der Mann, der damals den Kaufmann Schmidt gemordet, die Tracht eines Landpfarrers trug.
– Die *Schmidtische Geschichte*? Wie kam er überhaupt
darauf?
– Wegen der Fregeschen Leute den einen Montag. Und
weil Hr. Commissarius sich bei einer Abhörung ein-
mal ausgelassen hat: am Ende wäre der Mörder der
Kuhnhardtin auch der, der den Kaufmann Schmidt
und zuvor noch den Tuchmacher erschlagen hat.
– Er scheint ein gutes Gedächtniß zu besitzen.
– Wenn es so wäre. Es ist zum Verzweifeln.
– Aber zur Sache des Tuchmachers hat er nichts ge-
schrieben!?
– Die ist ihm nicht geläufig.
– Was hat es mit dem eingeschlossenen Zettel auf sich?
– Umstände, die ihn rechtfertigen sollten, wenn er auf
den Kaufmann vernommen würde.
– Wieder Zeugen seiner Unschuld...

M. Tinius befindet
sich etwas besser und
fühlt eine Erleichter-
ung. Jedennoch klagt
er über jählinge Wal-
lungen, Reissen in
den Lenden, unruh-
igen Schlaf, Auffahren
im Schlafe, beängsti-
gende Träume und
zumal über Schwin-
del. Dr. Ludwig
(Fr. 26ster März)

– Würde man ihm freiwillig welche schencken?
– So gesteht er also ein, am nämlichen Tag letzten Jahres
auch schon in der Stadt gewesen zu sein.
– Würde Abstreitung klug seyn? – Ja.
– Hält er den neuerlichen Zufall nicht selbst für verdäch-
tig?
– Alles ist verdächtig, wenn man es verdächtig will.
– Aber wenn er unschuldig ist, warum vergiebt er solche
Aufträge?
– Den man so jäh und so ungegründet beschuldigt, was
thut dieser Tropf nicht alles zu seiner Rechtfertigung.
– Und dann soll Magister Stimmel also nach Poserna rei-
sen, warum?
– Nicht gleich, und nicht in jedem Fall. Erst wenn es
wirklich auf die Kaufmannssache käme, da sollte

Stimmel gewisse Symbole erhalten und nur dann
nach Poserna gehen und—
– Symbole?
– *Hr. Schmuhl*, das eine, das andere: *Du sollst einen Ha-
sen schießen.*
– Und was thun in Poserna?
– ...und dem Domänenpachter Schmuhl die wahren
Umstände ins Gedächtniß rufen.
– Wer ist Schmuhl?
– Pachter Schmuhl? Aus Poserna ein Bauer. Hat Anstand.
– Warum gerade der?
– Schmuhl war damals mit ihm nach Leipzig gereist.
– Stimmel sollte ihn zu falscher Aussage verleiten!?
– Wie könnte, nach so langer Zeit, sich der gute Mann
noch erinnern?
– Warum brauchte es zwei weitere Zeugen, die Schmuhl
einverständigen soll?
– Zwei unbekannte Personen, die seinerzeit mit auf dem
Schlitten saßen.
– *Welche Freude hast Du mir gemacht?*?
– Als man ihm auf einem Zettel vermeldet hatte, daß
Magister Stimmel aus Poserna zurück ist.
– Warum unbemerkt die Mütze noch mehr beschädigen?
– Sonst hätte man ihm am Ende wieder nicht geglaubt,
daß es genug Gründe hatte, sie wegzugeben und
eine neue zu kaufen.
– Der Mützenhändler sollte zum Geständniß gebracht
werden, daß es gegen halb neun war?
– Damit es demselben bis zu seiner Abhörung nicht
ganz entfallen möge.
– Ob er vielleicht die Mütze nur getauscht hat, um sich
unkenntlich zu machen?
– Man siehet alle Dinge so an, daß sie nur gut ins
schlechte Muster passen.

es waren a,) derer
nicht zwei, sondern
drei; b,) dieselben
nicht unbekannt: 1.
der Sohn des Ober-
försters Edel aus Beu-
ditz bei Weißenfels,
2. Pachter Dipolt,
und 3. Schmuhls
Knecht Weber

– In einer Nachricht, an Höpffnern, heißt es, daß dieser
sein Papier und den Siegellack austauschen soll, wozu?
– Zuweilen kam es vor, daß er in Höpffners Haus politi-
sche Notizen verfaßte. Damit niemand sie lesen
konnte, siegelte er sie gewöhnlich mit Höpffners
Lack. Hätte man nun bei der Haussuchung solche
Schreiben gefunden – man wird sie wohl gefunden
haben –, so wäre am Ende noch sein Logiswirth in
Ungelegenheiten gekommen, darum.
– Hatte er nicht etwa den Kuhnhardtischen Brief im Sinn?
– Nein doch.
– Und dessen Siegellack?
– Immer wieder dieses!
– Wer ist E-k-?
– (: ??)
– Wer ist mit *E-k-* gemeint?
– Hr. Doctor... Enkevielleicht?
– Was mit *Hd.*: *das ist dir ein böser blutgieriger Hd.*?
– *Hd.* heißt – – Held.
– Ein böser blutrünstiger Held geht aufs Verdammen
aus!?
– Weil es ihm bei den ersten Verhören so vorkam, als sei

Hr. Enke veranlaßt
hierbei zu bemerken,
daß er sich durch
diese Lästerrede sehr
gekränkt fühle und
deshalb auf des Hrn.
M. Tinius Bestrafung
im Falle, die Unter-
suchung nicht solche
ohnedieß nach sich
ziehen sollte, zu drin-
gen sich genöthiget
sehe

Hr. Dr. Enke gegen ihn eingenommen...
– Was haben in seinen Studierstuben die beiden Häm-
mer zu suchen?
– Auch Sägen und ein paar Zangen liegen dort; man be-
dient sich ihrer zum Bau der Repositorien.
– Und warum ist einer davon am Stil verkürzt?
– Den Großen um die großen, den Kleinen um die klei-
nen Nägel einzuschlagen.
– Der Kurze ist in Papier emballirt, wozu?
– Aus Unbedacht. Er hatte diesen erst unlängst gekauft
und dann nach Gebrauch wieder in das Papier ge-
wickelt. Warum? Aus irgendeinem Grund—

– Damit er ihn besser herumtragen kann und unterm
Mantel verstecken, nicht darum?
– Wer führt schon schwere Hämmer mit sich herum? –
Wegen des bequemeren Gebrauchs ist er abgeschnitten worden, weshalb sonst? — Auch aus Zahnpulver
läßt sich ein schönes Gifftlein köchen und rühren –
wenn es nur immer wieder darauf hinaus will!

porro berichtet Amts-
frohn Dietze wieder-
holten Males von lau-
tem Streit in der Celle
des Magisters (Sa.27ster
März)

Auf Vorlesen fügte Hr. M. Tinius noch hinzu, er habe
sich des Ausdrucks *blutgierig* nur bedient, weil hier von
einer Criminal=Untersuchung die Rede ist, wo es auf
sein Leben ankommt. Er hoffe, Hr. D. Enke werde ihm
in dieser Rücksicht verzeihen.

Sodann wurde Inculpat abgeführt. Wieder ging es
die täglich länger werdende Burgstraße hinunter. Was
werden sie dieses Mal werfen?

»Nur zwey Worte bey Gelegenheit eines auffallenden
Auftritts.
(Von einem Fremden.)

Leipziger Tageblatt
vom Sonntag, den
28ten März 1813

Eben begegnete ich am Montage Nachmittag halb drei
Uhr einem Auflauf von Menschen, welche den unglücklichen angeklagten M. Tinius umgaben. Es zerriß mir das
Herz, diesen Mann von Menschen verfolgt zu sehen.
Schon über die Menge Zuschauer, welche zum Theil
ihre amtlichen oder häuslichen Pflichten versäumten und
vernachlässigten, um stundenlang auf das traurige
Schauspiel zu warten, staunte ich! Wenn ich auch zu-
gebe, daß für Physiognomen und Psychologen der Anblick eines solchen Inhaftaten viel Interessantes hat, so
bin ich doch überzeugt, daß den größten Theil der Anwesenden stumpfe Neugierde hingezogen hatte, und ich
kann mich nicht überreden, daß unter der zahllosen Begleitung nur ein Einziger in der Absicht physiognomi-
scher Studien zugegen gewesen sey. Aber der Unfug, das
ganz gemeine Betragen mehrerer – auch anständig gekleideter junger Menschen – empörte mein Herz. Der

unglückliche Angeklagte ging in seinen Mantel gehüllt, und man drängte sich an ihn, suchte sein Gesicht, das er verbergen wollte, zu enthüllen, rannte ihm unter die Augen, bediente sich niedriger Ausdrücke, und spuckte! — Womit kann man diese Mißhandlungen entschuldigen? Das Gericht untersuche, entscheide, und bestimme erst sein Urtheil! Es ist unerlaubt, unrecht, dem richterlichen Ausspruche vorzugreifen, und hat man keine Achtung gegen die Gesetze, unter deren heiligem Schutze auch jeder Angeklagte steht, so sollte man doch einige Achtung gegen die Umgebung haben, denen Ruhe und Stille gebühret. (Der Inhaftat wurde durch die Burgstraße bey den Predigerhäusern und der Thomaskirche vorbeygeführt.) Man hätte mehr Achtung auch für die versammelte Gemeinde erwarten sollen, zu welcher gerade in diesen tumultarischen Augenblicken ein achtungswürdiger Prediger, der Herr Superintendent Rosenmüller, sprach. Gewiß hat eine Hohe Commission von diesem Unfug Kenntniß.«

In dem 87sten Stücke des Leipziger Tageblattes ist ein Aufsatz enthalten, worin über mehrere bey Führung des Hrn. M. Tinius zum Verhör angeblich vorgefallene Ungebührnisse unberufener Weise Bemerkungen gemacht werden

An einem der nächsten Tage, schon zu ziemlich früher Stunde, erschien Mme. Cunitz auf dem Creisamt und beschwerte sich bitterlich darüber, daß sie, anders als zum Beispiel die dahergelaufene Dirne Schmidt oder die fette Kutschersfrau, nicht auch zu solenner Vereidigung geführt worden war. Bei dieser Gelegenheit corrigirte sie ihre früher gethanen Äußerungen insofern, als sie sich bezüglich der Statur und der Kleidung des ihr erneut vorgeführten Pfarrers nunmehr für vollständig überzeugt hielt, daß derselbe die Mannsperson sei, die am 8ten Februar in ihrem Hause herumgestänkert war. Im Gefühl hatte ihr diese Überzeugung zwar schon bei ihrer letzten Abhörung gelauert, nur hatte sie sich damals aus Furcht, der Pfarrer würde wieder auf freien Fuß kommen und an ihr böse Rache nehmen, nicht getraut, so bestimmt damit herauszurücken.

(Um sich in ihrer Meynung zu festigen, war sie seit Tagen keiner der Zu- und Abführungen des Verbrechers fern geblieben und dabei vor allem in die Gewißheit gelangt, daß zwischen dem Gang des damaligen Schuftes und dem des heutigen Gerichtsinsassen die vollkommenste Übereinstimmung bestand.)

Ich, Christiane Sophie Cunitz, schwöre zu Gott dem Allwissenden mit Mund und Herz diesen theueren Eyd, daß meine Aussagen, welche mir itzt deutlich wieder vorgelesen und von mir wohlverstanden worden, mit der Wahrheit genau übereinstimmen und ich weder um Geschenk, Gunst, Versprechens, Freundschaft oder Feindschaft, noch einer anderen Ursache willen, etwas Wahres verschwiegen, oder etwas Falsches erdichtet habe, so wahr mir Gott helfe und sein Heiliges Wort durch Jesum Christum Amen!

Interpolemicen, Endlosschleife mit Kratzer

Sollte ein Strafurtel mathematische Gewißheit erfordern, bei welchem die Möglichkeit des Gegentheils undenkbar ist, so würde man niemals ein solches abfassen können.

...und es gewährt auch die subjective Ueberzeugung des Richters eine Beruhigung, wenn die Thatsache, die ihm selbst als eine nahe Anzeige erscheint, auch vom Gesetzgeber beispielsweise dafür erkannt worden ist, und das innere Gefühl, welches sich gern als Stimme der Wahrheit kund giebt, mit der philosophischen Abstraction im Einklang steht. J.E. Hitzig

Einerseits Jurist und Kriminalist, zum andern glühender Verfechter und Beförderer der Wortkunst – vielleicht war eben genau diese gelungene Verknüpfung der Grund unserer überaus freundlichen Gesinnung gegen Julius Eduard Hitzig bisher.

(Bisher! Und die längste Zeit!)

Außerdem – was viele seiner Zeitgenossen gar nicht wußten und geglaubt hätten – schrieb besagter Herr in seinen jüngeren Jahren unter dem Pseudonym *Eduard* höchstselber Gedichte. Es sind uns nach langwierigen Recherchen deren mindestens neun Stück untergekommen, die meisten davon in Chamissos Musenalmanach. – Einige Nachrufe besingen den Kriminalrat als einen Freund und Bruder und Anreger etlicher öffentlich bekannter Poëten seiner Zeit und sonstiger Personen der schreibenden Zunft, und es heißt, er habe über mehrere Jahrzehnte das literarischen Leben Berlins mitgeprägt.

(Mag sein, aber deren waren es bekanntlich eh allezeit viele.) (Wenn nicht *zu* viele allemal.)

Nach den Auskünften ein paar weniger Nasenrümpfer freilich, welche es ja auch geben muß, benahm sich Hitzig zuweilen etwas arg gönnerhaft! Aha!

...betrifft AZ: 31 KF 105 JF 36273/97
dpa:
Mit dem Verschwinden von Veronika Geyer-Iwand am 25. Juli 1997 begann einer der spektakulärsten Indizienfälle d. deutschen Kriminalgeschichte. Erstmals stand ein Geistlicher wegen e. Tötungsdeliktes vor Gericht.

Die Chronologie:

25JUL1997: Pastor Klaus Geyer meldet seine Frau bei der Polizei als vermißt.

27JUL1997: Das Auto der Religionspädagogin und Bürgermeisterin von Beienrode wird am Bahnhof gefunden.

28JUL1997: Ein Jäger findet die Leiche von Veronika Geyer-Iwand mit zertrümmertem Schädel in einem Wald am Stadtrand von Braunschweig.

29JUL1997: Geyer wird unter Totschlagverdacht festgenommen. Die Staatsanwaltschaft macht keinerlei Angaben zur Beweislage.

30JUL1997: Die Polizei durchsucht das Haus sowie die Gemeinderäume in Beienrode. Das

241

Amtsgericht Wolfenbüttel erläßt zum Entsetzen der 600 Bewohner Haftbefehl gegen Geyer.

:
31JUL1997: Die hannoversche Landeskirche suspendiert den evangelischen Geistlichen vom Dienst. Die Polizei ermittelt, daß der Fundort der Leiche nicht der Tatort war. Gerüchte über ein ausschweifendes Sexualleben Geyers schlagen hohe Wellen.

:
4AUG1997: Die Anwälte kündigen einen Haftprüfungstermin an. In den kommenden Wochen sagen sie allerdings zwei Haftprüfungstermine kurzfristig ab.

8AUG1997: Die Polizei entdeckt d. Tatort anhand von Blutspuren – 700 Meter v. Fundort entfernt.

:
11AUG1997: 21 Pastoren-Kollegen rügen die spekulative Berichterstattung über den Fall Geyer.

:
15AUG1997: Veronika Geyer-Iwand wird im engsten Kreis beigesetzt. Ihr Ehemann nimmt unter polizeilicher Bewachung am Begräbnis teil.

:
29AUG1997: Rund 900 Trauergäste nehmen im Dom von Königslutter von Veronika Geyer-Iwand Abschied.

rufen wir und wollen es nicht kommentieren, wir merken bloß an: so schnell aus dem Zimmermann der Heiland wird, wird ein Heiland zum Zimmermann – E.T.A. Hoffmann jedenfalls, als dessen vorzüglichster Biograph unser Herr später firmierte, nahm ihn in den verwegenen Reigen seiner Serapionsbrüder auf. Hohe Ehre! Du könntest J. E. Hitzig, der nebenher noch die *Zeitschrift für die Criminal=Rechts=Pflege in den Preußischen Staaten* heraus gab, auch etwas abfällig den Anselm Feuerbach des Nordens nennen, tu es! Nur zu! (Und hoff, daß es ja recht weh tut, nur zu!)

In dieser Zeitschrift veröffentlichte Hitzig bereits 1830 eine knapp 170 Seiten starke Abhandlung über den Fall Tinius (aus der sich fünfzehn Jahre später Willibald Alexis', alias Dr. W. Häring, seinen 70-seitigen Aufsatz im Neuen Pitaval goß, von dem in aller Genüge schon die Schimpfrede ging). Indem der Titel der Hitzigen Abhandlung – *Zur Lehre vom Beweis durch Anzeigen* – ihr Objekt nicht beim Namen nennt und auch der Untertitel den bibliographischen Spähern keinen Hinweis gibt, blieb sie unter den Tinius-Sammlern, –Kennern und –Interessierten zumeist unbemerkt, nicht einmal Herr Diestel-Wichtig, der vorn erwähnte Dresdener Archivrat und Alleswisser, besaß Kunde von ihr, als er den lächerlichen Artikel im Neuen Pitaval forsch zur Quelle erklärte. Voreiligerweise.

Wir räumen es franc und frey ein: es war nicht wirklich fair von uns, zumindest war es ebenfalls voreilig, Willibald Alexis zum Urheber (und Sündenbock) des bis heute gängigen Tiniusbildes zu ernennen; dieses fragwürdige Verdienst gebührt einzig und allein Julius Eduard Hitzig. Was für denselben wiederum der Anlaß war, den Fall mehr denn sieben Jahre nach seinem endgültigen Abschluß noch einmal fachpublizistisch aufzurollen, und zwar anhand der damals noch vollständig vorliegenden Akten, wurde uns bei der Lektüre zunehmend schleierhaft.

Denn die unsrige Welt ist einfach und robust gestrickt. Nach unserem Dafürhalten, um nicht zu sagen: nach unserem Weltbild gehört ein heimlicher Selberdichter und öffentlicher Dichterfreund grob über den Daumen gepeilt dem gleichen Lager an, wie ein Bücherbesessener und manischer Anhäufer derselben und, so es denn einmal sein muß, Mörder um ihretwegen. Insofern vermögen wir nicht nachzuvollziehen, warum sich Hitzig ohne Not so vergehen, so schuldig machen konnte. Anstatt nachträglich das hehre Schwert zu zücken und mit Körnerischem Temperament die während des Prozesses weitgehend unter die Räder geratene Defension des Magisters zu führen, anstatt dazu wenigstens einen freien frechen Versuch zu wagen, anstatt, wie es sich aber zum Mindesten gehört hätte, wenigstens hie und da mal einen klitzekleinen Zweifel zu riskieren – wiederholte und verteidigte er Zeile um Zeile die voreingenommen und, mit Verlaub, doch wohl wirklich einigermaßen einseitig geführten Untersuchungen und wartete mit hochdemagogischen Argumentationsketten und *so* dreisten Fälschungen auf, daß einem gelegentlich die Luft wegbleiben wollte. Nur einige wenige, erwürfelte Exempel : – : Vorhang! Tusch:

Unter der Überschrift *Anwesenheit im Cunitzischen Hause am Tage der Tat* gibt der Autor ausdrücklich den Kutscher Vetterlein als Zeugen an, der den Magister im Hausflur erkannte. Das ist falsch. Kutscher Vetterlein hatte vom Hof aus zwar einen Mann zur Tür hereintreten gesehen, aber denselben in der Dunkelheit nicht erkennen können, nicht einmal die Farbe seiner Kleidung konnte er sagen. Er war sich lediglich einigermaßen si-

7SEP1997: In einem 20seitigen offenen Brief (am 15. August in der Untersuchungshaft geschrieben) wirft Geyer den Behörden einseitige Ermittlungen vor und beteuert erneut seine Unschuld.

7NOV1997: Die Staatsanwaltschaft teilt die weitgehenden Abschluß der Ermittlungen mit. Als Tatmotiv werden Eheprobleme angegeben.

17NOV1997 : Die Staatsanwaltschaft erhebt gegen den Pastor Anklage wegen Totschlags.

2FEB1998: Der Prozeß gegen Klaus Geyer beginnt vor dem Landgericht und wird von Journalisten aus ganz Deutschland verfolgt. Die Zuschauerreihen sind an jedem Tag bis auf den letzten Platz gefüllt.

16APR1998: Nach 20 Verhandlungstagen wird Geyer (nach mehreren Urteilsverschiebungen) wegen Todschlags zu 8 Jahren Haft verurteilt. Gutachten zu Ameisen und Maden an der Leiche sowie an den Bodengutachten sollten die Stichhaltigkeit von Indizien der Staatsanwaltschaft klären. Bis zum Schluß beteuert Pastor Geyer seine Unschuld.

***

Bei der Urteilsbegründung verbarg Geyer das Gesicht in den Händen. Mehrfach schüttelte er den Kopf, einmal sagte er: *Das muß ich mir anhören,* und schlug mit der flachen Hand auf den Tisch. Richter Kriebel sagte, die Täterschaft Geyers ergebe sich aus der Gesamtschau der Hauptverhandlung und aus mehreren Zusammenhängen. Neben den belastenden Gummistiefeln sei der Pastor am Tattag von einem Zeugen zwischen 15 und 16 Uhr (zur Tatzeit) mit dem Auto seiner Ehefrau beim Leichenfundort gesehen worden. Nach den Aussagen der Gutachter sei auszuschließen, daß die Erde an Geyers Stiefeln von einer anderen Stelle als dem Leichenfundort stammte. Kriebel: *Das ist zwar theoretisch möglich. Die Kammer schließt das aber aus.*

***

Richter Kriebel sagte: *Die Ehe war nicht so glücklich, wie der Angeklagte es in der Hauptverhandlung geschildert hatte. Die Ehefrau litt erheblich unter den langjährigen außerehelichen Beziehungen.* Die Ehe sei Ende Juli 1997 in einer kritischen Phase gewesen. Gegen Geyer

cher, daß es nicht der ihm bekannte Magister Kluge war. Der Name Tinius wurde in seiner Vernehmung niemals auch nur erwähnt.

Die Aussage der Höpffnerischen Magd Marie Christiane Meyer, wonach Georg Tinius die Wirtschaft am 8. Februar erst gegen halb, dreiviertel neun verlassen habe, läßt Hitzig darum nicht gelten, weil das erst 19 Jahre zählende Fräulein noch zu jung und darum viel zu unbedacht und verspielt war, als daß ihren Aussagen, ganz insgesamt, besonderes Gewicht beizumessen wäre. – Zweifellos irrte Fräulein Meyer in besagtem Punkt tatsächlich, ob aber wegen ihrer anfangs nur 19 Lenze? Das Alter Henriette Schmidts nennt der Text nicht. Sie feierte, nur um dies nachzutragen, ihren 19. Geburtstag am 16. April, d.i. ein knappes Jahr nach ihrer Freundin, die Anfang Juno schon den 20. hat.

Ähnlich verhält es sich mit den entlastenden Aussagen der Frau Höpffner, wonach etwa Tinius nicht im Matin sondern nur im bloßen Frack, kurzen Hosen, weißen Strümpfen und Stiefeln ausgegangen war. Es gebreche diesen Aussagen schon allein darum an jeglicher Glaubwürdigkeit, so heißt es, weil die Zeugin damit rechnen mußte, daß bei einer Verurteilung des angeschuldigten Pfarrers über kurz oder lang auch über ihren Gemahlen die peinliche Inquisition verhängt werden würde; wer weiß, vielleicht noch über sie selber. – Bleibt zu fragen, warum diese Zeugin denn überhaupt erst abgefragt worden war?

Otto Ernst Eduard ist der 13-jährige Sohn der Höpffners. Auch er hatte am Morgen von dem Vorkommnis im Hause Cunitz gehört und war neugierigerweise zur Kuhnhardtischen Wohnung hochgestiegen, um ein wenig zu gaffen und zu lauschen. Als er kurz nach Mittag nach Hause kam und am Tisch aufgeregt über seine Erlebnissen berichtete, wurde er von Tinius mit den Worten ermahnt, daß sich ein Kind in solche Dinge nicht einmischen müsse. Dem stimmten die Eltern des Knaben zu; für Hitzig dagegen stellt die Ermahnung ein zwar nur entferntes, aber doch im Kontext mit anderen nicht minder gewichtiges Indiz für die Schuld des Magisters dar – nämlich mit der Begründung, daß *die Aeußerungen des Kindes an sich unschuldig waren und darum einen Verweis gar nicht verdienten.*

An anderer Stelle widerspricht der Autor dem Vorigen indirekt, indem er behauptet, Tinius wäre nach dem Anschlag auf die Witwe vorzeitig und quasi überstürzt wieder abgereist und habe sich während der verbliebenen Zeit überwiegend in seinem Zimmer aufgehalten. Dies mag geschrieben stehen, wo es will, in der Acta keinesfalls. Dort ist vielmehr davon die Rede, daß der Magister sich des Vorfalls wegen später als ursprünglich beabsichtigt auf die Socken machte. Und das auch nur, weil seine Amtsgeschäfte es unbedingt erforderten. Viel lieber wäre er noch etwas geblieben, um, gemeinsam mit Freund Höpffner, das Fräulein Schmidt und die neuesten Nachrichten abzupassen.

Auf Tinius' Besuch am Freitag vor dem Mord im Juniussischen Haus geht J. E. Hitzig nur kurz mit der Bemerkung ein, der Magister habe dem Hausmann Stephan falsche Auskünfte über sich und seine Verhältnisse gegeben. Tatsächlich hatte sich Tinius als Dorfpfarrer ausgegeben, beheimatet einen Büchsenschuß entfernt von Rippach. Das mag nach manchem Dafürhalten etwas unpräzise gewesen sein, direkt falsch war es nicht. Und er suchte nach einem Quartier für die Bücher. Ob dies wiederum stimmte oder gelogen war, ist der Acta nicht zu entnehmen. Uns fällt kein Grund ein, der dagegen spräche.

habe zudem sein Verhalten nach dem Verschwinden der Ehefrau gesprochen. Zunächst sei er Zeugen *entgleist und zerstreut* vorgekommen. Erst als die Leiche seiner Frau entdeckt worden sei, habe er besorgt gewirkt. Kriebel: *Das hätte aber genau anders herum sein müssen.* Auch daß Geyer am Abend des 25. Juli mit einer anderen Frau im Ehebett schlief, sprach nach Ansicht der Kammer gegen den Pastor. Das zeige, *daß der Angeklagte gewiß war, daß seine Frau nicht nach Hause kommt.* Auch als die andere Frau neben ihm in der Nacht zweimal wegen Störungen aufgewacht sei, habe er ihre Sorge, die Ehefrau könne zurückkehren, nicht geteilt. Dies spreche für ein Täterwissen.

***

Mitteilung Nr. 28/ 1999. Bundesgerichtshof bestätigt das Urteil des Landgerichts Braunschweig gegen Pastor Geyer. Beschluß vom 30. März 1999 – 5 StR 616/98:

Der 5. (Leipziger) Strafsenat des Bundesgerichtshofs hatte über die Revision von Pastor Klaus Geyer zu entscheiden. Der Angeklagte war vom Landgericht Braunschweig am 16. April 1998 wegen Totschlags zu einer Freiheitsstrafe von 8 Jahren verurteilt worden. Das Landgericht hatte sich davon überzeugt, daß der seine Unschuld beteuernde Angeklagte am 25. Juli 1997 seine Ehefrau in der Nähe von Braunschweig als Folge eines Ehestreits getötet hat. Der Bundesgerichtshof hat durch Beschluß vom 30. März 1999 die Revision des Angeklagten als unbegründet verworfen. Die landgerichtliche Beweiswürdigung weist keine Rechtsfehler auf.

***

Sehr geehrter Herr, auf Ihr Gesuch um Übersendung einer Urteilsablichtung / Einsicht in die Akten muss ich Ihnen leider mitteilen, dass Schriftsteller kein Recht auf Akteneinsicht haben.
Hochachtungsvoll
Bock-Hamel
Staatsanwältin

(Daß auch Magister Stimmel aussagte, Tinius in das Juniussische Haus gewiesen zu haben, weil dort ein Quartier leer geworden war, läßt Hitzig nicht gelten. Weil ja auch Stimmel unter Verdacht geriet und ihm folglich, wie schon den Höpffners, an einer Freilassung des Freundes sehr gelegen war.)

Bekanntlich gab das Fräulein Schmidt an, von dem Fremden = Kluge = Tinius sowohl am Samstag vor der Kuhnhardtischen Wohnungstür, als auch am folgenden Montagmorgen unten im Hausflur mit der Formel (der Kernformel!) begrüßt worden zu sein: *Ei, das ist ja die Köchin, die bei Magister Höpffner gedienet.* Diese für einen davon-, resp. sich anschleichenden Schwerenöter vielleicht ein kleinwenig unorthodoxe Freundlichkeit erklärt Hitzig mit hinlänglich bekannten Verhaltensmustern, wonach entweder *der augenblickliche Eindruck des Verbrechens die Besonnenheit des Verbrechers störte, oder* solcher Überschwang *von ihm absichtlich gewählt war, um so unbefangen als möglich zu erscheinen.* – Wir können nur wiederholen: *ei, Köchin* am Samstag, *ei, Köchin* am Montag, einmal unbesonnen, einmal mit Absicht. Welche Variante gäbe es noch in Betracht zu ziehen?

Daß Frau Dr. Cunitz den Magister erst im zweiten Anlauf als den Fremden vom 8. Februar identifizierte, erscheint dem gelernten Kriminalisten ganz und gar nicht geeignet, die Glaubwürdigkeit der Zeugin in diesem Punkt in Frage zu stellen. Im Gegenteil, *da der desfallsige Grund ihre Glaubwürdigkeit eher erhöht, als schwächt. Sie überzeugte sich nämlich erst dann von dieser Identität, nachdem sie, während er über die Straße zum Verhör geführt wurde, seinen Gang beobachtet hatte.*

Hinsichtlich des Zeugen Adami erweckt Hitzig den Eindruck, als habe Tinius denselben nur aufgerufen,

246

weil es ihn in Wirklichkeit gar nicht gab. Sehr raffiniert! Das würde im Umkehrschluß bedeuten, daß der Angeklagte die zahlreichen Kassiber an den Studenten auch nur schrieb, um seine Vernehmer zu irritieren und sie wogar auf abstruse Fährten zu führen. Noch raffinierter! Dem wiederum wäre vorauszusetzen, daß Tinius regelrecht auf die Abfangung seiner Kassiber spekulierte – Abgründe tun sich auf! Der Hintergrund Hitzigs Vermutung war, daß Adami bislang noch nicht förmlich im Kreisamt vorgesprochen oder anderweitige Zeichen gegeben, und somit auch noch nicht zu Gunsten des Beschuldigten ausgesagt hatte. Kommentar des Kriminalen und Inquisitoriatsdirektors: *dieses Vertheidigungsmoment lag dem Inquisiten ob. (Crim.=Ordn. § 365.) Er hat ihn also nicht geführt.* Hat er natürlich nicht! Wie auch? Hätte er Ausgang beantragen sollen, um sodann seine Defensionszeugen gehörig zur Fahne zu trommeln?

Den Aufenthalt eines Defensionszeugen muß Inquisit nachweisen. - *XV, 52.* Htzg., Repertorium

Ein Zwischenresümee in Hitzigs Text stellt darauf ab, daß Tinius im *Besitz der dem Kaufmann Schmidt entwendeten Leipziger Stadtobligationen* war. Leider bleibt es das Geheimnis des Apologeten, auf welch solitüderten Aberwegen er zu dieser Erkenntnis gelangte. Einige Seiten weiter heißt es noch, Tinius habe zu Beginn des Jahres 1812 einige größere Bücherrechnungen mit dem Geld aus den Obligationen beglichen. – Aha! Könnte wohl sein! Könnte! Du weißt Bescheid! Wir halten der Vollständigkeit halber lediglich fest: hätten Weidlich & Co. unter Tinius' Papieren auch nur den geringsten Hinweis auf den Besitz der Obligationen gefunden, zum Beispiel den Beleg, den sich der Bürger Siegel aus Elsterberg in aller Seelenruhe noch hatte ausstellen lassen, sie hätten ihren glücklichsten DienstTag gefeiert; verlaß dich drauf!

¡Nicht so hitzig, Herr Hitzig! möchtest du laut ausrufen und dich einmal mehr als Liebhaber des gepuderten Kalauers outen. — Es ließen sich dieserart Beispiele noch beliebig fortführen, aber man soll sich hüten vor ermüdender Redundanz.

Darum nur dieses eine und letzte Exempel noch, vielleicht das gravierendste, es betrifft die Sache des Kaufmanns Schmidt. Gleich an mehreren Stellen betont der Kriminalrat, erst Tinius selbst habe die Behörden darauf gebracht, die Untersuchung auf diesen Fall auszuweiten, indem er in einem Kassiber an Höpffner darauf zu sprechen kam. Dies paßte natürlich hervorragend ins Bild, ist aber, sehr zu bedauern, frei erfunden. (Hitzig wußte um die Fehler dieser Kreation, aber auch um ihre Wirkung, also wog er beides gegeneinander auf und entschied für die Wirkung, sprich: für die Fälschung.) Es war ganz unbestreitbar Weidlich, der diesen Fall zunächst in eine der Vernehmungen eingebracht und dann sogar noch die inoffizielle Konfrontation mit den Fregeschen Leuten anberaumt hatte. Und erst nach dieser hatte Tinius das betreffende Kassiber geschrieben.

(Versteht sich: auch Alexis übernahm diese Version in seinen Pitaval, und so gelangte sie denn in die Welt. Kein ernstzunehmender Text, der seither über Tinius geschrieben wurde, welcher sich nicht über dieses verdächtige, ja überführende Faktum ausläßt und es ausschlachtet im Sinne des Schuldspruchs. Es ist klar, wenn jemand derart unbedacht mit seinen boshaften Taten rausrückt, dann ist er eines jeden anderen Verbrechens von vornherein gleich mitüberführt, man muß auf die übrigen Indizien dann gar nicht mehr so genau achten!

»Und sollte etwa die Schmidtische Geschichte aus dem verfloßnen Jahr mit hineingezogen werden – welches man aber ietzt gar nicht äussern darf und mag...«

* * *

248

Daß natürlich auch Julius Ed Hitzig behauptet, Tinius hätte die Autobiographie vor seiner Verhaftung rasch noch selber herausgegeben (und den dazu nötigen Aufwand betrieben, statt lächerliche zehn Minuten lang für ein bißchen Ordnung in seinen Kammern und Kabuffen zu sorgen), ist schon fast nicht mehr der Erwähnung wert, ebenso wenig beispielsweise die Frage, warum der Herr Pupillenrat Hitz...

Um ihres Geldes wegen nahm ich die Frauen! Weil sie so wollten, gab ich ihnen Kinder! Ich brauchte sie nicht. Wenn das Recht des großen Geistes jemals auf Erden gegolten hätte, müßte ich Rektor der Universität Wittenberg, Oxford oder Paris sein. Noch in meine Armenstube und zuletzt noch in den Winkel, in dem ich liege, dankbar für jedes Essen, für jeden guten Groschen, verfemt, vergessen, selbst da noch kommen die durchreisenden Gelehrten, beschnüffeln mich, und staunen laut, bekennend, sie seien nicht würdig, mir die Schuhriemen zu lösen! Was fordern die Hunde aller Zeit Demut, Niedrigkeit, Untadeligkeit, Begnügen von mir, statt daß ich das werden konnte, was ich war? Geld und Stellung sind zumeist ererbt, Ingenium aber als Mal der Höhe gegeben!

Paul Gurk
Ein Drama des Gewissens; 1937

O.T. (Verstreute Musicalien)

Benachrichtigt von jenem fatalen Proceß, lebte ich in der festen Überzeugung, daß der erregte Verdacht ungegründet müsse befunden werden, und erkundigte mich öfter nach Ihnen... (Ich kann) Ihnen nun freylich zu weiter nichts Glück wünschen, als das Leben gerettet zu haben...

J. W. Goethe, Wmr, an J. G. Stimmel, Lpzg

Wie nun – tüchtig und mit steigender Zuversicht – im
Creisamt die Beamten unter Benjamin Weidlich das Ihre
taten, die leidige Affaire aus der Welt zu bekommen, so
war man auch auf dem academischen Gericht guter
Dinge und mit frischem Fleiß am Wercke. Die Verhaf-
tungen der Magister Stimmel und Höpffner hatten keinerlei Aufsehen erregt: es ward an die Thüren der vermeintlichen Mit=Thäter geklopfet, diese waren, ihre
Bündelchen schon unter den Armen, brav heraus getreten – und den Universitätsbütteln gen Paulinum gefolgt,
resp. voran geschritten. – Die Wohnungsdurchsuchun-
gen allerdings verzeichneten keine besonderen Funde;
es wäre ja auch dumm. Beÿ Höpffner das Fremdenbuch,
ein vernachläßigtes Notizbuch und ein halber Bogen
Schreibepapir, bei Stimmel ein pekeschenartiger, grün-
licher Überrock, wie der Zeitungsartickel über den
Mord an Kaufmann Schmidt einen solchen beschrieben
hatte, und ein paar nutzlose Documente. Nicht einmal
das Hörelsche Gut, das Stimmel vor der Stadt besitzt,
blieb von Durchsuchung verschont – nichts : nichts!

Ex carcer in locum concilii und ad carcerem zurück!
– hieß es für Universitäts=Acktuar Liebmann und be-

deutete: wechselndes Verhör. Mal führte er den einen, mal den andern vor, mal binnen Stundenfrist. – Und zwischenher noch die verschiedenen Zeugen geringeren Calibers; ein Kommen und Gehen, wie man es hier gar nicht gewohnt war.

Otto Ernst Höpffner hätte dem Forum kein Unbekannter sein müssen, den hauseigenen Acten ist er es nicht. Vermerk 1805: Hehlerei: sechs Wochen Arrest: August und September: – sein Bruder *Bönhas* betreibt drüben in Halle Gewerbe mit Musicalien, einer seiner Cumpanes verdient hier in Leipzig bei Hoffmeister & Kühnel sein unbebuttertes Brodt, als Handlungsgehülfe im berühmten *Bureau de Musique.* Als dortselbst nun manch gestochene Note und manches Noten=Paquetchen abhanden kömmt, einiges später im nachbarlichen Halle wieder ans Licht gerät, ist schnell das Zwischenglied gefunden – und mit sechs spätsommerlichen Wochen Pritsche betörend milde bedient. – Drei Jahre später, 1808, tritt er noch einmal vor die Hohen Schranken, zunächst als Mitbeschuldigter, dann aber, von der Göttin geküßt: nur als Zeuge: anhängig ist die Sache Carl Friedrich Menzel, der hatte es mit Falschgeld versucht.

Anderseits war der Zapfwirth den Herren Rectoren und Assessoren von der Universität auch kein Fremder, als er doch in der Sache bekanntlich schon zweimal vor dem Concilium stand, am 13ten und am 16ten des vorigen Monats. — Nunmehr zur Rede gestellt, wie er bloß die ihm feyerlich aufgetragene Schweigepflicht so sträflich verletzen und dem M. Stimmel von seinen Abhörungen Bericht erstatten konnte, entschuldigte sich Otto Höpffner und führte aus, es wäre dieß ganz unabsichtlich geschehen und er nur hereingelegt worden... – Als 16ter Febr. an einem Abend Hr. M. Stimmel und der Wundarzt Jung bei ihm in der Stube saßen und hell aufgeregt über

252

die Vernehmung des letzteren sprachen, da waren ihm
wol im darüber entstandenen Eiffer auch ein paar wenige Worte zu den seinigen Abfragungen entschlüpft...;
er wird sie sich nie verzeihen! Aber keinesfalls hatte er
Stimmeln je dazu ermuntert, an Hrn. M. Tinius nach
Poserna einen Brief zu schreiben und ihn zu warnen,
sondern, als Stimmel solches vorschlug, diesem entgegen geworfen: »Das will ich nicht, das verletzt mein Gewissen!«

Aber warum heißt es in seinem eingezogenen Notizbuch: »Durch M. Stimmeln nach Poserna geschrieben«?

Diesen Satz habe er erst ein paar Tage später auf
ein Stückchen Papir nur so hingewischt, möglich, daß
es sein aufgeschlagenes Notizbuch war, nämlich erst,
als ihm zu Ohren gekommen, daß *doch* – ¡und gegen
seinen erklärten Willen! – eine Post nach Poserna abgegangen war. Möglich auch, daß das Notizbuch noch
vom Tag der Confrontation mit Frl. Schmidt her offen
stand. Im Übrigen steht ja auch kein *Ego* oder *Ich*   auch 16ter Febr.
habe... vor dem Eintrag! – Und was nun wiederum sein
Petschaft betrifft, so liegt dieses gewöhnlich bei seinem
Schreibezeug, welches sich Hr. M. Tinius gerne aus-
leiht, der immer viel zu schreiben hat, selten auch einmal ein anderer Gast. — Während Otto Höpffner
schließlich anhand des vor ihm liegenden Fremden-
buchs nachwies, daß Georg Tinius um den 28sten Januar
des vorigen Jahres, als der Kaufmann Schmidt überfallen worden, nicht bei ihm genächtigt haben konnte,
verwahrte er sich sogleich gegen die Unterstellung, er
hätte in den Tagen vor seiner eigenen Arretirung kleine
Zettel und Briefchen von demselben empfangen. Wenn
welche an ihn gekommen wären, so hätte er sie ja sofort
der Justiz eingehändigt!

Warum er damals gleich nach seiner ersten Vernehmung die neue Magd entließ, wurde er – nicht gefragt. (U.a. nicht.)

(Und das, obwohl Maria Dorothea, verehel. Höpffnerin, die natürlich auch abgehört werden mußte, ganz von sich aus darauf zu sprechen kam, ja, extra darauf hinwies. – Denn es nagte an ihr, es wurmte sie, es machte ihr Hitzen : womöglich wieder einmal nicht die Ganzewahrheit über des Gatten Umtriebe zu erfahren. Die Entlassung der Meyerin jedenfalls war nicht mit ihr abgesprochen, soviel stand fest! Auf Verjagung der Schmidtin hatte sie ja durchaus gedrungen, und zwar aus Gründen, die, hier genannt, noch das Protocoll erröthen ließen – auf die der Meyerin aber: ¡mitnichten!

Also? – Warum!

Weil er mit der Magd nicht zufrieden war?

Ob man je mit einer zufrieden sein könnte! —

Doch weniger an den specielleren Sorgen und Nöthen der zweifelnden Ehefrau interessirt, glückte es den Herren auf dem Forum endlich, die Deponentin auf die eigentlichen Gegenstände der Untersuchung hinzulenken. So führte sie u.a. aus, daß vor der Kuhnhardtischen Geschichte der Hr. Tinius schon seit Mittwoch in ihrem Hause logirte, woran sie sich noch so genau erinnerte, weil er am Mittwoch, höchstens Donnerstag, zu ihr gesprochen hatte, man möge abends mit dem Essen nicht warten, er werde bei Ihro Hochwürden, dem Hrn. Domherrn Tittmann speisen. – Am Unglückstag selbst war sie bereits vor ihrem Gemahlen aufgestanden und hatte Hrn. Tinius, der auch schon wach war, das Schreibezeug gereicht, worum dieser gebeten. Ob es ein Brief war, den er dann schrieb, oder irgendwas, das konnte sie nicht sagen, doch hatte sich Hr. Tinius ein Licht aus der Küche erbeten, wie man es zum Siegeln von Briefen ge-

hierbey läßt der mit anwesende Hr. Dr. Tittmann, P.P.O. Acad. Ex Rector, ad Protocollum bemerken, daß Hr. M. Tinius in den Tagen vom 3ᵗᵉⁿ bis 6ᵗᵉⁿ Februar an keinem Abend bei ihm gegeßen, sondern blos Freytags Nachmittag ihn besucht habe

braucht. — Weiße Flecke oder Blut am Frack waren ihr bei seiner Rückkunft allerdings nicht aufgefallen, auch keine Zeichen von Verlegenheit im Benehmen. Umso mehr aber war die Geschichte ihrem Gemahlen auf das Gemüth geschlagen, worauf Hr. Tinius diesem noch riet: wenn er sich so erschrocken habe, dann solle er etwas Salz zu sich nehmen und einen Thé darauf trinken.)

Johann Gottlob Stimmel für seinen Theil versicherte entschieden, daß es kein anderer als Otto Höpffner war, der ihn an Tinius zu schreiben gedrängt – gar keine Frage! Und von Höpffnern kam ja auch die Idee, extra noch die Worte *deleatur et igni tradatur* darunter zu setzen! Zu vernichten und dem Feuer übergeben. — Darüber hinaus aber kreisten die Verhöre Stimmels immer wieder auch um zwei Besuche, die er in den letzten Wochen gethan hatte. Den einen am Abend des 5<u>ten</u> März bei Hrn. M. Tinius, noch (oder schon) in dessen improvisirter Celle im Creisamt. Den anderen bereits am 13<u>ten</u> Februar, einem Samstag, im Pfarrhaus zu Poserna, wovon das Gericht aus anderer Quelle Kunde besaß.

Zum 5<u>ten</u> März im Creisamt sagte er aus, er habe Hrn. M. Tinius, von dessen Unschuld er damals noch überzeugt war, etwas trösten und guten Muth zureden wollen, sich im Übrigen aber mit ihm über unerledigte Büchergeschäfte, etwa den Verkauf der Doubletten aus der Nösseltischen Bibliothek, unterhalten, wie es Hr. Acktuar Müller bestätigen kann, als dieser ja dabey saß. Später noch über ein paar allgemeine Dinge ohne Belang. So habe sich Hr. M. Tinius beiläufig nach einem gewissen Dr. Dorn erkundigt, hiesigem Gelehrten und Docenten, der auch ein großer Bücherliebhaber seyn und ihm ganz ähnlich aussehen soll. Auch ein paar Worte über das Verhör am Morgen waren gefallen – und darüber, wie sich die Vernehmer aufgeführt hätten. Und

D., Joh. Albert Bernh.: Hamberger/Meusel, 5. Aufl. Bd.22,1

daß am Nachmittag Confrontation mit der Schmidtin war und er ausgesagt habe, sie nicht, oder erst um ein Taufzeugniß zu kennen...

Was den 13ten Februar betraf, seinen Besuch in Poserna, so wollte er ja gerne eingestehen, daß dieser aus heutiger Sicht Mißtrauen erregen muß, so doch an diesem Samstag noch nicht einmal eine Woche seit dem Anschlag auf die arme Wittbe vergangen und eben der Verdacht von M. Kluge abgefallen war. Aber alleiniger Grund dieser Fahrt war, daß er dringendes Geld hatte eintreiben müssen für einen beim Universitäts=Proclamator Weigel zu bezahlenden Wechsel. Hr. M. Tinius befand sich indeß nur auf den halben Theil der benöthigten Summe liquide, inweilen er selber einen größeren Betrag von Hrn. v. Kleefeld[1] auf Pobles erwartete, den dieser ihm seit Wochen säumte. Über andere Dinge als das benöthigte Geld wurden insbesondere keine Worte gewechselt, schon gar nicht über den Kuhnhardtischen Vorfall, zumal sich ja auch kaum absehen ließ, daß es ausgerechnet noch Hrn. M. Tinius an die Gurgel sollte. Am nächsten Morgen, kurzum, war er also nur halbverrichteter Dinge von Poserna wieder abgereist und hatte nach Rückkunft in Leipzig auch von der Vernehmung Höpffners am nämlichen Samstag erfahren.

1 Gemeiner Schuldner, der noch öfter durch die Acta geistert, ist Christian Ferdinand Rudolph Gustav Schubart – von Kleefeld, ein mißrathener Sohn des alten Kleeapostels Johann Christian Schubart, von dem noch der dümmste Bauer schon einmal gehört hat. Das Rittergut Pobles, das, wahrlich, nie ein Heim für gefallene Zisterzienser war, liegt vier Autominuten hinter Poserna bei Kreischau. Förzich dreist-atheistische Jahre haben aus dem einst wehrhaften St. Gangolf eine schon von weitem ganz wunderschön anzuschauende Ruine gemacht, die sich aus der Nähe betrachtet noch mausert zur umzäunten Deponie. Ihr zu Füßen die Familiengruft der Kleefelds mit den Särgen Johann Christian Schubarts, seiner Gemahlin Christiane Karoline, geb. Mittler, ihrer Tochter Luise, verehel. Richter und des Sohnes Karl Balduin Schubart – Christian Ferdinand Rudolph Gustav Schubart liegt folglich woanders begraben: ein mißrathener Sohn! Oder Enkel? Wie bei David Ernst Oehler, der oben unter all den Trümmern noch einen Grabstein hat, *1952 von seinen Nachkommen erneuert*, heißt es darauf. — ¡Sowas auch! – ¡Mitten in die DDR! Blumen für Nietzsches Opapa!

gab Ottilia Maria, verehel. Pastorin Tinius, die Ankunftszeit des Hrn. Stimmel am 13ten Februar mit weit nach eilf an, als sie und ihr Gatte schon im Bette lagen und schliefen
:
dazu ließen Hr. Dr. Bahrdt, Acad. Synd., annotiren: indem die Vernehmung des Hrn. M. Höpffner an diesem Tage bereits gegen vier am Nachmittag endigte, könnte bei nurgedachter Wegzeit nach Poserna von drei Stunden Stimmels Abfahrt aus Leipzig gegen acht erfolgt seyn, was eine Differenz von vier Stunden ergäbe

Als M. Stimmel einmal wieder abgeführt werden sollte, bat er die hohen Herren darum, ihn gegen Handgelöbniß und eine Caution von 500 Thalern dem Verhaft zu entsetzen. Man sagte ihm zu, ohne weiteren Anstand ein rechtliches Erkenntniß darüber einzuholen. Aber der Anstand stand in der Schlange an, das Erkenntniß fiel vorläufig unglücklich aus, der Winter verzog sich aus sächsischen Landen, Frühling trat hervor, es wurde wärmer draußen, es wurde Sommer auf der Welt, Hitze staute sich in der Stadt, die Nächte blieben schwül – nach einem kräftigen morgendlichen Herbstgewitter trafen Amtsrichter Weidlich und Pastor Enke zu vertraulicher Unterredung in loco concilii ein, wo nach anderthalbstündiger Berathung mit den Doctoren Wieland, Tittmann, Haase und Bahrdt die Absprache genommen wurde, die Herren Magister Stimmel und Höpffner bis auf weiteres aus dem Arrest zu entlassen. Man war überein gekommen, zunächst einmal die Untersuchung gegen den M. Tinius abzuschließen und, wenn alles gut ging, denselben an die Inquisition zu übergeben. Erst nach deren Erfolg sollten auch die Untersuchungen gegen die beiden Magister wieder aufzunehmen seyn. Warum der schriftliche Erlaß hierzu erst am 2ten Jan. 1814 zu den Acten genommen wurde, ist nicht bekannt.

(Sofort nach seiner Freilassung machte sich Gottlob Stimmel daran, die Geschäfte wieder in Ordnung zu bringen. Durch kleine, durchaus günstige Angebote an Kupfern und mancherlei Bibliophilia suchte er sich den schon verlohren gegangenen Freunden neu zu verbinden. Einigen konnte er in den nächsten Jahren noch erstaunliche Offerte unterbreiten. Hergehört, Lieben Freunde der Orientalistik!

Später verlirt sich seine Spur. Wie es Otto Höpffner weiter erging, ist nicht zu erfahren. Letzte Erwähnung finden die beiden Magister 1827, als der Form halber zwar tatsächlich noch einmal die Untersuchungen gegen sie aufgenommen werden, aber nur, um sie sogleich endgültig und ergebnislos abzuschließen. – Es war zu viel Zeit vergangen. Wer hätte auch nur ahnen sollen, wie lange sich die Causa Tinius noch hinziehen würde, ehe sie ihr abschließendes Urtheil fand – mit dem dann auch keiner so recht glücklich war.)

Das Wasserzeichen des bei Höpffners beschlagnahmten Schreibepapirs stellt einen Mann dar, der neben oder unter einem Baume herum steht und weiter nichts thut. Nach Auskunft des Papirhändlers Mey am Alten Neumarkt wird es, das Heft für drei Groschen, nur selten gekauft, eigentlich nur von Hrn. Höpffner und ein paar älteren Damen. In der Wirthschaft ist es für Georg Tinius zugänglich. Noch am Morgen des Überfalls macht er davon Gebrauch. Auch Johann Gotthelf Bröse aus Hohendorf hat es benutzt für seinen Brief an Mme. Kuhnhardt. Doch wer ist nun wieder dieser Herr? Man hat bereits um Requisition an die Gerichte von Schafenstein geschrieben, und von Lübben und Kleinhermsdorf und Schweinitz und Meißen, wo es überall zwar Hohendörfer giebt – aber in denen keine Bröses. Und warum sollte ein J.G. Bröse, und wenn er auch der Essenkehrer von Stadt-Brandenburg wäre, mit *OH*, mit Otto Höpffners Petschaft siegeln? — Ergo: es stand nicht gut für den Pfarrer zu Poserna. Alles ließ sich gegen ihn richten.

Zudem rückte der Feind gleich von mehreren Fronten vor.

Zehn Tage nach ihrer geisterhaften Stückvisite am 8$^{\underline{ten}}$ März, wie sie der Amtmann an jenem Morgen mit Banquier Frege ausgehandelt hatte, wurden die Fregeschen Leute noch einmal zu einer Confrontation vorge-

»Vertieft in Sorgen, und früh erwacht, ging ich an einem Morgen in *Brösens* Garten, bei der Stadt...« - Tinius in Autobiographie über Mittellosigkeit zu Beginn seines Studiums in Wittenbg. Bröse(n)s Garten lag westl. v.d. Stadt. Er ist benannt nach Joh. Gottfried Sam. Bröse, den das Steuerbuch von Wittenberg bis 1790 führt

lassen, die heute sogar mit richtigem *Pro*tocoll und allen
*Forma*lien vonstatten ging; Benjamin Weidlich weilte
allerdings nicht zugegen, er kannte bereits die Resultate.
Nachdem die Gestalten am 8<u>ten</u> aus der Amtsstube abgetreten waren, war er ihnen in aller Eile gefolgt, um sich
schon einmal ihre ersten Befunde abzuholen. Schon damals hielten sich die drei Herren für überzeugt, daß kein
anderer als der M. Tinius sich am 28<u>sten</u> Januar des vorigen Jahres als Hr. Siegel aus Elsterberg ausgegeben und
die geraubten Obligationen eingewechselt hatte; jeder
auf seine Weise:

Weil sich der Schalter des Commis Oberländer in
einem fensterseitigen Zubau des Comptoirs befand, war
ihm ein Blick auf den Verkäufer nur von hinten und auch
nur durch eine kleine Luke verstattet.

Hr. Adolph Meyer mußte sich ganz auf die Stimme
des Angeschuldigten verlassen, er hatte in einem benachbarten Zimmer gesessen und den fraglichen Mann
bloß sprechen gehört.

Allein Cassirer Witzendorf konnte von sich behaupten, dem Schurken seinerzeit von Angesicht zu Angesicht
gegenüber gestanden zu haben, doch wie ein Jahr später
die Schmidtin den Kluge, so verdächtigte auch Witzendorf damals einen Falschen. – An den er dann vor lauter
Sturköpfigkeit noch bis zur Einstellung der Untersuchung glaubte.

Keiner der drei Herren traute sich später zu, auf den
Verdacht einen Eid zu schwören.

An diesem 18. März hatte man Georg Tinius an die
Kette gelegt. Seine Empörung war groß, als er nach der
Confrontation mit Freges Männern in seine Celle geführt und ihm dort die Eisen angebracht wurden – aber
vergeblich. Der Befehl hieß: ihn nur noch zum Verhör

loszubinden! Wenn man ihn schon nicht am Schreiben seiner Briefchen hindern konnte, so doch wenigstens am Versenden; seine Freiheit reichte jetzt gerade noch die zwei Schritte zum Kübel hin, bis zum Fenster keinesfalls.

Das brachte zunächst ein wenig Ruhe in die Untersuchung. Ohne immer wieder von Neuigkeiten überrascht und abgelenkt zu werden, konnte man nun alle Sorgfalt darauf wenden, die bislang gesammelten Beweisstücke auszuwerten, die nöthigen Verhöre zu führen und noch einigen Hinweisen nachzugehen. – So jedenfalls erklärte sich Benjamin Weidlich in einem lammfrommen Bericht an die königl. Landesregirung zu Dresden. Leider fragte dieselbe nicht nach. Und war also auch nicht stutzig geworden, wie unlängst noch der beleidigte Stockmeister Dietze: — Wenn doch solche Noth bestand, den Hrn. Magister zum Reden zu bringen, und dieser jede Schuld von sich wies und auf alle verdächtigen Zufälle und Anzeichen immer ganz parate Erklärungen gab und jeden Vorwurf bestritt – warum setzte man dann so vieles daran, das Vögelchen des Nachtens am Singen und Tiriliren zu hindern? Wußte es am Ende noch ein kleines Lied im Repertoire, das besser nicht in die Welt gehörte? Wem mochte es zu singen seyn? Wer käme in Frage? – Dr. Carl Heinrich Haase etwa, Beisitzer am academischen Gericht, der zu Beginn der Untersuchungen seine Bekanntschaft mit dem Inculpaten gleich selber eingestanden hatte und gar nicht recht glauben wollte, wessen man Hrn. Hochwürden beschuldigte? Auch mit Otto Höpffner stand sich Hr. Assessor vermuthlich ganz gut – nach der Confrontation mit der Schmidtin waren sie gemeinsam nach Hause geschlendert... — Dr. Tittmann[1] vielleicht, Johann August Heinrich Tittmann, 40 Jahre alt, der erst durch die unbedachte Art der Höpffnerin in Verlegenheit geriet? Wa-

260

rum spielte er seine Bekanntschaft mit Tinius herunter? Nicht zum Essen eingeladen, nur einmal zu Besuch sei der Magister bei ihm gewesen. In welcher Angelegenheit? Kein Wort darüber in den Acten. Und längst hatte man im Creisamt die beschlagnahmten Correspondenzen des Magisters ausgewertet, unter ihnen die Briefe von Stimmel, meist sind es Mahn- und Geldeintreibebriefe. In vielen davon findet auch der vormalige Rector der Universität Erwähnung, zu letzt unter dem 9<u>ten</u> Febr.: *»Freylich wünschte ich, daß du auf mich früher gedacht u. dich nicht auf den D. Tittmann verlassen hättest, gegen welchen du zu schonend verfahren bist, u. welcher nicht gern Wort zu halten pflegt.«* Weiter hinten: *»Schaffe Rath! Gieb mir die königl. Obligationen, oder gieb mir auf D. Tittmann Anweisung, oder mache dein Getreide zu Geld.«* – Nicht, daß gerade dieser Brief der Untersuchung entgangen wäre, man nutzte ihn später, dem Angeklagten seine dringende Geldverlegenheit und damit ein Motiv nachzuweisen; Dr. Tittmann wurde indeß nicht zum Sachverhalt vernommen. Zwar saß er auf dem Concil nur über Stimmel und Höpffner zu Gericht, indirect aber auch über den Hauptbeschuldigten drüben im Creisamt; der Schuldner über seinen Gläubiger, immerhin. — Und wer ist Oberhofrichter von Werthern, dem der Magister zur Thatzeit hatte auf-

---

[1] Exrector der Universität, Ritter d. k. sächs. Zivilverdienstord., der Theologie erster u. der Philosophie außerordentl. Professor, der theol. Fakultät u. der vormalig. fränkischen Nation Senior, des hohen u. freien Stifts Meißen Prälat, Custos u. Capitularis, der königl. Stipendiaten Ephorus, erster geistl. Beisitzer des königl. Consistoriums, des großen Fürstencollegiums Collegiatus, ehemaliger Decemvir, Präses d. donnerstägigen Predigercollegiums u. der biblisch exeget. Gesellschaft, beständiger Aufseher des Taubstummeninstituts, Vorsitzender d. Bibelgesellschaft u. d. Missionshilfsvereins, Director d. deutsch. Gesellschaft f. Erforschung vaterländischer Alterthümer, Mitgl. d. Leipz. naturforsch. Gesellschaft, des thüring. sächs. Vereins, Ehrenmitgl. d. voigtländ. alterthumsforsch. Vereins, correspond. Mitgl. der Gesellsch. z. Beförderung der Geschichte zu Freiburg im Breisgau, Mitgl. der Leipz. histor. theol. Gesellschaft, Tiniussischer Schuldner, wie sich ergiebt u.s.w.

warten wollen? Allem Anscheine nach eine bedeutende Person in der Stadt. In wenigen Wochen wird er zu ihrem ersten Polizey=Präsidenten ernannt, aber das ist eine andere Geschichte, sie hat mit den aufziehenden Gewittern zu thun vor der Stadt. Hofrichter sind die von Wertherns in Leipzig schon seit Generationen, derzeitiger Ernst Friedrich Karl Aemilius ist aber, u.a., auch der Director des Consistoriums und als solcher mit an der Verordnung betheiligt, gegen den Pfarrer von Poserna zu untersuchen (¡und ausgerechnet den Pastor Enke zu entsenden). – Bei der Visitation des Gefangenen wurden mehrere mit Rothstift beschriebene, aber nicht lesbare Zettel aufgefunden. Sie sind, was die Acta verschweigt, an den Oberhofrichter gerichtet, auf einem lassen sich noch die Worte: »*Leipzig in Eil und Zittern...*« auf einem anderen: »*Entlassung aus der Inquisition...*« entziffern. Offenbar hatte der verzweifelte Magister noch in der Nacht seiner Inhaftirung versucht, erste Hilferufe an einen Vertrauten nach draußen zu richten, dann aber eingesehen, daß er Hrn. von Werthern eine solche Schmiererei nicht gut zumuthen konnte. Und womöglich am nächsten Morgen, als nur erst Schreibegeräte besorgt waren, einen ordentlich Brief folgen laßen. In der Acta allerdings taucht kein weiterer Brief an von Werthern auf; aber was muß es bedeuten? Und läßt sich denken, daß Georg Tinius nie gefragt wurde, aus welchen Gründen er dem Hrn. Oberhofrichter eigentlich aufzuwarten gedachte – just zur Mordzeit? Und hätten dergleichen Nebensächlichkeiten unbedingt in die Acta gehört!? Das allergeringste Wörtchen nur?

Der Kramer Johann Gottfried Asmus dagegen nimmt gleich mehrere Seiten ein und beschäftigte die Commissare einen ganzen Vormittag, obgleich es auf sein Zeugniß im Grunde gar nicht mehr so ankam. – Er ist 75 Jahre alt, steht aber trotzdem noch einen jeden Tag selber in seiner Bude am Markt und verkauft Kopfbedeckungen aller Art, im Winter auch Schaals, Fäustlinge, Muffe, warme Socken. Des Mützentausches erinnerte er sich noch gut, erkannte auch sofort in dem ihm vorgeführten Gefangenen denjenigen wieder, der besagtes Geschäft mit ihm betrieben und dabeÿ leicht, d.h. ohne Matin bekleidet war. Jedoch den genauen Tag, wann dieß geschehen, wußte er zweifelsfrei nicht anzugeben. (¡Schon Samstag, erst Montag – was ging ihn das denn an, als daß er sich auf seine alten Tage darüber noch mit dem Nicolaiischen Pastor anlegen sollte!? Es war nicht an einem Markttag, Markttag ist immer am Sonnabend.)

Und während man keine Mühe gescheut hatte, Asmus unter den Händlern am Markt ausfindig zu machen, versprach man sich wiederum von den Aussagen des von Tinius zum Zeugen benannten Johann Andreas Adami, eingetragenen Studenten der Medizin, vermuthlich noch weniger Gewinn, dieser wurde gar nicht erst vernommen. In einer kleinen, beiläufigen Notiz heißt es nur, man habe ihn in Leipzig nicht auffinden können. Oder wollen?

Hällische Gasse 463, dritter Stock, vermuthl. links.

Derweil gab die Gesundheit des Gefangenen Anlaß zu Sorge. In den Nächten von Fiebern geritten, führte er laut seine Vertheidigung vor den Richtern dieser und der anderen Welt, ertheilte häufiger noch Befehle zur Errettung der Bibliothek, um die er auch manchmal weinete und schluchzete und so laut aufschrie, daß es den ganzen Landhof durchdrang. Halbestundenlang rezitirte er dann wieder aus theologischen Schriften oder murmelte in überaus fremd klingenden Sprachen vor sich hin. Es sollten keine drei Stunden gewesen sein, die er in diesen Nächten schlief. Wachte er am Morgen auf, war sein Nachtgewand von Schweiß durchtränkt, hatten sich an den Füßen die Ketten ins Fleisch gescheuert, mußte er sich sofort übergeben, doch es kam gar nichts mehr raus. Auch unter den Tagen sprach er mehr und mehr mit sich selber und beklagte, ganz heiser schon, das Schicksal der Bücher. Die wenigen Nachrichten, die ihn über den Stand der Armeen erreichten, waren auch nicht geeignet, seine Schmerzen und Sorgen zu lindern. Nach zwei, drey Wochen war er schließlich so entkräftet und von der Kranckheit gezeichnet, daß Dr. Ludwig in dringender Meldung darauf drang, den Inhaftaten wenigstens für einige Stunden von der Kette zu laßen, ein wenig Luft, Bewegung. Zweimal am Tag für je drei Stunden wurde Georg Tinius fortan losgebunden. Und zweimal am Tag für je drei Stunden auf der Schulstraße vor dem Gefängniß ein geheimer Polizey=Diener aufgestellt. (Meistens traf es den jungen Hegel.)

Denn sofort setzte es neue Cassiber. Flott und frey zum Fenster hinaus. Jeder unschuldig daherstreunende Passant war ihm zum Spediren recht. Wie oft der Stockmeister auch die Celle des Gefangenen nach Schreibegeräten durchsuchte, es gelang dem Magister immer wieder, sich neue zu beschaffen; in seinen Berichten fand Dietze bald keine Erklärung mehr dafür und mußte sich wiederholt die heftigsten Vorhaltungen durch Hrn. Weidlich gefallen lassen. Er brachte ein Drahtgitter am Fenster an, doch die Maschen waren zu groß. Er ließ das Fenster mit Brettern vernageln, schon stand wieder Dr. Ludwig auf dem Plan und forderte Luft und Licht für den Insassen. Noch nie gab es einen spinöseren Gefangnen.

Wenigstens hatte Georg Tinius bald begriffen, wie sinnlos es war, noch an Stimmel und Höpffner zu schreiben. Doch es fanden sich andere Adressaten. An den Studenten Adami schrieb er insgesamt ein halbes Dutzend Briefe und gab ihm, in einem eindrücklicher als im nächsten, jedes Wort vor, das sie am Morgen des 8ten Februars gewechselt, als sie am Eingang zur Ritterstraße aufeinandergetroffen waren, jede beiläufige Begebenheit. So gesehen war es seitens des Creisamts gar nicht mehr nöthig, den jungen Mann zur Aussage einzubestellen, es gab nach den Cassibern im Grunde keine Fragen mehr an ihn. – Auch der Cantor an der Paulskirche erhielt präzise Anweisung darüber, was er über ihre Begegnung in besagter Stunde aussagen sollte. Immanuel Hübel mit Namen, besaß dieser in der Stadt einiges Ansehen als Compositeur. Vor etlichen Jahren war ein Flötentrio von ihm gestochen worden, das noch immer zu mancher Gesellschaft, einige Malen auch in Beygangs Museum aufgeführt wurde. Aus der Vertrautheit in den Briefen an ihn zu schließen, war er ein alter Freund des Inhaftaten. Trotz aller Maßnahmen hatten ihn zwei Cassiber erreicht, die er freilich beide sofort im Creisamt ablieferte, wo er zugleich betonte, den Magister schon seit Weihnachten nicht mehr gesehen, geschweige denn am nämlichen Tage getroffen und mit ihm gesprochen zu haben. – Der Hofrath 5ter Klasse und Advocat Immanuel Schreiber, der auch eine musicalische Ader besaß und vor Jahren eine Sammlung mit Harfenstücken herausgegeben hatte, bestritt bei seiner Abhörung auf das Entschiedenste, ein alter Freund und Cumpane des Angeschuldigten zu sein. Er behauptete, ihre Bekanntschaft beschränke sich auf das flüchtige Grüßen über die Straße hinweg oder zufällige Begegnungen in Beygangs Museum. Ihn hatte sich der Magister für die besonderen Aufträge erkoren, etwa diesen:

Gerber: Neues historisch-biographisches Lexikon der Tonkünstler; Bd.2

Eitner: Biographisch-bibliographisches Qellenlexikon der Musiker u. Musikgelehrten, Bd. 9

»...es fällt mir drittens noch ein Gedanke ein, den Sie realisiren könnten. Der Brief an die Cunathin hat ein Siegel, welches mit dem Höpffnerischen ähnlich oder, wie die Commissarien sagen, gleich ist. Könnten Sie nicht einen Brief auftreiben mit einem Siegel von Höpffnern – er muß doch manchen Brief geschrieben haben – könnten Sie nach diesem Siegel nicht auswärts ein Petschaft stechen lassen – so daß Sie unter einem anderen Namen die Bestellung machten und es hier an jemanden senden ließen, oder an einen Ort außer Leipzig. Hätten Sie dann dieses Siegel, so schreibe man einen anonymen Brief – mit diesem Petschaft besiegelt – und lasse ihn den Commissarien im Creisamt oder dem Consistorio oder dem acad. Concilio zukommen, worin erklärt wird, daß iener Brief nicht mit Höpffners sondern mit dem ihm ähnlichen Petschaft von Übersendern gesiegelt wurde, zum Beweise, daß alle im Verdacht stehende Personen unschuldig sind und daß Einsender – obgleich Höpffners Petschaft bei den Acten liegt – immerfort solche gesiegelte Briefe schreiben wollen, bis es jeder merkt. Ich glaube, diese Idee wäre möglich zu realisiren – sollte man deshalb auch Reisen machen und Geld aufwenden müßen. Ich überlasse Ihnen das Nachdenken darüber und schließe mit der Bitte, daß ich wegen der Dienste ganz auf Sie rechne und überzeugt bin, daß Sie mit vielleicht noch mehreren Männern mich für eines solchen Verbrechens nicht fähig halten. Allem Vermuthe nach schleicht sich ein Spitzbube herum, der eine frappante Aehnlichkeit mit mir hat und sie auch in der Kleidung nachahmt, besonders in der Zeit, wenn ich in Leipzig bin. Leben Sie wohl.«

da vermeldete der Amtsfrohn Dietze, er habe bei der Visitation im Lagerstroh des T. ein aus Brodt verfertigtes Tintenfäßchen und mehrere zum Schreiben zubereitete Strohhalme angetroffen. Diese Strohhalme habe T. nach eigenem Geständnisse an der Mauer zu Federn geschliffen und damit geschrieben, das Tintenfaß sich aus seinem Brodt geformt, seinen Urin in dasselbe gelassen, Ruß vom Ofenrohr hineingeschabt, und sich auf diese inventiöse Art eine recht leidliche Dinte fabrizirt, das Papir zum Schreiben aber aus den zu seiner Erbauung ihm zugestandenen hebräischen Bibeln gerissen

Im Laufe der nächsten Wochen fingen die Beamten des Creisamtes noch aberdutzende Cassiber ab, ständig erweiterte sich des Magisters Adressatenkreis. Meistens ging es nur ums Bezeugen der Alibis. Allein für die Thatzeit am 8ten Februar arrangierte sich Georg Tinius noch so viele Begegnungen und kleine Schwätzchen unterwegs, daß man schlußfolgern mußte, er war nicht eine Stunde, sondern anderthalb Tage unterwegs. Manchmal verlagerte er auch die Strategie, etwa in zwei lateinischen Briefen an den Hrn. Candidaten Hellmerich, seinen ältesten Stiefsohn, in denen er seine Verhaftung als eine Anstiftung der antifranzösischen Parthey darstellte, weil er mit dem Consul Théremin in Verbindung stehe, dem er im Übrigen auch schrieb, noch dann, als sich kein Franzose mehr freiwillig in Leipzig aufhielt. Nach dem Herbst wandte er sich u.a. an den russischen Gouverneur Repnin um Hilfe und legte ihm als Zeichen ein langes, Zar Alexander dedizirtes Gedicht bei, in dem er den russischen Kaiser mit einem im Jahre 1811 erschienenen Cometen verglich. (Allerdings wird daraus nicht clar, mit welchem, es gab ihrer zwei: *The Great Comet* und *Pons*, der eine Honoré Flaugergues, der andere Jean-Louis P. zugeschrieben.)

Ein entsprungener Mönch. Fast ein Unikat

Er liebte das Wissen wie ein Blinder das Licht
            Gustave Flaubert, Bücherwahn

ob derundder am soundsovielten des jahres xyz diesunddas getan oder gesprochen hat, kann man nicht wissen. das bedeutet,
daß derundder am soundsovielten des jahres xyz dasunddas getan oder gesprochen hat.
    (nach) Dr. López: Von den Reguln der historischen Litteratur

In den knöchrigen Händen hielt er, einem kultischen Gefäß gleich, den Katalog des toten Advokaten vom Frühjahr, mit dem das Verhängnis seinen Anfang genommen
hatte. Hin und wieder schüttelten ihn trockne heisere
Hustenanfälle. Die Haut in seinem Antlitz war rissig und
wie von Pergament, es schien nur eine Frage der Zeit
noch zu sein, daß die weit und kantig hervorstehenden
Wangenknochen es von innen her durchstießen; das
lange weißgraue Haar pinselte ihm bei jeder Bewegung
über die Schultern. Leicht nach vorn gekrümmt und mit
gestreiften, etwas zu kurz geratenen Hosen bekleidet,
die seinem Aussehen etwas Lächerliches gaben, stand er
vor dem Tribunal und lauschte mit erstarrtem Gesicht
dem Plädoyer des verpflichteten Defensors – nur aus seinen weit aufgesperrten Augen bahnte wildes Entsetzen
sich den Weg. – Dann brach der Angeschuldigte in sich
zusammen und sank auf die Bank zurück. Das eigentlich
Bittere daran war: nicht das Inquisitionsgericht, erst sein
eigener Anwalt hatte ihm den Garaus gemacht.
    Eintönig und mit kindhaft fistelnder Stimme räumte
er bald jeden beliebigen Vorwurf ein und hätte wohl alle
Schuld der Welt auf sich genommen, hätte man sie ihm

denn vorgehalten. Um Gnade bat er nur für die unschuldigen Bücher. Man möge sie nicht in die Welt zerstreuen, man möge mit Schonung gegen sie verfahren, denn der Mensch ist vergänglich, die Bücher aber bleiben und verdienen Schutz vor allen Gefahren, denen sie ausgesetzt sind alle Zeit. Sie sollen die Generationen überdauern und neuen Geschlechtern noch Labsal spenden. Für sich selbst, sein eigenes lächerliches verwirktes Leben – trug er nur einen Wunsch noch in der Brust, er sehnte sich die herbe Zärtlichkeit der Garrotte an den Hals. — Und wie meistens in diesen Breiten ging das Jahr 1836 einigermaßen milde zu Ende.

✳ ✳ ✳

Doch es deucht uns keine gute Art zu sein, den Gaul von hinten aufzuzäumen; ein Toast auf die gepflegte Chronologie!

✳ ✳ ✳

Eines höchst schwierigen Tages fragten wir uns also allen Ernstes dieses: Warum sollten die ausgedehnten Verbindungen des umtriebigen Magisters nicht auch noch über Herrn de Sacy und die Stadt Paris hinaus gereicht haben? Warum nicht gar bis hinunter nach Hispania, wenn nur die Post zuverlässig funktionierte? — Und begriffen erst spät, viel zu spät erst, welchem Irrtum wir aufgesessen waren.

Doch du wirst uns beipflichten: es erfordert kein besonderes Geschick, einmal ein handschriftliches ›s‹ für ein ›t‹ zu nehmen und somit die Orte Pobles und Poblet zu verwechseln. Heute sind wir klüger und wissen: das Gut Pobles, wo Schubart von Kleefeld jr. herstammte, liegt bei dem Dorfe Kreischau in guter Fußnachbarschaft zu Poserna. Dagegen befindet sich der Ort Poblet, in dem wir zuerst nach Tinius' Schuldner suchten, ewig viele Tagesreisen von hier entfernt, nämlich nahe der Küstenstadt Tarragona im Südwesten von Katalonien; es ist der Sitz eines Zisterzienserklosters. El Monasterio Santa Maria de Poblet – die Reiseführer preisen die Anlage als musterhaftes Beispiel katalonischer Sakralarchitektur – mag sein, mag sein, wir sind jedoch an anderem interessiert. Denn gar löbliche Nachricht war uns aus Poblet zu Ohren gekommen: ein Großer unter den Großen, ein Mitstreiter, Gefährte des Magisters, oft und zu Recht sogar noch vor diesem genannt und geführt auf der Ruhmestafel, ein prächtiger Soldat also für die geheiligte Sache hatte hier für einige Jahre sein bescheidenes Quartier – Vincente, sei sein verherrlichter Name.

In der Zeit der großen Klosterplünderungen wurde auch mehrmals die Anlage zu Poblet von den marodierenden Horden aus vieler Herren Länder heimgesucht. Bei einer dieser Gelegenheiten gelang es einem umsichtigen Mönch, will meinen: unserem bis dato nicht weiter in Erscheinung getretenen Padre Vincente, einige Teile der bis dahin in gutem Rufe stehenden Klosterbibliothek in Sicherheit zu bringen, indem er die Eindringlinge auf andere, aus ihrer Sicht wertvollere Kostbarkeiten aufmerksam machte; es war der Beginn einer weltlichen Karriere von imposanter Konsequenz.

Denn die ausgelagerten, erretteten Bücher – sie kehrten nie mehr an ihre zuvorigen Plätze zurück.

Auch Padre Vincente tat dies nicht.

Er nannte sich ab sofort auch gar nicht mehr Padre, sondern ließ sich, so wie jeder andere ehrenwerte Mann auch, nur noch ganz zivil und bescheiden mit *Don* ansprechen, Don Vincente, Antiquarius.

Keiner weiß, ob er mit seiner Flucht einen lange

gehegten Plan zur Ausführung brachte oder nur ganz spontan darauf gekommen war, die Wirren des genannten Überfalls zu nutzen und dem monastischen Dasein, jedenfalls dem in der bisherigen Form, den Rücken zuzukehren; bekannt wurde lediglich, daß er wenige Wochen nach dem Vorfall in einer engen, lichtarmen Gasse der Altstadt von Barcelona einen kleinen, von außen her etwas schäbig wirkenden Altbücherladen eröffnete, welcher, so sprach es sich schnell unter Kennern herum, über einen auserwählten Grundstock verfügte und manche Rara aufbot. — Jedoch erwies sich sein Inhaber im Laufe der Zeit als, um es nur ganz vorsichtig zu formulieren, ein Händler von recht zweifelhaftem Geschick.

Es mochte gegen Ende des Jahres 1834 gewesen sein, daß Don Vincente in die Stadt gekommen war – kurze Zeit später wurde das Kloster Poblet säkularisiert, was dem womöglich etwas lädierten Gewissen des einstigen Insassen durchaus zupaß gekommen sein dürfte.

Selten, daß man den griesgrämigen und menschenscheuen Mann einmal auf den Straßen Barcelonas wandeln oder gar in Gesellschaft sah. Stets saß er nur weit hinten in einem Winkel seines Ladens und ordnete die Bücher, trug sie in die Verzeichnisse ein, oder durchblätterte sie voller stillem Entzücken. Anders als sein sächsischer Zeitgenosse kam es ihm weniger darauf an, die Bücher auch zu lesen, er begnügte sich mit ihrem Besitz. Und dem Wissen um ihren Wert. Ein Gerücht will gar wissen, daß er sich von den Deckeln angeschimmelter Scharteken ernährte, die er in kleine Stücke schnitt, mit etwas Wasser aufkochte und dann als warmen Brei verzehrte oder zu Keksen buk. Verließ er denn doch einmal sein Geschäft, so konnte man sich gewiß sein, daß es irgendwo in der Stadt eine Bücherauktion gab, denn eine solche verpaßte er möglichst nie.

272

Manche der in der Stadt Barcelona ansässigen Altbuchhändler, die dem Neuankömmling dessen erlesenen Bestände neideten und allein schon darum jede Möglichkeit ergriffen, ihn, den Eindringling, zu denunzieren, solche also fragten laut (und nach allen Seiten hin um Zustimmung heischend), welche Geschäfte Don Vincente wohl wirklich, sprich: hinter der Fassade des Altbuchhandels betrieb. Sie konnten keine Erklärung finden für die Gebaren Vincentes, der zwar seinen Laden Tag für Tag offen hielt, doch nicht im Geringsten gewillt schien, jemals etwas zu verkaufen. In der Tat war es bisher höchst selten einmal einem Interessierten gelungen, dem wunderlichen Manne eines der von ihm gehüteten, ja geradezu verteidigten Bücher abzuluchsen. Immer wußte Don Vincente Gründe, dem potentiellen Käufer seinen Wunsch wieder auszureden, notfalls erhöhte er die Preise für die betreffenden Stücke um das Mehrfache ihres eigentlichen Wertes, so daß seine Gegenüber in der Regel bald verärgert, verbittert oder über so viel Wunderlichkeit amüsiert, ihre Versuche aufgaben. Es wurde sogar berichtet, dieser Verrückte hätte kurzerhand einmal aus einer wertvollen Inkunabel ein paar Seiten herausgerissen, nur um sie für einen besonders hartnäckigen Käufer unattraktiv zu machen.

Im Frühjahr des Jahres 1836 begab es sich, daß die Bibliothek eines verstorbenen Notars und anerkannten Büchersammlers versteigert wurde, darunter auch eine Verwaltungsschrift aus Valencia, ein 1492 entstandener Druck aus der Werkstatt des Lamberto Palmart, dessen Wert noch dadurch gesteigert wurde, daß er als Unikat galt.

Schon Tage vor dem Ereignis zeichneten sich tiefe Ringe unter die Augen Don Vincentes, der kaum noch Schlaf fand. Am Tage zum matten Licht, das durch die verschmutzen Scheiben in den Laden drang, zur Nacht mit einer kleinen räuchernden Funzel ausgestattet, immerzu saß er am Tisch und studierte wieder und wieder den Auktionskatalog, so als hätte er nicht längst seine Entscheidung getroffen. Nur der Palmart mußte es sein, auf all die anderen Köstlichkeiten ließe sich im ungünstigen Falle verzichten! Er wollte sein gesamtes Geld dafür geben! — Nach den Auskünften einiger Anwohner sollen zu dieser Zeit mehrere männliche Personen von nicht unvornehmem Aussehen gesichtet worden sein, die den Laden Don Vincentes verließen mit — einem Buch unterm Arm! Man erkennt schon: unser Herr war zu allem entschlossen. Und er ließ nichts unversucht, sein Säckchen noch etwas aufzufüllen, das er dann fest in seiner Faust hielt, als er am Morgen des entscheidenden Tages das Auktionshaus betrat.

Doch was sahen seine geschundenen Augen : ER war schon da! Schaute ihm schon lachend entgegen, voller Hohn! Angostino Patxot, sein ärgster Feind! Der bloß einige Straßen weiter seinen Laden hatte — eines dieser hellen modischen Kabinette, dieser Ateliers, wie sie sich nennen, in denen sogar Frauen verkehrten und leichtsinnige Zeitungen gehandelt wurden. Der verfluchte, der elende Patxot! Seit einiger Zeit, es war ganz offensichtlich, fand dieser fettwanstige Ramschgeselle ein ganz besonderes Vergnügen darin, ihm, Don Vincente, dem einzigen Manne im Raum, der von den alten Schriften etwas verstand, die besten Exemplare im letzten Augenblick noch wegzurauben, egal ob sie überhaupt in sein Sortiment paßten oder wie teuer die Sache noch geriete. Aus purer Boshaftigkeit! Nur um ihn zu vertreiben! Davon war der arme Vincente überzeugt.

Als Angostino Patxot nach über zwei Stunden noch das allerletzte Angebot Don Vincentes für den 92er

Palmart überbot und sich dabei mit einem unverschämten Grinsen unter den übrigen Gästen umsah, von denen einige noch dazu applaudierten, da glaubten viele, Zeichen von einsetzendem Wahnsinn im Gesicht des Unterlegenen, in seinen gehetzten Augen erkannt zu haben, jedenfalls gaben sie solches später in vielerlei Illustrierung zum Besten.

Doch es gibt noch ausgleichende Gerechtigkeit unter Gottes Himmelszelt! Eine Woche nach dem denkwürdigen Ereignis verbrannte der unselige Patxot, sein ganzes Haus ging mit ihm in Flammen auf. Er war zu leichtsinnig mit dem Licht umgegangen. Vermutlich hatte ihn das Feuer im Bett erfaßt, denn es fanden sich an der Stelle seines Nachtlagers ein paar verkohlte Knochen.

Doch in diesen unsicheren Zeiten blieb den Bürgern von Barcelona kaum etwas Muße, dieses Unglück zu betrauern und sich weiter damit aufzuhalten, denn in den nachfolgenden Tagen und Wochen erschütterte eine noch nie gehabte Serie von Mordanschlägen die Stadt. Immer waren die Opfer Männer, die man als, grob gesagt, aus der gehobenen Gesellschaft kommend bezeichnen könnte, alle waren sie durch Dolchstöße zu Tode gebracht worden, nie deuteten die Zeichen auf Raubüberfälle hin. Die polizeiliche Untersuchung trat lange auf der Stelle, obgleich man jedem Wink, und sei er auch noch so abwegig, mit aller Gründlichkeit nachging. Im Lauf der Zeit verdichteten sich allerdings Hinweise, wonach der eine oder andere Gemordete kurze Zeit vor seinem Ende im Umfeld von Don Vincentes Bücherspelunke gesehen worden war. Als die Beamten der Polizeibehörde dem merkwürdigen Bücherkrämer nun einen routinemäßigen Besuch abstatteten, gab es bereits das zehnte Opfer zu beklagen.

Die Kommissare waren erfahrene Männer in ihrem Fach und sahen und wußten natürlich sofort, daß von diesem schmächtigen, zittrigen, vom Staub seiner Bücher graugepuderten Männlein keine Gefahr ausging und ein Halunke, welcher derart brutal den Dolch zu bedienen wußte, anderswo zu suchen war. Nach der üblichen Befragung war man denn schon im Begriffe, Don Vincente und dessen schmuddlige Behausung wieder zu verlassen, da, schier im Vorübergehen, griff sich einer der Herren einen fettleibigen Band mit Heiligenlegenden aus dem Regal, um kurz darin zu blättern oder, was wahrscheinlicher ist, bloß einmal das Gewicht des Brockens zu schätzen. Gerade als er ihn an seinen Ort zurückstellen wollte, bemerkte er in der Wand hinter dem Regal ein geheimes Türchen. Nur einer anerzogenen Neugier halber ließ er sodann die umstehenden Bücher wegräumen und öffnete das Fach. Es enthielt zwar keine Nachrichten über die zehn gemordeten Männer, dafür aber ein kleines, nicht besonders ansehnliches Büchlein – das Unikat. Den Palmart, welchen der nichtsnutzige Patxot aus purer Boshaftigkeit ersteigert hatte.

Don Vincente verwendete vor Gericht keine besondere Mühe auf seine Verteidigung und gab sofort zu, zur Nacht in das Haus des verruchten Patxot eingedrungen zu sein und erst das fragliche Buch in Sicherheit gebracht, dann zur Vertuschung der Tat das Feuer gelegt zu haben.

Indem der Anwalt des Beschuldigten nach diesem Geständnis im Grunde nichts mehr zu verteidigen hatte, verfiel er darauf, seinen Mandanten wenigstens vor der Todesstrafe zu bewahren. Zu diesem Bezweck erklärte er ihn für wahnsinnig und führte mehrerlei Gründe zur Untermalung seiner Behauptung an. Um etwa Vincentes krankhafte Büchersucht und Verblendung darin zu illustrieren, legte er einmal einen Auktionskatalog aus Paris vor, der erst vor wenigen Wochen gedruckt worden war. Nennenswerte Raritäten waren darin zwar keine verzeichnet, dafür allerdings ein weiteres Exemplar von Palmarts 92er Druck.

Das war zu viel für den unschuldigen Antiquar.

Kein Unikat!

Kein Unikat!

No es original!

Er schrie sich die Seele aus dem Leib, dann verließ ihn das Bewußtsein.

Am nächsten Verhandlungstag gestand er von sich aus zehn weitere Morde ein, begangen an Männern, die sich an seinen Büchern vergriffen hatten! Die Richter des Verfahrens waren von dieser Entwicklung überrascht. Die derzeitige Mordserie war bisher gar nicht Bestandteil der Anklage. Don Vincente versicherte, seinen Opfern nach Möglichkeit noch die Absolution erteilt zu haben. Im ersten Fall traf es einen Deutschen, den er durch nichts hatte davon abbringen können, ein bestimmtes Buch zu erwerben. Nachdem ihn dieser Herr mit seiner Beute unterm Arm verlassen hatte, war Don Vincente demselben nachgelaufen mit dem Vorsatz, das Buch um einen noch höheren Preis wieder zurück zu kaufen. Doch der Deutsche ließ sich nicht darauf ein. In einer dunklen Ecke nahe des Parks stieß ihm der einstige Mönch den Dolch in den Bauch. Es war so einfach. Darum wiederholte er die als genial befundene Prozedur noch neun mal und würde es wohl immer wieder getan haben, hätte sich der Polizeibeamte nicht für das Gewicht der Heiligenlegenden interessiert.

Fluch der Dorothea Triebel. Part 1 (De Laudibus Sulae eiusque Huetium)

Wenn nämlich die Weltgeschichte das Weltgericht heißt,
so ist Suhls Geschichte auch Suhls Gericht!
Ferdinand Werther, Oberpfarrer, Chronist

Die Prophetin war ein Weib, deren Name durch m i c h
n i c h t an die Nachwelt kommen soll!
Matthäus Anschütz, Gewehrhändler, Chronist

Prézis & Ausblick: 1.) Die Empfehlung des Antoine
Isaac Sylvestre de Sacy. 2.) Ein vogtländisches Waldhufendorf. 3.) Feuer, Unwetter und andere Ungemächer
werden ao. 1803 nicht verzeichnet. Dorotheas Fluch
gilt damit als verwunden. – Aber schön der Reihe nach:

Magister Johann Grötzsch, aus Zeitz gebürtig, begrün-
dete die Predigerwitwenkasse der Diözese Suhl. Außerdem war er Superintendent und starb im Sommer 1752.
Soweit man weiß, ließ er sich nichts nennenswertes zu
Schulden kommen. Die Grabrede hielt Ernst Grötzsch,
der jüngste seiner Söhne, und erntete dafür, wie sich
manche noch fünfeinhalb Jahre später erinnerten, gar etlichen Beifall.

Am 20. März des nachfolgenden Jahres regnete es
wieder vom frühen Morgen an bis tief in die Nacht – und
das Amt war noch immer vakant. Viele sprachen von
einer Posse, auch das Wort vom Suhlaischen Klüngel
kam auf. Doch anderntags schlug das Wetter um.

Aber der in jeglicher Hinsicht schwärzeste Tag in
der Geschichte Suhls war der 1. Mai des Jahres 1753, ein
Dienstag. An diesem Tag brannte es : lichterloh.

Zwar brannte es in Suhl nicht zum ersten Mal und auch andere Städte mußten schon lichterloh brennen und mehrmals brennen und dem roten Hahn das Hohelied aufsingen, aber in diesem Fall war alles anders. Denn schon 40 Tage vor dem Unglück wurden die Bürger der Stadt gewarnt. Es blieb ihnen alle Weil und Muße, die nötigen Vorkehrungen zu treffen. 40 Tage sind eine biblische Zeit.

Anna Dorothea Triebel, eine wunderliche, immer ganz schwarz verhüllte Frau, schon weit über 70 Jahre alt, stand seit langem im Ruf einer Seherin, deren Voraussagen sich schon des öfteren erfüllten. Manche wußten darüber sehr erstaunliche Begebenheiten zu berichten, andere dagegen hielten die Alte nur für eine schwermütige Schwärmerin und gaben nicht viel auf ihre Kunst. Wieder andere machten zu ihrer Rechtfertigung geltend, daß sie womöglich unter heftigen geistlichen Anfechtungen litt und darüber nach und nach ihren Verstand verlor.

Der Name Triebel kommt in Suhl und Umgebung überaus häufig vor. Trotzdem fand sich schon vor dem 1. Mai niemand, der auch nur die entfernteste Verwandtschaft mit Anna Dorothea hätte einräumen wollen; sie lebte allein und zurückgezogen in einem kleinen Haus am Stadtrand nach Goldlauter zu, das die Schulkinder das Hexenhäuschen nannten. Manchmal unterhielt sie sich mit der Witwe Spangenberg, die im Nachbarhaus wohnte und hin und wieder nach dem Rechten sah.

Obgleich eine Seherin, führte sie ein frommes, sehr gottesfürchtiges Leben, betete fleißig und besuchte in der Kreuzkirche jeden Gottesdienst und jede nachmittägliche Mette. Die Morgenfeier mied sie seit langem und schlief statt dessen bis tief in den Tag. Einem Ge-

rücht nach soll vor etlichen Jahren inmitten einer Früh-
predigt der GEIST in Anna Dorothea Triebel gefahren
sein, woraufhin dieselbe zitternd und spuckend und unter einem befremdlich klingenden Singsang von ihrer
Sitzbank zu Boden gerutscht und alsdann in eine tiefe
Ohnmacht gefallen war, aus der sie erst nach zwei Tagen
und achtzehn Stunden wieder erwachte. Den Pastor
Christoph Wendler, zu der Zeit noch ein junger Prediger, berührte der Vorfall sehr. Immer wenn er in den folgenden Jahren in Goldlauter oder auch oben in Schmie-
defeld zu tun hatte, nahm er sich Zeit für einen Besuch
im Hexenhaus. Unter manchen Geistlichen der Stadt erregte dieses Verhalten allerdings ziemlichen Unmut und
offene Opposition, deren Wortführerschaft ein noch
recht junger und ehrgeiziger Archediakon übernahm.
Doch ließ sich Christoph Wendler nie in seinem Handeln beirren. Er galt in mancher Hinsicht als Sturkopf,
dem Geschwätz und Gezeter nichts anhaben konnten.
Mehr weiß man über die Angelegenheit nicht. Oder
kaum.

An einem Mittwochabend des Unglücksjahres '53
– wie sich viele später mit Graun und Grausn erinnerten,
war es ausgerechnet der 21. März, als das Wetter um-
schlug und zu früh der Sommer kam –, da war die sonst
eher scheue und allen Begegnungen flüchtende Frau
ganz von Sinnen und unter entsetzlichem Geschrei und
mit zerzausten Haaren und barfüßig und nur notdürftig
bekleidet und wie wild vor Entsetzen von Haus zu Haus
gelaufen und hatte überall gepocht und geklopft und die
Schellen gezogen, um das Strafgericht Gottes zu verkünden, das die Stadt vernichten wird. In der zehnten
Stunde des Walpurgistages, so rief sie nur immer und
brach mal in Weinkrämpfe aus, mal verfiel sie in häßli-
ches Gelächter, in der zehnten Stunde des Walpurgista-

ges werde eine Feuersbrunst hereinbrechen und alles in Schutt und Asche legen und allem Frevel ein Ende bereiten, auf daß kein falscher Lehrer je die Stadt erobern darf. Sie schrie. Sie sang. Sie zog den Rotz. Sie höhnte. Bepißte sich. Sprach tonlos vor sich hin. Heulte. Wölfin. Furie. Kreatur – Gottesgeschöpf.

Das Graun muß sich in Asche betten!

Der Graun muß sich in Asche betten!

Das Graun muß sich in Asche betten!

Ihr Gesang wurde heiser und sie entschwand in östliche Richtung.

Die Bewohner waren über das ungewohnte Verhalten der alten Frau lauthals erheitert, aber untereinander zunächst uneins darüber, was von dem Auftritt zu halten sei. Sie teilten sich in solche, die die Prophezeiung prompt in den Wind schlugen, und solche, die der Gedanke daran in der folgenden Zeit immer banger und ängstlicher werden ließ.

Je näher der genannte Tag nun heran kam, desto bedrückter wurde die Stimmung in der Stadt – und manche derer, die das Gesicht der alten Triebel noch immer im Brustton der Aufgeklärten als baren Unsinn verhöhnten, blickten im Geheimen besorgt in den Himmel, wo sich schon seit mehr als fünf Wochen kein Wölkchen mehr zeigte, sodaß die Stadt schon jetzt, wie sonst nur in den höchsten Sommern, unter Hitze und Dürre stöhnte, und die Döllberger Quellen der Hasel schon ganz ausgetrocknet warn.

Am Abend des 30. April schließlich sah man fast nur noch besorgte Gesichter. Was, wenn die alte Triebel doch Recht behielte? Viele glaubten es noch immer nicht, aber eine Wette hätte keiner mehr aufgenommen. Überall waren die Bewohner damit beschäftigt, zu räumen und allen Unrat zu verbringen, der ein mögliches

Feuer hätte begünstigen können. Die Wasservorräte wurden nachgefüllt und vor den Häusern allerlei Behältnisse bereit gestellt; man sah Kinder, die leere Eimer von hier nach dort trugen und das Löschen schon einmal trocken probierten. Auch die beiden Feuerspritzen der Stadt, jeder von ihnen waren sieben Männer zugeteilt, wurden ins Freie geschoben und geputzt und auf ihre Funktionen überprüft. Jeder Handgriff wurde noch einmal geübt. Ausnahmsweise beließ man sie dann über Nacht gleich draußen, um bei Anbruch des Walpurgistages die Übung zu wiederholen.

Der Tag begann wie die zuvorigen. Schon gegen neun war von der nächtlichen Kühle nichts mehr geblieben: gleißende Sonne, kein Lüftchen regte sich. Einige Unverbesserliche gingen ihren Arbeiten nach, andere standen vor den Häusern, liefen die Straßen entlang, sahen sich nach allen Himmelsrichtungen um, konnten Verdächtiges nicht entdecken. Kaum, daß noch Worte gewechselt wurden, es war, als ob es auf zehn zu immer stiller würde, nicht einmal das Zwitschern der Vögel oder ein bellender Köter war noch zu vernehmen – oder schien es allen nur so in ihren verrückten Erinnerungen? Dann, endlich, schlugen die Glocken die volle Stunde an – und beinahe waren alle darüber erleichtert, daß es nur endl...

50 Jahre später:

Christiana Augusta Henrietta, die Tochter des neuen Pfarrers von Heinrichs, wird am 27. Juli 1800 getauft. Pate ist ein Freund des Vaters aus den Wittenberger Studententagen, Johann August Heinrich Tittmann, derzeit außerordentlicher Professor zu Leipzig. Die anderen Taufpaten sind aus Dresden eine angesehene Bürgersfrau,

Madame Roch, die natürlich auch wieder so ihre Geschichte hat, und die Witwe Bötticher aus Luckau, die Großmutter des Mädchens. Groß ein Fest wird nicht gefeiert – Johanna Sophia liegt noch im Wochenbett, es steht um sie nicht gut. Das Schlimmste ist zu erwarten. Es trifft ein.

Dann wird es kalt. Dann Winter. Der Magister sitzt am Bett der Tochter. Ein Würmchen. Wenn es leuchten könnte. Er sieht es nicht, er weiß es nur da liegen, hört nur leise seinen gleichmäßigen Atem – rabenschwarz die Nacht. Das Würmchen schläft wieder besser. Blind tastet er sich wieder zum Zimmer hinaus.

Der Tod Johanna Sophias ist nicht der einzige, der ihn betrifft. Drüben in der Stadt auch der alte Persch ist gestorben. Nach 50 Jahren im Amt, die letzten 20 davon an der Kreuzkirche Pastor. Man wird einen Nachfolger finden müssen. Vorläufig bleibt das Pfarramt vakant – erledigt, wie das heißt.

Aber so lange es nicht neu besetzt ist, sollen andere die Predigten halten. Auch der Pfarrer von Heinrichs ist dazu angehalten, so ist es seit alter Zeit der Brauch. An der Kreuzkirche zu predigen – der Magister nennt es für sich: *die* Gelegenheit. Zugleich bewirbt er sich aller Form nach beim Hohen Kirchenrat in Dresden um das ständige Amt. Es spricht ja nichts dagegen, daß er in Suhl der neue Pastor wird; oder? Es wäre ein großer Schritt. Er will nicht den Rest seiner Tage als Landpfaffe versäuern, er will höher hinaus. Etwas werden.

Doch es wird seine Zeit dauern, bis über einen neuen Pastor die Entscheidung fällt. Bis dahin kann er sich nur empfehlen. Die Kanzel liegt ihm, er besitzt Geschick. Seine Predigten sind anders als die der anderen Pfarrer. Die Worte verblüffen, sind schärfer und frech und haben mehr Klang und mehr Blut und mehr Fülle, sie verwalten nicht nur den Himmel. Die Gedanken laufen hierhin, dorthin, frei herum, spielen, fassen zu, piesacken, wenn es einmal nötig erscheint, sie kommen ganz irden daher, der Himmel ist ihr Ziel, nicht ihr Ausgangspunkt, nicht ihr warmes Plätzchen; auch kein postscholastischer Zufluchtsort.

So etwas spricht sich herum. Man weiß und teilt es sich mit, an welchen Tagen dieser Tinius die Kanzel hat. Die Anzahl seiner Hörer steigt=stetig, viele kommen extra aus den Dörfern herein. Nicht zuletzt sind es bekanntlich die Frauen, bei denen die homiletische Kunst gern einen Eindruck hinterläßt, auch nebenan in Zella und in Mehlis ist schon von diesem Prediger die Rede – ein Witwer.

Die städtische Geistlichkeit beobachtet das zunehmende Interesse ihrer Schäfchen am Kirchgang mit gehöriger Ambivalenz. Nie sind die Bänke so gut besetzt, mit großem Abstand nicht, wenn einer von Ihnen das Hohe Amt zelebriert. Dies könnte noch böses Blut ergeben. Weil auch die Suhler Geistlichen nur Menschen sind und schwach! Und nicht die Veränderung lieben! – Vorsicht! Magisterlein, Vorsicht! ¡Die symbolischen Bücher!

Aber was wollen sie tun gegen den Neologen, wie sie untereinander schon mit hochgezogenen Brauen den Bruder aus Heinrichs nennen, der immer penibel die hiesigen *formulas committendi* beachtet und sich auf Gott beruft und das Athanasium zu beten versteht und achtsam den Ritus befolgt und sich darin keine Verfehlung vorhalten lassen muß? — Wie auch immer die Antwort heißt: um solche Fragen bekümmern sich die Frauen von Mehlis und von Zella naturgemäß wenig. Sie lassen sich schnell einmal, du weißt es, von den gestochenen Worten verführen und tändeln und tanzen und tambourieren gern nach einer neuen Musik.

Von den Jungs begleitet und am Arm ihrer Mutter erscheint Ottilia an einem Sonntag das erste Mal an vorderer Kirchenbank – und ist auch gleich ganz hingerissen. Ihr gefällt die *moderne Art*, wie sie später auf dem Heimweg erklärt. Ihre Mutter ist zwar anderer Meinung über diesen Herrn und vertraut auf ihre Menschenkenntnis, doch das schert Ottilia gar nicht. Sie ist eine erwachsene Frau und kann wohl selber entscheiden, was heutzutage die richtige Art der Predigt ist. Sie erscheint jetzt oft auch allein, auch ohne die Jungs. Einmal ist ihr, als wenn Hochwürdens Worte nur ganz allein auf sie zuträfen, jedes einzelne paßt haargenau. Die anderen Frauen – ¡er sieht die ja gar nicht! Schaut zu ihnen gar nicht hin. Mit keiner Silbe.

Als vom Oberkonsistorium in Dresden die Nachricht eintrifft, daß Georg Tinius an der Kreuzkirche zum neuen Prediger ernannt werden soll, kennt die Freude kein Maß. Vor lauter Glück hält er um die Hand dieser würdigen Dame an, die ihn schon immer so anschaut, wenn er den Gottesdienst feiert. Im Oktober wird Hochzeit gehalten. Auf einen Schlag besitzt das Würmchen drei große Brüder.

Die Witwe des Oberförsters Hellmerich aus Zella ist eine geborene Kindt und zweifellos eine gute Partie. Sie bringt mindestens 10000 Taler in die Ehe ein, vermutlich weit mehr – plus allerdings die vorerwähnten drei halbwüchsigen Söhne. Ottilia hat dieselben aber gut im Griff. Und versteht sich vorzüglich in der Kunst der Hütes. Keine ist besser darin.

Ob die Ehe deswegen einen glücklichen Weg einschlägt, kannst du nicht wissen. Du mußt auf die spärlichen Zeichen achten, die guten, die andern, die Zäsuren:

↑Ein Jahr nach dieser Hochzeit kommt Georg Justin Christian Ferdinand zur Welt. Er kommt zu früh, es

286

fehlt ihm an Gewicht. Doch er überlebt zunächst. ↑Das Taufregister vermerkt fünf Paten. Neben der alten Frau Kindt, die zum vierten mal Großmutter wird, noch vier honorige Bürger aus Suhl und aus Zella – zu viele, sie namentlich hier aufzuzählen. Es würde auch nur Verwirrung stiften. ↑Im Dezember 1804 folgt eine Tochter. ↑Sie wird auf Susanna Margaretha Maria Elisabetha Friederica getauft. ↓Das Taufverzeichnis nennt neben Frau Kindt drei Paten; zwei bloß aus Heinrichs, einer Suhl. Es lohnt nicht, ihre Namen zu sagen, es erinnert sich an sie kein Mensch. ↓Susanna Margaretha Maria Elisabetha Friederica stirbt am Zahnfieber. Nach anderthalb Jahren um fünf in der Frühe. ↑Im Mai 1808 kommt das dritte Kind der Eheleute zur Welt. ↓Es kriegt nur knapp den Namen Christian Faustin; mehr nicht. ↓Und bloß zwo Paten: wieder die alte Frau Kindt aus Zella, die aber aus Gründen nach Heinrichs partout nie wieder kommen will und sich darum von einer Dorffrau vertreten läßt, und Georg Justin Christian Ferdinand, der o.g. Bruder des Säuglings. Weil GJChF selber noch so klein ist und schwächlich, muß Wilhelm Schüler, hiesiger Kantor, ran und ihm beistehen. ↓Es hilft nichts. Christian Faustin stirbt zehn Monate und elf Tage nach seiner Geburt. Zahn- und Frieselfieber. Morgens halb neun. Es ist der 29. März 1808.

An einem beliebigen Tag ein Jahr später stirbt auf einer beliebigen Klitsche in Sachsen ein beliebiger Pfaffe. Der Magister hat Spione in Leipzig und Umgebung: er erfährt davon, erkundigt sich nach den Gegebenheiten und ersucht dahin um seine Versetzung. Poserna ist ein winziges Nest, das Dorf Heinrichs dagegen schier eine Großstadt – noch mit Anschluß an die große Stadt Suhl. Aber das ist dem Magister so gerade recht, es soll nur

F.G.Metzner
† 21.IV'09
[Nachf.v.Chr.
L.Wedel (jr.)
† 1797; Nachf. v.
Chr.L.Wedel (sen.)
† 1749; Nachf.
v. J.M.Weber,
† 1716 – den auf der
Kanzel der Schlag
traf]

eine kleine Pfründe sein, die ihm Zeit läßt, vor allem Zeit
für die Studien, das Werk. Das ganze Henneberg – er hat
es zum Speien satt. Und am Hüten von Menschenscha-
fen hat er sich die Nase verschnupft. Er ist zu anderm bestimmt, soll ein Werk hinterlassen, wie es ihm auch de
Sacy schon geschrieben hat, ein *œuvre*... – aber das führt
schon wieder fort und zu weit hier und—

Das Anführen der Ehegattin des Inquisiten ist zwar als glaubwürdig erwiesen nicht anzusehen, weil sie diese Aussage zuerst in der Ehescheidungsklage, also zu einer Zeit vorbrachte, wo ihr Gemüth mit Haß und Abscheu gegen den Inquisiten erfüllt war, allein davon ganz abgesehen, sind mehrere Umstände in Beziehung auf diese beiden Hämmer sehr verdächtig. Dahin gehört, daß der kleinere Hammer in die Seitentasche des blauen Matins, in welchem Inquisit gesehen wurde, vollkommen paßt.

Julius Eduard Hitzig
Zeitschrift für
Criminal=Rechts=Pflege; 1830

Zwei Hämmer, ein Dichter & die Nöthe der Mme. T.

Sauve pui peut!

Wann immer man den verruchten Pfaffen vom Schloß-
platz durch die Burgstraße zum Verhör führte, fanden
die Bürger Leipzigs ein wenig Labsal und Soulagement,
ein wenig Spaß und Trost, ein wenig Ablenkung von den
harten Prüfungen, die die Welt über sie gebracht hatte
und, wie viele prophezeiten, noch bringen würde. Einmal zogen russische Cosaken und preussische Husaren,
am nächsten Tag schon wieder französische Dragoner
und illyrische Regimenter ein und forderten aberwitzige
Contributionen. Kaum ein Haus, das keine Einquartie-
rungen zu erdulden hatte, die Spitäler waren überfüllt,
noch überall in den Gassen lungerten verwundete Soldaten aller Herren Länder herum und grölten in wider-
lichen Sprachen durch die Nächte.

Zweifellos boten die politischen Wirren des Jahres
1813 auch für eine Criminaluntersuchung, noch dazu
für eine von solcher Brisanz und Ungeheuerlichkeit,
nicht die glücklichsten Bedingungen. Immer wieder
mußte sie für Tage, manchmal für Wochen unterbrochen werden.

Auch der Gesundheitszustand des Angeschuldigten
verursachte Störungen und Verzug. Und selbst wenn

Nachdem sich die
Kriegsheere aus hie-
siger Gegend wieder
hinweggezogen ha-
ben ist am heutigen
11ten May mit Ver-
nehmung des M. Ti-
nius fortgefahren
worden, vermeldet
F. Langbein
Ackt. & Not.

beklagte der M. T.,
er habe mehrmals zu
Amtsphÿs. Dr. Lud-
wig geschickt, der-
selbe sey aber ent-
weder nicht gekom-
men, oder wenn er
gekommen, gleich-
sam sich vor ihm, T.,
fürchtend, an der
Gefängnißthüre ste-
hen geblieben und
habe ihm nach we-

der Magister einmal frei von Fiebern war, verweigerte er mitunter voller Bockigkeit das Verhör und drohte, kein Wort mehr zu sprechen, wenn er keine Sänfte oder keinen Anwalt oder kein Viertelchen Wein oder seine Post aus Poserna nicht bekäme, immer etwas neues. Anfang Mai, nach der Schlacht von Lützen, war es besonders schlimm – aber anders. Georg Tinius saß auf dem Vernehmungsstuhl und wirkte nach außen hin ganz friedlich und gelassen, ganz klein, ganz verständig, doch er saß in einem Hause aus Glas und verstand nicht die Fragen, die man ihm stellte, nicht ihren Sinn. Statt auf sie zu antworten, sprach er leise und ohne jede Erhebung in der Stimme von den Büchern zu Hause, zählte Titel um Titel auf, Verfasser um Verfasser, las auch etliche Stücke vor sich hin. Hr. Weidlich redete im Guten auf ihn ein, Hr. Enke versuchte es im Bösen – keiner mit Erfolg. Georg Tinius las nur weiter aus seinen Schätzen vor und fing an zu weinen und las weiter und weiter und las. Er trauerte um die Bibliothek, nur ein paar Steinwürfe von Lützen entfernt. Bestimmt war sie längst in Mitleidenschaft gezogen worden, bestimmt schon abgelodert, verdorben, geplündert, verkohlt. Erst als man ihm glaubhaft die Unversehrtheit derselben versicherte, ja sogar seine extra einbestellte Gattin dieß tat und ihm zum Beweis einige Bücher seiner Wahl vorzeigte, fand der Magister erneut Kraft und Muth und einen Sinn für alles Leiden und Leugnen – und läugnete sich wieder starck.

Erfreulicherweise aber war man mit der Ermittlung bereits weit genug fortgeschritten, alsdaß man um ihren alsbaldigen Abschluß hätte fürchten müssen. Auch die committirten Sachverständigen hatten inzwischen ihre Ergebnisse vorgelegt. Unabhängig von einander bezeugten der Leipziger Uhrmacher Johann Fürchtegott

Schuhmann und der in Weissenfels lebende Goldschmied Gottfried Klein die vollkommenste Übereinstimmung des schwer beschädigten Siegels auf dem Kuhnhardtischen Briefe mit Otto Höpffners Petschaft; jeder Zweifel wurde ausgeschlossen. Auch die im Schriftenvergleichen besonders geübten Herren Weidlang und Beyerling, der eine Kanzlist, der andere Landrichter, äußerten sich überzeugt davon und gaben zu Protocoll, daß die zugegebenermaßen arg verstellte Schrift des nämlichen Briefes eindeutig von der Hand des Inculpaten stammte. Beide führten sie ihre Kunst anhand kleiner Häkchen und Bögen und Schnörkel in der Tiniussischen Handschrift vor und hätten damit wol noch den letzten Zweifler im Creisamt gewonnen, hätte es dort einen gegeben.

Zudem stand noch die Abhörung einiger Zeugen an. Pachter Schmuhl und seine Gefährten vom 28ten Januar vorigen Jahres machten verschiedene Angaben zu Kleidung und Verhalten des Magisters, die Zeitung zum Überfall auf Kaufmann Schmidt hatte offenbar keiner von ihnen gelesen.

Auch Christian Friedrich von Raschau, Gutsbesitzer zu Poserna, wurde einbestellt. Ihm hatte der Pfarrer eine besonders dreistes Bitte zukommen lassen wollen. Er möge doch bezeugen, daß seine Schwester dem Hrn. Tinius Ende Januar, Anfang Februar letzten Jahres (noch) ein Darleihen über zweytausend Thaler in Friedrichsd'or renumeriret habe. (Mit welchem Gelde er damals, so seine zuvorige Aussage, einen beträchtlich angewachsenen Berg an Bücherrechnungen beglich.) – Hr. von Raschau verneinte jegliche Wissenschaft von dieser Angelegenheit und wollte sich auch gar nicht vorstellen, daß seine Schwester in irgend einer Verbindung zu Pfarrer Tinius gestanden hätte oder sich, noch un-

beschwerte sich M. T., daß der Nachtstuhl nunmehr vier oder fünf Tage lang unausgeschüttet stehen bleibt und der Deckel fortgenommen worden ist, worauf man erwähnten T. anempfohlen, so wie die übrigen Arrestanten, selbst seinen Nachtstuhl auszuschütten

:

beklagte sich d. M. T., indem er nur mittags von d. Kette käme, doch d. Nachtstuhl nur des Morgens geleert werden dürfe, er an solchem gehindert sey

Frl. Constantine Friederike Sophia v. R.; † 11ten Febr. 1812, abends acht Uhr; ca. 60jährig

möglicher, jemals Geld geborgt haben könnte – von einem Pfaffen!

Es war eben wie immer in solchen Fällen: die Ratten krochen aus ihren Löchern und stoben nach allen Seiten davon. Freunde, die von den Schwüren nichts mehr wissen wollten. Zeugen, die jedes Zeugniß verweigerten, um nur in keinen Connex zu gerathen. Vertraute, die sich plötzlich nur noch vom Grüßen über die Straße hinweg kannten. Schuldner, die ihre Schuld zu verlieren hatten. Wie sollte es auch anders seyn? Wer ist schon gern und gut mit einem schäbichten Schächer liiret?

Ein besonderes Exempel an Niedertracht gab der unmittelbare Vorgesetzte des Magisters zum Beßten, Christian Gottlieb Schmidt, 58 Jahre, davon bereits zwölf Superintendent in Weissenfels. – Zu Tiniussens Amtseinführung in Poserna vor erst wenigen Jahren hatte er den neuen Pfarrer in den höchsten Tönen gelobt und von seiner Gelehrtheit, seinen Künsten als Prediger und insgesamt dem guten Ruf geschwärmt, der diesem aus Thüringen vorausging. Angeblich.

Ausnahmsweise einmal – und aus nicht erfindlichen Gründen – war Georg Tinius erlaubt worden, seinem Ephorus nach Weissenfels einen Brief zu schreiben, in dem es dann zwar kurz auch um seine derzeitige Lage, sonst aber vor allem um die Schulausbildung der beiden jüngeren seiner Stiefsöhne ging. – Statt aber dem arretirten Amtsbruder zu antworten, richtete Superintendent Schmidt ein persönliches Schreiben an Benjamin Weidlich, dessen Richter:

vormals gräfl. Zinzendorfischer Prediger zu Constappel; Verf. der ›Briefe über Herrenhut und andre Orte der Oberlausitz‹ u. d. ›Briefe über die Niederlausitz, vom Verfasser der Briefe über Herrenhut und andre Orte der Oberlausitz‹

»Superintendur Weissenfels   am 21sten März 1813
Wohlgeborner, Hochgeehrtester Herr Creisamtmann.
Nur das verehrliche königliche Siegel des Wohllöb. Creisamtes, welches ich auf einem an mich eingegangenen
Briefe bemerkte, konnte mich vermögen, denselben zu
erbrechen, da ich in der Aufschrift sogleich die unver-
stellte Handschrift des M. Tinius erkannte – eines Mannes, mit dem ich in keine unmittelbare Berührung kommen mag. So unschuldig auch seine Anfragen und Bitten
an mich sind, so indiscret ist es doch mir anzusinnen, daß
ich mich darüber mit ihm, als einem Inquisiten, in Briefwechsel setzen soll. Alle etwa erforderlichen Mittheilun-
gen können nur mittels meines Consistorii oder Ew.
Wohlgeboren geschehen, da ich den Tinius als tod betrachte. Eine Äußerung seines Briefs, da wo sich das noch
rege Gefühl seiner Vaterpflichten gegen seine zwey noch
unerzogenen Kinder ausspricht, hat meine Aufmerksamkeit erregt, und da ich sie als Waisen betrachte, so werde
ich auf ihre zweckmäßige Erziehung durch Rath und
That mitzuwirken suchen.

Wenn übrigens dieser Mann seit den dreÿ Jahren, da
er in meiner Diöcese angestellt ist, mir zuweilen in einem
räthselhaften Dunckel erschien und ich mich des ersten
auf mich gemachten Eindrucke immer nicht ganz erweh-
ren konnte, wo ich mir sagte, er sähe aus wie ein Adept, so
hätte ich mir doch nicht den entferntesten Gedanken bei-
kommen laßen, daß Raub- und Mordsucht einer Hyäne,
deren er ietzt bezüchtiget wird, in ihm wohnen sollte; –
in einem Manne, der mit so viel Salbung von dem Heilig-
sten sprechen konnte, und auf den man immer anwen-
dete, was dort von Christus galt : alles Volk hieng ihm an
und hörte ihn.

Desto nothwendiger ist es, daß ihm die Masque mit
unerbittlicher Strenge abgerißen werde; und darzu ist er
in den beßten Händen.

Da sich unter seinen versiegelten Sachen auch die
Documente des Kirchenvermögens mit einem Cam-
mer=Credit=Lasten=Schein von 500 Thalern so wie andere zum Pfarrarchiv gehörige Bücher und Schriften, in-

Tinius ist kein
Inquisit! Noch
nicht. Noch ist
er nur Inculpat.
Inquisit soll er
erst werden

295

gleichen ein Manuscript Gemeinnachrichten der Evangelischen Brüdergemeine befindet, welches letztere man
gerne zurück zu haben wünscht, so bitten wir den hiesigen Herrn Amtmann bei einer erfolgenden Aufsiegelung
gefällige Notiz zu geben, damit diese Dinge gehörig se-
parirt und meiner Behörde übergeben werden können.

Mit der vorzüglichsten Werthschätzung unter-
zeichne mich Ew. Wolgeboren ergebenster Christian
Gottlieb Schmidt.«

Auch des Magisters ältester Stiefsohn Justin Ernst Hellmerich, der in Kürze sein erstes Pfarramt antreten soll
und darum gewöhnlich von seinem Ziehvater als Hr.
Candidat angesprochen wird, ließ nichts unversucht,
Schaden von sich und seiner Zukunft abzuwenden.
Widerwillig machte er zwei, drei Pflichtbesuche im Gefängniß und lieferte dem Amtsfrohn im Anschluß beflis-
sen alle ihm zugesteckten Cassiber ab, zudem schrieb er
jedesmal ausführliche Berichte an Hrn. Pastor Enke und
empörte sich ob der unverschämten Ansinnen des verruchten Vaters, etwa dem Pachter Schmuhl sechs halbe
Louisd'or an Remuneration auszuzahlen und ihn auf die
verabredeten Aussagen einzuschwören. Allem Anschein
nach haßte er den Mann, der seine Mutter unglücklich
gemacht hatte.

Fr. Ottilia Maria Tinius selbst, eine stämmige Frau
in den reifesten Jahren, wurde mehrfach abgehört und
äußerte sich über ihren zweiten Gemahlen von mal zu
mal ungnädiger. Nach ihrer ersten Befragung konnte
man durchaus noch den Eindruck haben, daß das con-
jugale Leben der Tiniussens sich zwar in den Jahren
einigermaßen verbraucht und totgelaufen hatte, aber
durchaus nicht von Haß geprägt war, eher von Gleich-
gültigkeit und Gewöhnung, wie es in guten Ehen eben
ist. Je länger aber die Untersuchung dauerte und je un-

wahrscheinlicher es wurde, daß der Angeschuldigte aus dieser unversehrt wieder entlassen würde, desto bitterer berichtete Fr. Tinius von einem Scheußal, an das sie sich vor zwölf unglücklichen Jahren voreiligerweise und gegen den Rath ihrer Mutter versprochen hatte. – Leider und zu ihrem aufrichtigen Bedauern wußte sie über die Umtriebe ihres Mannes kaum brauchbare Auskünfte zu geben, indem dieser sie offenbar von seinen Geschäften weitestgehend ausschloß. So waren es vor allem die beiden zufällig in den Studierstuben aufgefundenen und ihr vorgeführten Hämmer, auf die die Vernehmungen immer wieder gern zurück kamen. In erster Aussage bezeichnete sie den größeren davon als ein Illatum aus ihrer vorigen Ehe, den anderen, am Stil verkürzten und noch in Papir verpackten, kannte sie nicht. (Anbei räumte sie ein, daß ihr Gatte sich die Repositorien in der That selber anfertigte; immer wieder neue, weil es mit den verfluchten Büchern überhand nahm.) Zur zweiten Vernehmung wußte sie nicht, wann genau ihr Gatte sich den kleinen, ihr nunmehr durchaus bekannten Hammer zugelegt haben könnte und ob jener von Anfang an am Stil verkürzt war. Erst bey der dritten Abhörung wußte sie es genauer. Etwa zu Weihnachten des letzten Jahres war ihr der Kürzere schon einmal untergekommen, und zwar in einer Innentasche des blauen Matins.

Was das Gedächtniß der Tiniussischen Ehegenossin gerade in dieser so wichtigen, weil zugleich letzten noch offenen Frage nach der Tatwaffe so wunderbar beflügelt hatte, läßt sich nicht einmal ahnen. — Auch nicht, ob eine, und wenn ja, welche Rolle dabei etwa der aus Schkeuditz stammende Karl Ludwig Methusalem Müller, 42, spielte, Verfasser entscheidender Romane, a.a. der ›*Rhapsodien aus den Papieren eines einsamen Denkers*‹. Was also hatte der zu Leipzig von der Dichtkunst

bis 1832 Redactör u. fast alleiniger Autor der *Zeitung für die elegante Welt* (dann wider Willens durch Heinr. Laube(¡) er-

setzt) — Goedeke:
Grundriß, Bd.3, p.
131f., 899, 1391 lebende Mann mit Fr. Tinius zu schaffen? Es ist nicht zu
erfahren. — Doch um nur eines gleich auszuschließen: um
die gewissen Absichten ging es zwischen den beiden wol
eher nicht: Karl Ludwig Müller war bereits vergeben,
glücklich verehelicht mit Amalie, geborener von Bose.
(Geborener von Bose? Von Bose, Amalie!? Na und!!) —
Bleibt die Frage: hätte Fr. Pastorin auch dann Klage auf
Ehescheidung eingereicht, wenn es ihren Gemahlen nicht
in die Fänge der Justiz verschlagen hätte? – :

»Mein Ehegatte, der seines hiesigen Pfarramtes entsetzte
und als begangener Mordthaten verdächtig in Untersuchung befangene **M**. Tinius, hat mich während unseres
mehrjährigen Ehestandes mit einer Feindseligkeit und
einer Tyranney behandelt, wovon selbst die Leidensge-
schichte der unglücklichsten Ehen wenig Beispiele liefern
wird.

Durch Gleißnerey und Verstellung wußte er mich
meiner Bedencklichkeiten gegen eine Verbindung mit
ihm zu beheben und mir das Jawort abzulocken.

Sobald er mein Gatte und Herr meines ansehn-
lichen Vermögens war, zog er die Masque ab, mit jedem
Tag wurde er kälter, seine Kälte artete nach und nach in
Geringschätzung, diese in Verachtung und die Verachtung endlich in tödtlichen Haß aus.

Die Natur hat mich mit einem starcken Ge-
schlechtstrieb begabt, welcher meine Liebe zu ihm ver-
mehrte. Verächtlich stieß er meine Annäherungen zurück. Hartnäckig und gefühllos verweigerte er mir die
eheliche Pflicht. Ich verfiel darüber vor einigen Jahren in
eine hitzige Kranckheit, welche mich an den Rand des
Grabes brachte. Doch alles das konnte ihn nicht rühren.

Nie leistete er mir den schuldigen Beistand in meinen Angelegenheiten, nie ließ er mich zur Kenntniß der
seinigen gelangen und an denselben Antheil nehmen.
Stets lebte er von mir abgesondert und für sich. Er erhob
meine Gelder, ohne mir über die Verwendungsart ein
Wort zu sagen. Er verreiste oft auch mehrere Tage, ja auf

Wochen, und gab mir weder über den Zweck noch das Ziel der Reise einige Auskunft. Wenn ich ihn fragte, wohin er reise, antwortete er mir unwirsch und kurz: „zum Thore hinaus." Es vergingen acht und mehrere Wochen, binnen welcher er mich keines Wortes würdigte. Er zog sich in seine Studierstube zurück, ihn und seine Verhältnisse umgaben düstere Stille, ein undurchdringlicher Schleyer.

Endlich brach sein heimlich genährter Haß gegen mich öffentlich aus. Er trachtete mir nach dem Leben oder behandelte mich wenigsten mit einer so grausamen Wuth, daß ich, durch die wider ihn verhangene Untersuchung von seiner moralischen Verdorbenheit belehrt, die gegründete Ursache habe, die gefährlichsten Folgen derselben für mein Leben zu befürchten.

Als ich ihm bei dem Bestreben, mein künftiges Erbtheil von meiner noch lebenden Mutter im voraus nach und nach zu erheben, hinderlich zu werden begann, da mißhandelte er mich auf die grausamste Weise, schlug mich mehrmals so furchtbar mit der eisernen Elle, daß ich davon kranck wurde, drohte mich zu erstechen, und drang sogar einmal mit dem Messer in der Hand und unter den Drohworten: »Canaille, ich steche dich todt!« wüthend auf mich ein. Nur eine schnelle Flucht entzog mich seiner Wuth.

Ein andermal, als ich einst nach seiner Zurückkunft von einer Reise zufällig in seinem an der Treppe gehangenen Mantel den berüchtigten Hammer entdeckte, und in der Meinung, daß dieses mein Zuckerhammer sey, ihn bat, mir denselben zurückzugeben, geriet er darüber, daß ich solchen in seinem Mantel bemerkt hatte, in die heftigste Wuth, stürzte mit Todt und Verderben drohenden Worten und Gebärden auf mich los und würde mich gewiß lebensgefährlich mißhandelt haben, wenn mich nicht eine schnelle Flucht abermals gerettet hätte.

Diese Mißhandlungen, seine sonstigen zur Untersuchung gediehenen Vergehungen, haben mir endlich die Augen geöffnet, und mein Herz mit Abscheu, mit unvertilgbarer Furcht vor ihm und mit unversöhnlicher, doch gerechter Feindschaft gegen ihn erfüllt. Ich kann nie wieder mit diesem meiner Sicherheit so gefährlichen Manne zusammenleben, bin auch außer dem schon durch physische Zwangsmittel von ihm getrennt, und kann gleichwohl bei der Stärcke des in mir wohnenden Geschlechtstriebes nicht ohne Gatten leben.

Daher sehe ich mich genöthigt, auf Trennung des zwischen uns bestehenden Ehebündnisses und die Erlaubniß, mich anderweitig verehelichen zu dürfen, zu dringen.

Ich schiebe Beklagtem die zum Grunde der Klage angezogenen Thatsachen ins Gewissen und verwende an Ew. p.p. die unterthänigste gehorsamste Bitte:

- auf diese Klage den gewöhnlichen Verhörstermin anzuberaumen, den Beklagten zur Einlassung und Antwort auf die Klage, sowohl zur Erklärung auf den Eidesantrag unter den gesetzlich vorgeschriebenen Verwarnungen vorzuladen, mir vom Termin wenige Nachricht zu geben, und sodann mich der Ehe halber von Beklagtem zu entbinden und loszuzählen, auch, da ich ohne Verletzung meines Gewissens außer der Ehe nicht seyn kann, mir anderweit mich zu verehelichen zu gestatten und Beklagten zu Erstattung aller Unkosten zu verurtheilen.

Da fern aber mein Gesuch nicht schicklich wäre, so flehe ich das mildrichterliche Amt um Ergänzung dessen, was besser zu bitten gewesen wäre, bescheidentlichst an, die ich mit schuldigem Respekt verharre

Ew. p.p.

Carl Ludwig M. Müller   Ottilia Marie
(Geschlechtsvormund & Concipient)   verehel. Tinius«

¡Liebe geht —
Land besteht!

Ein Hammer ist ein Hammer ist ein Hammer ist zum Todtschlagen vorzüglich geeignet, wer wöllte es in Abrede stellen. Insbesondere einer, der gut in die Manteltasche paßt, bietet sich für manche Gelegenheit an, man muß dieselbe nur ergreifen. Denselben! Und weil auch die Obductionsprotocolle in beiden Fällen nicht unbedingt gegen diese Annahme sprachen, hatte man im Creisamt schon vor den Vernehmungen der Fr. Pastorin keinen Grund gesehen, die Frage nach den Tatwerkzeugen unnöthig ins Speculative zu treiben. Nichts desto trotz kamen die diesbezüglichen Aussagen der geschundenen Ehegemahlin, resp. ihr zunehmendes Erinnerungsvermögen, den Ermittlungen natürlich gelegen und wägten ein wenig den Umstand auf, daß sich keinerlei Spuren, schon gar nicht von Blut, an einem der beiden Exemplare finden ließen. — Wie sollten solche auch zu entdecken sein, solange nach Gebrauch!? Ein kleines Läppchen, ein Tüchlein hätte genügt, die Rückstände unchristlichen Gebrauchs hinweg zu wischen, ein simples Stückchen Stoff nur, egal ob mit oder ohne die eingestickten Initialen ISB.

Am Abend trancken der Creisamtmann Weidlich und Hr. Pastor Enke ein paar Gläser Wein aufeinander. Die Arbeit war vollbracht, die Untersuchung im Wesentlichen abgeschlossen. Nun galt es abzuwarten, ob die zusammengetragenen Beweise für die Inquisition genügten. Freilich waren sie sich dessen gewiß.

T. hat noch immer unruhigen Schlaf m. entkräftenden Schweissen, einen frießel- oder flechtenartigen Ausschlag, neuerdings trockenen harten Stuhl, und klagt vorzüglich über Kraftlosigkeit u. Schwindel. Von Fiber ist er wenigstens am Tage frey, auch bei einigem Verstande. Könnte es seyn, so wünschte ich, er bekäme zuweilen ein Viertelgen Wein, woran er gewohnt scheint.
Dr. Ch. Ludwig
Amts=Physikus

301

Fluch der Dorothea Triebel. Part 2 (Frivole Sÿmbole)

»Ich will nicht klagen über mein gegenwärtiges Geschick, auch nichts vorhersagen von noch größeren Leiden«, schreibt der Pfarrer von Heinrichs Anfang 1802.

»Das Wetterglas meines Lebens fiel nicht bloß auf veränderlich, Wind und Regen, viel Regen, sondern häufig bis auf Sturm«, heißt es im März.

»Ich wollte gern in Sachsens Erblande zurückversetzt werden, aber es wollte mir nicht glücken. Ich sollte hier bleiben und erst viel leiden », bringt er noch vor dem Sommer zu Papier, dann versendet er das Manuskript an Professor Eck nach Leipzig, wo schon im Herbst die Henneberger Pfaffenbiographien erscheinen. — Und du fragst dich ganz verstört, was ist denn geschehn? Leiden, Regen, Sturm und leiden? Was ist denn, Kind, bloß passiert?

Nichts besonderes, eigentlich.

Nur hatte sich Georg zu früh gefreut über seine Designation. Das Amt an der Kreuzkirche bleibt vorläufig unbesetzt. Es wird noch einmal seine Zeit brauchen, bis ein neuer Anwärter erkürt werden kann.

* * *

Die *Sieben Bücher der Stadt Suhl*, eine Chronik, widmen der Nichternennung eine kleine verschämte Note am Rand:

»Nach dem Tode des Pastors Persch hatte der Pfarrer Joh. Georg Tinius zu Heinrichs sich um das erledigte Pastorat an der Kreuzkirche beworben, und es machte sich derselbe auf Erlangen dieser Stelle um so größere Hoffnung, da er als Prediger, obgleich er zum Theile höchst frivole Vorträge hielt, gar Manchen gefiel.«

Es ergeben sich zwei Fragen. Erstens: inwiefern versündigt sich der Autor an seiner Berufung? Zweitens: was ist aus dem Eintrag zu lernen?

Erstens ist schneller beantwortet, als du denkst. Ob und warum jemand sich auf etwas Hoffnungen macht oder nicht, gehört zu den Angelegenheiten der Romanciers und -innen, der Chronist halte sich zurück und bleibe bei seinen präziseren Leisten. Seine Mitteilung hätte anständigerweise wie folgt lauten müssen: ...hatte der Pfarrer Joh. Georg Tinius zu Heinrichs sich um das erledigte Pastorat an der Kreuzkirche beworben und es machte sich derselbe auf Erlangen dieser Stelle um so größere Hoffnung, da er durch das Hohe Konsistorium designiret worden war.

Zweitens, kurz und schlüpfrig: im Falle der physischen Präsenz von Damen zur gemeinen Predigt sind zotige Worte zu vermeiden und zwielichte Anekdötchen tunlichst nicht weiterzuerzählen!

Die Antwort ist richtig aber.

Die Frage war falsch.

n-tv 13.I.2004: Im Februar 2002 hatte die Klägerin beim Essen ihrer Suppe auf ein Kondom gebissen. Der Fund habe zu Angstzuständen und emo-

Sie hätte nach dem Wörtlein *frivol* gehen sollen – das der große *Zedler* in den 1730er Jahren wie folgt erleutert: »Frivola heissen irrdene Gefässe, so vor einen sehr schlechten Preiß verkaufft werden, und wird von einem geringschätzigen Haußrath genommen.« – Die großen Lexika um die 150 Jahre später melieren der Leichtfertigkeit schon kräftige Portionen an Unsittlichkeit unter. Du kannst dir aus billigem Geschirr und leichtbeschürzten Spülerinnen also eine flagrante Mitte errechnen und daraus ableiten, wovon der Chronist oben sprach. Frivolerweise.

tionalen Schäden geführt, hieß es in ihrer Schadenersatzklage. Das Unternehmen McCormick & Schmick's untersuchte den Vorfall, fand aber keine Erklärung, wie das Kondom in die Suppe gekommen sein soll. Es wies die Klage als »*frivol*« zurück.

* * *

Diese verlarvten Demuthler!
  Die stolzen Heuchler!
  Die Christenthümler!
  Die Gebetsvasallen!
  Frömme Canaillen!
  Von unerhörten Dingen ist oft die Rede, wenn Magister Tinius an der Kreuzkirche predigt. *Demuthler* – das Wort allein ist schon eine herrliche Frechheit! Weiß Gott, manches Strafgericht, manche Philippika kennt grobe Worte, aber das ist es ja gerade, daß du ›grob‹ zu diesen nicht sagen kannst. Im Gegenteil. Sie haben einen feinen Ton, durchfluten das ganze Kirchenschiff, aber du kannst sie nicht greifen – du kriegst auch Licht nicht zu fassen. Und wie kann denn ein *Heuchler* noch stolz darauf sein? Oder worauf überhaupt? Solche Fragen. Solche Reden. Dergleichen hat hier noch keiner gehalten; *Christenthümler*! Eine Wucht. Ob das am Ende wohl gut ausgeht, ob das wohl erlaubt ist? Viele fragen sich auf den Bänken unten und sind ganz Ohr, ganz freudig erregt, ganz erpicht. Etwas liegt in der Luft und hat schon den Kampf gegen die Zwitterworte begonnen, du ahnst es, du kannst es bloß nicht sehn.

* * *

In einigen der abgefangenen Briefe aus dem Leipziger Landhof deutete Georg Tinius einen Ketzerprozeß an, der in Suhl gegen ihn um die symbolischen Bücher geführt worden sei.

Es mag seine Art sein, die Dinge ein wenig aufzubauschen, ihnen bedeutend klingende Kontexte anzureimen, ein Ketzerprozeß macht dabei wohl einiges her und erinnert dich gleich an den Herrn Luther persönlich, aber er greift sie in der Regel nicht völlig aus der Luft. Es könnte sich also lohnen, ihnen nachzugehen. – Tatsächlich finden sich auch ein paar Vermerke über mindestens zwei verbindliche Ermahnungen, die der Prediger sich seitens des Stadtrats und der örtlichen Kirchenbehörde zuzog, weil er anstößige, abschätzige, mißverständliche, unfromme Reden geführt und überhaupt wieder einmal über etwas anderes als Buße und Zerknirschung gepredigt haben soll, welches den symbolischen Büchern schnurstracks zuwider ist. – Bleibt zu klären, was symbolische Bücher sind.

Der Forstinspektor Schildbach zum Beispiel, ein wohlgelittener Herr aus Kassel in Hessen, besitzt eine Bibliothek, die ohne auch nur ein Blatt Papier auskommt – sie besteht ausschließlich aus Holz. Jedes Buch verkörpert eine Baumart. Das Buch Eiche die Eiche, das Buch Buche die Buche usf. Aus den Rinden der Bäume sind die Buchrücken geschnitten; aus Zweigen geformte Lettern verraten ihre Namen. Die Seiten, dünne, glatt polierte Tafeln, zeigen den Querschnitt des Stamms. Man kann sie aufschlagen und im Innern, wohlaufbewahrt, die betreffende Frucht, Samen, etwas Wurzelwerk und getrocknete Blätter bestaunen. Aber Bücher aus Holz gehören nicht zu den symbolischen Büchern – und wenn, dann nur im übertragenen Sinn; in diesem Fall aber wäre das Holz ein ziemlich hartes.

Die symbolischen Bücher sind, kurzdefiniert, die Bekenntnisschriften der Lutheraner, auf die jeder Pastor bei Dienstantritt den Eid ablegt. Mancherorts jeder Beamte. Du kannst sie auch Bakel nennen, die Bakel der protestantischen Orthodoxie. Oder Debakel. Oder du sagst bloß Betformeln dazu, was zwar etwas despektierlich klingt, aber auch nicht falsch ist. Oder Harnische, sag die undurchdringlichen Harnische wider die Angriffe des Satans. Und wider die Angriffe der falschen Konfessionen – es läuft aufs gleiche hinaus. Nenn das Konkordienbuch das Korsett der rein(lich)en Lehre und des recht(haberisch)en Glaubens, nenn es wie du willst, sag Gesetze, denn Gesetze sind es, in denen noch das kleinste Manöver der Liturgie den Nennwert einer Fußnote hat.

Aber wo ein Gesetz ist, ist Inquisition. Wo Inquisition ist, setzt es Ketzerprozesse. Schon Sebaldus Nothanker selig wußte davon ein bitter Liedgut zu singen. Sang Tinius auch? Alte Lieder?

Sich gegen die symbolischen Bücher zu versündigen – nichts ist einfacher als dies. Es bedarf vor allem eines aufmerksamen, recht tüchtigen Denunzianten. Und damit der Ohrenbläser nur gut zu blasen hat, genügt die allerkleinste Neuerung im äußeren Ablauf, die der Observierte in den Gottesdienst einschummelt – und wenn er nur eines Sonntags nicht Strophe für Strophe *das* Kirchenlied absingen läßt, das seit Generationen Strophe für Strophe abgesungen wird. – Von der gemeinen Frevelpredigt ganz zu schweigen.

Auch die hohen Herrn vom Rat haben in Suhl auf die symbolischen Bücher geschworen; stecken sie insofern vielleicht unter einer Decke mit den Pfaffen?

* * *

»Wegen der unter den Einwohnern entstandenen Gärung haben Wir uns bewogen gefunden, die Designation wieder aufzuheben.« – Mit diesen dünnen Worten reagierte das Oberkonsistorium in Dresden auf den dringenden Einspruch Anton Hoffmanns, des Stimmführers der Stadt Suhl gegen die beabsichtigte Ernennung des Magisters. Was die Gärung meint, ist den Zeilen nicht zu entlocken. Unruhen? Aufruhr? Die Akten des Stadtarchivs haben von dergleichen nie gehört, auch das Hennebergische Intelligenzblatt und die lokalhistorischen Schriften wissen nichts zu berichten. Es wird nur ein sehr kleiner Kreis, ein Zirkel gemeint sein – unter den Einwohnern Suhls. Man kann sichs schon denken, wer.

Anton Hoffmann ist ein wichtiger Mann in der Stadt und mächtig. 20 Jahre nach dem großen Feuer war er in ihre Dienste getreten, jetzt steht er schon mehr denn 30 im Amt. Wie sein genauer Titel heißt, was seine genauen Kompetenzen sind, das spielt in einem kleinen, abgeschiedenen Städtchen tief hinter den Bergen keine Rolle. Sag Amtmann Hoffmann, das genügt. Egal, um was etwas geht, gegen seinen Willen geht gar nichts! Wer ihn zum Feind hat, hat die Stadt zum Feind und täte gut daran, ihr den Rücken zu kehren. Aus Leipzig gebürtig, wo noch seine Schwester lebt, ist er zuständig für Finanzen, für Recht, Verwaltung, Inspektion – alles. Sein Veto wiegt Tonnen, sein Vidi in Silber. Die städtischen Rechnungen werden von seinem Amt geprüft, Aufträge nach seinem Gusto vergeben, Entscheidungen nach seinem Rat getroffen, öffentliche Ämter unter seiner Aufsicht besetzt. Dank des ihm im Lauf der Jahre zugewachsenen Gewichtes spricht er auch bei den Besetzungen der Kirchenämter ein christliches Wörtchen mit. Tinius nennt ihn seinen *schlimmsten Feind.* Es klingt nach schwerem Hader, Fehde, nach Mordio und Totschlag, es klingt ganz persönlich.

Woher die Feindschaft rührt, wie sie zustande kam und sichtbar ist, was sie betrifft, das sagt er anbei nicht. Es ist auch anderswoher nicht zu erfahren. Du mußt es so hinnehmen. In Suhl hält sich bis heute ein Gerücht. Der Amtmann bot dem Magister, als dieser noch Witwer war, eine seine Töchter zur Frau an. Wie du weißt, schlug Tinius das Angebot aus und kniete vor Ottilia nieder. Du kannst dir denken, was der Vater der Verschmähten empfand. – Aber nach aller Wahrscheinlichkeit stimmt die Geschichte nicht und kann für Feindschaft nicht einstehn; sehr zu bedauern. Hoffmanns Töchter sind beide unter der Haube. Und von einer dritten, die etwa noch zu vergeben wäre, ist nichts, kein Wort überliefert.

Der Ursprung des Gerüchtes rührt aus der Autobiographie des Magisters. Hier spielt die Geschichte noch in Kasel, wo der Autor nach dem Studium eine Erzieherstelle innehat. Der weit in die Jahre gekommene Pfarrer des Dörfchens trägt dem jungen Magister die Substitution und Nachfolge an, aber nur im Paket mit seiner Tochter. (Die aller Rechnung nach auch kein Täubchen mehr ist.)

C. Gottl. Winzler † 10.12.1793

Wie die Sache in Kasel ausgeht, ist ohne Belang. In Suhl bricht offener Haß aus. Ungeklärt muß bleiben, ob er beiderseits so unerbittlich ist. Ein Amtmann hat sich in vielerlei Händel zu mischen, ihm bleibt weniger Zeit zur Pflege der nachtragenden Art. Festgehalten sei, was belegt ist: auf Betreiben Anton Hoffmanns wird die vorläufige Ernennung zurückgezogen. *Es war ein Richter in einer Stadt, der fürchtete sich nicht vor Gott und scheute sich vor keinem Menschen*, ruft der Magister mit St. Lucas von der Kanzel herunter, und jeder auf den Bänken weiß sofort, wer gemeint ist. Es ist seine Abschiedspredigt, am Schluß rührt sie schier zu Tränen.

***

Hat man wieder nichts aus der Geschichte gelernt? – möchtest du fragen, denn nach anderthalb Jahren ist das Amt noch immer vakant. Erst 1803 wird an der Kreuzkirche ein neuer Pastor eingeführt, Erdmann Kolb, der wenige Wochen zuvor erst in Schleusingen Diakon geworden war. Erdmann Kolb ist ohne Zweifel ein redlicher Mann – aber ebenso unbestritten in Suhl nur der Verlegenheitskandidat. Er stammt aus einem Dörfchen nahe der Stadt Oelsnitz im Vogtland her, das im Wappen vier grüne Bäume hat, resp. vier symbolisierte Blätter. Seinen Namen zu nennen verbietet sich aus stilistischen Gründen. Es liegt 50° 21' nördl. Breite, 12° 7' östl. Länge und 500 m über N̲N̲, Postleitzahl 08606. Die Vorwahl lautet 037434, 80210 das Amt. Die Gemeindezahl heißt 14178700, die Bürgermeisterin Ilona Groß. Sie ist parteilos. Das bedeutet freie Wählergemeinschaft. Das bedeutet i.d.R.C.D.U. Umliegende Ortschaften tragen die Namen *Bösenbrunn* und *Süßebach*. Süßebach z.B. ist von der ursprünglichen Anlage her ein Waldhufendorf, das… – aber das führt schon wieder fort und zu weit hier und—

50 Jahre zuvor:

…ich losging!

Ihr letzter Schlag war noch keine Viertelstunde verhallt, noch immer, oder nach dem Glockengeläut: schon wieder herrschte diese merkwürdige Stille — da verkündete ein dünner, fistelnder Ruf das Feuer. Er kam von der Stadlergasse her, die helle Stimme eines Kinds, man hörte sie noch bis an die Enden der Stadt. Gleich an zwei Stellen der Stadlergasse stiegen Schwaden von Rauch auf, ganz hinten aus Hans Eckards Haus und ein paar Schritte davor bei den Gebrüdern Schlegelmilch.

Weil aber jeder in der Stadt auf das Ereignis gut vorbereitet war, so fehlte es zur Hilfe nicht an behenden Händen. Von überall wurde Wasser herbeigetragen. Auch die Löschmannschaften mit ihren Feuerspritzen waren gleich zur Stelle und trafen bereits die nötigen Anstalten. Obwohl jetzt schon aus beiden Dächern Flammen leckten, gaben sich die Männer mit lauten Worten noch zuversichtlich, den Brand beherrschen und seine Ausbreitung verhindern zu können. Doch als sollten sie für ihren Hochmut mit Hohn zu strafen sein, krachten in diesem Augenblick vom Dach des Hauses Schlegelmilch mehrere glühende Schieferplatten herab und trafen eine der Spritzen und mehrere darum beschäftigte Personen empfindlich. Die Verletzten konnten gerade noch beiseite getragen werden, da fing der Löschwagen selber Feuer und war bald nicht mehr zu retten.

Wie die spätere Rekonstruktion des Unglücks ergab, brach im gleichen Moment an der verbleibenden, am Haus Eckard aufgestellten Spritze die Achse.

Noch während die dortige Mannschaft damit beschäftigt war, den Schaden zu beheben, fing auch dieser Wagen Feuer und mußte nach vergeblichen Rettungsversuchen ebenfalls aufgegeben werden. Und hatte man anfangs noch gehofft, die Windstille würde ein allzu leichtes Ausbreiten des Brandes verhindern, so sah man sich auch hier bitter getäuscht. Wie auf geheimen Befehl hin hatte sich ein kräftiger Wind erhoben, der nun das

Feuer von Schindel zu Schindel und Dach zu Dach trug – die ganze Stadelgasse entlang, die nach weniger als einer Stunde von vorn bis hinten unter Flammen stand. Die Bewohner der Stadt wollten nicht glauben, was sie da sahen: hier waren Kräfte am Werk, *höhere* Kräfte am Werk, keiner zweifelte mehr daran, gegen die es nichts auszurichten gab. Haus um Haus, Straße um Straße fiel ihrem Fraß, ihren hechelnden und züngelnden und lodernden Flammen zum Opfer, an Löschung war gar nicht mehr zu denken. Ein jeder sann nur noch darauf, sich, die Seinen und sein wichtigstes Hab und Gut in Sicherheit zu bringen. Viele der resignierten Helfer, die nun zu ihren eigenen Häusern rannten, rannten mit den Flammen einen Wettlauf und waren oft nicht die Sieger. Am Nachmittag brannten schon ganze Flächen der Stadt und ein nur aus Feuern und Glut bestehender Sturm rollte in irrwitziger Geschwindigkeit durch die Gassen und Straßen; Suhl war nicht mehr zu retten; Suhl war verloren. Das Rufen und Klagen der Menschen darüber wurde nur noch überboten vom grauenhaften Gebrüll des Viehs, das man nicht mehr hatte aus seinen Ställen befreien können. Aus allen Winkel und Gegenden drang das Todesgebrüll der angepflockten Tiere. Am Abend waren sie endlich still. Mit Beginn der Nacht bot sich den auf die umliegenden Berge geflüchteten Bewohnern ein gräßlicher, ein schöner, ein gräßlicher schöner Anblick: unter ihnen die Stadt versank in ein einziges hochaufwogendes Feuermeer. Rot. Gelb. Blau. Grün. Violett – alle frohen Farben.

Schlag Mitternacht setzte Regen ein. Der erste Regen seit Wochen. Er kam 14 Stunden zu spät. Als das Licht des Morgens über die östlichen Berge in die Stadt einfiel, war deren größter Teil abgebrannt. Zwischen den Ruinen sah man nur Säulen von Rauch und damp-

312

fendes Gestein; es schien nicht ratsam zu sein, sich der inneren Stadt schon allzu weit zu nähern. Hier und da loderten kleine Feuerherde auf. Vier der fünf Distrikte waren weitgehend zerstört.

Die Kreuzkirche überlebte das Inferno und erhob aus dem glimmenden Grund ihren Finger. In sechs Tagen, am ersten Sonntag des Monats, hätte hier der neue Superintendent investiert werden sollen, doch an dergleichen Solennitäten war jetzt natürlich gar nicht mehr zu denken, sie wurden verlegt. Seiner Ernennung am 21. März waren Monate des Gezänks vorausgegangen, insofern stand auch schon sie unter keinem guten Stern. Eigentlich hätte Christoph Wendler der neue Superintendent werden müssen, das wußte jeder. Er war der Kreuzkirchenpastor, stand also in der Hierarchie an erster Stelle, ihn wünschten sich auch die Suhler, Suhlaner und Suhlenserinnen. Doch unter der Geistlichkeit der Stadt gärte Widerstand. Mit den Worten: *einer, der sich zum Beispiel mit Hexen abgibt,* hintertrieben sie die Bewerbung und schoben einen eigenen Kandidaten ans Licht.

Weil der Klüngel aller Erfahrung nach eine stattliche Macht ist, wurde also nicht Magister Wendler für das hohe Amt designiert, sondern ein intriganter Archediakon – Heinrich Graun.

Die juristische Untersuchung der Brandkatastrophe brachte zu Tage, wie frühzeitig Anna Dorothea Triebel ob des unwürdigen Schachers schon einen Groll gegen Heinrich Graun gefaßt hatte. Nach Aussage der Witwe Spangenberg sprach sie bereits im vergangenen Jahr vom Untergang, der der Stadt blühe, würde nicht der Rechte ins Amt geraten, sondern Graun ernannt – dieser Antichrist. (Weitere Ergebnisse über die Ursachen des Feuers und seine beiden Herde vermochte die Kommission nicht zu erzielen.)

Abgesehen von der präzisen Ankündigung des Unglücks konnte der Seherin aber weitergehende Beteiligung daran nicht nachgewiesen werden, Brandstiftung schon gar nicht. Sie war am Morgen des Walpurgistages zu Hause, beeidete Frau Spangenberg. Als das Kind Feuer rief, lag sie sogar noch im Bette.

¿wegen groben Unfugs?

Trotzdem wurde sie abgeführt. Man brachte sie nach Waldheim in die Anstalt. Womöglich starb sie dort. Nach Suhl kehrte sie nicht zurück.

Heinrich Graun fand an seinem Amt keine Freude. Er verschloß sich, wurde wortkarg und krank und nur 50. Er starb Heiligabend '57. Viele sagen, er habe die Schuld nicht ertragen und sich den Tod herbei gesehnt. Darüber hinaus nahmen die Bürger der Stadt an seinem Ableben wenig Anteil. Die Wahl seines Nachfolgers erfolgte wieder in alter Art und Gewohnheit. Es wurde Christian Grötzsch, Johann Grötzschens älterer Sohn. Du könntest ihn leicht mit Ernst, dem jüngsten, verwechseln, der vor fünfeinhalb Jahren am Grab des Vaters die schöne Rede hielt – Vorsicht! Ernst Gottgetreu Grötzsch wurde nur Archediakon.

Tinius ahnte nicht, daß er längst einen unheimlichen Doppelgänger hatte. Ahnte nicht, daß man sich noch zu seinen Lebzeiten überall im Lande seltsame und schauerliche Märchen zuraunte über den Magister, dessen Gelehrsamkeit so groß gewesen sein soll, daß er im Gefängnis ein chaldäisches Wörterbuch mit Blut und Ofenruß auswendig niedergeschrieben habe, und der noch viele Jahre später in der sonderbarsten Verkleidung das Land durchstreifte, um ahnungslosen Reisenden betäubende Blumen oder Schnupftabak anzubieten und sie dann hinterrücks zu ermorden.

Helene Simon-Eckardt
Maximiliangesellschaft; Dez. 1932

Exit. Telegramm. (Lausige Bücher, Schicksalsschrullen)

> Es ist wahr: Franzosen sehe ich nicht mehr, dafür aber sehe ich Kosaken, Baschkiren, Kroaten, Magyaren, Kassuben, Samländer, Dragoner, braune & andere Husaren. — Wir haben uns seit langer Zeit gewöhnt, unsern Blick nur nach Westen zu richten, und uns alle Gefahr von dorther zu erwarten; aber die Erde dehnt sich auch noch weiterhin nach Morgen aus.
>
> J.W. Goethe

Kalle alias Theo Körner, der Sänger der Freiheitskriege mit dem sächsischen Maule, wurde keine 23 Jahre alt; das war eher ein Glücksfall. — Am 24. April 1813 weilte das verzogene Balg in Leipzig, griff aber, um dies gleich voraus zu schicken, in die Angelegenheit Tinius nicht ein. Statt dessen stellte es sich, für jedermann sichtbar, am Grimmaischen Thorplatz auf den Schneckenberg und dichtete schon wieder. Dieses Mal das Lied von *Lützows wilder verwegener Jagd*.

Aber es verhält sich mit den Liedern, wie es sich eben verhält, sie haun auf den Putz und trumpfen gern hoch. De facto kannst du nicht direkt sagen, daß Lützows Freikorps (in ihren schwarzen Uniformen mit den roten Rockaufschlägen und goldenen Knöpfen) am Ausgang des Krieges einen extrarühmlichen Anteil hatten; es fehlte ihnen zumeist an Gelegenheiten, sich zu bewähren; marschieren hieß das tägliche und täglich härtere Brot, marschieren und am Gefecht zu spät ankommen; nicht sehr effektiv alles in allem. Es dauerte darum auch gar nicht lange, da sang man in den Schenken Leipzigs und anderswo aus geölten Kehlen das Lied von *Lützows stüller verlegener Magd*.

(Jagd! – ...verlegener Jagd – natürlich. Pardon!)

Als Körnern freilich solcher Frevel zu Ohren kam, war er nicht besonders amüsiert darüber und – auch gleich gar nicht mehr zu halten und zu retten; gleichsam ein Stier, ein Löwe, ein Traktor, stürzte er sich mit umso wilderem Ingrimm in eine nächstbeste Okkasion, wie sie sich glücklicherweise gerade bei Rosenow, nahe des Städtchens Lützow anbot, und starb einen recht feschen Heldentod. Man schrieb den 26. August.

(Am gleichen Tag schlich J. W. Goethe bei Ilmenau durch den friedlichen Wald, setzte sich zum Verschnaufen ins Moos und dichtete seinerseits. *Ich ging im Walde so für mich hin*, schrieb er behender Hand und dachte an die Dicke daheim. – Es paßt so schön zu Rosenow, daß man meinen möchte, die Herren Dichter hätten die Revue miteinander abgesprochen.)

Die schönsten Lieder Körners erschienen postum in dem Bändchen *Leyer und Schwerdt*, herausgegeben von seinem worauf auch immer stolzen Vater. Der Titel ist trefflich gewählt und die pornographischsten Nummern daraus zählen seither zum Stammrepertoire völkischer Männergesangsvereine. Für die Erstausgabe von 1814 erzielst du in den teutschgewissen Kreisen einen anständigen Preis. Du sollst den potentiellen Käufern bloß nicht verraten, denn es könnte ihnen auf die Kauflaunen schlagen, daß der Titel gar nicht aus der Feder des petite maître selbst stammt – und schlimmer. Henriette Freiin von Pereira, Tochter Fanny Arnsteins, eine Wiener Dame und Salonbetreiberin jüdischer Abstammung, hatte die Worte in ein kleines leeres Büchlein geschrieben und dem Freund dasselbe mit auf den Weg in die Schlachten gegeben – gewissermaßen für die Musenstunden zwischendurch; aber das ist schon wieder eine andere Geschichte... Wir wollten ja auch nur verklickern, daß das Jahr 1813 für viele ein ziemlich bewegtes war!

und behänder Hand, wenns denn sein soll

Ja, gutes Schwert, frei bin ich,/ Und liebe dich herzinnig,/ Als wärst du mir getraut,/ Als eine liebe Braut./ Hurrah!// »Dir hab' ich's ja ergeben,/ mein lichtes Eisenleben./ Als wären wir getraut!/ Wann holst du deine Braut?«/ Hurrah!// Zur Brautnachts=Morgenröte/ Ruft festlich die Trompete;/ Wenn die Kanonen schrein,/ Hol ich das Liebchen ein./ Hurrah!// »O seliges Umfangen!/ Ich harre mit Verlangen./ Du Bräut'gam hole mich,/ Mein Kränzchen bleibt für dich./ Hurrah!/ Was klirrst du in der Scheide,/ Du helle Eisenfreude,/ So wild, so schlachtenfroh?/ Mein Schwert, was klirrst du so?/ Hurrah!

Bereits am 16. September hatten Pastor Enke und Benjamin Weidlich in der Hohen Lilie auf sich und den Abschluß der Untersuchung angestoßen. Erst jetzt durfte Georg Tinius einen Defensor bestellen; er bestellte – den falschen.

Einen Monat später, zwischenher wurde bei Leipzig noch rasch eben die Völkerschlacht durchgeführt, reichte Friedrich August Andritzschky, ein lausiger Winkladvokat, eine lausige Verteidigungsschrift ein. Sie ist 103 handgeschriebene Blätter lang (was keine 20 Maschinenseiten ergibt) und wirklich nicht gerade das Plädoyer einer Leidenschaft. Sie wirkt müde, lustlos, schlecht gearbeitet, formal, verliebt nur in die eigene sperrige Grammatik. Wie es scheint, war Andritzschky selber nicht so richtig von der Unschuld seines Mandanten überzeugt, schon gar nicht von dessen Chancen bei Gericht. Immerhin gelingt ihm anhand des beschlagnahmten Schuldbuchs des Magisters und einiger anderer Dokumente der Nachweis, daß sich Tinius zwar mitunter in pekuniären Verlegenheiten, nie jedoch in ausgesprochener Not befand und ein Bankerut als Motiv kaum in Frage kam. Darüber hinaus ist es die einzige erkennbare Strategie seiner Rede, die Glaubwürdigkeit der Zeugin Schmidt zu untergraben, weil diese zunächst den Magister Kluge als Täter bezichtigt hatte. – Aber das machte keinen Sinn. Es war zu einfach, zu wenig. Gefährlichster Zeuge der Anklage war nicht dieses schwatzhafte Geschöpf, sondern der Magister selber. Vor allem diesen verflixten Umstand hätte Andritzschky in die Rechnung nehmen müssen, als er konzipierte. In eine anständige Verteidigungsrede hätte zum Beispiel die Frage gehört, warum sich Weidlich und seine Mannen nicht für die Vermögensverhältnisse des Mordopfers interessierten, jedenfalls keine Anstrengungen unternahmen, das Geringste darüber zu erfahren. Gab es Erben? Nutznießer ihres Todes? Hatte die Dame Feinde? Was versprach sich der Täter von dem Überfall auf eine beengt und unterm Dach wohnende Briefträgerwitwe, die allem Anschein nach auch noch dem Alkohol verfallen war? (Montags in aller Frühe nach Stoff unterwegs – welchem Umstand sonst verdankte wiederum Frl. Schmidt ihr Alibi?) Und was hatte es mit Dr. Knobloch auf sich, der am Arm seiner blasenschwachen Gemahlin Wilhelmine Friederike den Hilferufen der Dienstmagd gefolgt war und sich, wie bekannt ist, im Kuhnhardtischen Quartier einige Stunden als potentieller Zeuge zur Verfügung gehalten hatte? In einer ersten provisorischen Vernehmung, noch durch den Acktuar Wagner am Tatort, bezeichnete er sich zunächst als den Curator der Witwe Kuhnhardt, wenige Minuten später aber korrigierte er dies und gab zu Protokoll, nicht der Curator, sondern im Grunde bloß der Executor des Testaments der alten Frau zu sein. Mag der Unterschied zwischen einem Curator und einem Executor sein, was er sein will, unbestritten ist, daß Dr. Johann Christian August Knobloch der offenbar einzige Mensch war, der über die Finanzen und, sofern vorhanden, das Vermögen der Witwe hätte Auskunft geben können. Warum wurde er nicht befragt? Und kommt in der gesamten Acta nicht wieder vor? – Eine vernünftige Verteidigungsrede hätte auch einmal danach fragen dürfen, weshalb der Magister nicht auf den Warnbrief von Stimmel reagierte und nicht die geringsten Vorkehrungen traf. Und warum er auch dann noch keine Anstalten machte, belastendes Material verschwinden zu lassen, nachdem das Fräulein Schmidt ihn unter dem Vorwand eines Taufscheins in genaueren Augenschein genommen hatte. Spätestens jetzt hätten alle Glocken doch Alarm läuten sollen. Nach den in den Kassibern erteilten Aufträgen zu urteilen, sollten zehn

Minuten genügt haben, all die Mahn- und Schuld- und fingierten Briefe und Knöpfe und wenigen Kleidungsstücke, kurz: all das, *was nicht unschuldig ist*, beiseite zu bringen. Zehn Minuten! Zerstreutheit her, Zerstreutheit hin: lächerliche zehn Minuten! Zwischen dem Besuch des Fräulein Schmidts und der Verhaftung lag noch eine ganze Woche. – Desgleichen hätte der Verteidiger fragen können, warum sein Mandant so dumm gewesen sein soll, den Brief an Frau Kuhnhardt ausgerechnet mit einem Namen zu unterzeichnen, der in seiner Autobiographie eine gewisse Rolle spielt. Oder warum sein Mandant sich erst zwei Tage lang im Cunitzischen und Juniussischen Hause herumtrieb und dann am dritten zuschlug, als er sich sicher sein konnte, daß ihn indessen jedermann vom Angesicht her kannte. Oder warum er der Schmidtin unmittelbar nach dem Anschlag einen freundlichsten Gutenmorgen wünschte, damit diese ihn bloß nicht übersah und vergaß, und dann auch noch vor lauter Neugier bis weit nach Mittag bei Höpffner wartete, weil das Mädchen noch einmal rüber zu kommen und über den Stand der Dinge Bericht zu erstatten versprochen hatte. – Der Beispiele sind es genug und genöcher. Im Grunde hätte Andritzschky ja nur danach fragen müssen, warum alles so wunderwunderbar paßte und warum Georg Tinius dem Anschein nach alles, aber wirklich alles daran setzte, den Verdacht erst auf sich zu ziehen und ihn dann möglichst noch zu vermehren. — Aber wie gesagt, der Herr Defensor Andritzschky zog es vor, die Glaubwürdigkeit der Schmidtin zu untergraben. Mager, mager!

Gemäß Königlich Sächsischer Gerichtsverordnung wurden die Akten zur Entscheidung dem Schöppenstuhl zu Leipzig vorgelegt, welcher ein halbes Jahr später, mit Urteil vom 26. März 1814, darauf erkannte, gegen Georg Tinius mit der Spezialinquisition zu verfahren. Das hieß:

den eigentlichen Kriminalprozeß zu eröffnen. — Allerdings bedurfte es dazu noch einer wesentlichen Formalie. Bevor ein Geistlicher den weltlichen Gerichten übergeben werden konnte, mußte er seines Amtes enthoben, oder wie man trefflicher sagte: entsetzt werden – ein höchst feierlicher Akt.

Es könnte die Freunde von der synoptischen Geschichtsschreibung interessieren: etwa zur gleichen Stunde des 31. März, als der Kaiser von Rußland und der König von Preußen Gaul an Gaul und Hand in Händchen und an der Spitze ihrer herausgeputzten Garden die Pforte St. Martin passierten und unter Abschreitung der elysäischen Äcker ihren triumphalen Einzug in die Stadt Paris abhielten, feierte, ein paar Tagesreisen nordöstlich, die Stadt Leipzig eine Party von nicht weniger Glanz und nicht minderer Dimension. Den Einmarsch diverser siegreicher Alliierter konnte man ja alle Nasenlang irgendwo in Europa erleben, dagegen die Degradation eines Pfaffen mit anschließender Eröffnung der Inquisition – solches hatte es in Leipzig schon so lange nicht mehr gegeben, daß man gar nicht recht wußte, wie dieselbe zu zelebrieren war. Man mußte erst die Gelehrten befragen. — *Julii Bernhardts von Rohr Vollständiges Ober=Sächsisches Kirchen=Recht* von 1723 enthielt in aller Präzision und Umständlichkeit die gewünschten Instruktionen.

Der 31. März war ein sonniger Frühlingstag. Am Montag darauf (d. 4. April) brachte das Leipziger Tageblatt in seiner 94. Nummer einen ausführlichen Bericht über die Feierlichkeit, die wir keinesfalls authentischer, schon gar nicht schöner zu beschreiben wüßten:

»Eines allerhöchsten Befehls zufolge wurde auf Verordnung des preiswürdigen Consistoriums zu Leipzig am verflossenen Donnerstage die Amts=Entsetzung des in die

§39. Von der Remotion ist die Degradation unterschieden. Jene ist die Beraubung eines gewissen *gradus*, nicht aber des geistlichen Ordens und der Jurisdiction selbst; diese aber ist die Beraubung des geistlichen Standes und aller damit vereinigten Rechte, Privilegien und Freyheiten. Wenn die Remotion statt finden soll, müssen *grosse* Verbrechē seyn begangen worden; wird die Degradation aber resolvirt, müssen *enorme* Verbrechē vorhergegangen seyn. Nach der Remotion folgt nicht allezeit Strafe, sondern man läst einen removirten Priester seiner Wege gehen, wohin er will, ein degradirter Priester aber wird offter den Händen des Henckers übergeben

§40. Es pflegen solenne Degradationes bey den Protestirenden nicht so gar offters

322

Inquisition gerathenen und seit 13 Monaten verhafteten M. Tinius in der Kirche zu St. Nicolai bey offenen Kirchenthüren vollzogen. Eigentlich würde die Strafhandlung in der Thomaskirche vollstreckt worden sein, wäre solche bereits wieder hergestellt gewesen, nachdem sie einige zeither zum Militairhospitale hatte dienen müssen.

Vormittags, kurz vor 10 Uhr, versammelten sich in der Sakristey besagter Kirche: der Herr geheime Rath und Director des Consistoriums, Freyherr von Werthern, mit den Assessoren; der Creisamtmann Weidlich; die Herren Geistlichen dieser Stadt, der Herr Superintendent Schmidt von Weißenfels, des Inquisiten gewesener Ephorus; einige Geistliche aus dessen Inspektion, inglichen der Schulmeister so wie einige Personen aus Poserna, wo Tinius Pfarrer gewesen.

Zu gedachter Zeit wurde denn auch M. Tinius aus der Amtsfrohnfeste an der Pleissenburg, wo er verhaftet saß, in einer Portechaise auf der anderen Seite der Kirche in das Beichthaus gebracht. Er war in seinen eigenen schwarzen Rock gekleidet, über welchem ein grauer Mantel hing; auf dem Kopf trug er eine Schildmütze, tief ins Auge gedrückt, um sich wenigstens einigermaßen den Hunderten von Menschen zu entziehen, die die Neugierde von der Frohnfeste bis an die Kirchenthüre zu seinen andringlichen Begleitern gemacht hatte, und deren Blicke er nicht zu ertragen vermochte. Diese Mütze behielt er auch dann noch auf, als er in das Beichthaus eintrat. Er schien sehr schwach und kränklich und schwankte bald auf die, bald auf jene Seite. Kein Wunder! er stand an einer schrecklichen Grenzlinie; denn die Herzen von den versammelten Tausenden, die der weite Raum der Kirche faßte, waren erfüllt mit bitterem, verachtenden Unwillen. Und was ihn noch stärker erschüttern mußte, wenn sein Herz nicht einzig verhärtet war, daß er nun vor *den* Kreis von Männern treten sollte, die einst ihm Beweise der Achtung gegeben und nicht geahnet hatten, zu welch einem menschlichen Scheusale er sich herabwürdigen könne und werde.

Bald nach seinem Eintritt ins Beichthaus wurde ihm vom Cursor des Herrn Superintendenten der zu diesem

zu geschehen, doch hat man Exempel, daß solche bißweilen vorgenommen werden, wie dergleichen anno 1719 zu Leipzig geschehen. Es hatte ein gewisser Priester Eilenburgischer Inspection von dem Dorfe Battaun* bey seinem ehelosen Leben allerhand Schande und Laster in fleischlichen Lüsten verübet, und war darüber in Inquisition gerathen. Da es nun mit ihm so weit gekommen, daß eine Leibes=Strafe an ihm vollzogen werden solte, so muste vorher der geweyhete Caracter des ermeldeten Inquisiti auf solenne Art abgethan werden. Diesemnach ward den 7. Julii früh vor 6 Uhr der Degradatus durch den Amts= Knecht in die Superintendur zu Leipzig gebracht, ihm sein ehemaliger Priester=Habit, als der Priester=Rock und das Häßgen, über den schwartzen Rock abgelegt, und nur in der schwartzen Veste in der Unterstube der Superintendur vorgestellt. In dieser sassen der Superintendent **D.** Johann Dornfeld nebst dem Creyß=Amtmann Wagner. Auf der einen Seite bey den Fenstern sassen sechs dazu erforderte Geistliche, theils aus der Stadt, theils von dem Lande, auf der anderen aber einige Consistoriales, und von dem zugehörigen Kirchspiele ein paar Abgeordnete und Gevollmächtigte. In dieser und noch anderer Zuschauer Gegenwart ward von dem Superintendenten dem vor ihm stehenden Inquisito vorgehalten, wie schändlich er sich in den Lüsten des Fleisches herum gewelzt, sich dadurch seines Ehren = und Geistlichen Standes verlustigt und hingegen einer schweren Leibes=Strafe werth gemacht hätte. (...) Endlich ward der Degradatus dem Creyß=Amtmann zur Execution der ihm zugesprochenen Leibes=Strafe übergeben, mit angehängten Wunsche, daß sich dergleichen Aergerniß fürohin nicht weiter ereignen möchte. Da nun der Creyß=Amtmann mit wenigen Worten die zuerkannte Strafe zu vollziehen sich erkäret, so ward der Entkleidete und bloß in Weste und Hut stehende Priester dem Amts=-Knecht wieder übergeben und in seine Custodie und nachhero ins Zucht=Haus zu Waldheim gebracht. ˙Kirchenbucheintrag Battaune: *Von 1708 bis 1717 hat M. Joh. Friedr. Frenzel getauft und nichts eingetragen.*

Behufe mitgebrachte Priesterrock angezogen, den Inquisit ehedem bey seiner Amtsverwaltung in Poserna getragen, und ein Ueberschlägelchen umgethan.

Die obgedachten Behörden verfügten sich nun aus der Sakristey in die Kirche und stellten sich vor dem Altar in einen Halbkreis, in dessen Mitte, etwas vorwärts, der Hr. Superintendent **D.** Rosenmüller trat. **M.** Tinius wurde nun aus dem Beichthaus herausgeführt und auf die untere Stufe dicht an das den Altarplatz einschließende Gatter gestellt. Freywillig, und nicht weil die Observanz es ihm anbefahl, kniete er nieder; ob dadurch seine Unterwürfigkeit zu bezeichnen, oder um sich vermittelst dieser Stellung den forschenden Augen der nur in etwas entfernten Zuschauer zu entziehen, indem er das Gesicht tief in die Brust zog, das wird der zu richten haben, der Herzen und Nieren prüft. Neben ihm stand zur rechten Seite der Aufwärter der Nicolaikirche, Wagner, und zur linken der Amtsfrohn Dietze, der den Inquisiten neben der Portechaise in die Kirche begleitet hatte.

Der Herr Domherr und Superintendent **D.** Rosenmüller hielt hierauf eine Rede, um in des Verstockten Herz einzudringen und ihn zu erschüttern. Heiliger Ernst, der sich bald in tiefe Wehmuth ergoß, bald in strafenden Eifer überging, belebte den Vortrag des edlen Greises, seine Stimme hob sich mächtig aus der durch das Alter geschwächten Brust, Thränen glitten, ihm unmerkbar, von seinen Augen auf die Wangen; aber der Schreckliche, dem sie galten, ließ sie fruchtlos an seinem Felsenherzen vorübergehen, welches selbst die allergültigsten und kräftigsten Beweise seines Verbrechens durch freches Läugnen oder verschmitzte, keinesweges haltbare Ausflüchte bald zu schwächen, bald irre zu machen versuchte, und hartnäckig jedem Bekenntniß seiner Schuld mit der strafbarsten Festigkeit auswich, so überführt der Magister auch sogleich beym ersten Augenblick der Verhaftung seyn mochte, und es wahrscheinlich sein mußte.

Danach verlas der Consitorial=Pronotarius Heimbach den über die Tiniussische Amtsentsetzung ergangenen Allerhöchsten Befehl, worauf denn dem Inquisiten durch obgenannten Kirchenaufwärter Wagner öffent lich vor den Tausenden von Anwesenden der Priesterrock ausgezogen und das Überschlägelchen abgebunden wurde.

Hierauf sprach **D.** Rosenmüller wieder und übergab in kurzen bündigen Worten dem Herrn Creisamtmann Weidlich den Inquisiten, worauf der Creisamtmann den Inquisiten abtreten ließ. Der Herr Superintendent hielt noch eine Schlußrede an die Gemeinde, und so endigte sich diese erschütternde Handlung.

Da bey der unzählichen Menge Menschen, welche schon zwey Stunden zuvor in die Kirche eingeströmt war, ein außerordentliches Getöse entstehen mußte, indem jeder sich näher hinzudrängeln suchte, wo er den Actus genauer sehen, deutlicher die gesprochenen und verlesenen Worte hören wollte, so war es (obgleich man die möglichste Ruhe und Stille durch polizeyl. Anordnung zu befördern anbefohlen hatte) durchaus nicht möglich, die Rede des Hrn. **D.** Rosenmüllers vernehmlich zu hören und die Verlesung des Allerhöchsten Befehls deutlich zu verstehen. Es entstand daher der allgemeine Wunsch, daß unser so väterlich verehrte Rosenmüller diese, seine gesprochenen Worte, durch den Druck mittheilen lassen möchte, und wie man von glaubwürdigen Männern aus seiner Nähe die Versicherung erhalten hat, so dürfte in diesen Tagen dieser Wunsch erfüllt werden.

Noch wollen wir einiges bemerken. Wie die Rede geht, soll Inquisit Tinius den Kirchenaufwärter Wagner, als dieser ihm den Priesterrock auszog und den Überschlag abband, gefragt haben, ob er denn gar nicht appelliren und eine Entgegnung sprechen könnte und dürfte? – Ferner soll er, als er seiner Amtswürde entsetzt war und abgeführt wurde und mit raschen Schritten diesen seinen höchsten Richterplatz verließ, dem er so demüthig, schwankend und schüchtern genahet war, ausgerufen haben: ›Ich protestire an Gott, meinen höchsten Richter!‹

Sollte dieß von ihm, nach dieser vollzogenen Handlung, wirklich gesprochen worden seyn, so wird ihn diese Aeußerung gewiß in seinem wahrsten Lichte erkennen lassen.«

Die jetzt noch einmal von vorn beginnenden Untersuchungen des Kriminalprozesses zogen sich in diesen unruhigen Zeiten vielleicht etwas länger hin, als sie es eigentlich sollten; nichts eilte, wichtigeres drängte. Auch leugnete der Inquisit nach wie vor die geringste Schuld, so daß es völlig aussichtslos schien, ihn zu einem Geständnis zu bewegen. Noch zweimal wechselte er allein hier in Leipzig den Anwalt. Zu Beginn des Jahres 1816 aber wurden die Untersuchungen abgebrochen – es ließ sich zu dieser Zeit bereits absehen, daß sie nicht zu Leipzig abgeschlossen würden.

Im Sommer zuvor war der Wiener Kongreß zu Ende gegangen – mit erheblichen Konsequenzen für das Königreich Sachsen, das fast die Hälfte seiner Gebiete verlor, darunter auch das Dörfchen Poserna. Somit war Tinius zum Ausländer, schlimmer noch: zum Preußen geworden. Hinzu kam eine in diesen Tagen erlassenen Konvention, der zufolge auch nicht mehr der Tatort (*forum delicti commissi*), sondern der Wohnort (*forum domicilii*) darüber entschied, wo das Verfahren geführt zu werden hatte.

v.20.II.'16;
§§ 13 & 20

Es dauerte allerdings noch ein paar Monate, bis das Justizamt Weißenfels endlich vom preußischen Obergericht den Auftrag erhielt, den Gefangenen aus Leipzig abzuholen und die Untersuchung gegen ihn fortzuführen. Sie fortzuführen bedeutete gleichsam, sie noch einmal, d.h. nun aufs Dritte von vorne zu beginnen. Neue Erkenntnisse brachte sie in den Mordsachen nicht hervor. Allerdings kam eine weitere Anschuldigung hinzu: die Veruntreuung von Kirchengeld. Superintendent Schmidt aus Weißenfels hatte dem Amt einen Fehlbetrag von einigen mehreren hundert Reichstalern in der Posernaer Gemeindekasse gemeldet. Diesen Sachverhalt räumte Tinius halbwegs ein, allerdings auch wieder nicht;

er gab an, das Geld zum Ankauf der Heynatzischen (an anderer Stelle: der Kadenschen) Bibliothek in Frankfurt/Oder und damit allein zum Wohle der Gemeinde entliehen zu haben, indem er die fast noch komplett in seiner Scheune befindliche Sammlung gewinnbringend weiter zu verkaufen gedachte.

Heynatz, Joh. Friedr., Schulmann; genannt: der kleine Adelung; † 5.V.'08

Am 12. Februar 1820 erging das Urteil. Es erkannte in der Sache des Kaufmanns Schmidt auf vorläufigen Freispruch, wegen des an der Witwe Kuhnhardt verübten Raubmordes auf 18 Jahre Zuchthaus. Hinzu kamen noch zwei Jahre für die veruntreuten Kirchengelder. (Für läppische 500 Taler, nicht 5000, wie gelegentlich zu lesen ist. Wegen Geringfügigkeit hatte das Plädoyer der Verteidigung diesen Vorwurf gleich gänzlich außenvor gelassen.) Machte 20 Lenze – kein Pappenstil für einen, der nicht überführt werden konnte und nach wie vor seine Unschuld beteuerte. Nach Abzug der achtjährigen Untersuchung würden das noch zwölf Jahre bedeuten. Der Verurteilte appellierte sofort, d.h. er ging in Berufung.

Zu Recht! – möchtest du dazwischen rufen. Madame Kuhnhardt beraubt? Davon war ja noch gar nicht die Rede! Sogar die Kette hing ihr noch am Hals! Und was gab es denn sonst schon zu holen? Gab es überhaupt etwas zu holen dort? – Du kannst dich gar nicht wieder fassen.

Frivola Adpellatio: da man wider das gesprochene Urtheil und den Prozeß nichts hauptsächliches, sondern nur Bagatellen einzuwenden hat, welche zu nichts dienen, als die Execution aufzuhalten...

Das Erkenntnis zweiter Instanz ließ wieder auf sich warten. Es wurde am 23. Januar 1823 im Geleitshaus gesprochen, einem hochgieblichen Amtsbau. Der vorläufige Freispruch in Sachen Schmidt blieb bestehen, auch an den zwei Jahren für die Kirchengelder änderte sich nichts, doch in Sachen Kuhnhardt wurde nicht mehr auf Raubmord, sondern nur noch auf Mord, heute würde man sagen: auf Totschlag entschieden, das Strafmaß verringerte sich von 18 Jahren auf zehn. Doch bitterbitter: die lange, fast zehnjährige Untersuchungszeit kam *nicht* in Anrechnung. Es blieb also dabei: noch zwölf Jahre! – Vielleicht neigte Tinius ja ein wenig zum Spielen und Pointiren, indess wie man sieht: ein Gewinner war er nicht.

Zur Verbüßung seiner Strafe wurde der ehemalige Pfarrer zurück nach Zeitz in die Moritzburg spediert; deren Keller teils als Gefängnis dienten. Schon die letzten vier Jahre hatte er hier verbracht.

***

Die Angaben über den Umfang der Bibliothek des Magisters schwanken zwischen 30.000 und 60.000 Bänden. (Das sind, umgerechnet: drei bis sechs Stadionrunden, Bahn acht! Sagen wir: zwei dieser großen Lastwagencontainer, vollgestapelt bis unter die Decken!) Im Zuge des parallel geführten Konkursverfahrens fand ab dem 5. November 1821 im Rothen Collegio in der Ritterstraße zu Leipzig ihre gerichtliche Versteigerung statt. Das 819 Oktavseiten umfassende Verzeichnis weist inklusive einiger Konvolute und Faszikel und Paquetchen mit Handschriften nur noch 16.650 Nummern auf. Darunter ca. 1400 Dubletten, nämlich 1173 in der eigens dafür vorgesehenen Rubrik, der Rest über die übrigen Abteilungen verstreut. Verfasser des höchst unbedarft und unprofessionell, will meinen: schlampigst zusammengestellten Katalogs, der schnell einmal ein achtbändiges Werk auf sieben Losen besetzt und diese in fünf Abteilungen zerstreut, war natürlich nicht der verpflichtete Universitäts-Proklamator Weigel, es war der einstige Herr Candidat und älteste Stiefsohn des Magisters, Justin Ernst, jetziger Pfarrer Hellmerich zu Leutenthal bei Weimar.

Es steht uns nicht zu, über den Wert der verzeichneten Rest-Bibliothek ein Urteil zu fällen. Wir wissen nur, daß der Erlös mit 7136 Talern, 26 Groschen und drei Pfifferlingen weit, weit unter den Erwartungen blieb. – Mitunter freilich schwingen sich die Turner und Turnerinnen der Feuilletons auf, kleine kesse Textlein über den geheimnisvollen Magister zu fabrizieren und anbei auch kurz dessen Bibliothek zu streifen. In ihrer wenig bekümmerten Art führen sie gern einmal das freche, despektierliche Wort und watschen die Sammlung als eine schartekesche Anhäufung ab. – Wir, wie gesagt, besitzen kein Urteil. Aber wenn die genannten Hechte und Hechtinnen mit dem Ihren im Recht sind, dann zögern wir keine Sekunde und degradieren uns zum obersten Oberoffizier der Schartekisten! Nein, wir halten uns also lieber brav raus und wissen ohnehin nicht so genau, ob man im Allgemeinen von den Dingen etwas verstehen muß, über die man für das Feuilleton schreibt. (Nur dies sei noch an den Rand notiert: dürften wir uns ein Büchlein aus dem Verzeichnis erwählen, um es nach Hause zu tragen und den eigenen Beständen einzuverleiben, wir wüßten uns nicht zu entscheiden. Und würde uns nun erlaubt, zehn Bücher auszuwählen, wir würden uns die Haare raufen, von einem verzweifelten Bein aufs andere hupfen und zu keinem Ende gelangen. Erhielten wir schließlich die Erlaubnis, hundert Bücher davon zu tragen – WIR WÜSSTEN UNS NICHT ZU ENTSCHEIDEN. Wonach sollten wir Ausschau halten? Der gemeine Bücherenthusiast von heutzutage sucht vielleicht nach Erstausgaben – bitteschön, es besteht daran kein Mangel: Goethe, Nicolai, Schiller, Herder, Herder, Kloppstock, Lavater, Lessing, Lessing, Lessing, Gottsched, Gottsched, Gryphius, Gryphius jr., Fleming, Logau, Opitz [Poëtereyopitz!], Luther, Pirckheimer,

Bugenhagen, Jonas, Melanchthon, Schwiegersohn Peucer, Reuchlin, Reuchlin, Erasmus, Brandt, Fischart, Fischart, Ellaposcleron – die Liste ist zu lang, um sie bis an ihr Ende zu führen. Vermutlich würden wir uns ohnehin lieber unter den Diktionären umsehen, unter den Chroniken und Chronographien, den Topographien, Encyclopädien, Compendien, den Katalogen zur Heraldik, Numismatik, den genealogischen Tafeln, Glossarien, Digests, unter den Wörterbüchern aberdutzender Sprachen und diversesten Nachschlagewerken, den Stadtgeschichten, Registern, Indizes, Bibliographien, Legendarien, unter den schrulligen Lexika und competenten Verzeichnissen, den Brevieren und Idiotiken aller teutschen Mundartlichkeit. Hervorzuheben vielleicht auch eine *Systematische Pomologie* in zwei Theilen von 1780. Und aus 1782 ein *Verzeichniß aller Gewächse in Deutschland*. Und apropos Gewächse in Deutschland – auch an biographischen Sammlungen besteht kein Mangel. Man muß sich wiederum nur entscheiden. Das *Gelehrte Deutschland* von Meusel wäre, geschenkt, zu empfehlen. Auch Jöchers *Gelehrten-Lexicon* ist eine Überlegung wert, obwohl. Schwerer zu beschaffen sind Dunckels *Nachrichten von verstorbenen Gelehrten, insonderheit denen, welche Jöcher übergangen oder übel angeführt.* – Oder sollten wir lieber ans Geld denken und an den Lebensunterhalt und uns unter den Bibeln vergreifen? Das Verzeichnis hält Stücker 78 in 127 Bänden bereit, höchst erlesene Drucke darunter. Aus der Pariser Offizina des Robertus Stephanus [Estienne] etwa die 1540 für Marcus Fugger gefertigte *Biblia Sacra*. Oder die *Biblia polyglotta* mit dem berühmten CONSTANTIA-ET-LABORE-Zeichen aus den goldenen Händen Christoph Plantins in Antwerpen. [Hebräisch, Chaldäisch, Griechisch, Latein.] Allein für die *Complutensischen Poly-*

glotten hatte der Magister einst 365 Taler gezahlt. – Aus antiquarischer Sicht ein besonderes Leckerchen des Tinius-Katalogs stammt aus der Feder Valentin Krautwalds, eines Mitarbeiters des Neben-, um bloß nicht zu sagen: Gegenreformators Caspar Schwenckfeld, darum spöttisch auch Schwenckfeld's Melanchthon genannt: *Der New Mensche.* Du könntest einige paar Monate lang ziemlich sehr gut davon leben. Auch freilich möchte dir gar sehr die *Unpartheiische Ketzergeschichte* von Lorenz Mosheim imponieren, einem sehr friedlichen Herrn, der von Herkunft ein Caspar Hauser, als Prediger ein Idol, in der gelehrten Kirchengeschichte ein Vater war. Heißt es. – Eine Möglichkeit wäre auch, die Auswahl nach den spannendsten Autoren und originellsten Titeln zu treffen. Nur ad hoc noch ein paar Vorschläge zur beliebigsten Güte, nur zwei dürre Hände voll, nur aus der sechsten Abtheilung, den Schriften verschiedenen Inhalts:

: Oluf Gerhard Tychsen [ein großmäulig eitler, ein maulfaul sturer, kurzum: ein Fischkopp, wie er im Buche steht, und hoffnungsloser Orientalist, der auch mit de Sacy korrespondierte]: *Abhandlungen über die Heuschrecken. Rostock 787.*

: Philipp Samuel Rosa [machte sich unter den Jenenser Freimaurern durch dunkelmännisches und hochstaplerisches Gehabe einen unrühmlichen Namen]: *Die Rächdschreibung der Deudschen Buchschdaben. Potsdam 753.*

: J. Ernst Philippi [ein liebenswerter, schwersterziehbarer Professor aus Halle, starb grätzig und verhaßt im Nirgendwo; oder woanders]: *Cicero, ein großer Windbeutel, klar erwiesen. Halle 735.*

: Christian Ludwig Liscov [des vorigen Widerpart, Satiriker in Tötungsabsichten]: *Lob der schlechtesten Schriftsteller. Hannover o.D.*

Sechste Abtheilung, Los N° 375: Spermatologia historico-medica, h.e. seminis humani consideratio physico-medico-legalis, quae eius natura et usus, insimulque opus generationis et varia de coitu aliaque huc pertinentia, v. g. de castratione, herniotomia, phimosi, circumcisione, recutitione, et infibulatione, item de hermaphroditis et sexum mutantibus, raris & selectis observationibus annexo inddice locupletissimo. Traduntur á Martino Schurigo. Fcf. ad Moenum. 1720

331

: Ch. Hecht: *Beweis aus der Vernunft und Schrift für
den Glauben der Kinder im Mutterleib. Bremen 745.*
[s.a. Karl Chr. Krause, a.a.O.]

: Heinrich Balthasar Wagnitz: *Historische Nachrichten
und Bemerkungen über die merkwürdigsten Zucht-
thäuser in Deutschland. Halle 791-94*

Sechste Abtheilung,
Los N⁰ 87 & 264:
Polygamia Trium-
phatrix, id est dis-
cursus politicus de
polygamia, auctore
Theophilo Aletheo*,
cum notis Athanasii
Vincentii, omnibus
anti-polygamis ubi-
que locorum, terra-
rum, insularem,
pagorum, urbium,
modestè et piè op-
posita. Londini Sca-
norum 1682. (In
forma optima) *d.i.
Johann Peter Theo-
dor Lyser, (d. Ältere,
631-684/5) Fami-
lienstand: ledig

: Scheibel [vermutl. Gottfried Ephraim, Breslau]: *Die
unerkannten Sünden der Poeten. Leipzig 734* [Ob-
wohl dir der Titel recht köstlich nach dem Lockwit-
zer Pastor Christian Gerber schmecken will...]

: Johann D. Hallervorden [aus Königsberg, der das
Zeug zu einem großen Bibliographen hatte, aber
sein Pulver verschoß und schon in jungen Jahren
starb]: *Hallervordii Bibliotheca curiosa. Regiom. et
Frcf. 676.*

: Georg Friedrich Meier [kränkelnder Philosoph und
Vielschreiber aus Halle]: *Untersuchungen der
Ursachen des verdorbenen Geschmacks der Deutschen...,* worin der Autor gegen die trockene
Schreibart der Philosophen zu Felde zieht und
gegen das Überwuchern der Gelegenheitsdich-
tung und gegen die elenden Romane und gegen
die verkommene Schaubühne und gegen die poe-
sielosen Kirchenlieder und schlechten Predigten
und gegen die allgemeine Geringschätzung der
Dichter und der Dichtkunst und, nicht zuletzt,
gegen die furchtbare Erbärmlichkeit der deutschen Kritik. – Brandheiß! Du sagst es!

Und wir für unsern Teil können beim besten Willen
keine Entscheidung finden, es ist zum Schwermütigwer-
den, schier zum Verzweifeln : verhext, wie immer : der
Traum wird gleich vorbei sein : letzte Gelegenheit : wir
denken und blättern nicht länger nach und schlagen einfach eine Seite auf, tippen mit dem Finger : auf : N⁰ 515

: *Der Hypochondrist, eine hollsteinische Wochenschrift. Lpz. und Frkf. 767.*)

Aber laß es alles Scharteken sein, eine Frage bleibt bei nur 16½ tausend übergebliebenen Nummern: wo in aller Welt ist der ganze schartekesche Schartekenrest hingeraten? Je nach Schätzung fehlten knapp die Hälfte oder mehr als zwo Drittel der Bücher. – Keiner weiß es. Keiner will es wieder gewesen sein, das ist klar. Du kannst verschiedene Spuren verfolgen, du kannst es versuchen, aber erhoff dir bloß nichts.

Die Auktion begann im November 1821. Auch Goethe ließ ein paar Sächelchen für die Universitätsbibliothek in Jena ersteigern und verbuchte dafür 43 Taler und 18 Groschen. Sein Interesse hielt sich freilich in Maßen.

Siebeneinhalb Jahre zuvor, am 6. März 1814, als in Leipzig noch nicht einmal entschieden war, ob, oder ob nicht die Inquisition gegen Tinius eröffnet werden soll, rechnete der geheime Rat zu Weimar seinem Tagebuch folgende Einheiten ab:

»Früh die Candelaber angebl. von Michael Angelo und Raphael von der Hoheit. Mittag Riemer. Die Stimmelische Sendung von der Bibliothek. Betrachtung der einen Zeichnungsmappe.«

¡Stimmel? ¿Bibliothek! : Hör ~~auf~~ an. —

Wie du weißt, trat der Magister Stimmel bislang nicht eben als Bibliothekenbesitzer in Erscheinung. Wie du weißt, war er erst einige Zeit zuvor aus dem Karzerarrest entlassen worden. Wie du weißt, unternahm er nach der langen Abwesenheit alles mögliche, seine ramponierten Geschäfte wieder in Schwung zu bringen, und schüttelte manches Angebot aus den Ärmeln. Wie du

Es kommen gleichwohl mehrere Stimmelische Sendungen in Frage. Mit Brief v. 11.Febr.1814 bot Stimmel dem Geheimrat u.a. ein Chinesisches Wörterbuch in 4 Bdn. und einige Persische Manuskripte an, unter dem 18.Febr. eine *neue kleine Sendung von Handschriften,* und unter dem 2. März weitere Werke über die *Sinica et Persica.*

weißt, kannte er gut den Weg nach Poserna und sich in der Bibliothek des Magisters ganz leidlich aus. Er kannte auch die Frau Tinius gut – der, wie du weißt, gelegentlich das nötige Kleingeld fehlte, weil an die Außenstände des Herrn Gemahlen lange kein Herankommen war. Du weißt jedoch nicht, ob Ottilia Tinius viel von den Büchern verstand. — Goethe gewiß! Verstand sehr wohl! Dies steht ganz außer Frage. Und gewissenhaft, wie wir ihn so lieben, hatte er den Diarien fleißig Rechenschaft erstattet. Gut wahrscheinlich, daß es noch weitere, weniger penible Empfänger Stimmelischer Sendungen von der Bibliothek gab...

Und?

Nichts und!

Soll bedeuten?

Nichts bedeuten! – Wir stellen lediglich fest. Und schicken voraus.

Im Jahre 1807 starb in Halle der Professor Johann August Nösselt, den Lessing noch *einen Theologen, wie er sein soll,* nannte und Schleiermacher mit den Worten pries: *wie sehr gelehrt man sein kann, um doch so wenig zu leisten.* 1810 erschien der 10966 Bände aufführende Katalog zur Bibliotheca Noesseltiana, im folgenden Jahr fand ihre Versteigerung statt. Sie wurde im Ganzen offeriert – und Magister Tinius erhielt den Zuschlag. Sein Angebot, so ist es vielfach kolportiert, hatte 400 Taler über dem des Preußischen Königs gelegen. Er zahlte einen Teil der Rechnung sofort, einen Teil wenige Tage nach dem Mord an Kaufmann Schmidt. Du könntest auch sagen: wenige Tage, nachdem das Fräulein von Raschau aus Poserna ihre Schulden beglichen hatte. Oder du sagst : nur : Zufall.

Es sind bislang verhältnismäßig wenige Bücher aufgetaucht, die zuverlässig aus der Bibliothek des Magisters stammen. Der Nachweis ist mit dem Signum Georg Tinius', einem schlichten ›T.‹ erbracht. Das Problem bei der Verfolgung Tinius'scher Provenienzen ist, daß der Magister nur selten seinen *Wilhelm* eintrug und Eigentumsvermerke nicht mochte. – Noch weniger liebte er, versteht sich, die fremden Besitzereinträge und suchte dieselben aus seinen Erwerbungen nach Möglichkeit zu entfernen. Mit der Bibliothek Nösselt war es in dieser Hinsicht bequem: auch diese Bücher besaßen vor der Hand keine Eintragungen. Was Tinius womöglich aber nicht wußte: August Nösselt pflegte seine eigene Art der Inbesitznahme. Jedes seiner Bücher ist auf der 48. Seite mit einem kleinen Kreuz gezeichnet; mehr nicht, ein kleines schlichtes Kreuzchen, jeweils oben rechts. Warum gerade auf Seite 48? – das weiß keiner. Also sagen sie, Nösselt habe im Jahre 1748 den Grundstock zu seiner Bibliothek gelegt. Mag sein, mag nicht sein, mag sein, egal; 1748 jedenfalls war der Kaufmannssohn und spätere Hinterlasser 14 Jahre alt – eine pubertäre Marotte? Punkt!

Um es nur gleich zu verraten: wir wissen nicht, ob sich in der Bibliothek Goethes womöglich das eine oder andere Buch aus der Sammlung Nösselt befindet. All unsere Bemühungen, dies zu ermitteln, scheiterten kläglich. Du kommst an den Wachhunden und -gänsen des Kulturguts nicht vorbei. Sie sehen in dir sogleich einen Flegel, der dem Säulenheiligen doch nur ans Bein pissen möchte, einen Wadenbeißer, Gesocks. Also sagen sie dir wohlkalkuliert, du sollst dich an die Gebräuche halten. Das heißt, du sollst dich in den kleinen, frei zugänglichen Lesesaal setzen und dir dorthin die Bücher kommen lassen. Es dürfen auch gleich fünf Stück auf einmal sein, singen sie – mit Engelszungen; ins Magazin lassen sie dich nicht. Unter keinen Umständen. Schon gar nicht, wenn du ihnen sagst, du brauchst für jede der Schwarten nur zehn Sekündchen. Nein, mit einem so frevelhaften Ansinnen brauchst du ihnen gar nicht erst zu kommen – denn du bist längst als Schänder, Ehrabschneider und potentieller Verhohnepipeler überführt. Aber deine wahren Absichten, den wahren Grund kannst du ihnen folglich auch nicht verraten, denn sie würden erst recht einen Riegel vorschieben. Allein die Vorstellung, es könnte sich der Herr Geheimrat wissentlich aus unlauteren Quellen bedient haben – höchstes Sakrileg, Gefahrenstufe Amalienbrand.

Die Rechnung geht ganz einfach. Laut Rupperts Verzeichnis umfaßt die Bibliothek Goethe ca. 7500 Bände. Mal zehn Sekunden macht 75.000 Sekunden macht 1250 Minuten macht 21, inklusive Essenfassen, Abort und zwei kurze Döserchen: 24 Stunden glatt – wir hätten sie unserer wilden Art gemäß am liebsten gleich am Stück abgerissen und Hotelkosten gespart; keine Chance. Per Lesesaal, wie sie dir vorschlugen, sieht die Rechnung freilich anders aus. 7500 durch fünf ergeben 1500 Leihvorgänge. Nimmst du für einen Leihvorgang (inklusive Ausfüllung der Leihscheine) bloß zehn Minuten, so kommst du auf 15.000 Minuten, 250 Stunden, von denen du die meisten nur sinnlos absitzt und wartest. Verteilst du diese wiederum auf die erbärmlichen Ladenöffnungszeiten und berücksichtigst sogleich den Umstand, daß auch und vor allem Bibliothekarinnen (die dich sowieso schon als einen gemeingefährlichen Monomanen ansehen und hassen) gelegentlich aufs Klo müssen und zudem geschult darin sind, ihren gewerkschaftlichen Frühstücksjoghurt gehörig auszureizen, so kannst du eine komplette Jahreszeit einplanen, mindestens. Drei Monate Weimar, hochdeutsche Provinz, oder fünf – wer soll das ~~ertragen~~ bezahlen?!

(Zugegeben, es gibt auch die Möglichkeit, eine Vorauswahl zu treffen, man muß ja ›nur‹ die beiden Bibliotheksverzeichnisse auf Deckungen abgleichen; allerdings ist das eine höchst trockene Angelegenheit, an der uns nach anderthalb Wochen und kläglichen sieben Treffern auf, bis dahin, gerade mal 719 Nummern die Lust verging. Du sparst jedenfalls keine Zeit damit und wirst nur ganz verwirrt im Kopf, ganz durcheinander.)

***

Hätte er nicht wenigstens einen berühmten Urenkel hinterlassen, du könntest den Namen des Magdeburger Schand- und Gelegenheitsdichters Jakob Andreas Brennecke am besten gleich wieder in den Skat drücken. Unter dem Titel *Hymen* schrieb der Elende ein Gedicht in zwölf Büchern, das 1793 in Athen, das meinte: in Magdeburg die Welt erblickte. Zum Ärger der gelehrten Welt blieb es aber nicht bei diesem Erguß des Verderbten. In Lüneburg bei Herold & Wahlstab (Wohlstab?) erschien 1819 ein weiteres, nun aber eher wissenschaftlich gemeintes Werk. *Biblischer Beweis : daß Jesus nach seiner Auferstehung noch sieben und zwanzig Jahr leibhaftig auf Erden gelebt und zum Wohl der Menschheit in der Stille fortgewirkt habe.*

Diese Schrift, 160 Seiten stark, über deren Inhalt man nichts weiter sagen muß, weil der Titel ihn erschöpfend darstellt, erhielt in den nächsten Jahren nicht nur die Ehre, hier und da verboten zu werden, sie zog auch sechs, teils erbittert geführte Erwiderungen nach sich. – Eine davon erschien im Herbst 1820 bei Wilhelm Webel in Zeitz.

Der Weberwilli! Wie wieder das Leben, ach, so spielt! – Es ist der selbe Wilhelm Webel, der vor kurzem erst das höchst lumpige Werk *Ein Wirbel um L.* von Au-

Der Autor der *Hymen* war der Urgroßvater des hochangesehenen Gynäkologen und Semmelweisschülers Hans Benjamin Brennecke aus Magdeburg, der sein Leben der Antiseptik in den deutschen Wöchnerinnenstuben verschrieb und 1879 im Zbl. f. Gyn. das Stück *Cystocele vaginalis* veröffentlichte, wie dies der Deutsche Gynäkologenkalender v. 1928 mitteilt

gust Maurer (Lagophthalmus Lästermaul) gedruckt hatte und den wir insofern den mißratenen Sohn eines sächsischen Landpfarrers schalten, als er, anstatt seinem Vater Christian Leberecht Webel ins Pfarramt zu folgen (so wie dieser es ausdrücklich gewünscht und befohlen hatte!), lieber Hals über Nacht geflohen und sodann als Druckergehilfe oder, wie der Vater in einem bitteren Brief schimpfte, als ehrloser Gesell und Vagabundius durch die Welt gezogen war. Prag. Wien. Paris. London. Und Kopenhagen – hießen seine Stationen, bis es ihn 1797, im Todesjahr des Vaters, nach Zeitz, nur drei Fußstunden südlich seines Geburtsortes, verschlug, wo er die Buchhandlung gründete und dieser eine Druckerei anschloß.

Seit Georg Tinius nicht mehr unter der Obhut des Stockmeisters Dietze im Leipziger Landhof einsaß, erzeigte er sich als ein stiller, friedfertiger Gefangener, der sich zwar keinesfalls mit seinem Schicksal abgefunden, wohl aber erkannt hatte, daß die Mühlen des Rechts nicht umsonst Mühlen heißen; er verfaßte auch keine Kassiber mehr. Offenbar waren in Zeitz seine Haftbedingungen besser, wo er sogar ein paar Bücher besaß und Besuch empfangen durfte.

Als zu Beginn des Jahres 1820 Wilhelm Webel in seiner Zelle erschien, ihm das Machwerk Brenneckes vorlegte und antrug, eine gepfefferte Gegenschrift zu verfassen, war der Magister tief gerührt. Die Welt hatte ihn nicht vergessen! Sie wartete noch! Seit sieben Jahren! Sein competentes Urtheil war gefragt! – Er machte sich sofort an die Arbeit. Webel hatte besonnenerweise gleich die nötigen Utensilien mitgebracht, auch ein paar Bögen Papier, auf deren Rückseiten sich, vielleicht war es Absicht, wahrscheinlicher aber nur eine Unbedachtheit – Fehldrucke aus Maurers konfisziertem *Wirbel um L.* befanden.

Wir wollen nicht länger um den Brei herum reden, den uns die historischen, sagen wir: die hystörrischen Recherchen vorsetzten. Nicht genug damit, daß Tinius nun Seite um Seite eine theologische Strafpredigt auf dem Rücken des Mordes an Kaufmann Schmidt austrug, dessen er zugleich bezichtigt wurde, es mußte auch noch ein Verleger sein, der, wäre er nicht Verleger geworden, sondern 1797 seinem Vater weisungsgemäß ins Amt gefolgt, heute gewiß einen untadligen Popen abgegeben hätte. Den Popen von – Poserna. — Ergo: auch das erwies sich als eine Illusion des Magisters: die Welt kennte ihn noch, wartete auf seine Competenz. – Nur Nachbars Struppi hatte eine Wurst gerochen.

Tiniussens Entgegnung erschien noch im gleichen Jahr unter dem Titel *Jak. Andreas Brennecke's (vorgeblich) Biblischer Beweis : daß Jesus nach seiner Auferstehung noch sieben und zwanzig Jahr...* etc. etc. – Mit 210 Seiten übertraf Tinius seinen Kontrahenten um glatte 50.

Der Magister schrieb mindestens noch drei weitere Bücher, die allerdings erst sehr viel später erschienen. Das wichtigste davon ist eine 300-seitige Abhandlung zur Offenbarung. Es wurde ja Zeit, könntest du sagen, denn jeder Landpfarrer, der auf sich hielt, hatte schon ein Buch über die Offenbarung geschrieben, da sollte der gelehrte Magister Tinius nicht fehlen! Andererseits hätte man von einem ausgewiesenen Orientalisten vielleicht mehr als die übliche ländliche Hausmannskost erwarten dürfen, galt doch die Apokalypse schon seit des seligen Sebaldus Nothanker Zeiten als eine dickschalige Zitrone, aus der so viele hundert Kommentatoren den wenigen Saft schon längst ausgepreßt hatten.

Wolltest du den Gerüchten Glauben schenken, so kämen zu diesen drei Schriften noch drei bedeutende Werke hinzu, die der Magister im Gefängnis und ohne

Der jüngste Tag, ob, wie und wann er kommen wird? in physischer, politischer und theologischer Hinsicht aus der Natur und Bibel erklärt. Zeitz, 1836. / *Sechs bedenkliche Vorboten einer großen Weltveränderung an Sonne und Erde sichtbar.* Weimar, 1837 / *Die Offenbarung Johannis durch Einleitung, Übersetzung und Erklärung Allen verständlich gemacht.* Leipzig, 1839

alle Hilfsmittel aus dem Kopf verfaßt haben soll, nämlich 1.) eine dreibändige *Untersuchung der Differenzen
zwischen dem samaritanischen und dem masorethischen
Pentateuch*, 2. *Sieben Kommentare zu den chaldäischen
Paraphrasen mit besonderer Berücksichtigung der samaritanischen Texte*, 3.) *ein aramäisch-chaldäisch-syrisches
Wörterbuch*...

* * *

Zwölf lange, lange Sommer, zwölf lange, lange Winter
(lang)
in
Ztz.
Zeitz.
Z e i t z.
Z e i t z.
Tagein tagaus.
Stunde für Stunde.
ZeitzZeitzZeitzZeitzZeitz.
In zeitiger Zeitzer Zeit zeigt der Zeitzer
Zeiger den zeitigen Zeitzern die Zeit in Zeitz an.
Außer daß der Gefangene womöglich mit Schreibarbei-
ten beschäftigt wurde, ist uns nichts über diese Jahre zu
Ohren gekommen und wir verspüren keine Lust, uns etwas einfallen zu lassen. Und längst hätten wir das trost-
lose Städtchen schon wieder verlassen, zöge uns nicht
schon seit einer Weile dieser verschmauchte, kokelige Ge-
ruch in die Nase, der uns an irgend etwas erinnern, der
gemahnen will – woran? Er kommt von der Michaeliskir-
che herübergezogen. Was brennt denn dort vor St. Michael? Brennt und läuft ganz von Sinnen auf dem Platz
umher und predigt und erhebt den mahnenden Finger
und schreit in den verzweifelten Himmel um Hilfe?

340

Es ist der Verrückte aus Rippicha, das Fanal von Zeitz, die Fackel. Es ist Oskar Brüsewitz, sein Talar steht in Flammen – zu Hause auf dem Küchentisch liegt ein Brief an die Kinder. *Ich will meinem Feldmarschall und General ein Zeichen aufrichten*, steht darinnen geschrieben, *denn es tobt zwischen Licht und Finsternis ein mächtiger Krieg. Gott segne Euch sehr. Euer Vati.*

Euer Vaati.

       Euer Vaaati.

              Euer Vaaaati.

Eine halbe Stunde bevor Pastor Brüsewitz am 18. August 1976 aus seinem PKW der Marke Wartburg *Camping* eine hohe, mit Benzin gefüllte Milchkanne lud, sich alsdann den Inhalt derselben über Haupt und Schultern goß und schließlich ein Streichholz entzündete, hatte er unterwegs noch in der Gaststätte von Droßdorf das von zu Hause mitgebrachte Leergut abgegeben, so wie er dies jeden Mittwoch tat. Dieses berichtete der IMS ›Willy Koch‹, welcher vor lauter Aufschreiberei dem Observierten vermutlich nicht konsequent genug nachgestiegen war, als daß er den *feindlich-negativen* Anschlag hätte verhindern können. Als dann der schon lichterloh brennende Pastor auf die Superintendentur zu lief, so heißt es in allen Gedächtnisschriften unter grimmigen Tränen, da begannen die Glocken die Glocken die Glocken zu läuten.

Am Morgen hatte Oskar Brüsewitz in der Küche am Tisch gesessen und seine momentanen Gedanken aufgeschrieben. *Jetzt schon freue ich mich, mit meinem König und den Heiligen in Christus ganz vereint zu sein. Ich liebte Euch. Ich liebte Euch. Ich liebte Euch, auch den Bruder Hildebrandt.*

Superintendent Hildebrandt: Brüsewitz' Vorgesetzter

Ich liebe – ich liebe doch alle – alle Menschen – na ich liebe doch... — Der nerrische Pfarrer Brüsewitz starb nach drei Tagen im Krankenhaus. Pfarrer Tinius starb nicht in Zeitz. Er wurde 1835 entlassen, 71 Jahre alt. Aber Zeitz blieb noch ein paar Jahre sein Zentrum. Direkt über dem Gefängnis, im Erdgeschoß des gleichen Flügels der Moritzburg, war das städtische Armenhaus untergebracht. Hier redigierte er seine weiteren Bücher, von hier aus unternahm er Reisen, vornehmlich in den Thüringer Raum. Er wurde in den nächsten Jahre noch in Ilmenau, in Weimar, Erfurt, Arnstadt und Probstzella gesichtet.

Wovon er lebte, liegt ein wenig im Dunkeln. Erwiesenermaßen erhielt er eine jährliche Rente von 25 Talern; es ist nur nicht geklärt, woher. Nach Ansicht einiger Autoren könnte er die Pension von der Gemeinde Poserna bezogen haben, verbunden mit der Bedingung, sich dort nie wieder blicken zu lassen. Verpflichtet war die ärmliche Gemeinde freilich nicht dazu und du fragst zurecht, ob die Männer von Poserna keine probateren Mittel kannten, ihren einstigen Pfaffen fern zu halten. Für die gelegentlich geäußerte Vermutung wiederum, das Geld wäre von einer Freimaurerloge gekommen, der Tinius angehörte, ließen sich auch keine Hinweise finden. Lediglich in einem Brief Stimmels ist einmal in Andeutung von einem ominösen *Jugendbund* die Rede, den die drei Freunde, Stimmel, Höpffner, Tinius, etwa 1810/1811 gegründet haben dürften. Zu welchem Zweck, mit welchen Zielen, Statuten – es ist nichts darüber bekannt und wir vermuteten auch immer nur eine weinselige Freundschaftsversicherung dahinter. Aber man kann es natürlich nicht wissen. Ob vielleicht doch der *Jugendbund* die Zahlungen leistete? Doch wofür sollte er? – Stimmel? Höpffner?

Valete et favete linguis

342

1841 ließ sich der Magister in Gräbendorf nieder, wo ihm der Maurer Schipan, ein entfernter Verwandter, ein kleines Kämmerlein vermietete. Es gibt auch die Tiniussens in Gräbendorf, es ist die Familie von Karl Friedrich Tinius, eines Neffen des Magisters. 1805 in Hermsdorf geboren, wird dieser anfangs der 50er Jahre nach Amerika auswandern und 1874 in Holts Bottom, Kentucky, sterben. Er ist u.E. der alleinige Begründer der weitverzweigten und verstrüppten amerikanischen Tinius-Connection. Karl Friedrich Tinius brachte außer seiner zweiten Ehefrau Caroline, geb. Ragamann, noch mindestens neun seiner bisher 13 Kinder mit in die freie Welt. Und zeugte daselbst gleich noch zwei.

Es heißt, Georg Tinius traf mit einem schweren Koffer voller Schriften in Gräbendorf ein. Manche glauben, er trug sein Lebenswerk mit sich herum, sein großes orientalistisches Opus, das hier Vollendung finden sollte, andere meinen, es waren die Prozeßakten und der Magister strebte eine Revision seines Verfahrens an. Für letzteres spricht u.a. ein Brief, den ein gewisser Dr. Hecht vom stadtgeschichtlichen Museum zu Leipzig unter dem 21. Jan. 1937 an Hans Kasten nach Bremen schrieb:

»Im Auftrag von Herrn Direktor Dr. Schulze teile ich Ihnen mit, daß zu unserem Tiniusbestand noch ein Brief vom 14. Oktober 1843 gekommen ist, in welchem Tinius das Kriminalamt der Stadt Leipzig um eine Abschrift des Urteils gegen das Ehepaar Höpffner und M. Stimmel bittet.«

Besondere Vorkommnisse wurden aus Gräbendorf nicht mehr gemeldet. Georg Tinius verkehrte viel bei Magister Fließ, dem Pfarrer des Ortes. Dessen Söhne schrieben später in der *Gartenlaube* darüber. Nach ihren Berichten führte Tinius seine andauernde Geisteskraft auf den Verzehr von Kürbissen zurück.

Des weiteren besuchte er zwar jeden Gottesdienst, nahm aber nie am Abendmahl teil.

Du mußt die Theologen fragen, was es bedeutet.

***

Wenn es auch von keinerlei Bedeutung ist: Johann Georg Tinius starb nicht am 24. September 1846, wie die meisten Autoren es falsch von einander abschrieben, er starb am 30. September, mittags um drei Uhr, an Schlagfluß. Mit 82 Jahren. Am 2. Oktober wurde er evangelisch begraben.

Über das weitere Geschick des Commissionsrathes
Weidlich ist im Uibrigen nichts bekannt. In den Adreß-
kalendern ist er nur bis 1815 eingetragen. Die letzte
Nachricht über ihn stammt vom 27sten October 1814, an
welchigem Tage er mit der Mittagspost aus Leipzig abgereist war. Er begleitete seine Gemahlin. Als die Eheleute am 28sten in Suhl eintrafen, war der Amtmann
Christoph Anton Hoffmann bereits todt.

Es ist nicht bekannt, wie die Gemahlin Benjamin
Weidlichs mit Vornamen hieß. Oder ob sie weinte, als
man ihren Bruder nach zwei Nächten zu Grabe trug.

Ich brauche nicht wahr zu sein zu beabsichtigen

Robert Walser

**denn das tichten des menschlichen hertzen ist böse
von jugent auff**

1 Mose; 8,21

Danksagung

indem ich mich anschicke, zum abschluß der arbeiten eine dankesliste zu erstellen, indem ich mir zu diesem bezweck die nötigen werkzeuge zurecht lege, mit deren hilfe ich einen überblick zu erlangen hoffe, gestehe ich mir sogleich ein, wie hoffnungslos das unternehmen geraten wird & wie klein die aussichten sind auf nur einigermaßen zuverlässige vollständigkeit. so will ich mich zunächst einmal ausdrücklich bei allen bereits im text benannten personen bedanken. darüber hinaus danke ich herrn prof. dr. gerhard hacker, leipzig, htwk, fachbereich buch & museum, für vielerlei hochnützliche informationen & tips zu & über bibliothekarische recherchemittel. ich danke herrn andré loh-kliesch für seine auskünfte zu fragen der leipziger stadtgeschichte, insbesondere auch zu topographischen verwerfungen, die der zeiten läufe mit sich brachten. mein dank gilt herrn bernhard günther aus altendambach, der mir einsicht in die altendambacher ›privatchronik‹ gewährte. mein dank gilt herrn lothar günther, suhl, der sich, wie ich aus einem artikel des freien wortes vom 4. febr. '92 erfahren hatte, vor allem auch in genealogischer hinsicht mit tinius beschäftigte & mir einige kontakte herstellen

347

konnte, u.a. zu einer der töchter walter klaubes. ich danke dem buchhändler fritz waniek (sen.), suhl, der mir das material zu einem vor jahren von ihm gehaltenen vortrag über tinius & dessen thüringer jahre zur verfügung stellte. ich danke herrn pfarrer prüfer zu suhl/heinrichs für eine kleine führung durch kirche & pfarrhaus & das kleine, inoffizielle heinrichser tiniusarchiv, in dem ich u. a. auch auf ein romanmanuskript des vermutlich verstorbenen autors hanns wagner aufmerksam wurde. womöglich handelt es sich in dem manuskript um eine von walter klaube abgeschriebene & leicht ergänzte fassung. leider war es nicht möglich, etwas über die identität des, wie ich annehme, aus der ddr stammenden autors zu erfahren. ich danke auch herrn wulf kirsten, der mir, u.a. & leider ohne erfolg, bei der suche nach hanns wagner behilflich war. mein dank gebührt frau graf & den mitarbeitern des stadtarchivs zu wittenberg, weiterhin auch herrn wurda, dem stadtarchäologen von wittenberg, mit dessen hilfe ich (im dritten anlauf) doch noch einen nachweis auf bröses garten erhalten konnte, welcher in tinius' autobiographie eine bedeutende rolle spielt. nicht zuletzt gebührt mein dank herrn lange, dem bibliothekar am predigerseminar zu wittenberg, für die erläuterungen der wittenberger matrikelbücher. ich danke dem pfarrer zu waldow, herrn matthias blume, der zu jener zeit, als ich in die dortigen kirchenbücher einsah, gerade zum superintendenten nach cottbus berufen worden war & darum heute wohl nicht mehr der pfarrer von waldow ist. ich danke herrn dr. malte lippmann, dem pfarrer zu kasel-golzig für die freundliche unterstützung bei der einsicht in die kirchenbücher von kasel (casel) & die zurverfügungstellung einiger materialien zur dorfgeschichte. dank an silke künzel vom stadtarchiv weißenfels, u.a. für die übersendung eines artikels aus der beilage des weißenfelser tageblatts ›Die Heimat‹ (nr. 34 v. 25. febr. 1930). mein besonderer dank gilt frau thieme & den mitarbeitern des stadtarchivs zeitz, das sich in einem flügel der moritzburg befindet. ursprünglich wollte ich auf der fahrt nach erfurt nur kurz in zeitz station machen, um zu schauen, ob sich materialien über die haft tinius' finden ließen. doch wenige tage vor abreise geriet mir auf kanälen, die ich indessen vergessen habe, ein alter fernleiheschein aus den 30er jahren unter die augen. unter angabe der signatur bestellte sich der kunstwissenschaftler bessmertny ein zweites volumen der acta 735 von zeitz her in die staatsbibliothek berlin. als ich in zeitz danach fragte, wußte man nichts von der existenz des volumens. es brauchte, kurzum, eine knappe stunde, bis, zum erstaunen der mitarbeiter selbst, das gute stück gefunden war. leider besaß ich jetzt nur noch drei stunden, bis mein zug weiter nach erfurt ging. das reichte für eine grobe sichtung der akte, die vor allem begleitende dokumente zum volumen eins enthielt. das für mich wichtigste darunter war die scheidungsklage der frau tinius. leider mußte ich sie stehlen, weil, wie gesagt, meine zeit nicht für die entzifferung & eine zuverlässige übertragung ins heutige schriftdeutsch reichte. die klageschrift liegt heute, in feines tuch gehüllt, in einer häßlichen & überproportional großen dokumentenmappe, die ich eigens dafür anschaffte, sie wartet derart wohlbehütet auf eine gelegenheit, zurückgeschmuggelt zu werden. selbstverständlich bin ich mir darüber im klaren: historische akten zu fleddern ist wirklich das allerletzte & widerlich. es war aber notwehr. ich danke frau barthmuß, frau müller & herrn salomon von der st.-viti-gemeinde zu lützen, wo heute die kirchenbücher von poserna aufbewahrt werden, nachdem sie zuvor in dem benachbarten dörf-

chen röcken gelagert wurden, an der friedrich-nietz-
sche-gedenkstätte; würdigsterweise. mein dank gilt dr.
robert shandley von der texas a&m university, der mir an
der public library new york zu einem durchbruch bei der
suche nach volumen eins der acta 735 verhalf. später besuchte er mich in berlin & wir gingen gemeinsam essen.
leider traf ich in der betreffenden wirtschaft auch tino
quast, meinen lieblingsgegner in backgammon & konnte
dieser versuchung einmal weniger widerstehen. ich
glaube, bob war sehr entsetzt über meine hemmungslo-
sigkeit. als ich – wie ich mir sagen lassen mußte: nach
stunden – vom brett aufschaute, war er nicht mehr da.
das tut mir sehr leid. wirklich. weiterer dank gilt herrn
bernd hüppauf von der new york university, herrn rolf
m. bäumer, dem seinerzeitigen leiter des deutschen hauses at nyu. keinesfalls danke ich dem damaligen chef des
goethe-instituts in ny, herrn stephan nobbel, der mich
nach einer lesung um einen teil des mir zugesagten ho-
norars prellte, jedenfalls in 1014 fifth avenue at 82nd
street nicht aufzufinden war, als ich solches energisch
einforderte. ich danke mrs. leslie morris, mrs. melanie
wisner & den mitarbeitern der houghton library an der
harvard university in cambridge/boston für ihre betreu-
ung während meines aufenthalts daselbst, als auch für
die übersendung verschiedener nachträglich benötigter
materialien. mein herzlicher dank gebührt herrn peter
schrebb, bremen, für mühsam ausgegrabene dokumente
zur geschichte der bremer bibliophilengesellschaft. auch
herrn dr. hofmeister vom staatsarchiv bremen für seine
bemühungen, material zur biographie hans kastens zu
beschaffen. schließlich danke ich herrn bischoff von der
handelskammer bremen. ihn hatte ich um auskunft gebeten zu einer amerikafahrt der deutschen bibliophilen-
gesellschaften im oktober 1930, auf deren programm

u.a. bibliotheksbesichtigungen in ny, boston & washington standen. mich hatte interessiert, ob hans kasten, der immerhin zu den organisatoren der reise gehörte, mit von der partie war, was bedeutet hätte, daß er u.a. *die* bibliothek besucht hätte, in die später sein nachlaß geriet. nach auskunft bischoffs aber findet sich der name kasten nicht auf der passagierliste der ›Bremen‹, die am 3. okt. auslief. mein dank gilt dem literaturfonds darmstadt für die vergabe eines dreimonatigen ny-stipendiums an mich. ich danke der stiftung kulturfonds berlin für die förderung des tiniusprojektes im ersten der liederlichen acht jahre arbeit daran. ich danke den mitarbeitern des deutschen literaturarchivs in marbach am neckar, wo ich etwa ein halbes jahr lang mich in die abgründe der bibliophilie & angrenzender gebiete einlesen konnte & jede nur denkbare unterstützung fand. ich erlaube mir nur darum, die herren reinhard tgahrt, peter-paul schneider & friedrich pfäfflin besonders zu erwähnen, weil keiner von ihnen mehr dort ist – leider. mein herzlicher dank geht an frau gisela hochgeladen, münchen, c/o k.g. saur verlag gmbh, für die mehrmonatige freischaltung des internationalen biographischen index (world biographical information system online). dank an herrn wolfgang fraunhofer, münchen, katis ehemaligem pauker, mit dem ich einen fast 50 seiten langen mailwechsel führte zu fragen des oft sehr antiquierten lateins, ich danke ihm für einige übersetzungen lateinischer texte & briefe tinius'. ebenfalls von herzen danke ich frau nina weller, berlin/moskau, frau katrin sohns, berlin/münchen, & herrn dr. georg bensch, berlin, für sprachberatungen in den fächern russisch, spanisch, französisch; herrn bensch zudem auch für die ausführlichen informationen über den orientalisten & tausendsassa de sacy, die freilich, wie so vieles, vieles im text keinen platz finden konnten. ich danke dem architekten roger bach, berlin, für auskünfte in städtebaulicher & architekturhistorischer hinsicht. mein dank geht an dr. ralph böthig, hamburg, für die begutachtung der obduktionsberichte im falle des kaufmanns schmidt & der witwe kuhnhardt. es galt zu klären, ob anhand dieser obduktionsberichte eindeutig auf ein tatwerkzeug zu schließen war & ob sich anzeichen finden, die dafür sprechen, daß beide anschläge mit ein- & demselben werkzeug begangen wurden. die antworten lauteten: nein & nein. mein dank gilt frau dr. margarete rehm aus ulm für die zusendung ihres im selbstverlag erschienenen büchleins »Bücherwahn«, das u.a. eine kleine bibliomanengalerie enthält. ich danke herrn georg ruppelt, wolfenbüttel, der zahlreiche kleinere & längere artikel zu bibliomanie & magister tinius verfasste & so freundlich war, mir einen umfangreichen fragenkatalog zu beantworten. ihm, frau julia m. nauhaus & frau dr. julia freifrau hiller von gaertringen, lippische landesbibliothek detmold, danke ich insbesondere für ihre, freilich vergeblichen, nachforschungen nach einem vortrag über tinius, den erhart kästner, der bruder erich kästners, am 27. febr. 1935 zwischen 17:30 uhr & 18 uhr im reichssender dresden hielt. erfahren hatte ich von diesem vortrag aus einem privaten brief einer in leipzig lebenden nichte hans kastens, von der ich freilich lediglich den vornamen, hilde, weiß & daß sie einen sohn hatte von ca. 5 jahren, welcher peterle genannt wurde. ausführlich berichtete hilde ihrem onkel von der zufällig gehörten funksendung & wurde dann von hans kasten beauftragt, näheres zu ergründen, was sie vermutlich auch tat, nur daß mir ein weiterer brief von ihr nicht vorliegt. ich danke herrn konrad händel, waldshut-tiengen, leitender oberstaatsanwalt a.d. & autor des sehr hilfreichen aufsatzes ›Verbrecher aus bibliophiler Leidenschaft‹, für die beantwortung einer reihe von fragen zum verfahren gegen tinius aus juristischer sicht. dank an herrn ottfried nassauer, dem direktor des berlin informationcenter for transatlantic security (bits) für eine nicht enden wollende latte von hinweisen & ratschlägen, von denen sich anderthalb bis zwei durchaus als brauchbar erwiesen, etwa zum amerikanischen insolvenzrecht. weiterhin danke ich für das eine oder andere herrn marcel atze, herrn adrian la salvia, herrn volker michel, herrn bernhard zeller, herrn helmuth mojem, herrn andré siegert, frau ulrike weiß, herrn ulrich keicher, frau ingrid kussmaul (weil es mir so leid tat, daß keine/r dieser blutlosen feuilletonschnecken & –pimmel damals die rezension des roten verzeichnisses drucken wollte), herrn gregor eisenhauer, herrn frank treibmann, frau sieglinde geisel (die mich im auftrag & auf kosten ihrer zeitung auf die schon erwähnte dritte reise nach wittenberg begleitete; unterwegs erzählte ich ihr so viel über das treffen in bröses garten & die umstände tinius' studentenzeit, daß ich später beim schreiben gleich gar keine lust mehr verspürte, es noch einmal zu wiederholen), ich danke frau zoë hermann, herrn dr. peter böthig, frau ursula küster, frau ulla nickl, herrn ronald galenza, herrn jürgen kuttner, frau tina fürneisen, herrn martin scharfe, frau beutler (vom sozialamt prenzl.berg; sehr großzügig, sehr kulant), herrn peter ludewig, herrn jörg kowalski, herrn christoph nettersheim, herrn horst brandstätter, frau cornelia junge, frau assenka oksiloff, herrn uli hoch, herrn boris eggers, frau monique förster, herrn mario rühl, herrn helmuth koch, herrn christoph seydich, frau marion waschkeit. ganz & überhaupt gar nicht zuletzt danke ich leidensfreund ingo schulze (obwohl er mir die 33 momentchens noch immer nicht als hardcover besorgt hat) für zwei gute portionen von etwas, das hier zu erwähnen ihm seiner art nach womöglich unrecht wäre, zumal man über diese dinge nicht redet, egal ob man hat oder nicht. keinesfalls darf ich, denn det würde ärger geben, vergessen, dem kathrine seine oma&opa zu erwähnen & hannen, die bei den transliterationen mancher schriftstücke behilflich waren. ich entschuldige mich bei all den vielen, die ich unverzeihlicherweise in dieser aufzählung vergessen habe, bei jedem einzelnen per handschlag, sofern ich ihm denn in diesem leben noch einmal über den weg laufen muß. doch jetzt hat erst einmal der morgen begonnen & ich gehöre ins bett & herr verlag will drucken! aus! aus! aus!

& wir vergaßen bauchkopf buntrock nochmal, der jeden menschen liebt, wie man weiß, es sei denn frauen, künstler, intelllektuellle, bayern-fans. nieder mit ihnen! ihm! aus!

detopitz@web.de

Inhalts=Anzeige